À PROPOS DE L'AUTRICE

Originaire d'Afrique du Sud, Joss Wood est passionnée par les voyages, notamment dans les contrées les plus sauvages de l'Afrique. Elle aime les enfants, les animaux, la lecture et écrire.

Le secret d'une grossesse

*

Surprise à New York

JOSS WOOD

Le secret d'une grossesse

INTÉGRALE

DEUX HÉRITIERS POUR UN EMPIRE

Traduction française de
ROSELINE AULIAC

SAGAS

HARLEQUIN

Collection : SAGAS

Titre original :
HIS EX'S WELL-KEPT SECRET

Ce roman a déjà été publié en 2018

HARPERCOLLINS FRANCE
83-85, boulevard Vincent-Auriol, 75646 PARIS CEDEX 13
Service Lectrices — Tél. : 01 45 82 47 47 - www.harlequin.fr
ISBN 978-2-2804-7578-5 — ISSN 2426-993X

Composé et édité par HarperCollins France.
Imprimé en juin 2022 par CPI Black Print (Barcelone)
en utilisant 100% d'électricité renouvelable.
Dépôt légal : juillet 2022.

FSC
www.fsc.org
MIXTE
Papier issu de sources responsables
FSC® C159065

Pour limiter l'empreinte environnementale de ses livres, HarperCollins France s'engage à n'utiliser que du papier fabriqué à partir de bois provenant de forêts gérées durablement et de manière responsable.

Prologue

Dans la suite présidentielle d'un palace de la *via* Manzoni, à Milan, Jaeger Ballantyne promenait une main sensuelle le long du dos dénudé d'une femme élancée, les petites saillies de sa colonne vertébrale formant comme des perles sous sa peau satinée.

Jaeger ne pouvait s'empêcher de la toucher et de savourer le contact de sa peau crémeuse et chaude sous sa paume. Il avait déjà eu de nombreuses femmes dans son lit, sans doute plus qu'il n'aurait dû, et bien que Piper Mills ne soit pas la plus belle, elle était assurément la plus magnétique. Dès l'instant où elle avait fait irruption dans sa vie, un jour et demi plus tôt, elle avait occupé toutes ses pensées ou presque.

Les pierres précieuses exceptionnelles — diamants, rubis, opales, émeraudes et autres gemmes — captaient et retenaient son attention. Les femmes ? Pas tant que cela. Comme les diamants destinés au marché grand public, elles étaient pour la plupart joliment taillées et policées, mais n'avaient rien d'exceptionnel. Et quand il en rencontrait une qui sortait du lot, il prenait du bon temps avec elle avant de passer très vite à autre chose.

Mais pour une raison qu'il ne s'expliquait pas, il continuait de comparer Piper à un diamant incolore sans défaut, le spécimen le plus rare sur la planète. C'était ridicule, car il y avait toujours une autre pierre précieuse à découvrir de par le monde, et il ne perdait jamais la tête à cause d'une gemme remarquable ou d'une partenaire torride.

Pourtant, chose incroyable, depuis sa rencontre avec Piper Mills, il en venait à se demander s'il serait prêt à prendre ce risque pour elle.

Balivernes ! Il devrait déjà être de retour à New York, songea Jaeger, furieux d'avoir des pensées aussi insensées. Mais quand il avait vu Piper dans la succursale milanaise de Ballantyne & Company, ses longues jambes fuselées mises en valeur par sa jupe courte avaient capté toute son attention. Elles avaient été conçues pour s'enrouler autour de ses hanches, avait-il pensé aussitôt.

L'intelligence qui brillait dans ses yeux vert clair l'avait fasciné, et les taches de rousseur disséminées autour de son nez l'avaient charmé.

Son corps splendide lui avait donné envie de la faire crier de plaisir jusqu'à ce que tout Milan connaisse son nom.

Piper lui avait dit qu'elle possédait dix gemmes bleues censées être des saphirs selon la légende familiale, mais il avait été trop ensorcelé par son visage à la beauté insolite pour prêter une grande attention à ses propos. Puis elle avait souri, et une minuscule fossette s'était creusée dans sa joue droite. Alors, toutes les pensées de carats et de couleurs avaient déserté son cerveau, sa respiration s'était bloquée, sa vision s'était brouillée, et il avait su qu'il ne quitterait pas la ville tant qu'il ne l'aurait pas emmenée dîner.

Et dans son lit.

Trente-six heures et trois rendez-vous — un dîner, un déjeuner et un autre dîner —, après leur rencontre ils venaient d'avoir un rapport sexuel torride et très divertissant, songea Jaeger, promenant son pouce sur la fesse droite de Piper et flirtant avec la courbe au sommet de sa cuisse avant de remonter.

C'était de loin les trente-six heures les plus agréables qu'il ait jamais passées.

Jaeger s'inclina pour déposer un baiser sur l'épaule de Piper, écartant une longue boucle cuivrée de son visage.

Elle roula sur le côté et, quand Jaeger plongea ses yeux dans les siens, il eut l'impression de marcher dans une forêt mystérieuse. Elle esquiva son regard pour se concentrer sur une aquarelle accrochée au mur du fond. Visiblement, la très sexy Mme Mills n'était pas très douée pour la conversation après l'amour. Pourquoi cela le faisait-il sourire ?

Piper se redressa et tira le drap sur sa poitrine.

— Hum… La situation est plutôt embarrassante.

— Tu n'as aucune raison de te sentir gênée, assura Jaeger.

Elle passa une main nerveuse dans ses cheveux et remonta le drap sous ses aisselles.

— Pourrions-nous discuter un instant du motif de ma visite chez Ballantyne & Company ?

Jaeger envisageait une meilleure façon de passer le temps, mais si le fait de parler de ses pierres la mettait à l'aise, il acceptait volontiers.

— Soit. Discutons de tes saphirs.

Jaeger se leva du lit et récupéra son boxer sur le plancher. Il l'enfila et pénétra dans la salle de bains pour prendre un peignoir en coton d'une blancheur éclatante. Il le présenta ouvert à Piper, et elle se hâta de quitter le lit et de glisser ses bras dans les manches. Puis Jaeger la contourna pour refermer le peignoir et nouer la ceinture autour de sa taille mince.

Résistant à l'envie de poser sa bouche sur la sienne, il lui prit la main et l'entraîna vers le salon de sa suite. Puis il versa le restant d'un cabernet millésimé dans un verre qu'il lui tendit. Piper accepta le verre et s'installa à une extrémité du canapé, croisant ses pieds nus aux ongles rouge vif sous ses fesses. À l'instar des autres parties de son corps splendide, il avait goûté la saveur de ses orteils. Il avait égrené un chapelet de baisers le long de ses mollets, savouré la douceur de l'intérieur de ses cuisses et s'était délecté de la chaleur et de la fragrance de son intimité.

Et il brûlait d'envie de recommencer.

Il le ferait ; la nuit n'était pas terminée.

Éprouvant le besoin d'un whisky, il en versa deux doigts dans un verre, s'assit à l'autre extrémité du canapé et pria mentalement pour qu'elle fasse vite.

— Comme je le disais, je possède des saphirs qui se sont transmis dans la famille de ma mère au fil des générations.

— De combien de pierres parlons-nous ? demanda Jaeger.

— Dix. Il y en avait douze, mais ma mère en a vendu deux il y a trente ans pour permettre à mon père de créer sa société.

Il se rendit compte qu'il ne savait rien d'elle ou de sa famille. *Ce n'est pas nécessaire ; tu ne la reverras pas.*

— La plupart des pierres mesurent environ deux centimètres et demi, certaines plus grosses, d'autres plus petites, précisa Piper.

Un saphir mesurant plus de deux centimètres ? Il en doutait.

— Sont-elles taillées ?

— Les plus petites le sont. L'une d'elle est… spectaculaire.

Jaeger savait que les gens exagéraient, surtout s'agissant de pierres précieuses. Il devait en être de même pour Piper. Il regarda la jeune femme et soupira en voyant son air émerveillé. S'il avait eu affaire à quelqu'un d'autre, il lui aurait dit sans ambages qu'elles étaient sans doute fausses. Un lot de saphirs comme celui qu'elle décrivait aurait dû être attesté et connu des spécialistes. À moins d'être apparenté à une famille royale, des gemmes aussi exceptionnelles se transmettaient rarement de génération en génération.

Inconsciente de son scepticisme, Piper serrait son verre contre sa poitrine, l'air rêveur.

— Oh ! Jaeger, si tu savais… Ces saphirs sont splendides. D'un bleu profond, velouté. Je n'ai qu'une envie, les toucher, les caresser, les contempler.

— Il m'est difficile de commenter des pierres que je n'ai pas vues, mais si j'étais toi je ne m'emballerais pas, conseilla-t-il d'un ton neutre.

— J'ai une photo. Veux-tu la voir ?

Jaeger acquiesça et soupira quand Piper se pencha pour prendre son sac. Le peignoir soulignait ses fesses en forme de cœur et révélait l'arrière de ses cuisses. Aussitôt, un début d'érection tendit le tissu de son boxer. Comme il brûlait d'envie de s'enfouir dans sa chaleur !

Détends-toi. Tu l'auras encore. Une fois, voire deux, avant de retourner à la vie réelle.

Piper vint s'asseoir sur son accoudoir tout en pianotant sur son téléphone. Elle le lui passa, et Jaeger contempla l'éclat bleuté sur fond de velours noir.

Son cœur manqua un battement et sa main trembla tandis qu'il reposait son verre sur la table basse devant lui.

Il élargit l'écran et se concentra sur la plus grosse des pierres taillées. La qualité de la photo était médiocre, pourtant la couleur de la pierre était étonnamment lumineuse.

— D'où viennent-elles, déjà ? demanda-t-il.

Redis-moi que tu penses qu'elles viennent du Cachemire, parce qu'il se pourrait bien que tu aies raison.

— Elles nous ont été transmises par un arrière-grand-oncle maternel. Il était soldat dans l'armée britannique. Selon la légende familiale, elles proviennent du Cachemire.

Yes ! Voyons, calme-toi. Quand cela semble trop beau pour être vrai, c'est généralement le cas. Mais à en juger par la couleur et l'historique de ces pierres, il se pourrait qu'elles soient authentiques.

— Que sais-tu d'autre sur leur propriétaire initial ?

— Uniquement ce que je t'en ai dit.

Piper tapota l'écran de son téléphone.

— Eh bien ? Qu'en penses-tu ? Peut-il s'agir de vrais saphirs ? Je les ai montrés à d'autres négociants en pierres précieuses, et ils m'ont dit qu'ils étaient faux.

Évidemment ! Une femme jeune et jolie était une proie facile. Ils auraient fait une offre de pure forme, revendu les pierres et engrangé un bénéfice faramineux.

— Évite les négociants douteux, conseilla-t-il.

— Mais d'après *toi*, ces pierres valent-elles quelque chose ?

Peut-être s'était-elle rendue chez Ballantyne & Company dans l'intention de les vendre. Si elles étaient authentiques, il était preneur. Il afficha l'expression détachée qu'il avait coutume d'arborer lors des négociations, son excitation ayant tendance à faire grimper les prix.

— Je ne sais pas. C'est difficile à dire sur la base d'une photo. Il faudra que tu me les apportes quand nous serons de retour aux États-Unis. Peux-tu m'envoyer la photo ?

— Bien sûr.

Il lui indiqua son numéro de portable, et vingt secondes plus tard un bip lui annonçait la réception de la photo.

— J'espère sincèrement qu'elles ne sont pas authentiques, marmonna Piper, l'air sombre.

C'était bien la première fois qu'il entendait une pareille déclaration de la part d'un vendeur potentiel !

— Pourquoi diable ne voudrais-tu pas être la propriétaire d'un lot de pierres susceptibles de valoir beaucoup d'argent ?

— Parce que je me sentirais moralement obligée de les vendre pour aider mon… Pour aider quelqu'un empêtré dans des difficultés financières.

— Il y a des personnes dans ton entourage qui doivent des millions ?

Piper écarquilla les yeux, stupéfaite.

— Elles valent autant que cela ? Non ! Dis-moi que ce n'est pas vrai !

— Elles pourraient valoir cher *à condition* qu'il s'agisse de saphirs du Cachemire. Mais n'y compte pas trop, l'avertit Jaeger.

— Peut-être aurais-je dû accepter la première offre que j'ai reçue. Mille dollars par pierre, marmonna Piper.

Dix mille dollars ? Jaeger était écœuré. Malgré ses efforts pour calmer son excitation, il savait, quelque part au fond de lui, qu'il avait peut-être fait la découverte de toute une vie. S'ils étaient authentiques, ces saphirs étaient exceptionnels.

— Me promets-tu de me les apporter à New York ? À moi et à personne d'autre ?

Il ne pouvait pas laisser passer une pareille aubaine.

— C'est promis, assura Piper.

— Je t'appellerai pour fixer un rendez-vous.

Piper fit pivoter ses jambes et posa la plante de ses pieds

sur la cuisse nue de Jaeger. Leurs regards se croisèrent, et des étincelles de passion crépitèrent entre eux.

Galvanisé, il glissa sa main entre les cuisses de Piper, soupirant d'aise au contact de sa chair lisse et chaude. Il ouvrit la bouche pour lui demander s'il pourrait la revoir autrement que chez Ballantyne & Company, une fois de retour à New York. Puis il fronça les sourcils, se demandant ce qui lui prenait. Pourquoi elle et pourquoi maintenant ?

Depuis plus de dix ans, après avoir difficilement fait le deuil d'un petit être cher alors qu'il avait vingt et un ans, il poursuivait rarement une femme de ses assiduités au-delà de trois ou quatre nuits. Il ne voulait pas que ses amantes du moment nourrissent l'espoir de devenir un élément pérenne de sa vie. Il avait jadis tenté ce genre d'expérience. Il avait été un père l'espace de quelques semaines et, quand sa fille, Jess, était morte, il avait aussi perdu sa compagne.

La pérennité dans le couple lui faisait désormais l'effet d'un vêtement rêche et mal coupé.

Pourquoi fallait-il qu'il repense à son bébé décédé et à la femme qu'il avait aimée jadis pendant qu'il se trouvait en compagnie de cette inconnue sexy ? Il avait beaucoup apprécié sa conversation facile avec Piper, son sens de l'humour cocasse et, bien sûr, leur rapport sexuel fabuleux. Trois bonnes raisons pour qu'il ne la revoie pas quand ils seraient de retour à New York.

Il l'appréciait un peu trop… et cela signifiait qu'il était temps pour lui d'aller de l'avant.

— Quand repars-tu pour New York ? demanda-t-il.

— Mon avion décolle demain matin. Et toi ?

Il n'avait plus aucune raison de rester à Milan ; c'était à cause d'elle s'il avait prolongé son séjour.

— Demain, aussi.

— Quand nous nous rencontrerons à New York, dit-elle, comportons-nous comme si rien ne s'était passé entre nous.

Quoi ?

— Ne prends pas cet air choqué, Jaeger. S'il n'y avait pas

les saphirs, je n'entendrais plus parler de toi, déclara Piper, la voix dénuée de toute accusation.

Pris au dépourvu, Jaeger ôta la main de sa cuisse.

— C'est bon, Jaeger, je comprends. Tu n'es pas du genre à t'attacher. Le problème quand on est le play-boy le plus célèbre de la côte Est, un des fameux frères Ballantyne, c'est que tout le monde sait comment tu procèdes. Tu sors avec une femme pendant deux jours, ou deux semaines si elle a beaucoup de chance, puis tu passes à autre chose.

Piper leva une main quand il ouvrit la bouche pour répliquer.

— Ne t'inquiète pas. Je savais à quoi m'en tenir. Ce fut une rencontre agréable, amusante et inattendue. Aussi, la prochaine fois que nous nous reverrons, contentons-nous de parler de pierres précieuses et faisons comme si nous ne nous étions jamais vus nus.

Ce fut plus fort que lui, Jaeger demanda :

— Et si j'avais envie de te revoir nue ?

Un éclair de surprise traversa le regard de Piper, aussitôt remplacé par une expression de doute.

— Je déclinerai sans doute ta proposition.

Pour une surprise, elle était de taille !

Piper le contemplait, l'air songeur.

— Jaeger, je suis une femme normale qui a les pieds sur terre. J'adore mon métier d'experte en œuvres d'art. Je sors. J'ai une vie bien remplie. Je n'ai pas besoin que tu m'arraches à mon univers pour m'attirer dans le tien. En fait, je n'aime pas du tout le monde dans lequel tu évolues.

— Quel monde ?

— Manhattan, l'argent coulant à flots, les mondanités. Cela ne me ressemble pas. Je ne pourrai jamais m'y faire.

— Je ne te demande pas de m'épouser, Piper, ni même de sortir avec moi, répliqua Jaeger, vexé.

D'habitude, les choses ne se passaient pas ainsi. C'était lui qui répondait aux sollicitations de ces dames : quand comptait-il appeler, quand aurait lieu leur prochain rendez-vous. Il n'appréciait pas que les rôles soient inversés.

— Je me demandais simplement si tu accepterais de…

— Se revoir de temps à autre ?

Piper inclina la tête sur le côté et esquissa un sourire. Quand elle exposa son cou, il ressentit l'envie folle de lui mordiller la clavicule et d'embrasser cet endroit érogène sous sa mâchoire.

— Merci, mais non, poursuivit-elle. Les retrouvailles occasionnelles n'entrent pas dans mes habitudes. Cet interlude restera un beau souvenir, mais le recréer une fois de retour ne fonctionnera pas en ce qui me concerne.

Piper repoussa une longue boucle derrière son oreille.

— Il y a quelque chose de magique à propos de l'Italie. Cet endroit vous encourage de façon subliminale à saisir l'occasion qui se présente et à se comporter de façon inhabituelle. Ce qui s'est passé entre nous ne me ressemble pas du tout. Dans le monde réel, je couche avec un homme uniquement si je pense que cela nous mènera quelque part, si l'homme en question est susceptible de devenir important pour moi. Or, grâce aux tabloïds, nous savons tous que tu fuis les engagements. Cela t'exclut donc d'office.

Bon. C'était vrai, mais… *Mais ?* Il n'y avait pas de *mais*. Elle l'avait parfaitement jugé !

Piper se leva et dénoua la ceinture de son peignoir, laissant les pans s'entrouvrir sur son corps de déesse. La bouche de Jaeger devint sèche. D'un petit mouvement d'épaules, elle fit glisser le peignoir le long de ses bras et de ses jambes, se dressant devant lui dans sa glorieuse nudité. Puis elle s'assit à califourchon sur ses cuisses et posa doucement sa bouche sur la sienne.

— S'il ne nous reste que quelques heures, nous sommes en train de les gaspiller, Ballantyne.

Jaeger plaqua ses mains sur ses fesses et se leva, la maintenant contre lui. Elle enroula aussitôt ses jambes autour de sa taille tandis qu'il l'emportait dans la chambre.

Elle était la compagne parfaite pour une aventure d'une nuit ; elle le laisserait partir sans faire d'histoire. Il devrait s'en réjouir, songea-t-il en l'allongeant sur le lit.

Alors, pourquoi n'était-ce pas le cas ?

1

Dix-huit mois plus tard.

Piper Mills retira ses lunettes de lecture et les posa sur son secrétaire de style géorgien en acajou. Puis elle se frotta l'arête du nez et fixa d'un air frustré l'écran de son ordinateur portable où s'affichait une proposition de consultation alléchante.

Évidemment qu'elle aimerait expertiser une œuvre récemment découverte de Daniel Glutz ! Elle avait rédigé son mémoire de maîtrise sur le peintre allemand. Mais c'était impossible. Le tableau se trouvait à Berlin, et depuis la naissance de Ty, neuf mois auparavant, elle limitait ses expertises à la côte Est et n'entreprenait pas de voyages excédant une journée. Bien qu'elle ait toute confiance en Ceri, la nounou de son fils, et en Rainn, son frère jumeau, elle hésitait à leur laisser son enfant si précieux pour une longue période. Elle était incapable de s'en séparer vingt-quatre heures. C'était trop tôt.

Peut-être quand il irait à l'université…

Piper alla se poster devant le bow-window de sa maison victorienne de deux étages en briques rouges. Elle croisa les bras sur sa poitrine et contempla la rue en contrebas. L'automne était presque fini, l'hiver arrivait à grands pas et chaque saison semblait accompagner un grand événement de sa vie. Ainsi, elle avait conçu Ty au printemps de l'année dernière, perdu Mick à l'automne dernier et donné naissance à Ty au milieu de l'hiver. Cet été, contrairement au précédent, s'était passé sans histoires.

La mort de Mick l'avait attristée plutôt qu'anéantie, mais elle y pensait encore. Bien qu'elle et son père se soient rarement parlé, elle avait été contente de savoir qu'il y avait quelqu'un avec qui elle avait des liens de parenté, une famille qu'elle pouvait dire sienne — même si c'était uniquement dans les profondeurs silencieuses de son âme puisque Mick ne l'avait jamais reconnue officiellement.

Ni même acceptée. Tout juste tolérée.

En grandissant, elle n'aurait jamais cru qu'un jour elle lui saurait gré de l'avoir ignorée publiquement ainsi que sa mère, sa maîtresse de longue date. Mais quand la personnalité la plus flamboyante et la plus ambitieuse de New York, un des conseillers en placements financiers les plus respectés, avait été arrêté pour fraude, Piper avait été très soulagée de n'avoir aucun lien officiel avec lui.

Pendant des années, Mick avait convaincu des milliers de personnes d'investir dans des fonds qu'il recommandait en leur faisant miroiter des rendements mirifiques. Il utilisait l'argent des nouveaux clients pour rémunérer les investissements en cours — et mener la grande vie. Mais cette mystification ne pouvait pas durer éternellement. Voilà pourquoi il avait pressé Piper de lui donner ses saphirs durant les mois ayant précédé et suivi son arrestation. Il avait eu besoin de se procurer beaucoup d'argent pour combler le gouffre financier qu'il avait creusé avec son système de vente pyramidale.

Son arrestation avait fait la une des médias. L'ex-femme de Mick avait été harcelée par les journalistes. Et sa jeune épouse trophée avait opportunément quitté les États-Unis pour la Colombie deux jours avant son arrestation, se gardant bien de revenir pour assister à son enterrement.

Comme aucune des épouses de Mick ne connaissait l'existence de Piper, elle était restée dans sa maison de Park Slope, à Brooklyn — maison que Mick avait achetée pour sa mère —, contemplant de loin les remous provoqués par les malversations financières de Mick. Par chance, sa mère n'avait pas assisté à la chute de l'homme qu'elle aimait et qu'elle avait placé sur un piédestal doré. La mort de Mick, suite à une crise cardiaque deux mois après son arrestation l'aurait tuée si le cancer ne l'avait pas fait.

Piper perçut un gazouillement provenant du babyphone posé sur son secrétaire et sourit. Son petit garçon était réveillé et devait avoir faim. Elle sortit du bureau et grimpa l'escalier menant au deuxième étage du bâtiment qui servait de premier étage à son logement, le rez-de-chaussée étant loué par ses soins à Ceri et Rainn. Elle pénétra dans la plus petite des deux chambres et se dirigea vers le berceau en bois où elle avait dormi, enfant. Ty se tourna vers elle, et un flot d'amour l'inonda.

Il était le portrait craché de Jaeger, songea-t-elle en le serrant contre sa poitrine. Il avait hérité ses yeux bleu clair, son ossature de visage et ses cheveux noirs. Ty recevrait aussi en partage, elle en était sûre, sa haute stature musclée.

Ty avait tout des Ballantyne, sauf le nom.

— C'est mon bébé adoré, susurra-t-elle, frottant son menton sur son crâne duveteux.

Puis elle déposa Ty sur le matelas à langer et le dévêtit prestement, prenant un moment, comme toujours, pour embrasser son petit pied et mordiller ses orteils. Ces chatouilles provoquèrent le rire de Ty. Seigneur, elle n'aurait jamais cru aimer quelqu'un à ce point…

Piper retira une couche jetable du sac posé sur la commode et la glissa sous les fesses propres de Ty. Sous la pile de couches se trouvait une pochette en velours noir contenant les dix saphirs dont elle avait parlé à Jaeger.

À Milan, il avait promis de l'appeler pour convenir d'un rendez-vous afin qu'il examine ses saphirs, mais il ne l'avait jamais fait. Au bout de six semaines, sans nouvelle de lui, et après avoir réalisé que les préservatifs n'étaient pas fiables à 100 %, elle avait essayé de le joindre sur son portable. Mais à chaque fois, elle était tombée sur sa boîte vocale.

Elle avait alors tenté de le contacter chez Ballantine & Company. Ah, autant essayer de parler directement à la reine d'Angleterre ! Elle avait laissé un nombre incalculable de messages, envoyé des douzaines de mails au secrétariat, sans résultat. Quand elle s'était rendue au siège de la société, demandant à voir Jaeger, elle s'était heurtée à une fin de non-recevoir. Et quand elle avait refusé de partir tant qu'elle n'aurait pas parlé à Jaeger ou à un de ses frères ou à sa sœur, elle avait été escortée hors des lieux par la sécurité.

Quelques jours plus tard, elle avait fait des recherches sur Internet et découvert un article de fond sur lui, dans lequel il déclarait qu'il ne se marierait jamais et qu'il ne voulait pas d'enfant ; que le monde avait besoin d'innovateurs, d'aventuriers et de découvreurs, et non pas de bouches supplémentaires à nourrir ; qu'un enfant serait une entrave avec le mode de vie qu'il menait, toujours par monts et par vaux…

Elle avait fini par recevoir un message disant que Jaeger n'était pas intéressé par elle ou par ses saphirs ou par le fait qu'elle était enceinte.

Elle s'occuperait seule de Ty, avait-elle décidé. Elle ne l'obligerait pas à vivre avec un père qui se montrerait réticent ou indifférent à son égard. Mick l'avait ignorée, et elle s'était toujours demandé pourquoi il ne l'aimait pas. Il était hors de question qu'elle inflige le même traitement à son fils.

Piper avait désespérément envie d'oublier Jaeger, mais comment faire alors qu'elle vivait avec sa version miniature ? En regardant Ty, elle voyait le visage d'ange déchu de Jaeger — ses yeux clairs mettant en valeur sa peau mate et ses cheveux noirs et bouclés. Elle se remémorait le frottement de sa barbe de deux jours contre sa chair sensible, ses épaules larges, son torse musclé et le sentiment de plénitude que ses caresses expertes faisaient naître en elle.

Certaines nuits, elle émergeait d'un sommeil lourd, le cœur battant, sur le point d'avoir un orgasme, ses pensées remplies de Jaeger. Parfois, elle le cherchait à tâtons dans le lit, brûlant d'envie qu'il l'emmène dans cet endroit magique où lui seul avait le pouvoir de l'emmener. Et quand la réalité s'imposait de nouveau à elle, les heures qui suivaient étaient longues et lugubres, remplies de larmes et d'insomnie.

Ty gazouilla, et elle inclina la tête pour égrener des baisers sur son ventre tandis que ses petites mains fourrageaient dans ses boucles. Quand elle avait découvert qu'elle portait l'enfant du play-boy le plus riche et le plus célèbre de Manhattan, elle avait maudit le destin et s'était lamentée sur son sort. Maintenant, elle n'imaginait pas la vie sans son petit homme ; il était le commencement et la fin de son univers.

— Que dirais-tu de déjeuner puis de faire une promenade dans le parc ? Le temps est froid mais ensoleillé.

Piper cala Ty sur sa hanche et descendit l'escalier, ignorant son bureau pour se diriger vers la cuisine.

— Ce programme te convient, trésor ?

Ty fourra son poing dans sa bouche, et elle prit cela pour un oui. Elle lui tendit sa tasse remplie d'eau. Elle sortait un petit pot de nourriture bio quand la sonnette de la porte d'entrée retentit. Les sourcils froncés, elle regarda le petit écran du visiophone fixé au mur de la cuisine et vit un homme en costume sur le seuil de sa demeure. Il avait tout l'air d'un homme de loi, pensa-t-elle.

Elle décrocha le combiné et, quand son visiteur annonça qu'il représentait le cabinet d'avocats chargé de régler la succession de son père, elle le fit pénétrer dans le bâtiment.

Cinq minutes plus tard, M. Simms s'asseyait dans la cuisine pendant qu'elle nourrissait Ty.

— Je crois savoir que vous êtes experte en objets d'art, que vous travaillez à domicile et que vous avez une clientèle régulière composée de galeristes et de collectionneurs privés.

Piper opina de la tête tout en enfournant une cuiller de purée composée de patates douces et de carottes dans la bouche ouverte de Ty.

— C'est exact. Mais je doute que vous soyez venu ici pour me parler de mon métier. Alors, que puis-je faire pour vous ?

— Je crois aussi savoir que vous êtes la fille de Michael Shuttle ?

Elle n'avait aucune raison de le nier.

— Oui. Ma mère et Mick ont eu une relation pendant plus de trente ans. Mon lien de parenté avec Mick n'est pas de notoriété publique, et je préférerais qu'il ne le soit jamais.

Piper essuya le visage et les mains de Ty et lui tendit des grosses clés de maison en plastique pour qu'il joue avec. Il les porta aussitôt à sa bouche.

— Pourquoi êtes-vous ici ? insista Piper, pressée d'aller prendre l'air dans le parc.

— Contrairement à ses affaires, votre père tenait un compte très précis de ses biens personnels. Sur sa liste figurent de nombreux meubles et objets qui se trouvent dans cette maison, notamment un secrétaire de style géorgien, un tableau de Zabinski, une sculpture de Barry Jackson et un tableau de Frida Kahlo.

— Il les a donnés à ma mère. Ce sont des cadeaux.

— Les documents indiquent que ces objets ont été prêtés à Mme Gail Mills, déclara M. Simms, l'air compatissant.

De la cuisine, elle apercevait une sculpture en bronze représentant une ballerine posée sur le buffet du salon.

— Êtes-vous en train de me dire qu'ils doivent être vendus ?

— Oui. Ils font partie de la succession.

— Mais ce sont des cadeaux ! protesta-t-elle avec véhémence. J'étais là quand il les a donnés à ma mère !

Se sentant à la fois triste et écœurée, elle se leva pour retirer Ty de sa chaise haute.

Simms écrivit quelque chose dans un bloc-notes puis leva les yeux vers elle tandis qu'elle se balançait impatiemment d'un pied sur l'autre, Ty calé sur sa hanche.

— J'enverrai une équipe pour récupérer le secrétaire, les tableaux et le bronze. Ils seront vendus aux enchères, et vous pourrez les racheter.

Hélas, cela ne risquait pas de se produire.

— J'en prends note. Merci.

Piper regarda la porte, lui faisant comprendre qu'elle avait hâte qu'il parte.

— Il y a encore autre chose, madame Mills.

Oh ! Seigneur, à en juger par sa mine sérieuse, il allait lui annoncer une autre mauvaise nouvelle. Elle resserra sa prise autour de Ty et attendit que le couperet tombe.

— Cette maison appartient à une des sociétés de votre père et elle devra aussi être vendue pour rembourser une partie de ses créanciers.

Sidérée, Piper sentit ses jambes se dérober sous elle et se laissa tomber sur une chaise, Ty atterrissant sur ses genoux.

— Quoi ? Ce n'est pas possible ! Il a donné cette maison à ma mère qui me l'a léguée à sa mort ! J'ai demandé une copie de l'acte de propriété mais je n'ai rien reçu.

— Parce que Michael Shuttle a seulement laissé l'usufruit de la maison à votre mère et conservé la nue-propriété. Vous n'avez donc pas le droit d'y vivre. Elle sera vendue. C'est incontestable.

Incontestable ? Cela résonnait comme quelque chose d'affreusement définitif. Repoussant son sentiment de panique, elle se força à réfléchir.

— Ai-je la possibilité de racheter la maison ? demanda-t-elle d'une voix brisée.

— Disposez-vous d'environ trois millions de dollars ? Ou êtes-vous en mesure de vous les procurer ?

Non, mais elle possédait des pierres susceptibles de valoir une grosse somme si elles étaient authentiques. C'était sa maison, celle de Ty ! Elle avait perdu sa mère ; elle ne pouvait pas perdre aussi sa maison. Si elle réussissait à se procurer un peu d'argent grâce aux saphirs, elle contracterait un prêt hypothécaire pour le solde…

— Je vais essayer de trouver l'argent. Quel délai m'accordez-vous ?

L'expression de M. Simms se radoucit.

— Votre père a laissé un bel imbroglio derrière lui, et vous en êtes injustement punie. Je vais mettre la vente de la propriété à la fin de ma liste des priorités en espérant qu'on ne le remarquera pas. Que pensez-vous de trois mois ?

— Trois mois pour me procurer trois millions. Une sacrée gageure ! murmura-t-elle, les larmes aux yeux.

— Si quelqu'un peut le faire, c'est bien la fille de Michael Shuttle, dit-il, se voulant rassurant.

Elle ne se donna pas la peine d'expliquer que, même si l'ADN de Mick était dans ses gènes, il ne l'avait jamais considérée comme sa fille.

Mais elle *était* la fille de Gail et la mère de Ty, et elle menait une existence qu'elle aimait — un mode de vie désormais menacé. Piper jeta un regard circulaire dans son logis douillet et coloré et sentit l'angoisse lui nouer l'estomac. Cette maison était son cocon, son refuge, le centre de sa vie, l'aire de jeux de Ty. Elle s'y sentait en sécurité.

Renoncer à sa maison et à son mode de vie était inenvisageable. Elle devait donc se battre pour les garder, et cela voulait dire… Oh ! Seigneur ! Piper posa une main sur son sternum, ordonnant à ses poumons de fonctionner.

Se battre pour sa survie et sa maison signifiait vendre ses pierres. Et vendre ses pierres signifiait retourner voir Jaeger, le seul homme qui lui ait jamais donné envie de sortir des sentiers battus et de laisser libre cours à ses désirs. Peu importait qu'elle lui en veuille encore d'avoir refusé de la recevoir et qu'elle souffre encore d'avoir été si aisément oubliée. Elle avait besoin de lui.

Oh ! oui, elle allait avoir besoin de Jaeger !

Uniquement, bien sûr, pour qu'il lui achète ses saphirs. Elle n'avait pas besoin de lui en tant qu'amant ou père de Ty, ni qu'il évoque le passé et tente de justifier sa conduite.

Ce serait une transaction commerciale : elle lui vendrait ses pierres contre une somme d'argent conséquente.

Ce serait rapide et simple.

Et vu son niveau alarmant de stress, elle avait intérêt à ce que tout se passe vite et sans encombre.

Assise dans la salle d'attente, trois étages au-dessus de la superbe joaillerie sur Fifth Avenue, Piper examinait le décor du siège central de Ballantyne & Company.

Contrairement à l'élégance discrète de la boutique où le mobilier était conçu pour mettre en valeur les bijoux splendides, les bureaux étaient modernes, clairs et spacieux. Des canapés orange étaient disposés sur des sols en béton poli, et de larges baies vitrées permettaient aux visiteurs de contempler la circulation de Manhattan en contrebas. Un immense tableau moderne — Piper reconnut aussitôt la touche monochromatique de *Klee* — dominait le mur au-dessus d'une desserte en bois clair supportant une machine à café.

Le risque de perdre sa maison l'avait galvanisée et poussée à l'action. Elle n'avait pas le choix ; il fallait qu'elle sache si les pierres avaient ou non une grande valeur.

Au lieu de gaspiller son énergie à essayer d'obtenir un rendez-vous directement avec Jaeger, elle avait choisi d'utiliser ses contacts dans le monde de l'art. Les collectionneurs avaient beaucoup d'argent et de relations, et nombre d'entre eux, comme son meilleur client, M. Hendricks, achetaient aussi des bijoux. Un jour, elle l'avait empêché d'acheter un faux Dali, et il avait tout de suite accepté de lui obtenir un rendez-vous avec Jaeger.

Elle se serait épargné bien des déconvenues et du chagrin si elle avait eu cette idée de génie l'an dernier. La faute aux hormones de la grossesse qui avait perturbé le bon fonctionnement de son cerveau !

Bien que Jaeger se soit conduit comme un goujat après Milan, elle se fiait à lui sur le plan professionnel. Sa réputation d'honnêteté était d'une importance vitale dans son métier de négociant en pierres précieuses. Ballantyne & Company était également réputée pour rémunérer au meilleur prix les gemmes de qualité. Trois excellentes raisons, toutes professionnelles, pour qu'elle se retrouve ici. Piper sentit un filet de transpiration couler le long de son dos. Son cœur battait à tout rompre, et l'air se raréfiait dans ses poumons.

Elle devait à tout prix se calmer.

Elle allait revoir Jaeger. Son amant d'une nuit, le père de son enfant, l'homme sur lequel elle avait fantasmé durant les dix-huit derniers mois. À Milan, elle avait été incapable de le regarder sans avoir envie de l'embrasser éperdument et de se retrouver nue avec lui dès que possible.

Jaeger, ce même homme qui l'avait évincée de sa vie.

Piper inspira profondément. Elle devait se ressaisir ! Elle aurait bientôt trente ans, elle était mère de famille. Elle n'était plus une jeune fille gauche sur le point de rencontrer son premier amoureux. Elle avait des saphirs à vendre, une maison à sauver, un enfant à élever. Elle se comportait de façon ridicule ! Ce rendez-vous n'avait rien à voir avec Ty ou Milan. Il concernait ses gemmes et son besoin de se procurer de l'argent pour conserver sa maison. Celle de Ty.

Incapable de rester assise, elle s'avança dans le hall de réception pour examiner un autre tableau, de Crouch, celui-ci. Ce n'était pas son meilleur travail, décida-t-elle. Piper se tourna en entendant des voix masculines se diriger vers elle et reconnut aussitôt le timbre profond de Jaeger. Elle se figea, tétanisée. Sa peau la picotait, et elle avait l'impression que son cœur allait bondir hors de sa poitrine.

— Madame Mills ?

Prenant une profonde inspiration, elle observa avidement Jaeger. Ses cheveux étaient légèrement plus courts, remarqua-t-elle, et sa barbe un peu plus drue. Ses yeux étaient toujours du même bleu saisissant que dans son souvenir, mais ses épaules semblaient plus larges et ses biceps sous les manches de sa chemise noire en oxford, mieux dessinés. Une ceinture en cuir souple était glissée dans les passants de son pantalon chino noir.

Un coin de sa bouche se releva en une ébauche de sourire, comme le premier jour où ils s'étaient rencontrés. Et comme ce jour-là, elle était si troublée qu'elle avait l'impression qu'une nuée de papillons prenait son envol dans son ventre avant de s'écraser les uns sur les autres. Elle se mordit la lèvre inférieure, se répétant qu'elle ne pouvait pas, qu'elle ne devait pas se jeter dans ses bras et lui dire que sa bouche et son corps lui avaient affreusement manqué.

Il lui tendit la main.

— Je suis Jaeger Ballantyne.

Oui, je sais. Nous avons fait plusieurs choses ensemble à Milan, dont le souvenir me fait encore rougir.

Que lui avait-elle dit en Italie ? *La prochaine fois que nous nous reverrons, nous ferons comme si nous ne nous étions jamais vus nus.*

Oh ! Seigneur ! Allait-il vraiment prendre sa déclaration au pied de la lettre ?

Jaeger fourra sa main dans la poche de son pantalon et se balança sur ses talons, affichant une expression réservée.

— Bien, allons droit au but. Si j'ai bien compris, vous avez des saphirs que vous souhaitez faire expertiser.

Son préambule lui rappela aussitôt sa mission. Peu importait qu'il se comporte en goujat. Elle avait passé une nuit avec le play-boy de Park Avenue, et il lui avait donné sans le savoir le plus beau cadeau du monde, mais ce n'était pas pour cette raison qu'elle était ici. Elle avait besoin qu'il examine ses pierres et, idéalement, qu'il lui confirme leur grande valeur. Puis, qu'il les achète afin qu'elle puisse garder sa maison.

— Oui, j'ai des saphirs.

— Je m'occupe uniquement de pierres exceptionnelles, madame Mills, précisa Jaeger, sans se départir de son air circonspect.

Agacée de perdre un temps précieux, et se faisant l'effet d'une idiote, elle fouilla dans la poche intérieure de son sac fourre-tout et en retira un saphir taillé mesurant un centimètre et demi.

— Ceci est-il assez exceptionnel pour vous, monsieur Ballantyne ?

2

Jaeger abaissa sa loupe et examina le saphir qu'il tenait entre le pouce et l'index. Il s'agissait d'une petite pierre, à peine quatre carats, mais sa couleur et sa qualité, comme celles des neuf autres pierres, étaient exceptionnelles.

Comme la femme qui les possédait.

Il releva la tête et dirigea son regard vers la fenêtre où elle se tenait, contemplant la circulation sur la célèbre avenue en contrebas. À l'instar de ces pierres, quelque chose en elle l'interpellait. Elle n'était pas précisément belle, mais plutôt… *éblouissante*. Avec ses cheveux naturellement bouclés, ses yeux verts de chat, son menton long et têtu, son corps svelte de nageuse, elle était exotique, intéressante. Totalement féminine…

Et furieuse après lui.

Jaeger connaissait les femmes. Et pour cause, il en avait côtoyé beaucoup. Il savait quand elles étaient de mauvaise humeur ou tristes. Il reconnaissait la manipulation et le désespoir à des kilomètres à la ronde, il repérait le calcul et l'avidité d'un seul coup d'œil. Il déchiffrait le langage corporel comme d'autres déchiffraient des manuscrits, et Piper Mills était la colère incarnée.

Une colère dirigée contre lui.

Il avait envie de lui demander s'ils s'étaient déjà rencontrés, mais il savait que c'était impossible. Sa mémoire était infaillible, excepté pour ces deux mois du printemps précédent, et il savait que leurs chemins ne s'étaient jamais croisés avant cette période. Quant à la probabilité qu'ils se soient rencontrés durant ces deux mois perdus, elle était faible. Les facturettes de cartes de crédit, les billets d'avion et les investigations d'un détective privé avaient en grande partie complété les blancs pour le laps de temps effacé de sa mémoire.

Il avait passé le mois d'avril de l'année dernière en Birmanie et en Thaïlande sur la piste d'un rubis fantastique qui lui avait ensuite échappé lors d'une vente aux enchères dans une arrière-boutique de Bangkok. Puis il s'était envolé pour Milan. Là, il s'était rendu chez Ballantyne & Company et avait acheté des bijoux Art déco bon marché. Il était resté deux jours supplémentaires à Milan, ce qui n'était pas inhabituel puisque c'était sa ville préférée, mais son séjour s'était mal terminé. Sur le chemin de l'aéroport, le taxi qui l'avait pris en charge avait été embouti par une camionnette de livraison, et il s'était retrouvé pris en sandwich sur le siège arrière du véhicule. Il avait eu une clavicule cassée et une hémorragie cérébrale.

Les médecins de Milan avaient stabilisé son état, puis Linc avait envoyé leur avion privé et une équipe médicale sur place pour le transférer à New York. Il avait subi une opération chirurgicale pour enrayer l'hémorragie et avait été plongé dans un coma artificiel jusqu'à ce que l'hématome se résorbe. Quand il s'était réveillé, il avait appris qu'il avait perdu le souvenir de dix semaines de sa vie et son oncle bien-aimé, l'homme qui avait élevé la fratrie Ballantyne.

Jaeger détourna le regard de la beauté aux longues jambes postée à la fenêtre et reporta son attention sur les gemmes. Les Pierres bleues du Cachemire… Pourquoi cette expression lui trottait-elle dans sa tête ? Jaeger souleva le combiné de son téléphone de bureau et appuya sur une touche, attendant avec impatience que Beckett lui réponde. Son frère avait une mémoire phénoménale et se souvenait de la plupart des nombreuses histoires de leur oncle ayant trait aux pierres précieuses. Elles avaient bercé l'enfance de Jaeger, Beckett, Sage et Linc — le fils de la gouvernante, que Connor avait adopté en même temps que ses deux neveux et sa nièce. Beckett se souvenait toujours des moindres détails.

— Tu m'appelles parce que tu n'es pas fichu de t'occuper de ta cliente sexy et que tu as besoin de mon aide ?

Jaeger réprima un soupir d'agacement.

— Oui, c'est *précisément* la raison de mon appel, répliqua-t-il d'un ton sarcastique.

— C'est bien ce que je pensais. Ne bouge pas. Je me précipite à ta rescousse.

S'il avait été seul, il aurait dit à son effronté de frère ce qu'il pensait de sa remarque déplacée. Mais puisque ce n'était pas le cas, il se contenta de lui demander ce que les termes *Pierres bleues du Cachemire* évoquaient pour lui.

Il fallut moins de dix secondes à Beckett pour répondre :

— L'arrière-grand-père Mac a parlé d'un lot de saphirs surnommé les Pierres bleues du Cachemire, qu'il a vu dans un magasin londonien. Quinze pierres superbes. Étant donné que d'autres négociants, comme Jim Moreau, les ont vues aussi, nous savons qu'elles existent bel et bien et qu'elles ne sont pas une création de l'imagination imbibée de whisky de Mac. Curieusement, elles ne sont jamais réapparues.

Jusqu'à aujourd'hui, peut-être. Se pouvait-il que ces dix gemmes fassent partie du lot original de quinze saphirs ? Si tel était le cas, Jaeger avait sous les yeux un véritable trésor, se dit-il, très excité en raccrochant. Dieu du ciel ! Était-il en train de contempler la plus importante découverte de gemmes de ces cinquante dernières années ?

— Eh bien, ces pierres valent-elles quelque chose ? demanda Piper, les mains campées sur ses hanches minces.

Jaeger ne put s'empêcher de remarquer la façon dont le soleil brillait à travers le chemisier en soie fine de sa cliente. Il distinguait la courbe de sa poitrine, la dentelle de son soutien-gorge. Il voulait ces pierres, mais par tous les saints, il avait envie de posséder cette femme avec une avidité qui le stupéfia.

Ressaisis-toi, Ballantyne. Ce n'est pas le moment de penser au sexe.

— Oui, elles valent quelque chose, répondit-il lentement.

Mais pour le moment, je ne suis pas en mesure de vous donner une estimation. Je dois procéder à divers tests. J'aimerais que d'autres experts les examinent.

— Je pensais que *vous* étiez un expert.

— Je le suis. Mais pour des pierres comme celles-ci…

Magnifiques, surprenantes, époustouflantes, *hors de prix*.

— … je tiens à procéder à une double vérification.

— Je ne veux pas faire intervenir un tiers, insista Piper, relevant son menton têtu et sexy.

— Les autres experts dont je parle sont mes deux frères, Linc et Beckett, et ma sœur, Sage. Ils sont membres du conseil d'administration de Ballantyne & Company. Par ailleurs, nous ne discutons jamais de nos clients avec des confrères ou d'autres personnes.

Piper croisa les bras sur sa poitrine et fixa le sol à ses pieds, semblant peser le pour et le contre. Quand elle releva les yeux sur lui, son expression était déterminée.

— Ne tournons pas autour du pot. Si je voulais les vendre tout de suite, combien m'en offririez-vous ?

— Avez-vous besoin de cet argent ?

Elle n'avait pas l'air d'être aux abois. Sa tenue était élégante et à la mode.

Piper le fusilla du regard.

— Vous n'en avez peut-être pas conscience, mais certaines personnes ont besoin d'argent.

Jaeger soutint son regard et ne se donna pas la peine de lui dire qu'il avait vu plus de pauvreté en un seul voyage en Asie du Sud-Est qu'elle ne pourrait jamais imaginer. Il savait ce que les gens étaient capables de faire pour de l'argent ; il en avait été témoin.

Il n'y pouvait rien s'il était l'héritier d'une dynastie de gemmologues et s'il était richissime, mais il travaillait très dur chaque jour de sa vie. Il n'escroquait pas ses clients. Il payait un bon prix pour des gemmes de bonne qualité. Il ne touchait pas aux diamants de sang et boycottait les propriétaires de mines qui faisaient travailler les enfants. Comme ses parents, comme son oncle Connor, il exerçait son métier de façon éthique, que diable !

Pourquoi ressentait-il ce besoin urgent de s'expliquer ?

Qu'est-ce que cette femme avait de plus que les autres ? Et pourquoi se souciait-il de ce qu'elle pensait de lui ?

— Donnez-moi un chiffre, insista Piper.

Il perçut la peur dans sa voix et aussi l'espoir que ces pierres pourraient résoudre un gros problème.

— Disons un million de dollars.

En réalité, il pensait au double de cette somme, mais il voulait voir sa réaction.

Ses épaules s'affaissèrent, et elle se mordilla la lèvre. Donc, un million était insuffisant par rapport à ses besoins.

— Trois ? demanda Piper.

Ainsi, c'était la somme qu'il lui fallait. Mais pourquoi faire ?

— Peut-être deux, déclara Jaeger, faisant mine de réfléchir à sa demande.

Encore une fois, un éclair de déception traversa ses prunelles vertes. Ciel, comme elle avait des yeux fascinants ! Pour un peu, il lui signerait un chèque de trois millions, puis il l'embrasserait éperdument avant de lui arracher ses vêtements !

— Puis-je prendre le temps de la réflexion ? demanda Piper, le ramenant à la réalité.

— Bien sûr, madame Mills, répondit-il, replaçant lentement les gemmes dans leur sachet de velours. Mais je ne vous ferai pas d'offre aujourd'hui. Ni demain.

Parce que, malgré le désir brûlant qu'elle lui inspirait, il n'était pas un négociant novice prêt à se laisser influencer par un joli minois, un corps de rêve et des yeux désespérés, aussi fascinants soient-ils.

Sous le coup de la surprise, la bouche sensuelle de Piper s'entrouvrit, et il se demanda quel goût elle avait, si ses lèvres étaient aussi soyeuses et pulpeuses qu'elles en avaient l'air. Il avait envie de les sentir sur sa peau… *Bon sang, Ballantyne, reprends-toi !*

— Mais… Mais… Vous avez dit…

Jaeger se leva et posa les mains sur son bureau, se penchant pour que leurs yeux soient au même niveau.

— Je ne fais pas une offre d'un ou deux millions de dollars pour des gemmes dont je ne sais rien. Cela m'arrive quand je me trouve sur le terrain et que je ne peux compter que sur mon instinct. Mais je ne suis pas disposé à le faire maintenant alors que je n'ai pas besoin de prendre ce risque.

Jaeger se redressa et passa une main dans ses cheveux.

— Je vous ferai une offre ferme quand j'aurai procédé à quelques recherches…

— Quel genre de recherches ?

— Nous consultons plusieurs bases de données, notamment celles d'Interpol et du FBI pour vérifier si des gemmes similaires ont été déclarées volées. Je veux aussi que mes frères et ma sœur examinent vos pierres.

— Combien de temps cela prendra-t-il ?

— Aussi longtemps qu'il le faudra.

— Je peux les apporter chez Moreau.

Le principal concurrent de Ballantyne & Company.

— C'est votre droit, mais vous ne le ferez pas, répliqua Jaeger, contemplant les prunelles vertes de Piper où la frustration remplaçait la peur. Parce que, pour une raison que j'ignore, vous voulez que je vous les achète. Pourquoi ?

Piper ne se donna pas la peine de répondre, mais il perçut la lueur d'acceptation dans ses yeux. Pourquoi avait-il la conviction que sa venue ici n'était pas uniquement motivée par la vente de ses pierres ? Il devinait qu'elle avait une histoire à raconter, et qu'il en faisait partie.

— Vous avez deux semaines pour me faire une offre ferme, déclara Piper, mettant son sac en bandoulière. Passé ce délai, je m'adresserai ailleurs.

— Entendu. J'ai besoin de vos coordonnées. Si vous m'accordez un peu de temps, j'entrerai le détail des pierres dans notre base de données et je vous imprimerai un reçu spécifiant que vous nous en confiez la garde.

— Je vais vous donner ma carte, et vous m'enverrez le

reçu. Je sais que vous ne les volerez pas ou que vous ne les échangerez pas. Tout ce que je vous demande, c'est de ne pas divulguer mon nom et le fait que je possède ces bijoux. Pouvez-vous faire cela ?

Pourquoi tenait-elle tant à la confidentialité ? Ces saphirs étaient-ils volés ? Seigneur, il espérait que non ! Si c'était le cas, il devrait le signaler aux autorités compétentes. Or, il n'avait aucune envie de voir Piper arrêtée et emprisonnée pour recel de biens volés.

La seule chose qu'elle devrait recéler et manipuler sous toutes les coutures, c'était lui.

Voilà qu'il déraisonnait encore ! Il était temps qu'il se comporte en adulte, en digne associé de Ballantyne & Company, en chasseur redoutable de pierres précieuses.

— Vous avez bien noté que je consulterai les bases de données d'Interpol et du FBI, n'est-ce pas ?

Pour toute réponse, elle lui lança un regard incendiaire. Puis elle sortit une carte de visite de son sac et la lui tendit.

Jaeger examina la carte.

— Vous êtes experte en œuvres d'art ?

Piper secoua la tête, visiblement ulcérée.

— Vous avez vraiment pris mes paroles au pied de la lettre, n'est-ce pas ?

Jaeger fronça les sourcils. Que signifiait cette étrange remarque ? Dès l'instant où elle était entrée dans son bureau, il avait deviné des déclarations à demi formées sur ses lèvres et dans son regard. Elle avait ouvert la bouche à plusieurs reprises, comme si elle était sur le point de dire quelque chose, mais elle s'était ravisée à chaque fois. Que se passait-il derrière ces prunelles vertes ?

Occupe-toi de tes affaires, Ballantyne. C'est une cliente, rien de plus.

Il n'empêche qu'il y avait quelque chose d'étrange chez la superbe Mme Mills, se dit Jaeger en la suivant des yeux pendant qu'elle traversait son bureau et ouvrait la porte. Sur le seuil, elle se retourna et pointa son index vers lui.

— Je vous fais confiance pour vous occuper de mes pierres, Ballantyne. Pourtant, Dieu sait que ce n'est pas évident pour moi de vous faire confiance après tout ce qui s'est passé.

Sans lui laisser le temps de répondre, elle sortit de son bureau. Jaeger contemplait la porte entrouverte avec la désagréable impression qu'elle ne lui avait laissé que quelques pièces d'un puzzle.

Il trouverait les pièces manquantes, songea-t-il, se rasseyant derrière son bureau. Il commencerait par entrer son nom dans toutes les bases de données auxquelles il avait accès pour voir ce qu'il en sortirait.

Parce que, il en était sûr, il en sortirait quelque chose.

Pourquoi n'avait-elle pas dit ses quatre vérités à Jaeger ?

Cette question lancinante tournait en boucle dans sa tête depuis qu'elle était sortie en hâte de son bureau, huit heures auparavant. Pourquoi n'avait-elle pas ouvertement évoqué leur passé ? Pourquoi avait-elle continué à faire comme s'ils étaient deux étrangers l'un pour l'autre ?

Piper tourna au coin de sa rue, son fourre-tout en bandoulière, un sac marron dans chaque main, contenant entre autres de la nourriture, des couches pour bébé et du chocolat… Après une journée comme celle-ci, elle avait besoin de réconfort. Des petits pots, des couches, du chocolat… Comme sa vie était excitante !

Bon. Elle l'avait été. Dix-huit mois auparavant. Quand elle avait rencontré cet homme. Un mètre quatre-vingts et quelques de pure sensualité… Stop ! Au lieu de penser à cela, elle ferait mieux de se demander pourquoi elle s'était abstenue d'évoquer les trente-six heures qu'ils avaient passées ensemble à Milan. Quelle mouche l'avait piquée ?

Elle changea ses sacs de main et repoussa une boucle retombant sur ses yeux. L'orgueil. C'était par orgueil qu'elle s'était tue. Elle aurait voulu que ce soit lui qui évoque leur rencontre à Milan ; qu'il lui dise à quel point il était heureux de la revoir. Elle aurait voulu qu'il l'invite à dîner… et qu'il l'emmène au lit. Or, non seulement il l'avait exclue de sa vie, mais il l'avait oubliée !

Cette pensée lui vrillait le cœur. La nuit qu'elle avait passée avec lui avait été un événement marquant de son existence alors qu'elle n'avait été pour lui qu'une expérience insignifiante dans ce qui semblait être une longue suite de rencontres sexuelles.

Le fait que Jaeger l'ait oubliée, qu'il ait oublié Milan, lui rappelait douloureusement le désintérêt de son propre père. Elle était une adulte et elle ne devrait plus se formaliser du comportement indigne de Mick à son égard, mais elle ne pouvait pas s'empêcher de se remémorer les fois où elle lui ouvrait la porte et où il la regardait, cherchant visiblement à se souvenir de son prénom. Sa mère — et tout ce qu'elle lui donnait — comptait aux yeux de Mick, mais pas Piper. À la mort de sa mère, son père avait cessé de venir à la maison de Brooklyn, et la seule fois où il avait adressé la parole à Piper après l'enterrement, c'était pour lui réclamer ses saphirs.

Toute sa vie, elle avait vécu avec le rejet. Et l'oubli de Jaeger n'était qu'une autre forme de rejet.

Pourtant, plus elle y réfléchissait plus l'attitude de Jaeger lui paraissait illogique. Pourquoi faisait-il semblant de ne pas la connaître ? Ils étaient convenus de se comporter de façon professionnelle quand ils se reverraient. Alors, pourquoi n'avait-il pas répondu à ses coups de fil après Milan ? Pourquoi l'ignorer puis feindre de ne pas se souvenir d'elle ?

À quel jeu jouait-il ?

Peut-être aurait-elle dû éviter Jaeger et aller voir directement Moreau. Pourquoi ne l'avait-elle pas fait ?

Parce que, d'après M. Hendricks, Jaeger payait mieux que tous les autres négociants en pierres précieuses. Par ailleurs, à Milan, elle avait promis à Jaeger de lui apporter ses gemmes. Et contrairement à son père qui avait trahi la confiance de nombreux investisseurs, elle mettait un point d'honneur à tenir ses promesses ; à faire ce qu'elle estimait être juste.

Dans ce cas, était-ce juste de ne pas lui avoir parlé de Ty ?

Cette pensée la frappa de plein fouet, telle une vague scélérate. Bien sûr que c'était juste. Revoir Jaeger n'y changeait rien ! Elle savait, comme tout le monde, qu'il n'avait pas la fibre paternelle. Il avait ouvertement admis qu'il n'entrait pas dans ses projets d'avenir d'avoir une épouse et des enfants.

Il n'y avait rien de pire que de savoir qui était son père et d'apprendre qu'il ne souhaitait pas faire partie de votre vie. Il était hors de question que Ty se retrouve dans la même situation qu'elle et souffre du désintérêt de son père.

D'un coup de hanche, elle poussa la grille en fer forgé de sa maison et remarqua que sa verveine citronnelle et ses géraniums manquaient d'eau, et que ses pots avaient besoin d'être repeints. Bon. Elle s'en occuperait plus tard.

— Piper !

Surprise, elle fit volte-face sur la plus haute marche et faillit perdre l'équilibre sous le poids de ses sacs.

— Bon sang, Ballantyne !

Jaeger s'avança vers elle, les mains levées en signe d'apaisement.

— Pourquoi êtes-vous aussi nerveuse ? Je n'ai fait que vous interpeller par votre prénom.

Il n'avait pas besoin de savoir qu'elle était en train de penser à lui et qu'elle avait cru l'avoir fait apparaître comme par magie.

— La journée a été longue. Pourquoi êtes-vous ici ?

Sa peau la picota tandis que Jaeger s'approchait lentement d'elle, ses longues jambes réduisant l'espace entre eux. Elle percevait un soupçon d'eau de Cologne masculine et la chaleur de sa peau. Seigneur ! Elle se souvenait de son odeur, de sa texture et de sa saveur — épicée, ferme et douce…

Il interrompit ses pensées érotiques en lui prenant les sacs des mains et en examinant sans vergogne leur contenu.

— Du vin, de la nourriture pour bébé, des couches, un magazine masculin grand public, des tampons, du chocolat et du houmous. Un contenu éclectique.

Piper rougit puis fronça les sourcils.

— Cessez d'examiner mes courses. C'est mal poli.

— Allez-vous m'inviter à entrer ? demanda Jaeger.

Et elle sut que ce n'était pas une suggestion mais un ordre.

Elle dansa d'un pied sur l'autre, se demandant quoi répondre. Ceri, la nourrice de Ty et sa meilleure amie, était à l'étage avec l'enfant, et Piper n'avait vraiment aucune envie que Jaeger rencontre Ty. Elle ignorait à quel jeu il jouait en feignant de ne pas se souvenir d'elle, mais tant qu'elle n'aurait pas compris la règle de ce jeu, elle n'avait pas l'intention d'introduire un nouveau joueur dans l'arène. Surtout quand ce nouveau joueur était son fils innocent.

La décision lui fut retirée quand la porte d'entrée s'ouvrit, livrant passage à Ceri et Rainn, chacun tenant d'une main la poussette de Ty. Piper s'accroupit aussitôt pour embrasser son fils sur la joue.

— Eh, voilà mon petit homme préféré.

Ty ne semblait pas aussi excité de la voir que d'habitude, mais il lui tapota le visage avant de la repousser pour examiner les alentours.

Piper se releva et jeta un coup d'œil à Jaeger. À son grand soulagement, il ne manifesta qu'un intérêt modéré envers Ty. Elle se rasséréna un peu en constatant qu'il ne voyait pas ce qu'elle voyait ; la ressemblance flagrante entre eux. *Dieu soit loué.*

— Nous allons faire une promenade au parc, annonça Ceri.

Elle reporta son attention sur Jaeger, et écarquilla les yeux de surprise.

— Oh ! vous êtes…

— Jaeger Ballantyne.

Il sourit à Ceri, et le cœur de Piper bondit dans sa poitrine. Elle avait oublié à quel point son sourire était séduisant et embellissait son visage aux traits énergiques. Puis Jaeger serra la main de Rainn une fois que les jumeaux eurent descendu la poussette en bas des marches.

— Je suis Ceri Brown. Voici Rainn. Et ce bout de chou s'appelle Ty.

Piper s'apprêtait à expliquer que Ceri était la nourrice de

son fils, que Rainn était son frère jumeau et qu'ils logeaient dans l'appartement en dessous du sien, mais elle se ravisa. Elle ne lui devait aucune explication !

Ceri détourna non sans peine son regard admiratif de Jaeger et le reporta sur Piper.

— Veux-tu te joindre à nous ? Nous serons de retour dans une demi-heure.

Piper se mordit la lèvre et secoua la tête.

— Pas cette fois. Jaeger a quelque chose à me dire.

Ceri les contempla tour à tour avec curiosité.

— Comment vous êtes-vous connus ?

— C'est une histoire longue et compliquée, éluda Piper. Je vous verrai tout à l'heure, d'accord ?

Piper et Jaeger suivirent des yeux Rainn, qui s'amusait à incliner la poussette en arrière sur deux roues, un des jeux favoris de Ty. Le rire du bébé parvint jusqu'à elle, et elle ressentit un élan de tendresse pour son petit garçon et pour les jumeaux qu'elle considérait comme son frère et sa sœur.

— Charmante famille, remarqua Jaeger. Ils sont bien jeunes pour avoir un enfant.

Encore une fois, Piper se retint à temps de lui dire que Ty était son fils. Elle jeta un coup d'œil à Jaeger et fut frappée par l'émotion qui se lisait dans son regard. Était-ce de la nostalgie, de la tristesse, de la douleur ? Pourquoi Jaeger Ballantyne — qui ne cessait de répéter aux médias qu'il suivrait les traces de son oncle Connor et demeurerait célibataire — envierait-il ce qu'il croyait être une jeune famille en route pour le parc ? Elle avait dû mal interpréter son émotion, décida Piper. Après tout, il s'agissait de Jaeger Ballantyne, l'homme qui pensait que le monde était surpeuplé.

Qui refusait ses appels et feignait de ne pas la reconnaître. Il ne méritait pas ses explications.

Parvenue au coin de la rue, Ceri agita la main dans leur direction, et Piper redressa les épaules, prête au combat.

— Êtes-vous ici pour me faire une offre sur mes pierres ? Peut-être que cette épreuve se terminerait plus tôt que prévu.

— Non. Je ne suis pas plus disposé à vous faire une offre que ce matin.

Quelle poisse !

— Invitez-moi à entrer, Piper, ajouta Jaeger, passant devant elle pour ouvrir la porte. Nous savons tous les deux que nous avons à parler d'autre chose que des saphirs.

Maintenant, il était décidé à parler de ce qui s'était passé à Milan ? En vérité, après avoir ignoré tous ses coups de fils, que pourrait-il trouver à dire ? Apparemment, tout ce qui avait eu besoin d'être dit avait été exprimé dans ce dernier baiser qu'ils avaient échangé au sortir de l'hôtel. Il avait été tendre et doux, plein de regret, poignant mais définitif.

Merci et au revoir. Pense à moi de temps à autre. Souviens-toi avec le sourire de cet agréable moment que nous avons passé ensemble. Et bonne continuation.

L'aveu silencieux mais implacable qu'ils ne renoueraient pas leur relation quand ils se croiseraient de nouveau…

Ils n'étaient pas convenus de se traiter comme des étrangers, mais c'était peut-être mieux ainsi. Jaeger avait encore le pouvoir de la déstabiliser.

— Vous m'opposez encore une fois le silence, dit-il. Je n'arrive pas à décider si c'est parce que votre esprit s'emballe ou que vous êtes têtue.

Il plia les genoux pour que leurs yeux soient à la même hauteur.

— Quoi qu'il en soit, nous avons des choses à nous dire. Nous pouvons parler ici ou autour d'une tasse de café ou, si les dieux me sont favorables, autour d'un verre de whisky, mais nous aurons une conversation, madame Mills.

Oui, elle percevait la détermination dans son regard. Elle voyait le négociateur redoutable qui achetait et vendait des pierres précieuses sur les six continents. Jaeger ne partirait pas tant qu'il n'aurait pas dit ce qu'il avait en tête. Elle devait faire tout son possible pour maîtriser cette conversation et ne pas dévier du sujet. Elle voulait savoir pourquoi il l'avait empêchée par tous les moyens de le joindre après Milan, mais

Ty était un sujet tabou. Tout comme le fait qu'elle avait envie de voir Jaeger nu et pantelant.

Seigneur, pourquoi continuait-elle de penser à cela ?

Elle s'engageait sur un terrain miné et elle devait faire très attention où elle mettait les pieds.

— Je donnerais volontiers le diamant rouge le plus rare pour savoir à quoi vous pensez, déclara Jaeger, interrompant le cours de ses réflexions.

Piper cilla et concentra son attention sur le présent.

— Je vais faire du café, capitula-t-elle, résignée.

Jaeger posa une main au creux de ses reins et la poussa vers l'escalier menant à son appartement.

— Très bien. Ce serait encore mieux si vous m'offriez un verre de whisky pour l'accompagner. Moi aussi, j'ai eu une journée harassante.

3

Une tasse de café à la main, Piper rejoignit son salon faisant office de bureau et trouva Jaeger debout devant la cheminée, un verre de whisky à la main, admirant une série de dessins à l'encre et au crayon suspendus au mur.

Piper s'attarda sur le seuil de la pièce, le temps de reprendre son souffle. Chaque centimètre de la haute silhouette de Jaeger reflétait sa masculinité ; ses jambes longues et musclées, ses grandes mains, ses doigts aux bouts carrés, son torse large. À côté de lui, elle se sentait plus petite, plus féminine et sexy.

Non seulement il émanait de lui une virilité intense, mais il semblait parfaitement à l'aise dans son espace intime en désordre — comme si sa présence ici, auprès d'elle, allait de soi… Cette pensée troublante eut le don de liquéfier ses genoux.

— Ces dessins sont fantastiques. Qui en est l'auteur ?

— Une artiste danoise. Je les ai achetés dans une galerie à Copenhague et, depuis, je n'ai plus jamais trouvé d'autres œuvres d'elle. C'est vraiment dommage car elle fait un travail fabuleux.

Désireuse de retarder le sujet de Milan et de ses appels sans réponse, elle lui désigna une marine sur le mur opposé.

— Cette peinture à l'huile est de Joonie Paul, artiste également inconnu et pourtant très talentueux.

Jaeger, véritable œuvre d'art vivante qu'elle ne se lassait pas de contempler, se tourna vers elle, et ses splendides yeux bleus croisèrent les siens.

— Manifestement, vous aimez l'art, déclara-t-il.

— Normal. Je suis experte en la matière.

Jaeger s'assit sur l'ottomane, les avant-bras posés sur ses cuisses, son verre disparaissant presque dans sa grande main. Il contempla un moment le tapis persan multicolore à ses pieds avant de relever la tête. Son regard intense la clouait sur place sur le canapé où elle s'était installée, et elle se fit l'effet d'une biche éblouie par les phares d'une voiture.

— Parlons de Milan.

Nous y voilà. Elle allait enfin savoir pourquoi il s'était conduit comme un goujat. Il avait intérêt à lui fournir une explication convaincante !

— Apparemment, nous nous sommes rencontrés à Milan, à la boutique Ballantyne, en avril de l'année dernière ?

Rencontrés ? Était-ce ainsi que le célibataire le plus célèbre et le plus inaccessible qualifiait trois rendez-vous fabuleux et une nuit d'ébats sexuels torrides ? Mince ! On voyait les choses très différemment de l'autre côté du pont de Brooklyn ! Piper se contenta d'opiner de la tête. Que pouvait-elle faire d'autre ? Après tout, c'était la vérité.

— Je suppose que nous avons discuté de vos saphirs à Milan et que c'est pour cette raison que vous m'avez laissé de si nombreux messages à l'automne dernier ?

Oui, cela s'était passé ainsi, songea-t-elle, faisant un effort de volonté pour ne pas lui laisser voir son exaspération. Soudain, Jaeger se leva et alla se poster à la fenêtre, écartant les lourds voilages pour regarder dehors. Ses larges épaules étaient remontées à la hauteur de ses oreilles, et la tension irradiait de son corps. Allons bon. Que se passait-il ?

— Pourquoi me posez-vous ces questions ? Vous étiez *présent* à Milan !

Jaeger se retourna et s'adossa contre le mur, un pied croisé sur sa cheville, une posture détendue que démentait son air perplexe et troublé.

— Vous ne vous rappelez pas ? demanda-t-elle.

C'était le seul scénario plausible qui lui venait à l'esprit.

Jaeger pointa son index vers elle, comme pour dire : c'est

exactement cela. Piper prit une profonde inspiration. Cet homme si grand, si musclé et si sexy ne se rappelait pas du tout Milan, leurs rendez-vous, ses pierres. Leur nuit fabuleuse. Seigneur, l'Italie était un pays tellement extraordinaire, et il ne s'en souvenait pas ? Piper réfléchissait à toute vitesse. Était-ce une bonne ou une mauvaise chose ?

Mais comment pouvait-il avoir oublié ?

— Sérieusement ? Vous ne vous souvenez de rien à propos de Milan ? insista Piper. Vous ne vous souvenez pas de m'avoir rencontrée, d'avoir dîné avec moi ?

Tu ne te souviens pas de la nuit que nous avons passée dans ta chambre d'hôtel ? Des baisers que j'ai égrenés sur tout ton corps ? De notre dernier rapport sous la douche, si intense que nous aurions pu ébranler les fondations de l'hôtel ? Tes halètements et mes cris ? La difficulté que nous avons eue à nous séparer le lendemain matin ?

— Que s'est-il passé, Jaeger ?

Il croisa les mains derrière la tête, et ses biceps saillants tendirent le tissu de sa chemise en coton. Elle s'entrouvrit, et Piper aperçut un coin de peau musclée et hâlée. Et juste au-dessus de la boucle de sa ceinture, elle entrevit une fine ligne de duvet brun. Ses lèvres avaient suivi le tracé de cette ligne, étaient descendues plus bas, et…

Les sourcils froncés, Jaeger laissa retomber ses bras et fourra ses mains dans les poches de son pantalon.

— Je vous dirai pourquoi je ne me souviens de rien, mais auparavant, pourriez-vous me parler de notre rencontre à Milan ?

Piper croisa les jambes et noua les bras autour de son genou. Jusqu'où devait-elle aller dans ses révélations ? *Contente-toi des grandes lignes…*

— Comme j'avais un peu de temps libre à Milan, je suis entrée dans votre joaillerie et j'ai demandé si quelqu'un pourrait me donner un avis sur mes pierres, même si je n'avais qu'une photo sur mon téléphone. Vous étiez là, et parce que vous êtes entreprenant avec les femmes, vous m'avez invitée à dîner.

— Nous avons mangé dans une trattoria où j'ai mes habitudes, à Linate ?

Voyant son expression confuse, il expliqua :

— Je le sais grâce au reçu de ma carte de crédit. C'est moi qui ai payé. C'était le 29 avril, n'est-ce pas ?

Oh ! oui. Elle se souvenait aussi bien de la date à laquelle elle avait conçu Ty que de la date à laquelle elle l'avait mis au monde. Et comme c'était aussi la dernière fois qu'elle avait eu des relations sexuelles, la date était facile à retenir. Elle commençait à détailler leur rencontre quand Jaeger l'interrompit.

— Pourriez-vous me parler de cette soirée ?

Devait-elle lui dire qu'ils avaient couché ensemble ? Non ! Si elle le faisait, il pourrait faire le calcul et supposer que Ty était son fils. Et la ressemblance entre eux le conforterait dans ses soupçons. Six heures après ses retrouvailles avec Jaeger, elle n'était pas prête à aller aussi loin dans les confidences et à subir sa réaction quand il comprendrait qu'il avait un fils dont il ne voulait pas.

Un problème à la fois, décida-t-elle.

Elle chercherait à différer ou à éviter le sujet de leur relation intime, mais elle ne mentirait pas à Jaeger. S'il lui demandait s'ils avaient couché ensemble, elle lui dirait la vérité en priant le ciel pour que tout se passe bien.

Désireuse de détourner l'attention de Jaeger du sujet brûlant et aussi d'assouvir sa curiosité, elle demanda :

— Pourquoi ne vous souvenez-vous de rien ?

Il s'écarta du mur pour prendre son verre, but une gorgée de whisky et la contempla par-dessus le bord en cristal, comme s'il tâchait de décider ce qu'il allait lui dire.

— Je suis monté à bord d'un taxi pour me rendre à l'aéroport. D'après les rapports de police…

— Les rapports de police ? s'exclama Piper, stupéfaite.

Son interruption lui valut un froncement de sourcils.

— La camionnette qui roulait derrière nous a percuté le taxi de plein fouet. J'étais sur sa trajectoire directe.

Piper le fixait, incrédule. Jaeger avait été victime d'un accident de voiture le matin où ils s'étaient séparés ?

— Mais…

— Voulez-vous entendre mon histoire ou allez-vous continuer de m'interrompre ? bougonna-t-il. J'étais très mal en point. J'avais plusieurs blessures, la plus grave étant un hématome intracrânien.

— Seigneur, Jaeger !

Piper mit la main devant sa bouche, horrifiée. Elle se leva et lui fit face, brûlant d'envie de le toucher. Ce n'était pas suffisant qu'il se tienne devant elle, visiblement en excellente condition physique. Elle éprouvait le besoin impérieux de le palper pour se rassurer !

— Mes frères et ma sœur ainsi qu'une équipe médicale sont venus en Italie et m'ont rapatrié aux États-Unis. J'ai subi deux interventions chirurgicales, puis j'ai été plongé dans un coma artificiel pendant six semaines. À mon réveil, la dernière chose dont je me souvenais, c'était mon arrivée à Bangkok un mois avant l'accident. Après, c'est le trou noir.

— Je suis sincèrement désolée. Je l'ignorais !

— Personne n'était au courant. Mes frères et ma sœur ont raconté que j'étais sur la piste d'une émeraude dans une région isolée de la Colombie où les communications étaient très difficiles, et qu'ils ne savaient pas quand je rentrerai.

— Pourquoi ne pas avoir divulgué ce qui vous était arrivé ?

Jaeger fit la grimace.

— Principalement parce que mes frères et ma sœur voulaient cacher la nouvelle de mon accident à notre oncle Connor. C'est lui qui nous a tous élevés après la mort de nos parents, et quand l'accident s'est produit, il avait atteint un stade inquiétant de la maladie d'Alzheimer. Celui où toute mauvaise nouvelle bouleverse le patient et accélère la détérioration de son état mental.

— Mais… n'est-il pas mort à cette période ?

— Si, admit Jaeger, la mine sombre. Il est mort dix jours

avant qu'on me sorte du coma. Seigneur ! Les semaines qui ont suivi ont été un véritable enfer.

— Je suis heureuse que vous alliez bien, et je suis désolée pour votre oncle.

Jaeger se frotta la nuque, visiblement mal à l'aise.

— Merci.

— Cela explique beaucoup de choses. En revanche, je ne comprends pas comment vous m'avez reliée à Milan.

— Ce matin, j'ai senti que vous me cachiez quelque chose, et cela a éveillé ma curiosité.

Oh ! elle en cachait plus qu'il ne pensait…

— J'ai d'abord fait une recherche sur vous à partir du serveur de Ballantyne, et j'ai trouvé les occurrences habituelles. Mais c'est mon propre ordinateur qui m'a fourni les informations les plus intéressantes.

Nerveuse, Piper se mordilla la lèvre inférieure.

— Vraiment ?

— Oui. J'ai engagé un détective privé après l'accident. Il a enquêté sur le mois que j'ai passé à l'étranger et il a mentionné dans son rapport que vous et moi avions dîné ensemble. Cependant, il n'a pas donné plus de précision sur notre rencontre.

— Et comment avez-vous su que je vous avais appelé et envoyé des messages ?

Une lueur d'amusement traversa son regard.

— Ma famille est très en vue, et nous faisons un métier à haut risque. Notre service de sécurité enregistre les appels, les messages et les mails entrants. Si nous n'y répondons pas et si la personne insiste, elle est répertoriée dans une liste spéciale.

— Une liste spéciale ? répéta Piper, méfiante.

— Celle des importuns et des cinglés.

Jaeger afficha un grand sourire, et Piper eut l'impression de baigner dans un pur rayon de soleil.

Oh ! ciel, ce n'était pas bon du tout ! Quand il souriait ainsi, elle brûlait d'envie de déboutonner sa chemise, d'en écarter les pans et de redécouvrir son torse ciselé comme une œuvre d'art. Elle brûlait d'envie de défaire sa ceinture, d'abaisser sa braguette, de prendre son…

Stop ! Elle devait arrêter de fantasmer sur lui.

Il devrait être le dernier homme au monde à lui inspirer un désir aussi intense. C'était un play-boy ; il avait la phobie des engagements et il ne changerait jamais. Mais dès qu'elle l'avait rencontré, c'était comme si un court-circuit s'était produit dans ses neurones, l'empêchant de réfléchir correctement.

Toutefois, elle n'était plus la femme insouciante qu'elle avait été dix-huit mois auparavant. Désormais, elle avait des responsabilités. Il ne s'agissait plus d'elle ni de ce qu'elle désirait — une relation sexuelle torride et passionnée.

Alors, cesse de l'imaginer nu et réfléchis !

Il avait une excellente excuse pour ne pas l'avoir contactée après Milan, et son explication effaçait un peu la colère et le chagrin qu'elle avait ressentis durant ces dix-huit mois. Mais cela changeait-il fondamentalement quelque chose ?

Non. Elle était toujours obligée de vendre ses saphirs pour conserver sa maison et bénéficier de l'environnement calme et stable dont elle avait besoin pour élever Ty. Avant la visite de M. Simms, elle arrivait à concilier sa carrière et sa vie de maman célibataire. Elle adorait sa maison. Elle payait ses factures. Elle faisait confiance à Ceri et Rainn pour s'occuper de Ty.

Elle avait besoin de continuer à vivre ainsi.

Devait-elle dire la vérité à Jaeger à propos de Ty ?

Pas maintenant, lui dictait son instinct. Sa priorité était de conserver sa maison, et elle ne voulait pas que les négociations autour de ses pierres soient compromises par des émotions — panique, culpabilité, responsabilité — que Jaeger ressentirait s'il apprenait qu'elle était la mère de son fils.

Contrairement à sa propre mère, elle ne passerait pas sa vie à attendre que Jaeger se découvre des instincts de père et de mari.

— Je regrette que vous ayez rencontré toutes ces difficultés avec notre service de sécurité, mais ils ne pouvaient pas savoir que vous tentiez de me vendre des saphirs splendides.

Piper acquiesça d'un vague signe de tête. *Bien sûr. Restons sur l'excuse des saphirs et oublions que j'essayais aussi de trouver le courage de t'annoncer que je portais ton bébé.*

Elle fut ramenée à la réalité en sentant la main de Jaeger qui repoussait une boucle rebelle derrière son oreille. Oh ! Seigneur, il se tenait maintenant à quelques centimètres d'elle et, chaque fois qu'elle inspirait, elle inhalait une bouffée de son savon et de son eau de Cologne masculine. Elle remarquait aussi les paillettes d'argent dans ses prunelles, la minuscule cicatrice barrant son sourcil droit, une autre sur sa lèvre supérieure…

Comment pouvait-elle être aussi attirée par lui ? Pourquoi éprouvait-elle le besoin irrépressible de sentir ses lèvres sur les siennes, ses mains sur sa peau nue ?

Encore une fois, rien qu'une fois…

— Cette nuit-là, avons-nous… ?

Incapable de le laisser finir sa question et ne voulant pas lui mentir, elle le stoppa de la seule façon qu'elle connaissait : elle se dressa sur la pointe des pieds et posa ses lèvres sur les siennes.

Jaeger s'écarta, stupéfait, cilla puis attrapa Piper par le devant de son chemisier et l'attira contre lui. Elle soupira d'aise quand sa bouche s'empara de la sienne et la savoura de façon experte et grisante. Toute pensée abolie, elle se lova contre lui, ses mains enlaçant sa nuque solide, ses doigts jouant avec les pointes soyeuses de ses cheveux.

Elle exhala un soupir extasié. Voilà ce qui lui avait tant manqué, ce qui l'avait fait fantasmer : les grandes mains de Jaeger sur ses hanches et son érection plaquée contre son ventre. Elle laissa échapper un petit bruit de gorge, et Jaeger approfondit son baiser, le faisant passer du stade délectable à celui d'incendiaire. Sa langue plongea dans sa bouche, se mêlant à la sienne pour une exploration langoureuse, et sa main au creux de ses reins la plaquait contre lui, si près qu'il eût été impossible de glisser une feuille de papier entre eux. Sa bouche faisait des ravages sur la sienne, et elle se laissait entraîner avec délice dans cet espace magique qu'elle avait visité dix-huit mois auparavant.

Tandis que Jaeger l'embrassait avec un égal mélange d'habileté et de désespoir, elle sentit sa main qui s'insinuait sous son chemisier et dansait sur sa peau, lui tirant un frisson d'excitation. Ses doigts remontèrent le long de sa cage thoracique et flirtèrent avec ses seins. Quand son pouce titilla un mamelon à travers la dentelle de son soutien-gorge, elle exhala un gémissement de volupté. C'était si bon…

Soudain, la porte d'entrée s'ouvrit, et Ceri lança à la cantonade : « Nous sommes de retour ! » Prise de court, Piper s'écarta vivement de Jaeger et reporta son regard en direction de la porte d'entrée, au-delà du salon, où Ceri se tenait, Ty calé sur sa hanche.

Quelque chose clochait avec l'enfant, songea aussitôt Piper, délaissant son rôle d'amante pour celui de mère poule. Ty avait la tête posée sur l'épaule de Ceri. Il était un peu pâle et semblait apathique. Ignorant Jaeger, elle se précipita vers son fils. Dès qu'il la vit, Ty se pencha en avant et lui tendit les bras. Piper le serra contre elle et maintint sa tête contre son épaule.

— Eh, trésor, que se passe-t-il ?

Ceri se mordilla la lèvre inférieure, l'air préoccupé.

— Il se peut qu'il ait une otite. Il plaque souvent sa main contre son oreille. Il n'a pas de fièvre, mais on voit qu'il n'est pas dans son assiette.

Ceri consulta sa montre et fit la grimace.

— Il faut que je parte, mais n'hésite pas à m'appeler si je peux t'aider ou s'il va plus mal.

— Merci, Ceri.

Tandis que Ceri refermait la porte d'entrée derrière elle, Piper posa le dos de sa main sur le front et la joue de Ty. Ceri avait raison, il n'avait pas de fièvre, mais son regard semblait morne. Elle le berça dans ses bras, inhalant sa senteur de bébé.

— Je t'aime comme d'ici à la lune et retour, murmura-t-elle en lui frottant doucement le dos. Mon merveilleux petit garçon.

— Tout va bien ?

La voix profonde de Jaeger lui parvint, et elle fit volte-face. Il était accoté contre le chambranle de la porte du salon, avec une expression indéchiffrable. Son fils avait hérité de toute la beauté de son père, songea-t-elle à nouveau, posant sa joue sur le crâne de Ty.

— Ty ne se sent pas bien.

— Ainsi, c'est ton fils et non celui des jeunes du rez-de-chaussée ?

— Oui.

Même si elle l'avait voulu, elle ne pouvait pas lui dissimuler qu'elle était la mère de Ty. Être maman était sa plus belle réussite. Tout — que ce soit son master en histoire de l'art, sa carrière ou ses expertises d'œuvres d'art à travers le monde — tout devenait insignifiant comparé à l'importance d'élever son fils.

— Alors, qui est le jeune homme ? demanda Jaeger.

— Ceri et Rainn sont jumeaux. Ceri est la nourrice de Ty, et Rainn lui donne un coup de main. Ils habitent dans l'appartement du rez-de-chaussée, répondit Piper, détachant une de ses boucles du poing de Ty. En plus d'être nounou, Ceri travaille comme illustratrice de livres pour enfants. Quant à Rainn, il est étudiant en médecine. Je leur accorde une grosse réduction sur le montant de leur loyer, et ils s'occupent de Ty quand je travaille. Ils ont six frères et sœurs, tous plus jeunes qu'eux, et leurs parents sont aussi famille d'accueil. J'en ai appris plus sur les bébés grâce à eux que dans les livres.

Piper consulta sa montre. Elle avait besoin de faire manger Ty et de lui donner son bain. Elle et Ty avaient un emploi du temps précis, et la présence de Jaeger perturbait leur routine — et lui faisait perdre la tête.

Qu'est-ce qui lui avait pris d'embrasser éperdument le père de son bébé ?

Cet homme était sexy ? Il embrassait divinement ? Elle n'avait pas eu de relation sexuelle depuis dix-huit mois ?

Qu'importait. Elle avait besoin d'accorder toute son attention à Ty. Par chance, il était un enfant très facile et rarement malade. En le voyant pâlot et sans énergie, un vent de panique s'empara d'elle. Elle s'efforça de se rassurer en se disant qu'il y avait des centres médicaux et des pharmacies non loin de chez elle. Dieu merci, elle se trouvait à Brooklyn et non au fin fond de la Mongolie.

Piper récupéra une peluche et la tendit à Ty.

Désireuse de mettre de la distance entre elle et Jaeger, elle tapota les fesses de Ty.

— Il faut que je le change.

Elle jeta un coup d'œil à Jaeger et constata, dépitée, qu'il était aussi calme et maître de soi que d'habitude, comme si une femme passionnée ne s'était pas jetée dans ses bras quelques instants auparavant.

— Tu ne m'en voudras pas si je ne te raccompagne pas ?

Le regard de Jaeger se posa tour à tour sur elle et l'enfant, puis il secoua la tête.

— J'espère que ce n'est pas grave, dit-il, désignant Ty.

— Je l'espère aussi.

Elle baissa les yeux avant de se forcer à croiser le regard de Jaeger. Elle jeta un coup d'œil à sa bouche charnue et soupira, brûlant d'envie qu'il l'embrasse encore.

Finis les baisers, se dit-elle. La situation était déjà suffisamment compliquée. Elle n'avait pas besoin d'ajouter une bonne dose de tension sexuelle à cet imbroglio.

— Écoute, dit-elle, il vaut mieux oublier ce baiser et faire comme si rien ne s'était passé entre nous.

Jaeger secoua lentement la tête.

— Non. Il y a déjà beaucoup trop de choses que j'ai oubliées, et je n'ajouterai pas ce baiser sur cette fichue liste.

4

Dans son luxueux penthouse de West Street, Jaeger roula à bas de son lit et se dirigea vers la cuisine, jetant au passage un coup d'œil à l'Hudson River à travers les immenses baies vitrées qui faisaient tout le charme de son appartement. Cet endroit était ridiculement grand pour une personne, mais il en appréciait la clarté, l'espace et la tranquillité quand il rentrait de ses voyages à l'étranger.

Tout cela grâce à Connor, se dit Jaeger, reconnaissant.

Son oncle avait légué tout ce qu'il possédait à ses quatre enfants adoptifs, notamment des biens immobiliers et des parts à égalité dans Ballantyne International et ses nombreuses filiales, les plus importantes étant les joailleries luxueuses réparties dans le monde entier. La maison de leur enfance, une demeure en grès brun dans l'Upper East Side leur appartenait conjointement, mais lui et Beckett possédaient leur propre résidence. Comme Beckett avait laissé sa maison à des amis londoniens venus visiter New York pendant un mois, Jaeger lui avait proposé de l'héberger. Ce n'était pas la place qui manquait.

Il aimait cet appartement, mais le perfectionnisme de son designer d'intérieur le laissait indifférent. Il était rarement à New York, et il trouvait la décoration froide et stérile. Il préférait le style bohême de la maison de Piper, avec son mélange de mobilier neuf et ancien, ses œuvres d'art intéressantes et ses objets du quotidien indiquant que des personnes utilisaient cet espace, vivaient là et aimaient cet endroit. Un livre ouvert, une bouteille de vin débouchée, des aimants sur le réfrigérateur, une aire de jeu dans un coin…

Seigneur, elle a un enfant !

Ne l'ayant retrouvée que la veille, il n'avait pas osé lui demander qui était le père de Ty et s'il jouait un rôle dans leurs vies. Était-elle en couple quand elle avait dîné avec lui à Milan ? Elle ne semblait pas du genre à tromper son compagnon, mais Jaeger savait à quel point il pouvait se fourvoyer quand il faisait des suppositions.

Il n'aurait jamais imaginé que Jess serait victime de la mort subite du nourrisson à l'âge de six semaines. Il avait espéré que lui et Andrea finiraient par se retrouver après avoir fait le deuil de leur enfant chéri.

Et il n'aurait jamais cru qu'il oublierait une tranche de sa vie.

À la réflexion, il avait eu de la chance. Quel drame affreux s'il avait oublié davantage de choses ! S'il avait perdu le souvenir de ses parents, de son enfance, de Connor… De Jess ! Comme cela se produisait toujours quand il s'appesantissait sur son amnésie, il sentit la panique le gagner. Il avait oublié deux mois de sa vie, mais, pour Jaeger, cette perte symbolisait celle de tous les êtres qu'il avait aimés.

Ses parents, Connor et Jess étaient devenus inaccessibles… comme ses souvenirs.

Son corps avait guéri rapidement, mais pas son esprit. Il combattait l'incertitude en minimisant les risques, surtout dans sa vie personnelle. Pas de relation amoureuse, pas d'enfant, pas d'engagement. Il refusait d'introduire une personne nouvelle dans son existence puisque le destin s'acharnait à lui arracher les êtres qu'il aimait.

Peu de personnes savaient ce que l'on ressentait quand le malheur plongeait sa main glacée dans votre cage thoracique et vous arrachait le cœur. C'était un sentiment au-delà de la douleur. C'était comme si son cœur avait été remplacé par un organe pompant du regret glacé, de la colère bouillonnante, de la culpabilité et un chagrin atroce. Avec le temps, ces émotions s'étaient estompées, mais il s'en souvenait suffisamment pour ne pas vouloir revivre pareil cauchemar.

Et même si l'envie le prenait de reproduire cette folie, la nature de son travail l'empêcherait d'entretenir une relation suivie. Il faisait des séjours éclairs à New York entre deux voyages à l'étranger, et son emploi du temps pouvait changer du jour au lendemain. S'il recevait une information intéressante d'un de ses nombreux contacts, il sautait dans un avion en espérant arriver le premier pour conclure la transaction. Il ne se faisait pas d'illusion sur la loyauté de ses contacts — ils communiquaient la même information à ses concurrents —, mais ils lui accordaient généralement une longueur d'avance car il les rémunérait mieux.

Le négoce international des pierres précieuses était une activité où la concurrence était féroce, et Jaeger savait se montrer impitoyable, exigeant et obstiné. Il aimait cette vie. Elle lui permettait de voir des endroits à l'écart des centres touristiques, de rencontrer des gens de différentes cultures, de visiter des villages où le temps semblait s'être figé. Il aimait la liberté que son métier lui procurait et la montée d'adrénaline quand il concluait une transaction.

Il n'aurait jamais cru qu'il ressentirait la même décharge d'adrénaline en embrassant Piper, une femme qu'il avait rencontrée auparavant mais dont il ne se souvenait pas, une femme avec un enfant.

Un bébé… Une espèce qu'il s'était juré d'éviter après avoir choisi un minuscule cercueil blanc orné de délicates roses roses.

— Eh, frérot.

Jaeger se tourna vers son jeune frère Beckett qui pénétrait dans la cuisine en frottant son torse dénudé. Il était hirsute, comme si quelqu'un l'avait extirpé d'un buisson, mais ses yeux bleus, d'une nuance plus foncée que ceux de Jaeger, arboraient une expression nonchalante et satisfaite.

— Elle est encore là ?

— Non, répondit Beckett. Elle est partie depuis une demi-heure.

Tant mieux, songea Jaeger, peu désireux d'échanger des banalités avec la compagne éphémère de Beckett. *Hypocrite*, railla sa petite voix intérieure. Dix-huit mois auparavant, leurs compagnes réciproques et tout aussi éphémères se seraient croisées dans la cuisine. Mais depuis son accident, la porte à tambour de sa chambre ne fonctionnait plus, et il triait sur le volet les rares femmes qu'il invitait dans son lit. Non qu'il ait perdu sa libido — elle se portait très bien — mais il aspirait à autre chose qu'à un banal acte sexuel.

Et comme il ne voulait pas entretenir une relation amoureuse, il se retrouvait dans une sorte de no man's land sexuel.

— Jay, tu veux du café ?

Jaeger opina de la tête et prit place sur un des sièges inconfortables entourant l'îlot en granit lisse séparant la cuisine du reste de l'espace décloisonné de l'appartement.

Jaeger contempla son frère pendant qu'il préparait le café. Curieusement, il semblait plus à l'aise que lui dans sa cuisine.

— Crois-tu vraiment que les saphirs que tu as examinés hier pourraient faire partie des fameuses Pierres bleues du Cachemire ? demanda Beckett en lui tendant une tasse de café.

Jaeger le remercia d'un signe de tête et porta la tasse à ses lèvres.

— C'est fort possible.

Jaeger sourit en voyant la lueur d'excitation dans le regard de Beckett. Bien qu'il soit leur directeur financier et leur stratège, Beck aimait la chasse aux pierres précieuses autant que lui. Il savait que la découverte des Pierres bleues du Cachemire serait une affaire mirifique.

— Bon sang, Jay, c'est incroyable !

Jaeger lui parla de Piper, de leur rencontre à Milan et de ses tentatives infructueuses pour le voir quand il était à l'hôpital et à sa sortie.

— Elle devait avoir un besoin urgent de vendre ses saphirs, constata Beck, accoudé au comptoir. Mais dans ce cas, pourquoi ne les a-t-elle pas vendus à quelqu'un d'autre ?

— Je serais davantage en mesure de répondre à cette question si je me souvenais de notre rencontre à Milan.

— D'après les médecins, il est probable que la mémoire ne te revienne jamais.

Et cela le contrariait beaucoup. Il avait envie de se souvenir de Piper, des sujets dont ils avaient parlé et s'il y avait quelque chose d'autre qui lui échappait. Car il avait le pressentiment que quelque chose lui échappait. Quelque chose de très important.

— À ton avis, ces saphirs peuvent-ils être volés ? demanda Beck, ramenant Jaeger à l'instant présent.

Il avait envie de dire non, mais il n'en était pas sûr.

— Je fais des recherches pour retracer leur historique.

— Si ce sont bien les Pierres bleues du Cachemire, nous devrons envisager de lui verser cinq millions de dollars, voire plus. C'est une somme faramineuse, mais notre bénéfice sera énorme.

Oui, il en était conscient.

Beck donna une tape amicale sur l'épaule de Jaeger en sortant de la cuisine pour aller se doucher et s'habiller. Jaeger devrait en faire autant. Une journée chargée l'attendait. Il devait estimer une collection de bijoux anciens appartenant à Amelia Grant-Childs, la descendante sans enfant d'une famille de la haute société new-yorkaise.

Ses pensées se reportèrent sur les fameux saphirs à l'abri dans la chambre forte de Ballantyne & Company. Puis à leur propriétaire. Il se remémora le corps svelte de Piper dans ses bras, ses lèvres soyeuses, sa bouche épicée, la passion qu'elle avait mise dans son baiser.

Pas de femme mariée. Pas d'enfant.

Ignorant le mantra qui se rappelait avec insistance à son bon souvenir, il retourna dans sa chambre et saisit son téléphone posé sur la commode où il l'avait laissé pour qu'il se recharge. La carte de visite de Piper se trouvait à côté, et il composa rapidement son numéro. Appeler la jeune femme rien que pour entendre sa voix était *pathétique*.

Mais cela ne l'arrêta pas pour autant.

— Allô !

Elle avait l'air épuisée, constata-t-il.

— Bonjour. C'est Jaeger.

— Oh ! bonjour. Écoute, le moment n'est pas très bien choisi. Nous venons seulement de rentrer, Ty m'appelle à grands cris, et je dois lui donner des médicaments.

— D'où rentres-tu ? s'étonna-t-il.

Il était à peine 7 heures !

— L'état de Ty a empiré, tard hier soir. Vers 4 heures du matin, je l'ai emmené dans une clinique ouverte sans interruption. Il a passé une très mauvaise nuit.

— Il va mieux ? demanda Jaeger, le cœur serré.

Il songea aussitôt au petit cercueil blanc orné de roses.

— Il a une otite sans gravité. D'après Ceri, il sera sur pied dans un jour ou deux.

— Je trouve incroyable que tu puises tes informations concernant les bébés auprès d'une jeune fille de vingt ans avec un piercing dans le nez, déclara Jaeger en souriant.

— Mes parents sont morts et je suis une maman célibataire. Mes amis, ceux qui ne m'ont pas laissée tomber en apprenant que j'étais enceinte, ont encore moins d'expérience que moi en matière de bébés. Et comme je n'ai pas le temps d'assister à des réunions de mamans, je m'en remets à Ceri, Rainn, Internet et une encyclopédie médicale.

Elle ne devrait pas avoir à se débrouiller seule, songea Jaeger.

— Bon. Puisque tu m'as appelée, en quoi puis-je t'être utile ?

Jaeger réfléchit très vite pour trouver un prétexte valable.

— Je me demandais si tu avais de la documentation sur les saphirs.

— Ah, leur provenance. J'aurais dû y penser. Dans le grenier, il y a plusieurs cartons que ma mère a hérités de la sienne. Elle ne jetait rien. Alors, si elle possède des documents concernant les saphirs, ils doivent se trouver là. Mais j'aurai besoin de l'aide de Rainn pour descendre les cartons. Tout dépendra de son emploi du temps. Je te rappellerai quand je les aurai examinés.

— Inutile de déranger Rainn. Je t'aiderai.

Piper marqua un temps avant de répondre :

— Le grenier est poussiéreux et très encombré.

— Crois-tu que les jungles et les villages que je traverse soient impeccables ? Je suis capable de fouiller dans un grenier poussiéreux, Piper, protesta Jaeger.

Certes, il vivait dans un luxueux appartement et portait des vêtements de grands couturiers, mais il n'était pas une mauviette !

Et surtout, il voulait revoir Piper. Le plus tôt possible…

C'était à croire qu'il avait attrapé une bactérie mangeuse de neurones lors de son dernier voyage à l'étranger ! C'était la seule explication logique à sa conduite absurde.

— Oh ! entendu. Merci, dit Piper.

Il perçut les gémissements de Ty en arrière-fond.

— Désolée, je dois vraiment te laisser.

— Je comprends. Tâche de récupérer, ce matin.

Piper eut un rire las.

— Il vaut mieux que je tienne le coup et que je dorme cette nuit. Le problème sera de rester éveillée jusqu'à ce soir.

Il avait en tête plusieurs façons de l'empêcher de dormir, lesquelles impliquaient qu'elle et lui soient nus.

Jaeger se frappa le front du plat de la main, espérant chasser les images sexy de Piper de son esprit. Pourquoi remuait-il ce genre de pensées ? Il était hors de question qu'il entretienne une relation amoureuse. A fortiori avec Piper, une mère célibataire.

Il n'empêche qu'il avait très envie de la revoir.

— Jaeger, tu es là ?

Physiquement ? Oui. Mentalement, il en doutait.

— Oui. J'espère que ton fils se rétablira vite.

Elle le remercia et raccrocha. Assis au bord de son lit massif dans son appartement ridiculement luxueux, Jaeger contemplait son téléphone haut de gamme. Aucune femme ne devrait être obligée de compter sur un livre et deux jeunes gens pour l'aider à élever son enfant. Quel contraste avec le clan Ballantyne ! Linc était un père célibataire élevant son fils Shaw de quatre ans avec l'aide de sa mère. Sage vivait encore dans la demeure familiale et s'occupait aussi de Shaw. Beck se dévouait quand on avait besoin de lui. C'était tout le clan Ballantyne qui élevait Shaw.

Excepté Jaeger que la présence de Shaw, ou de n'importe quel bébé, bouleversait. Linc comprenait à quel point c'était dur pour lui de se trouver en présence de Shaw… Du moins, Jaeger espérait qu'il comprenait car ils n'avaient jamais eu de conversation franche à ce sujet.

Sa famille était au courant pour Jess et Andrea, mais depuis l'enterrement de Jess il n'avait plus jamais abordé le sujet.

Piper élevait seule Ty. C'était incroyablement courageux de sa part. Connor, l'oncle célibataire de Jaeger, disait souvent qu'élever trois garçons Ballantyne et Sage était un long combat épique ponctué de cris, de vomissements, de bêtises et de bagarres.

Il n'était donc pas étonnant qu'il se soit réfugié dans son club chaque vendredi et samedi soirs, les laissant aux bons soins de Jo, la mère de Linc, qui faisait office de gouvernante et de baby-sitter.

Est-ce que Piper arrivait à faire une pause et à échapper à la folie d'élever seule un bébé ? Peut-être gagnerait-il des points de karma positifs s'il l'invitait à aller voir la collection d'Amelia Grant-Childs. Elle apprécierait sûrement la pause et les œuvres d'art, et lui apprécierait la compagnie de Piper…

Fallait-il qu'il soit tombé bien bas pour recourir au prétexte du karma afin de voir une femme !

La faute à cette fichue bactérie mangeuse de neurones. C'était la seule explication logique.

Si Amelia Grant-Childs n'avait pas déverrouillé la porte à l'aide de ses empreintes digitales, Piper aurait pensé que la vaste chambre forte dépourvue de fenêtre n'était qu'une autre pièce magnifiquement décorée de l'immense demeure que possédait l'héritière d'une dynastie ayant fait fortune dans le négoce du bois.

S'efforçant d'avoir l'air d'une secrétaire, Piper tenait la tablette de Jaeger contre sa poitrine, les yeux écarquillés d'émerveillement à la vue des trésors exposés dans les vitrines ou suspendus aux murs.

Seigneur ! N'était-ce pas un Manet ? Et un Warhol ?

— Je suis très mécontente que vous ne m'ayez pas prévenue que vous veniez avec votre assistante, Jaeger, déclara Amelia, les sourcils froncés. J'espérais vous montrer ma collection en privé.

Bien que septuagénaire, Amelia paraissait vingt ans de moins et avait la réputation d'avoir inventé le concept de *cougar*. Son attirance pour les hommes jeunes était légendaire. Piper contempla l'imposant canapé rouge au centre de la pièce et comprit que sa présence avait gravement compromis les projets d'Amelia de faire des choses coquines à Jaeger sur ce siège.

— Je pensais vous avoir informée, madame Grant-Childs. Je vous prie de m'excuser, mais la présence de Piper me facilite énormément le travail.

Et elle te permet de garder tes vêtements, songea Piper. Le texto de Jaeger, envoyé peu avant 8 heures, ce matin, prenait maintenant tout son sens :

> Amelia Grant-Childs possède une collection de bijoux dont elle m'a chargé d'estimer la valeur. Mon oncle m'avait raconté qu'à l'époque elle avait un faible pour les hommes jeunes, et je crains qu'elle n'ait pas changé. Accepterais-tu de m'accompagner pour protéger ma vertu ? Oh ! elle possède aussi une superbe collection d'œuvres d'art.

Un autre texto avait suivi dix secondes plus tard :

> Et cela t'aidera à rester éveillée.

Après sa nuit éprouvante avec Ty, elle méritait une petite récompense. Or, quoi de plus agréable que de se retrouver en compagnie de Jaeger et d'admirer une superbe collection d'œuvres d'art ? Ceri lui avait proposé de rester auprès de Ty, enfin endormi, et après un long débat interne, elle avait accepté de passer pour l'assistante de Jaeger.

Quant à la véritable raison de son invitation, allez savoir.

Reportant son attention sur leur hôtesse, Piper la vit lever une main pour caresser un diamant massif à son oreille.

— C'est mon défunt mari qui a fait installer cette chambre forte pour abriter ses trésors. Elle est insonorisée, à l'épreuve des bombes, du feu et des voleurs. Je désire faire estimer son contenu. Les pièces de monnaie et les objets d'art ont déjà été expertisés. Il vous reste à évaluer les bijoux.

— Puis-je vous demander qui a expertisé les objets d'art ? demanda Piper en jetant un coup d'œil au Manet.

— Cela ne vous regarde pas, répliqua sèchement Amelia en se dirigeant vers la porte. Mon maître d'hôtel est à votre disposition. Appuyez sur ce bouton pour l'appeler.

Elle posa une main sur la poignée.

— Envoyez votre estimation et votre facture à mon avocat, Jaeger. Seigneur, comme vous ressemblez à votre oncle ! C'était un si bel homme.

Elle jeta un regard méprisant à Piper.

— Quel dommage que vous l'ayez amenée.

Quand Amelia referma la porte derrière elle, Piper s'efforça de prendre un air contrit.

— À cause de moi, tu passes à côté d'un excellent moment, le taquina-t-elle. J'en suis *vraiment* désolée.

Jaeger fit la grimace.

— Très drôle.

Ses prunelles bleues prirent une teinte plus foncée, et Piper sentit un flot de chaleur bouillonner dans son ventre. Il leva une main et passa son pouce sur sa lèvre inférieure.

— Il n'y a qu'une seule femme que je veux dans mon lit, et elle se tient devant moi, aussi sexy que le péché.

— Jaeger…

Elle ferma les yeux en sentant son autre main agripper sa hanche et l'attirer contre lui. Son torse musclé effleura sa poitrine, et il glissa une cuisse robuste entre ses jambes.

— Tu sembles fatiguée, murmura-t-il.

— Je le suis, admit Piper.

— Tu as besoin d'un stimulant, suggéra Jaeger, ses lèvres frôlant les siennes une fois, deux fois, si légèrement qu'elle se demandait si cette caresse n'était pas le fruit de son imagination.

— L'autre soir, le baiser que nous avons échangé m'a si bien revigoré que je me suis senti capable de déplacer des montagnes et de traverser les océans à la nage. Veux-tu voir si cela fonctionne aussi pour toi ?

Elle devait réfléchir, se montrer raisonnable.

— Ici ?

— C'est le lieu idéal, répondit Jaeger, sa main lui enserrant la joue. Amelia est à l'étage, la porte est fermée et la pièce insonorisée. Compte tenu du canapé, je doute qu'il y ait des caméras cachées. Ce n'est qu'un baiser, Piper. Nous n'allons pas nous déshabiller.

— Un baiser ? demanda-t-elle, très tentée.

— Un long baiser sexy, passionné, profond, dévastateur.

Elle n'avait pas suffisamment de volonté pour dire non ; elle n'avait plus aucune volonté. Comment une femme saine de corps et d'esprit pourrait-elle refuser d'embrasser Jaeger ? Ne voulant pas attendre une demi-seconde de plus, elle posa ses mains sur le torse de Jaeger et inclina la tête en arrière en une supplique intense et muette.

Saisissant le message, Jaeger s'empressa d'y répondre, et Piper sentit ses genoux flageoler quand sa bouche captura la sienne. Il l'attira dans un tourbillon de sensations délectables qui s'intensifièrent jusqu'à devenir une tornade. Tandis qu'elle flottait au gré des sensations, elle s'orienta en se raccrochant à lui, les seins plaqués contre ses pectoraux ciselés, les doigts agrippés à sa ceinture pour s'empêcher de tomber.

Ou de s'envoler.

Seigneur, comme il était doué, songea-t-elle tandis qu'il mordillait sa lèvre inférieure avant d'apaiser le picotement d'un glissement de langue. L'espace d'un instant, il n'était que puissance et détermination et, l'instant d'après, il optait pour la douceur et la délicatesse avant de passer en mode passionné. Sa main restait posée sur sa joue tandis que son autre main demeurait sur sa hanche, et pourtant Piper avait l'impression qu'il touchait ses zones les plus érogènes, faisant remonter à la surface toute la chaleur de son corps.

Elle n'aurait jamais cru qu'un simple baiser la griserait à ce point et mettrait ses sens en ébullition. Ce baiser fabuleux était une sorte de drogue dont elle devenait dépendante.

Oui, embrasser Jaeger : tel était son programme pour le restant de…

Toc, toc toc !

Jaeger détacha sa bouche de la sienne et tourna la tête vers la porte. Piper l'imita et écarquilla les yeux, gênée, en voyant un jeune homme vêtu de noir s'avancer dans la pièce, tenant un plateau en argent supportant une cafetière et des tasses en porcelaine.

— Désolé ! dit-il avec un grand sourire.

Piper tenta de s'écarter de Jaeger, mais il posa aussitôt ses deux mains sur ses hanches et la maintint fermement contre lui. Quand elle sentit sa puissante érection contre son ventre, elle comprit la raison de son geste, et un afflux de sang colora son cou et ses joues. Elle regarda Jaeger en haussant un sourcil, comme pour dire : « Vraiment ? »

— C'est ta faute, marmonna-t-il. Reste où tu es, d'accord ?

Le maître d'hôtel déposa son plateau sur le buffet contre le mur du fond.

— Je vous en prie, servez-vous. Je vous apporterai un repas léger si vous êtes encore ici tout à l'heure.

Piper opina de la tête et posa son front contre l'épaule de Jaeger. Quelle situation embarrassante !

Le maître d'hôtel leur sourit à nouveau.

— Si j'étais vous, j'éviterais le canapé. Il en a vu de toutes les couleurs !

— Grands dieux ! murmura Piper, partagée entre la gêne et l'envie de rire.

En entendant la porte se refermer, elle releva son visage cramoisi et vit une lueur d'amusement dans les yeux de Jaeger.

— Nous éviterons le canapé, la taquina-t-il.

— Nous nous éviterons l'un l'autre, répliqua-t-elle fermement en s'écartant de lui.

Afin de briser l'arc de pure attraction qui les reliait, elle se dirigea vers la table à abattants où elle avait posé son sac, son téléphone et la tablette de Jaeger. S'efforçant de reprendre ses esprits, elle promena ses doigts sur l'écran de son portable et constata, paniquée, qu'elle n'avait pas de signal.

— Jaeger, mon portable ne capte pas le réseau. Que se passera-t-il si Ceri tente de me joindre ?

Le sentiment de culpabilité se mêla à la panique. Elle ne devrait pas être ici. Son fils était malade. Et si on avait essayé de la joindre pendant qu'elle embrassait Jaeger ?

Ty était sa priorité. Il le serait *toujours*.

— Cette pièce est blindée, ce qui diminue la puissance du signal, expliqua Jaeger. Si tu retournes dans le hall, le signal redeviendra normal.

Jaeger mit les mains dans les poches de son pantalon et la contempla avec calme.

— Toi et Ceri avez constaté que Ty allait suffisamment bien pour que tu m'accompagnes. Il n'avait pas de fièvre, il avait réussi à manger et se sentait mieux. Quand tu as pris de ses nouvelles, il y a un quart d'heure, Ty dormait profondément.

La voix de Jaeger ne contenait ni reproche ni irritation, et son énumération des faits l'apaisa. Elle fixa son téléphone et le secoua.

— Certes, mais cela m'ennuie de ne pas avoir de signal.

Jaeger sortit son téléphone et regarda l'affichage.

— J'ai un signal, même s'il est faible. Communique mon numéro à Ceri par texto et demande-lui de m'appeler si elle n'arrive pas à te joindre. À moins que tu ne préfères que j'appelle un taxi pour qu'il te ramène chez toi.

Tranquillisée par l'attitude posée de Jaeger, Piper le contemplait tandis qu'il attendait patiemment qu'elle se décide. Il portait un blazer en lin beige sur une chemise à manches longues bleu clair et un jean maintenu par une ceinture en cuir bordeaux. Ses lunettes de soleil de grande marque reposaient sur sa tête.

— Écoute, Piper, si tu ne souhaites pas rester ici, je comprendrai.

Il esquissa un sourire.

— Bien sûr, je serai à la merci d'Amelia, mais je pense être capable de me défendre.

Piper esquissa à son tour un sourire, mais elle jeta un regard anxieux en direction de la porte.

— C'est simplement que… Il est si petit et malade.

— C'est à toi de décider.

Piper se mordilla la lèvre, indécise. Elle avait très envie de voir la collection d'Amelia, et Ty avait paru mieux. Sinon, elle ne l'aurait pas laissé. S'avançant dans le hall, elle adressa un bref message à Ceri en lui communiquant le numéro de Jaeger.

La réponse arriva quelques secondes plus tard : « Ty va bien, toujours endormi, vous enverrai un message à tous deux dès qu'il se réveillera. » Piper poussa un soupir soulagé.

Plus détendue, elle alla retrouver Jaeger qui examinait un dessin au crayon suspendu au mur.

— Tout va bien ? demanda-t-il.

— Oui. Il dort toujours, et Ceri a ton numéro.

Piper eut une moue contrite.

— Tu dois me prendre pour une mère ultra protectrice.

Le regard de Jaeger se posa furtivement sur sa bouche avant de remonter et de croiser son regard.

— Je pense que tu es une bonne mère qui s'inquiète à juste titre pour son enfant.

Son attitude compréhensive la toucha ; elle ne s'attendait pas à cela de la part du play-boy le plus célèbre de Manhattan. Elle aurait cru qu'il se montrerait impatient et dédaigneux, et non pas prévenant et accommodant. Son regard effleura à nouveau sa bouche, et il secoua la tête.

— Si tu savais comme je meurs d'envie de reprendre là où nous en sommes restés !

— C'est impossible, murmura Piper, passant la langue sur sa lèvre inférieure qui conservait le goût de son baiser.

— Si tu continues de me regarder comme cela, je vais te prendre contre le mur le plus proche, gronda Jaeger.

Posant une main sur son épaule, il la fit pivoter pour qu'elle se retrouve face au dessin qu'il examinait.

— Je pense que c'est un Degas.

Au lieu de la ballerine qui faisait la renommée de l'artiste, ce dessin représentait une femme nue couchée sur le dos, jambes écartées. Degas n'entrait pas dans les détails anatomiques, mais la posture vautrée et détendue de la femme suggérait qu'elle venait d'être sexuellement comblée. Piper avait vu de nombreuses œuvres érotiques, la plupart conçues pour émoustiller le visiteur, mais la vue de ce dessin, sachant que Jaeger guettait sa réaction, mit tous ses sens en émoi. Sa peau la picotait, elle avait la bouche sèche, et elle percevait la pulsation insistante au creux de ses cuisses. Sa libido clamait qu'elle voulait cet homme. Qu'elle devait l'avoir de nouveau à elle. Bientôt. Maintenant.

— Ce n'est pas le dessin le plus approprié à me montrer alors que nous essayons de calmer le jeu entre nous, protesta faiblement Piper.

— C'est à cela qu'une femme devrait ressembler après l'amour, répliqua Jaeger, sa voix basse et sensuelle. Et c'est ainsi que je veux te voir.

Son souhait avait déjà été exaucé, songea-t-elle.

Après que Jaeger l'eut propulsée d'orgasme en orgasme à Milan, elle s'était *sentie* sexy et comblée. Il lui avait donné le sentiment d'être incroyablement féminine et merveilleuse. À Milan, il avait su exactement à quel point il l'avait comblée, et il savait maintenant à quel point elle le désirait. Si elle se retournait, il l'embrasserait à nouveau, et elle ne l'en empêcherait pas. L'alchimie entre eux était tellement incandescente qu'il la prendrait contre le mur le plus proche. Comme ce serait délectable…

Seigneur, ressaisis-toi, et vite !

Nouer une relation avec Jaeger, même éphémère, n'engendrerait que des problèmes.

Elle devait garder la tête froide et les idées claires. Sa priorité était de vendre les saphirs et de racheter sa maison. Celle où elle avait grandi et où elle avait tant de souvenirs.

Celle qui la reliait à sa mère si aimante. La seule maison qu'elle et Ty connaissaient.

Vendre ses saphirs pour racheter sa maison était important.

Protéger Ty était vital.

Faire l'amour avec le père de son fils n'était, hélas, ni important ni vital.

Pourtant, Dieu sait si elle en brûlait d'envie.

Jaeger déposa un baiser sur son épaule avant de s'écarter. Elle se tourna lentement et le contempla pendant qu'il posait ses lunettes de soleil à côté de son sac et récupérait sa tablette. Elle le vit prendre une profonde inspiration avant de se muer en homme d'affaires.

Il lui jeta un coup d'œil en souriant.

— L'estimation ne se fera pas toute seule. Il est temps que je me mette au travail.

Il écarta les portes d'un placard allant du sol au plafond et ouvrit un tiroir. Sur une plaque de mousse reposait un collier ras du cou composé de cinq rangées d'énormes diamants ronds de taille décroissante à partir du centre et séparés par des émeraudes plus petites.

Curieuse, Piper s'avança pour admirer le bijou de plus près et émit un sifflement appréciateur.

— Quelle merveille !

Jaeger souleva le collier, et les diamants semblèrent ruisseler de ses doigts. Il activa la commande vocale de sa tablette et commenta :

— Collier en platine serti de cinq rangées de diamants et

d'émeraudes, datant des années 1980, estimé à environ deux millions cinq.

Piper écarquilla les yeux, stupéfaite.

— Deux millions cinq cent mille dollars ?

Jaeger eut un grand sourire.

— Et il s'agit de la première pièce. Il y aurait, paraît-il, une bague sertie d'un fabuleux diamant vert dans cette collection. Le premier qui la trouve a droit à une pizza offerte demain.

Piper le contempla, perplexe.

— Demain ? C'est dimanche. Que se passe-t-il, demain ?

— Nous examinons les cartons de ta mère, à la recherche de documentation sur les saphirs.

Il replaça le collier et referma le tiroir.

— Cela te pose-t-il un problème ? Tu m'as accordé un délai de deux semaines pour te faire une offre, et le reste de ma semaine est surchargé. Je n'ai aucun projet pour demain, hormis le dîner dominical des Ballantyne à la Tanière.

La Tanière, comme le savaient tous ceux qui lisaient la chronique mondaine, était l'immense maison en grès brun de Connor sur la 85e Rue. Sage Ballantyne et Linc Taylor-Ballantyne — Connor, Piper s'en souvenait, avait adopté la fratrie Ballantyne et Linc dans leur jeune âge — la partageaient avec Jo, la mère de Linc, et son fils Shaw.

— Demain me convient. Bien sûr, Ty sera là.

Piper vit la mâchoire de Jaeger se crisper et sa main resserrer sa prise sur la poignée du tiroir. Tant pis pour lui. Ty faisait partie intégrante de sa vie, et ce n'était pas son problème si Jaeger n'aimait pas se trouver à proximité d'enfants. Il devrait s'en accommoder.

— J'aimerais savoir quelque chose, dit-il, lâchant la poignée et s'accotant contre la porte du placard.

Piper le contempla avec méfiance, car un tel préambule annonçait généralement une question embarrassante.

— Tu as désespérément cherché à me contacter l'an dernier, dit-il, sans doute parce que tu voulais vendre tes pierres. Puis tes appels et tes messages ont cessé…

— On m'a menacé d'une injonction d'éloignement si je ne te laissais pas tranquille, l'interrompit sèchement Piper.

Jaeger accusa le coup.

— Vraiment ? J'en suis désolé.

— Je m'en suis remise.

— Cependant, tu n'as pas vendu tes pierres. Tu aurais pu les proposer à Moreau ou à un autre joaillier haut de gamme, mais tu ne l'as pas fait. Maintenant, tu veux à nouveau les vendre, et cette fois tu sembles avoir une date butoir très serrée. Pourquoi ?

Piper fixa le tableau de Manet, son œil expert étudiant la touche du maître et son usage magistral de la lumière.

— Ma situation a changé. Peut-on en rester là ?

Sans attendre sa réponse, elle demanda :

— Dis-moi ce que tu sais à propos de Manet.

— Serais-tu en train d'éluder ma question ?

— En effet. Nous avons passé très peu de temps ensemble à Milan et nous n'avons repris contact qu'*hier*, Jaeger. Il y a des choses que je n'ai pas envie de partager avec toi.

Passé l'effet de surprise, il se rembrunit, et sa voix se durcit quand il s'adressa de nouveau à elle :

— Dis-moi simplement que ces saphirs n'ont pas été acquis illégalement par toi ou un de tes ancêtres.

Par chance, elle pouvait répondre à cette question.

— Ils ne sont pas volés.

Visiblement soulagé, Jaeger ôta son blazer et retroussa les manchettes de sa chemise, révélant des poignets robustes et des avant-bras musclés.

— Tant mieux. Je me charge du reste. En attendant, il est grand temps de nous mettre au travail.

Soulagée qu'il abandonne le sujet épineux de ses motivations, Piper désigna le Manet.

— Alors, à propos de Manet ?

— Je ne connais rien à l'art, excepté les œuvres qui me plaisent. Pourquoi ?

— C'est un faux.

Jaeger tiqua avant de hausser les épaules.

— Ce n'est pas mon problème.

Piper se frotta les mains en s'approchant du placard doté d'une multitude de tiroirs.

— Ainsi, tu m'achèteras une pizza si je trouve le fabuleux diamant vert ? demanda-t-elle en ouvrant un tiroir rempli de bagues alignées sur des plaques de mousse.

Elle se mit à rire doucement en retirant la merveille verte de son encoche et en la levant à la lumière électrique.

— Avec des anchois, des câpres et des olives sur la mienne, s'il te plaît.

5

Assis en tailleur, pieds nus, sur le tapis persan dans le salon de Piper, Jaeger replaça un autre dossier dans le carton, frustré de ne rien trouver concernant les saphirs ou l'arrière-grand-oncle de Piper.

Il récupéra une part de pizza froide et prit son temps pour la manger, histoire de se détendre. Il était arrivé chez Piper au milieu de l'après-midi, et elle l'avait aussitôt conduit au grenier.

Il aurait dû laisser cette corvée à Rainn, songea-t-il. L'endroit était poussiéreux, encombré et sombre, et il avait mal au dos à force de se pencher pour déplacer les cartons. Pourtant, en dépit de ce travail éreintant, du jus de chaussette que lui avait servi Piper en guise de café — comment pouvait-on rater un café ? — et de la présence d'un bébé dans la maison, il se sentait détendu, à l'aise. Dès qu'il était entré dans l'appartement quelque peu désordonné de Piper, les nœuds de ses muscles s'étaient relâchés et un sentiment de bien-être l'avait envahi. Aucun autre espace ne lui avait procuré cette sensation depuis qu'il avait quitté la demeure familiale en grès brun pour aller à l'université.

Il se plaisait ici, et il s'en voulait de s'y plaire. Quel casse-tête !

Il avait commandé des pizzas et s'était arrangé pour rester à l'écart pendant que Piper faisait manger Ty et lui donnait son bain. Elle lui avait expliqué que l'enfant n'était pas complètement rétabli et qu'il était agité, raison pour laquelle elle l'avait tenu sur sa hanche presque tout l'après-midi. Elle avait mis un temps infini à l'aider à s'endormir et, quand elle était redescendue, elle avait grignoté une part de pizza et s'était lovée sur le canapé, épuisée. Elle dormait là depuis une heure environ. Jaeger consulta sa montre ; elle indiquait 19 heures passées. Il était temps pour lui de partir. Sa famille l'attendait pour dîner à la Tanière.

Il se leva et s'étira avant de refermer la boîte de pizza et de retirer délicatement les documents que tenait Piper. Il les rangea dans le dossier posé sur la table basse et contempla la belle endormie.

Elle n'était pas d'une beauté classique, songea-t-il. Son menton était un peu trop têtu et ses pommettes un peu trop prononcées, mais elle était fascinante. Forte, charismatique, intelligente.

Le charisme et l'intelligence étaient beaucoup plus dangereux que la beauté. Il était plus difficile de leur résister.

Hémorragie cérébrale ou pas, comment avait-il pu oublier leur première rencontre ? Ils avaient dîné ensemble, il le savait, mais encore ? L'avait-il embrassée ? Avait-il essayé de la mettre dans son lit ? Son attirance pour elle était-elle récente ou l'avait-il déjà ressentie à Milan ? Jaeger jura entre ses dents, frustré. Il avait *besoin* de se souvenir d'elle.

Seigneur, elle avait un tempérament de feu !

Leurs deux baisers passionnés étaient loin de lui suffire. Il brûlait d'envie de s'agenouiller devant le canapé et de la réveiller en égrenant des baisers le long de sa gorge. De prendre sa lèvre inférieure si pulpeuse dans sa bouche et de la mordiller avant de l'apaiser d'un coup de langue. Il brûlait d'envie de savoir si ses seins rempliraient ses mains et si ses mamelons étaient aussi succulents qu'il le croyait. Il brûlait d'envie de la goûter, de la caresser et de se glisser en elle. Ces trois fantasmes étaient constamment présents à l'arrière-plan de son esprit, et la nuit, ils s'imposaient à lui avec force. Quand il dormait, il rêvait d'elle.

Elle lui avait dit qu'elle n'avait guère dormi la nuit dernière, mais il savait que c'était Ty qui l'avait tenue éveillée et non le fait de penser à lui. Elle avait les yeux cernés, et sa peau crémeuse était un peu plus pâle que d'habitude. Qu'il le veuille ou non, elle *était* belle. Elle était *son* type de beauté.

Jaeger se retourna en entendant un cri faible provenant du babyphone posé sur la table basse. Il s'en empara aussitôt, espérant en étouffer le son. Laissant Piper dormir et se demandant ce qui lui prenait, il emmena le babyphone avec lui et grimpa rapidement l'escalier jusqu'au second étage. Il passa devant une chambre plus grande — celle de Piper, à en juger par le soutien-gorge rose vif sur le plancher — et s'arrêta à la porte de la chambre de Ty.

Tu peux le faire. Tu dois le faire. Un jour, Beckett et Sage auront des enfants, et tu ne peux pas continuer à éviter Shaw éternellement. Pénètre dans la chambre. C'est un bébé, et non une bombe. Le bébé de Piper…

Peu importait qu'il s'agisse du bébé de Piper. Il devait surmonter sa peur, et c'était l'occasion idéale.

Si tu as une crise de panique ou la nausée, Ty ne le répétera à personne. Fais un essai, bon sang !

Jaeger ouvrit la porte. À la lueur de la veilleuse près du berceau, il aperçut Ty assis et se frottant les yeux. Priant le ciel pour que Ty ne se mette pas à hurler et ignorant les battements désordonnés de son cœur, il souleva le bébé et le tint sous les bras, ses jambes dodues se balançant dans le vide.

— Eh, bonhomme. Pourquoi ne dors-tu pas ?

Ty cilla et écarquilla les yeux. Crachant sa tétine, il adressa un grand sourire à Jaeger. Bon. Jusqu'ici, tout allait bien. Certes, ses mains tremblaient et sa poitrine était serrée comme dans un étau, mais il n'allait pas avoir un infarctus.

Jaeger lui rendit son sourire.

— D'accord, tu es mignon. Alors, pourquoi ne dors-tu pas ?

Soudain, il huma une odeur très déplaisante et grimaça.

— Non, tu ne m'as pas fait ça !

Ty donna des coups de pied, gazouilla et agita les mains, l'air de dire : « Voyons voir si tu es aussi coriace que tu le parais, mon grand. »

À dire vrai, il n'en menait pas large.

Il ferait mieux de descendre avec Ty, réveiller Piper et lui demander de s'occuper de la couche pleine de son fils. Ce serait la façon la plus efficace et la moins dégoûtante de régler la situation. Mais Piper était épuisée et avait besoin de dormir...

D'un autre côté, Ty ne se rendormirait pas tant qu'il ne serait pas propre. Quelle barbe ! Jaeger ne savait pas changer une couche ; il n'avait jamais changé celles de Jess. Andrea avait tenu à s'occuper elle-même de leur bébé, et comme Jaeger était jeune et insouciant, il l'avait laissée faire, soulagé d'échapper à une corvée. Et aujourd'hui, il ignorait par où commencer...

Il allait réveiller Piper, décida-t-il. Puis il secoua la tête. S'il était capable de négocier âprement avec des interlocuteurs peu commodes et de se sortir de situations risquées dans des contrées dangereuses, il arriverait à changer la couche d'un bébé. Des milliards de personnes le faisaient chaque jour ; ce n'était pas sorcier. Il avait seulement besoin du mode d'emploi, et il connaissait quelqu'un qui le lui donnerait.

Calant Ty contre sa hanche comme il avait vu Piper et Ceri le faire, il récupéra son portable de la poche arrière de son jean. Il le posa sur la table près du matelas à langer, activa la commande vocale et appela Linc. Son frère répondit au bout de deux sonneries.

— Où es-tu Jay, demanda-t-il. On meurt de faim !

Jaeger allongea Ty sur le matelas à langer et alluma la lampe près de son téléphone. Ty roula sur le côté, et Jaeger plaqua sa main sur son derrière pour l'empêcher de tomber.

— Ne bouge pas, bon sang !

— Hum... Qu'est-ce que tu fais ? s'étonna Linc.

— J'essaie de changer la couche d'un bébé qui gigote. Et j'ai besoin de toi pour me dire comment faire.

Linc ne répondit pas, et Jaeger crut que la communication avait été coupée. Puis il entendit la voix lointaine de Linc et comprit qu'il était sur haut-parleur.

— Il dit qu'il change la couche d'un bébé.

La voix de Beck s'éleva en arrière-plan.

— Dis-lui qu'il est ivre et qu'il prenne un taxi pour rentrer.

Derrière leurs rires, Jaeger perçut l'étonnement et l'inquiétude. Bon. Lui aussi était inquiet. N'avait-il pas eu l'intention d'éviter les bébés et les enfants pour le restant de sa vie ?

Certes, Piper avait besoin de dormir, mais sa décision de s'occuper de Ty avait une motivation plus profonde. Il y avait quelque chose à propos de Piper et de cette maison chaleureuse qui lui donnait la force d'affronter son passé. Ou du moins, qui lui faisait comprendre qu'il était temps d'essayer.

— Je suis sérieux, et éteins ce haut-parleur !

— Pas question, répliqua Linc. *Primo*, pourquoi changes-tu une couche ? *Secundo*, à qui appartient ce bébé ? Et *tertio*, es-tu certain de ne pas être ivre ?

— C'est une longue histoire. Dépêche-toi, je suis sur des charbons ardents. Et ce n'est pas très… agréable.

— Dis-nous d'abord ce que nous voulons savoir, puis je te guiderai, répliqua Linc.

Le salaud !

— C'est le fils de Piper, et elle dort à l'étage du dessous. Le gamin a eu une otite, et elle n'a presque pas dormi ces deux dernières nuits. Je suis monté en entendant le bébé crier, et j'ai été récompensé par une couche sale.

— Il te suffisait de la réveiller, suggéra Beck.

Comme s'il n'y avait pas déjà songé !

— Vas-tu m'aider, oui ou non ?

— Uniquement si tu acceptes de garder Shaw cette semaine pour me permettre d'assister au match des Knicks avec Beck.

Jaeger fusilla son téléphone du regard. Lui aussi avait un billet pour ce match !

— Je ne fais pas de baby-sitting, Linc, et tu le sais.

Jaeger constata avec soulagement que Ty se tenait tranquille, les yeux fixés au plafond. Jaeger leva la tête et remarqua des autocollants représentant des personnages de dessins animés. *Quelle futée, cette Piper !*

— Tu changes la couche du bébé d'une femme que tu connais à peine, mais tu refuses de garder ton propre neveu ? s'insurgea Linc.

Mince ! Cet argument était imparable. Puisqu'il allait changer une couche, autant qu'il se mette aussi au baby-sitting. Il accepta à contrecœur, et Linc le guida tout au long du processus. Par chance, Piper était organisée, et il trouva sans problème tout ce dont il avait besoin. Au bout de cinq minutes, Ty était propre, dûment enduit de crème et de talc. Après avoir eu droit aux félicitations sarcastiques de ses frères, il coupa la communication.

Il avait survécu.

Jaeger ressentit le besoin de boire un remontant. Pour les gens normaux, le changement de couche était une opération banale et répétitive. Mais pour Jaeger, c'était comme s'il avait vaincu un Everest psychologique. Depuis plus de dix ans, il fuyait la présence des enfants et des bébés, redoutant que le souvenir de Jess ne lui fasse perdre tous ses moyens.

Mais ce n'était que quatre ans plus tôt, en surprenant Linc en train de bercer Shaw pour l'endormir, qu'il avait pris la pleine mesure du chagrin qu'il avait enfoui au tréfonds de lui. Quand Linc, inconscient de sa présence près de la porte, avait embrassé le front du nourrisson, Jaeger avait ressenti la brûlure acide des larmes sur ses joues.

Il avait eu le bonheur d'être père ; ce bonheur lui avait été arraché. Et il avait su que, malgré son affection pour Linc, il ne supporterait pas de le voir élever Shaw.

Ce jour-là, il avait quitté précipitamment la maison, et le lendemain il s'était envolé pour la Colombie, fuyant son passé.

Bien qu'il soit capable d'affronter des seigneurs de la guerre et des criminels endurcis, il reconnaissait aujourd'hui qu'il avait manqué de courage pour surmonter la perte de Jess et aider Linc à élever Shaw. C'était un de ses plus grands regrets. Il aimait ses frères et sa sœur ; il aimait passer du temps avec eux. Un jour, il y aurait d'autres enfants Ballantyne, et il ne referait pas la même erreur avec Beckett et Sage. Il ne s'éloignerait plus de sa famille pour éviter les bébés. Ou fuir son passé.

Ty était un bon moyen de se réhabituer aux tout-petits. Et

il pourrait le faire à son rythme. Quand il se sentirait trop bouleversé, il laisserait à Piper le soin de s'en occuper.

Jaeger posa ses mains de part et d'autre de Ty et contempla sa frimousse heureuse. Cet enfant était vraiment mignon.

— C'était une curieuse façon de faire connaissance, bonhomme, murmura-t-il.

Ty lui adressa un sourire édenté, et il le lui rendit.

— Tu ne ressembles guère à ta maman, Ty. En revanche, Jess était le portrait craché d'Andrea. Même menton pointu, même visage triangulaire, mêmes cheveux bruns. De grands yeux noirs. Une vraie beauté, tu sais.

Il parlait de son bébé à un autre bébé, songea-t-il, troublé. D'habitude, il n'évoquait jamais Jess. Mais Ty ne risquait pas de le trahir.

— Elle avait une marque de naissance en forme de papillon à l'intérieur de sa cuisse, juste ici, précisa Jaeger en pressant son doigt sur la cuisse dodue de Ty, suscitant le rire de l'enfant.

Il se mit à rire à son tour. Ainsi, Ty était chatouilleux. Jaeger se risqua à promener ses doigts le long des côtes de Ty, et son éclat de rire joyeux résonna sur sa peau.

— Jess aurait-elle ri aussi ? Aurait-elle été chatouilleuse ?

Ty glissa une main dans sa bouche et le contempla de ses yeux arrondis.

— Elle serait une ado, maintenant. Elle porterait un soutien-gorge et s'intéresserait aux garçons. Seigneur !

Comment pouvait-elle lui manquer à ce point alors qu'il l'avait à peine connue ? Entre ses études et son travail, il avait partagé une heure ou deux avec elle en semaine et un peu plus les week-ends. Pourtant, sa mort avait creusé un trou béant dans son cœur et dans celui d'Andrea, un gouffre dans lequel ils étaient tombés et s'étaient perdus. En tant qu'individus et en tant que couple.

— Oh ! je suis désolée. Je ne l'avais pas entendu crier.

Pris de court, il se retourna, une main sur le ventre de Ty pour l'empêcher de gigoter. La chevelure bouclée de Piper était tout emmêlée, son mascara avait coulé et le coussin avait creusé un pli sur sa joue. Elle semblait fatiguée, et en même temps elle était terriblement sexy. Elle s'avança dans la pièce et remarqua la couche et les lingettes sales sur la table.

— Tu l'as changé ? Tu aurais dû m'appeler, dit-elle, soulevant Ty et déposant un baiser sur son crâne.

— J'ai pensé que tu avais besoin de dormir, répondit Jaeger d'une voix enrouée.

Pourvu qu'elle ne l'ait pas entendu parler de Jess ! C'était une chose d'affronter son passé, et c'en était une autre de le partager avec quelqu'un.

Ty se pencha vers Jaeger, comme s'il voulait qu'il le prenne. Jaeger recula et leva les mains en signe de refus.

— Désolé, mais je ne m'occupe pas des bébés.

Piper regarda tour à tour la couche sale, le pot de crème, la boîte de talc et haussa les sourcils, l'air interrogateur.

— Tu lui as changé sa couche, mais tu ne t'occupes pas des bébés ? Ce que tu dis n'a pas de sens, tu t'en rends compte ?

Bien sûr. Mais il ne pouvait pas lui dire la vérité. Il se contenta de hausser les épaules et consulta sa montre.

— Je dois partir. Je suis en retard pour le dîner.

— Personne ne te retient ici, Jaeger, dit-elle d'une voix douce et dépourvue d'accusation.

En effet. Pourtant, il eut toutes les peines du monde à s'arracher à cet endroit.

6

Ce jeudi soir, Piper rentrait de Washington, épuisée. Dans le taxi qui la ramenait à Brooklyn de l'aéroport JFK, elle consulta sa montre et soupira. À cette heure-ci, Ceri avait déjà donné son bain à Ty et l'avait mis au lit. Il devait dormir. Elle détestait les journées où elle ne voyait pas Ty. Ce matin, elle était partie avant qu'il se réveille, et son expertise d'une collection privée d'art cubain avait pris plus longtemps que prévu, l'obligeant à prendre un vol de retour plus tardif.

Elle avait envie de rentrer chez elle, de savourer un verre de vin et de décompresser. En fait, ce qu'elle voulait vraiment, c'était embrasser son fils et se mettre au lit avec un homme au corps sculptural, aux superbes yeux bleus et au sourire malicieux. Elle n'avait pas eu de nouvelle de Jaeger depuis dimanche — comment quatre jours pouvaient-ils lui paraître une éternité ? —, et leur séparation n'avait fait que décupler ses fantasmes.

Pourtant, elle avait tant à perdre. C'était le pire moment pour se consumer de désir pour son ex-amant d'une nuit — le père de son fils ! Malgré tout, elle avait désespérément envie de revivre la nuit fabuleuse qu'ils avaient passée ensemble, dix-huit mois auparavant. Elle rêvait de sentir la bouche experte de Jaeger égrener des baisers sur son corps, de sentir ses mains explorer chaque centimètre d'elle, d'entendre sa voix rouler sur sa peau tandis qu'il lui murmurait des mots sensuels et affriolants.

Tu es tellement sexy !

Comme tu m'excites !

C'est si bon d'être en toi !

Piper voulait réentendre ces mots ; elle en avait *besoin*. L'espace d'une nuit, elle avait envie d'oublier qu'elle était une maman célibataire, qu'elle risquait de perdre sa maison, qu'elle était la fille illégitime de Michael Shuttle. Que sa vie était terriblement compliquée. Elle en avait assez d'être une femme exténuée, stressée, bientôt trentenaire et qui n'avait pas eu de relations sexuelles depuis dix-huit mois. Elle avait envie de vin. De chaleur.

De Jaeger.

Encore et toujours Jaeger. Est-ce qu'un jour elle n'aurait plus envie de lui ? Elle en doutait. Ses phéromones appréciaient trop les siennes… C'était aussi simple que cela.

Et aussi problématique.

Le lourd soupir de Piper emplit l'habitacle arrière du taxi. Était-ce seulement moral de songer à coucher de nouveau avec Jaeger alors qu'elle lui dissimulait un pareil secret ? Elle devait aussi réfléchir à la façon dont ses actes risquaient d'affecter Ty.

Son fils venait en premier. Il serait toujours sa priorité. Si elle couchait avec Jaeger et si la passion renaissait entre eux, elle devrait encore protéger Ty en maintenant le secret entourant le père de l'enfant.

Autrement dit, en dissimulant l'information à Jaeger. Et cela ressemblait fort à un mensonge. Quel casse-tête !

Au fond, qu'attendait-elle exactement de Jaeger ? Du sexe pur et simple ? Du sexe et de l'amitié ? Du sexe et une relation romantique ? Quel type d'explosion voulait-elle provoquer ?

Si elle regardait les choses en face, Jaeger n'était pas le genre d'homme qui lui convenait. Toujours par monts et par vaux, il n'était pas intéressé par une relation amoureuse, le mariage et la paternité. Il ne voulait pas aliéner sa liberté.

Comme le père de Piper.

Elle se massa les tempes pour soulager la tension grandissante derrière ses yeux. Elle devait cesser de penser à Jaeger. Il avait refait irruption dans sa vie la semaine dernière et il disparaîtrait de sa vie dès que Ballantyne & Company lui aurait racheté ses saphirs.

Peut-être que la réaction exacerbée qu'il suscitait en elle était le signe qu'elle devrait sortir de nouveau. Peut-être que si elle avait fréquenté un autre homme après Milan, elle ne se sentirait pas aussi excitée sexuellement. Aussi frustrée.

Et si elle recommençait à sortir, avec un peu de chance, elle rencontrerait un homme qui les aimerait, elle et Ty, qui serait un mari fabuleux, un amant merveilleux, son meilleur ami et un véritable papa pour Ty.

Hélas, cette perle rare n'existait que dans ses rêves !

Percevant la sonnerie de son téléphone, elle le sortit de son sac et fronça les sourcils en reconnaissant le numéro.

— Madame Mills, c'est Simms.

L'avocat chargé de s'occuper de la succession de son père. La douleur derrière son œil gauche s'intensifia, et elle se massa à nouveau la tempe dans l'espoir de dissiper sa migraine.

— Excusez-moi de vous appeler aussi tard mais j'ai pensé qu'il était important de vous prévenir que je ne peux pas différer davantage la vente aux enchères de la maison de Park Slope. Elle sera mise en vente dès que possible avec les autres possessions de votre père.

Il fallut un moment à Piper pour réaliser la portée de cette information, et quand elle en prit conscience, elle eut l'impression qu'une main glacée lui étreignait le cœur. Non ! Elle avait besoin de davantage de temps pour se procurer de l'argent.

— Qu'est-ce qui a changé ? demanda-t-elle, grimaçant au tremblement de sa voix.

— Nous avons découvert que votre père était beaucoup plus endetté que nous ne le pensions, et ses créanciers nous pressent de vendre ses biens aux enchères.

— Grands dieux ! Quand aura lieu la vente ?

— Je n'ai pas la date exacte, mais… Très bientôt. Je suis désolé. J'aurais tant voulu vous accorder le temps nécessaire.

— Puis-je faire une offre pour la maison avant sa mise aux enchères ? demanda Piper.

— Oui, mais elle devra être équivalente à la valeur marchande de la maison. Sinon, vous devrez enchérir lors de la vente publique.

Piper exhala un soupir frustré.

— Combien en voulez-vous ?

— Elle est située dans un quartier résidentiel agréable et dans une rue calme. Ce genre de maison est très demandé. Je dirais trois millions deux cent mille dollars, mais je suis sûr que vous pourriez faire baisser le prix.

— Et la date butoir ?

— Hier.

Piper était effondrée. L'estomac noué, elle dit à Simms qu'elle le recontacterait et raccrocha.

Prenant une profonde inspiration, elle composa le numéro de Jaeger. Quand il répondit, elle lui annonça tout à trac :

— J'ai besoin de te voir. Maintenant.

Jaeger ouvrit la porte à une Piper blême. La tension rétrécissait ses fascinants yeux verts, et sa grande bouche n'était plus qu'une mince ligne rouge dans son visage. On aurait dit qu'elle était sur le point de craquer.

Elle avait besoin d'un grand verre de vin ou d'un rapport sexuel fabuleux. Il était en mesure de lui procurer les deux, en même temps si nécessaire. Eh oui, il avait ce talent-là.

Jaeger l'invita à entrer et prit son manteau qu'il suspendit à une patère en acier et bois près de la porte. Elle portait un pull à col cheminée noir moulant, une jupe portefeuille à carreaux gris et noirs et des bottes hautes en cuir. Ses boucles cuivrées étaient emprisonnées en un chignon serré et elle arborait des lunettes à monture noire. Elle lui faisait penser à un professeur sexy. Jaeger lui ôta mentalement sa jupe et son pull, libéra ses boucles et lui laissa les lunettes et les bottes. Cette vision érotique embrasa aussitôt ses sens.

Comme c'était le cas chaque fois qu'elle pénétrait dans une pièce. Ou qu'elle le regardait. Ou qu'elle respirait.

Jaeger se dirigea vers le réfrigérateur en espérant que l'espace caverneux refroidirait ses ardeurs et lui ôterait l'envie d'emmener Piper directement dans sa chambre.

— Veux-tu un verre de vin ?

— Non, merci. En revanche j'ai besoin de trois millions de dollars pour les saphirs. De préférence, hier.

Quoi ? Jaeger fit volte-face, toute idée de luxure envolée.

— Je croyais que je disposais d'une autre semaine avant de te faire une offre.

— C'était avant. Aujourd'hui, il me faut trois millions, sinon je devrais trouver un autre acheteur, déclara-t-elle, les bras serrés autour de sa poitrine et le regard fixé au sol.

La plupart de ses visiteurs s'extasiaient sur la grandeur de son appartement et la vue fantastique qu'offraient les immenses baies vitrées. Mais Piper, bien qu'amatrice de beauté, ne remarquait même pas ce qui l'entourait. Cela en disait long sur son état d'esprit.

Jaeger referma la porte du réfrigérateur, ouvrit celle d'un placard et en retira un verre en cristal. Il trouva une bouteille de scotch et en versa deux doigts dans le verre. Elle semblait frigorifiée et bouleversée, et le whisky était un bon remède dans l'un et l'autre cas.

Jaeger l'entraîna vers un canapé aux lignes épurées près de la fenêtre et l'invita à s'asseoir. Elle obtempéra et croisa les jambes. Jaeger s'efforça de ne pas remarquer la façon dont sa jupe remontait, dévoilant quelques centimètres d'une cuisse soyeuse. Il lui tendit le whisky et soupira en voyant qu'elle se contentait de le tenir entre ses paumes.

— L'alcool t'aidera uniquement si tu le bois, lâcha-t-il.

Piper but une gorgée, suivie d'une autre, puis elle posa son coude sur son genou, une main appuyée sur son front. Jaeger attendit qu'elle s'explique. Quand elle leva enfin les yeux vers lui, elle avait l'air anéantie.

— Je suis désolée de te poser cet ultimatum, mais j'ai vraiment besoin de vendre ces saphirs rapidement.

Entendu. Mais pourquoi ?

— Est-ce que ces pierres valent trois millions ? demanda-t-elle.

Jaeger s'assit près d'elle et prit le temps de la réflexion.

— Piper, nous pensons que ces gemmes proviennent du Cachemire d'où elles auraient été extraites à la fin des années 1800. Si nous étions dans une arrière-boutique de Bombay, je t'en offrirais trois millions à l'instant même en me fiant à mon instinct. Mais nous sommes à New York, et rien ne m'oblige à prendre un tel risque. Demain, un gemmologue examinera les pierres et dans quelques jours il nous enverra un rapport détaillé portant sur la couleur, la pureté et le nombre de carats. Quand j'aurai lu ce rapport, je serai mieux à même de te faire une offre. Ils peuvent valoir deux, voire trois fois le prix que tu me demandes. J'aime faire une bonne affaire, mais je ne veux pas te tromper sur la vraie valeur de tes pierres sous prétexte que tu es pressée.

Piper regardait ses bottes en cuir.

— Mais j'ai besoin de cet argent… *Maintenant !*

— Tu n'es quand même pas à une ou deux semaines près !

— Hélas, si.

Piper posa son whisky sur la table basse et se leva, les bras croisés sur sa poitrine.

— J'ai absolument besoin de les vendre, Jaeger. Si toi, en tant que représentant de Ballantyne & Company, tu ne veux pas me les acheter, peut-être que Moreau acceptera.

Évidemment ! Si Piper les proposait à Moreau demain et en demandait trois millions, James Moreau n'hésiterait guère. Et Ballantyne perdrait la découverte du siècle.

Jaeger pourrait offrir trois millions à Piper sur-le-champ et en terminer avec cette affaire. Elle s'en irait, satisfaite, et il ne la reverrait plus…

Mais il n'était pas prêt à la perdre. Pas encore.

Depuis son accident, il jouait la carte de la prudence, prenant peu de risques et évaluant les bénéfices avant de se lancer dans une opération. Il avait eu de la chance de s'en sortir avec une mémoire presque intacte. Maintenant, il réfléchissait avant d'agir. Trop, parfois.

Mais avec Piper, il était tenté de sortir de sa zone de confort. Avec elle, il avait l'impression de redevenir le jeune homme qu'il avait été — intrépide et invincible. Être avec Piper, c'était comme surfer sur une énorme vague, incroyablement excitante et ridiculement dangereuse.

Et, nota-t-il avec un amusement teinté d'ironie, il ne l'avait même pas mise dans son lit. Il ne la laisserait pas partir tant qu'il n'aurait pas assouvi son désir pour elle.

Il avait beaucoup de regrets, et il était hors de question qu'il ajoute à sa liste : *jamais couché avec Piper Mills.*

Il lui ferait l'amour. De cela, il était sûr et certain.

— Jaeger, je suis sur le point de perdre ma maison, la maison où j'ai grandi. Elle sera mise aux enchères à moins que je ne fasse une offre substantielle, expliqua Piper d'une voix lasse. Cette maison, c'est mon foyer, celui de Ty. Le quartier est doté de bonnes écoles, de nombreux équipements collectifs et d'un parc superbe. Je ne veux pas vivre ailleurs ! Où pourrais-je trouver un autre appartement procurant un espace privé à Ceri et à Rainn, et leur permettant d'être sur place quand j'ai besoin d'eux ?

Sa voix grimpa d'une octave sous l'effet de l'énervement :

— Cette maison fait partie intégrante de moi. Elle est à moi.

Jaeger fronça les sourcils, perplexe.

— Si cette maison t'appartient, pourquoi va-t-elle être vendue aux enchères ?

Piper fixa sans les voir les baies vitrées sur mesure.

— Je viens d'apprendre qu'elle était détenue par mon père par le biais d'une société et qu'elle fait partie de sa succession. Elle doit être vendue pour rembourser ses dettes.

D'accord. Jaeger prit le verre de whisky de Piper et le vida d'un trait, l'esprit en ébullition. En substance, il avait besoin de ces saphirs, et Piper avait besoin d'argent. Il n'était pas prêt à faire courir ce risque à Ballantyne & Company, mais *lui* pouvait le prendre.

Outre ce penthouse, s'il additionnait ses économies personnelles, sa quote-part dans la police d'assurance de plusieurs millions de dollars souscrite par Connor en faveur de ses neveux et de sa nièce, et sa part de l'héritage de ses parents, il était l'heureux possesseur d'une fortune colossale qui dormait à la banque.

Il était donc en mesure de proposer un prêt à Piper, remboursable par le produit de la vente de ses saphirs, à condition qu'elle les vende à Ballantyne & Company. Si elle manquait à sa parole, ce dont il doutait, il pouvait se permettre de perdre trois millions de dollars.

Cette offre permettrait à Ballantyne & Company d'acquérir les saphirs et de sortir Piper d'une impasse. C'était un risque qu'il pouvait raisonnablement prendre. Ainsi, lui et Piper continueraient de rechercher la provenance des pierres, ce qui leur garantirait à tous un bénéfice plus important.

Et cette offre empêcherait Piper de sortir de sa vie…

C'était la solution idéale.

Jaeger lui fit son offre et observa les émotions qui se peignaient sur son visage. Il perçut le soulagement, la tentation et la méfiance.

— Tu me proposes d'acheter les pierres ? Tout seul ?

— Je te propose une avance sur la vente des saphirs, répondit Jaeger, s'efforçant de ne pas utiliser le terme *prêt* pour éviter de la froisser.

Il avait raison.

— C'est un *prêt*, Jaeger !

— Une avance temporaire, Piper. Une fois que nous aurons le rapport du gemmologue, Ballantyne te fera une offre nettement supérieure pour tes pierres, et tu me rembourseras les trois millions. Ce n'est pas sorcier !

Piper ouvrit la bouche, prête à argumenter, la referma et réitéra sa mimique. Il haussa un sourcil interrogateur et attendit trente secondes avant de parler à nouveau.

— Bon. C'est entendu. J'aurai la somme, peut-être demain soir, sinon lundi avec certitude.

La bouche sexy de Piper s'ouvrit à nouveau, et Jaeger songea que c'était le plus délicieux poisson rouge qu'il ait jamais vu.

Décidant qu'il était grand temps de changer de sujet, il s'adossa contre le canapé et croisa les bras.

— Vous avez l'air très professionnel, madame Mills. Comment va Ty ?

— Il est complètement rétabli. Je ne l'ai pas vu d'aujourd'hui, et quand je rentrerai, il sera endormi.

Piper tripota le col de son pull.

— Je reviens de Washington. J'étais dans le taxi qui me ramenait chez moi quand l'avocat chargé de la succession de mon père m'a appelée.

Elle humecta sa lèvre supérieure du bout de la langue, et Jaeger faillit lui proposer de le faire à sa place.

— Hum, merci pour l'avance. Je promets de te rembourser.

— Je sais que tu le feras, répondit Jaeger.

Si elle continuait de le regarder ainsi, avec douceur et gratitude, il ne pourrait pas s'empêcher de la prendre dans ses bras et voir de quoi elle aurait l'air, arborant seulement ses bottes, ses lunettes et ses boucles somptueuses.

— Parle-moi des œuvres d'art que tu as vues aujourd'hui.

— Dis-moi plutôt pourquoi tu fais cela. Tu ne me connais même pas.

Jaeger alla se poster à la fenêtre, le front posé sur son avant-bras appuyé contre la vitre. Il perçut un déplacement d'air derrière lui et inhala le parfum de Piper quand elle le rejoignit. Elle posa sa main au centre de son dos. Pour la première fois depuis une éternité, il se sentit connecté à quelque chose qui le dépassait. Et cela le terrifia.

Il déglutit avec peine. Il pourrait lui dire qu'il agissait ainsi pour que Ballantyne ne perde pas l'occasion d'acquérir des saphirs d'une grande valeur au profit de Moreau. Bien sûr, les saphirs étaient importants, mais il ne voulait pas qu'elle perde sa maison, le lien avec sa mère. Il devinait que les liens affectifs comptaient beaucoup pour Piper. Cette avance était une solution qu'il pouvait se permettre. Mais sa décision impulsive de lui prêter de l'argent dépassait le simple cadre des affaires ; il essayait de la protéger. Il était bouleversé de la voir aussi stressée et inquiète.

Cette énorme vague sur laquelle il se tenait en équilibre précaire grossissait encore. Pourquoi prenait-il autant de risque pour Piper ? Et s'il ne cherchait pas seulement à la mettre dans son lit ? S'il attendait autre chose d'elle ? Seigneur, il risquait d'avoir une nouvelle fois le cœur en miettes s'il ne maîtrisait pas ses émotions. Malgré tout, il ne pouvait plus retirer son offre et faire machine arrière.

Le ciel lui vienne en aide !

Il se força à dire :

— Ce n'est que de l'argent, Piper.

Il ne pouvait pas se permettre de mettre son avenir et son cœur en jeu.

Piper posa son front sur son épaule, et il contempla sa chevelure brillante. Il la désirait de tout son être, et son envie de la posséder n'avait rien à voir avec les saphirs, l'argent ou la maison de Brooklyn.

Il voulait simplement l'avoir sous lui, nue et pantelante. Il en rêvait depuis qu'elle était entrée dans sa vie il y avait moins d'une semaine.

Jaeger se redressa et se tourna vers elle, attendant qu'elle croise son regard. Elle avait envie de lui, il en était sûr. Elle ne pourrait plus résister longtemps à la tentation. Curieusement, la vague sur laquelle il surfait lui paraissait un peu moins menaçante maintenant qu'il n'était plus seul dans cette folie.

— Ne le prends pas mal, dit-il d'une voix rauque, mais j'ai envie de toi.

Piper posa une main sur son torse, et sa chaleur se diffusa en lui à travers le coton fin de son T-shirt.

— Ne le prends pas mal, dit-elle, mais j'ai envie de toi.

Il le savait ! Il avait suffisamment d'expérience pour reconnaître la flamme de l'attirance mutuelle quand elle crépitait ainsi entre eux, vive et claire. Un rapport sexuel n'était rien d'autre qu'une excellente façon de se défouler. Ils n'étaient plus des adolescents, mais des adultes assumant les exigences de leur libido. Il en était sûr, Piper ne se ferait pas de fausses idées et ne s'imaginerait pas que c'était le début de quelque chose de plus profond qu'un simple moment de plaisir partagé. Cependant, un avertissement s'imposait. Un avertissement valable pour lui aussi !

— Il ne s'agit que de sexe, Piper, précisa-t-il, les mains dans les poches de son jean pour s'empêcher de défaire le gros bouton fermant sa jupe portefeuille.

— Je l'avais compris ainsi, répondit Piper, son regard fixé sur lui. Hormis le fait que nous ne nous connaissons que depuis *une semaine*, je suis une mère célibataire qui a suffisamment de problèmes à gérer sans y ajouter la complication d'une idylle. J'ai envie d'être avec toi l'espace d'une heure ou deux pour m'aider à décompresser et oublier tous mes soucis. Je n'ai qu'une envie, poursuivit-elle, te toucher et être touchée par toi. Je ne pense qu'au plaisir que tu vas me donner. J'ai besoin de m'évader de la réalité, et je crois que tu peux m'y aider. Ce soir, j'ai vraiment besoin d'un amant.

Piper consulta sa montre et fit la grimace.

— Du moins, pour l'heure qui suit.

Jaeger sentit la tension quitter son corps et il cueillit le visage de Piper entre ses paumes. Tandis que ses doigts s'insinuaient dans la masse de ses boucles cuivrées sagement ramenées en chignon, elle se raccrocha à ses poignets, le fixant de ses grands yeux aux pupilles dilatées. Il était impatient de la toucher, de l'embrasser, mais d'abord…

Ses doigts trouvèrent les épingles qui maintenaient son chignon. Il les lui ôta une à une et se délecta de la sensation de sa chevelure soyeuse sur ses mains et ses poignets.

— Voilà qui est mieux. Maintenant, débarrassons-nous de la jupe et du pull.

Piper s'apprêtait à ôter ses lunettes, mais Jaeger captura sa main et la ramena le long de son flanc.

— Non. Tu gardes les bottes et les lunettes…

C'était ce dont elle avait besoin, songea Piper pendant que Jaeger lui retirait son pull en prenant soin de ne pas déloger ses lunettes, avant de le poser sur le canapé.

Puis il suivit du bout des doigts les contours de son soutien-gorge en dentelle vert pâle, semant un parcours d'étincelles sur sa peau sensible. Chaque cellule de son corps semblait s'éveiller et s'étirer avec ravissement..

Oh ! oui, les caresses de Jaeger étaient exactement ce dont elle avait besoin. Ce dont elle avait envie. Depuis dix-huit mois, elle ne pensait qu'à Ty et à ses besoins — se développait-il bien, était-il content ? Cela faisait trop longtemps qu'elle n'était pas sortie avec un homme et qu'elle n'avait pas eu de relation sexuelle. Elle avait oublié à quel point c'était fantastique d'être l'objet de l'attention d'un homme — en l'occurrence, un homme très sexy.

Jaeger défit le bouton de sa jupe, et le tissu tomba à ses pieds. Elle se tenait devant lui, vêtue de sa lingerie, de ses lunettes et de ses bottes. Elle craignait de se sentir ridicule et empruntée, mais l'appréciation sincère de Jaeger balaya son appréhension. L'admiration qu'elle lisait sur son visage et la puissante érection qui tendait son pantalon indiquaient clairement qu'il aimait vraiment, mais *vraiment*, ce qu'il voyait. Mise en confiance et d'humeur badine, elle pivota lentement sur elle-même, exhibant son minuscule string.

— Grands dieux, Piper, tu me tues ! marmonna Jaeger.

Quand elle lui fit face à nouveau, une main sur la hanche, un sourire mutin aux lèvres, il secoua la tête.

— Tu es vraiment splendide !

— Continue de me complimenter, et je te laisserai abuser de moi autant que tu veux, minauda Piper.

Elle remonta ses lunettes sur son nez et se rendit compte que ce geste prosaïque gâchait l'image de vamp qu'elle voulait se donner. Elle les retira donc et les jeta sur le canapé.

Souriant, Jaeger s'avança vers elle de sa démarche de prédateur, la souleva de terre et la serra contre lui. Elle noua les bras et les jambes autour de son corps, savourant la sensation de ses cuisses robustes sous les siennes et de son large torse contre sa poitrine. Sa puissante virilité lui donnait le sentiment d'être si totalement féminine entre ses bras…

— Allons dans ma chambre. Bien que je brûle d'envie de te faire l'amour sur ce canapé devant les fenêtres, je ne tiens pas à ce que Beck pénètre dans la pièce et te reluque en tenue d'Ève.

Surprise, elle tenta de s'écarter de Jaeger, mais il la retint fermement.

— Ton frère habite ici ?

— Temporairement, expliqua-t-il en longeant le couloir menant sans doute à sa chambre.

Piper détacha son regard de Jaeger pour examiner les lieux et tomba en admiration devant l'immense paroi vitrée du couloir et la vue fantastique sur l'Hudson River coulant en contrebas, ses eaux reflétant les lumières de la ville. Mince ! Elle avait été si préoccupée, si concentrée sur ses problèmes, qu'elle avait raté cette vue imprenable !

— Oh ! Jaeger, la vue est phénoménale !

Qu'avait-elle manqué d'autre ? Elle allongea le cou pour regarder par-dessus l'épaule de Jaeger dans son salon et remarqua les œuvres d'art surdimensionnées et éclatantes de couleurs, les lignes épurées de son mobilier moderne et hors de prix, une sculpture en métal représentant un cheval dont l'artiste avait su capter l'élégance des mouvements. Seul un artiste possédait cette maîtrise du geste ; il devait s'agir de Latimore, un de ses sculpteurs préférés.

— Est-ce un Latimore que j'aperçois ?

— Maintenant, elle remarque le décor, marmonna Jaeger. Ne parlons plus d'art ni de vue ni de rien d'autre, d'accord ?

— Alors, il va falloir que je trouve quelque chose à faire avec ma bouche.

Au-dessus des siennes, les lèvres de Jaeger s'incurvèrent en un sourire définitivement coquin.

— Je suis tout à fait en mesure de t'aider à résoudre ce problème.

Ses grands bras resserrèrent leur prise autour d'elle, fondant son corps dans le sien. Oh ! oui, l'art attendrait.

Mais pas elle.

— Embrasse-moi, Jaeger.

Parvenu au bout du couloir, il la remit sur ses pieds et la plaqua contre une porte, ses lèvres capturant les siennes, sa langue s'immisçant dans sa bouche. Oubliant tout ce qui l'entourait, Piper exhala un petit gémissement de volupté.

Voilà ce qu'elle voulait, ce qu'il lui fallait.

La main de Jaeger tâtonna à la recherche de la poignée, et la porte s'ouvrit. Puis il la souleva à nouveau de terre et pénétra dans la pièce. Elle sentit le bord du lit contre ses chevilles, et Jaeger l'allongea délicatement sur le matelas, l'accompagnant dans le mouvement. Tandis que le dos de Piper entrait en contact avec le dessus-de-lit, il releva la tête, ses yeux étincelant de désir.

Puis il abaissa sa bouche sur la sienne, suça sa lèvre inférieure avant de glisser sa langue dans sa bouche, lui tirant un nouveau gémissement de plaisir. Tandis que leurs langues faisaient assaut de caresses, il promena ses grandes mains le long de ses flancs et frotta ses côtes avec ses phalanges repliées. C'était si bon qu'elle cambra les reins dans une supplique silencieuse pour qu'il cajole aussi ses seins et qu'il prête attention à ses mamelons douloureux. Quand, enfin, Jaeger se décida à prendre son téton couvert de dentelle dans sa bouche et à le titiller, elle laissa échapper un feulement et plaqua ses mains sur sa nuque pour qu'il demeure en place et poursuive ses caresses grisantes.

C'était tout cela qui lui avait tant manqué durant ses longues nuits solitaires — ces ébats purement sexuels, si délicieux et si torrides. Elle avait besoin qu'il la touche partout, qu'il s'immisce dans ses profondeurs intimes si longtemps négligées et qu'il chasse ses peurs et ses doutes. Elle avait besoin d'oublier ses problèmes, de prendre un peu de bon temps. Mais alors même qu'il la comblait de caresses et que sa bouche descendait le long de son corps pour explorer son nombril et réchauffer le cœur de sa féminité recouvert de dentelle, elle savait qu'elle ne devait pas devenir accro à cet homme et au plaisir qu'il lui procurait.

Il était un remède temporaire à ses soucis, et non un traitement permanent. Elle ne pouvait pas compter sur lui pour faire partie intégrante de sa vie, encore moins de celle de Ty.

Il était là pour le plaisir, et il savait si bien le lui dispenser !

Jaeger lui ôta prestement ses sous-vêtements et la contempla, entièrement nue à l'exception de ses bottes.

— Bien qu'elles soient très sexy, je veux tout voir de toi.

Il attrapa le talon d'une botte et la retira d'un coup sec, puis il réitéra l'opération avec l'autre. Il y avait quelque chose d'incroyablement intime à être nue devant lui alors qu'il était encore habillé, songea Piper. Elle gardait les yeux fixés sur son visage, observant les émotions qui le traversaient. La luxure, la passion, l'attirance folle ; elles étaient toutes là. Mais la romantique qui sommeillait en elle croyait voir aussi de l'affection, un peu de peur et beaucoup d'anticipation.

La romance n'entrait pas en ligne de compte. Ce soir, il s'agissait uniquement de sexe et de la nécessité de s'évader de la réalité morose.

Jaeger se posta entre ses jambes et fit passer son T-shirt par-dessus sa tête en un mouvement fluide. Son large torse musclé était parsemé d'un duvet brun. Ses hanches longues et minces disparaissaient sous la taille basse de son pantalon, et Piper retint son souffle en le voyant abaisser son jean le long de ses cuisses robustes. Puis il se tint devant elle, si éminemment viril, son sexe dur et palpitant fièrement dressé, impatient de s'immiscer en elle.

Jaeger la saisit par la taille et la remonta sur le lit. Quand elle se trouva là où il voulait qu'elle soit, il s'allongea sur elle, peau contre peau, son érection trouvant sa place naturelle entre ses cuisses. Puis il tendit le bras pour ouvrir le tiroir de sa table de nuit. Dix secondes plus tard, il sortait un préservatif de son emballage.

Oh ! Seigneur ! Elle n'avait pas beaucoup confiance dans ses préservatifs. Par un curieux hasard, elle s'était retrouvée enceinte alors même qu'ils s'étaient protégés. Cela ne se reproduirait pas, n'est-ce pas ? Ce serait comme gagner deux fois à la loterie, songea-t-elle.

Jaeger enfila le préservatif et passa son pouce entre les sourcils de Piper.

— As-tu des doutes ? demanda-t-il.

Non ! Elle avait déjà enroulé ses chevilles autour des mollets de Jaeger et elle soulevait ses hanches, tâchant d'introduire la pointe de son sexe plus avant en elle. Elle avait besoin de lui maintenant. Immédiatement.

Grossesse et préservatifs défectueux s'envolèrent de son esprit quand le torse de Jaeger frôla le sien, son duvet chatouillant ses mamelons.

— Puis-je poser une question ?

— Elle a intérêt à être brève, marmonna-t-il.

— Combien de temps comptes-tu encore me faire languir ?

— Voilà ma réponse, dit-il, la pénétrant d'un mouvement souple et s'enfonçant profondément en elle.

Oui, c'était ce dont elle se souvenait, cette sensation d'être remplie complètement. Puis il l'embrassa, son baiser torride accompagnant les mouvements de son corps.

C'était si bon que Piper en oublia de réfléchir. Toute son attention était concentrée sur la sensation incandescente qui montait en elle, chaque étincelle allumant un foyer, jusqu'à ce qu'un million de minuscules incendies dansent sous sa peau. Quand Jaeger glissa une main au creux de ses reins et la souleva en même temps qu'il plongeait en elle, ces incendies se rejoignirent et provoquèrent une explosion qui l'embrasa tout entière. Elle eut l'impression que Jaeger s'embrasait aussi, mais elle n'en avait cure. Tout ce qui comptait, c'était cette chaleur, cette lumière et cette volupté indicible qui la submergeaient.

Elle n'aurait jamais cru que ce rapport sexuel surpasserait

celui qu'ils avaient partagé à Milan, mais elle s'était trompée. Il était plus torride, plus incandescent, plus fabuleux. Et cela, songea Piper en redescendant sur terre, constituait un *énorme* problème.

7

La version une de ce rapport sexuel fantastique fut presque aussitôt suivie par la version deux — Jaeger n'ayant pas eu besoin de beaucoup de temps pour reprendre des forces. Mais bien qu'elle en ait très envie, Piper ne pouvait pas s'attarder plus longtemps pour savourer la version trois. Ceri avait accepté de veiller sur Ty encore quelques heures, mais Piper devait rentrer. Ty était sa priorité numéro un.

Elle se dégagea de l'étreinte de Jaeger et s'assit sur le bord du lit, le regard fixé au sol. Elle devait appeler un taxi, s'habiller et rassembler ses pensées et ses affaires éparses. Elle sentit la main de Jaeger sur son dos, ses phalanges repliées effleurant la courbe de sa colonne vertébrale.

— Je te ramène chez toi dès que tu es prête.

Piper se tourna pour le regarder, nu, ensommeillé et satisfait.

— Ce n'est pas nécessaire. Je prendrai un taxi.

— Tu pourrais en prendre un, mais tu ne le feras pas.

Jaeger s'étira, se redressa, déposa un baiser sur son omoplate et pivota hors du lit. Il récupéra son jean et déposa son string et son soutien-gorge sur le matelas à côté d'elle. Puis il lui désigna la salle de bains attenante.

— Veux-tu prendre une douche avant de partir ?

Elle en avait envie, mais elle savait que, si elle acceptait sa proposition, ils risquaient de rééditer leur exploit, et elle serait encore plus en retard qu'elle ne l'était déjà. Serrant ses sous-vêtements contre sa poitrine, elle secoua la tête.

Elle pénétra dans la salle de bains moderne et luxueuse

et fit une rapide toilette intime. Elle remit sa lingerie, passa ses doigts dans ses boucles emmêlées et toucha ses lèvres gonflées. Oh ! oui, le fait qu'elle venait d'avoir des rapports charnels — fantastiques et torrides — était inscrit sur son visage. Le point positif, c'était qu'elle avait attendu presque une semaine avant de succomber à Jaeger, au lieu de trente-six heures, comme à Milan. Qui sait, dans un siècle, peut-être serait-elle capable de lui résister.

Piper passa de l'eau sur son visage pour en atténuer la rougeur. Voyant que le résultat e révélait négatif, elle tira la langue à son reflet dans la glace. Quand elle retourna dans la chambre, Jaeger enfilait une paire de baskets éraflées. Sa jupe et son pull reposaient sur le lit défait, et elle murmura un rapide merci pour son geste prévenant.

Jaeger semblait perdu dans ses pensées, et son silence mit Piper mal à l'aise. Mais qu'aurait-elle pu dire ? *Merci, c'était fabuleux ? Je dois rentrer pour retrouver notre fils ?*

Auparavant, elle était persuadée que tenir Jaeger dans l'ignorance de sa paternité était la meilleure solution, mais maintenant… Elle avait franchi une ligne qu'elle n'avait pas eu l'intention de franchir. Et elle se sentait terriblement coupable. Peut-être Jaeger avait-il le droit de savoir qu'il était père…

Mais elle avait le droit — non, le devoir — de protéger Ty de toute personne et de toute chose susceptibles de lui faire du mal, sur le plan physique et émotionnel. Y compris de le protéger de son propre père.

Mais si elle continuait de coucher avec Jaeger en lui dissimulant la vérité, le remords la rongerait. Et maintenant qu'ils étaient redevenus intimes, comment réagirait-il s'il apprenait la vérité ? Serait-il blessé, furieux, indifférent ?

Seigneur, elle ne savait plus quoi faire ! Elle se remémora le tableau de Füssli, un peintre du XVIIIe siècle, et s'identifia à Ulysse face au choix des monstres de mer Scylla et Charybde. Comme le héros grec, aucune des deux options ne lui convenait, mais laquelle serait la moins pénible ?

Piper se rhabilla rapidement et se sentit un peu plus sûre

d'elle. Tandis qu'ils pénétraient dans le salon, son regard fut à nouveau attiré par la sculpture métallique représentant un cheval. Elle ne put s'empêcher de promener ses mains sur la croupe lisse de l'animal.

— Il est vraiment fabuleux !

— Oui, il me plaît à moi aussi. Mes frères et ma sœur me l'ont offert pour mon anniversaire, expliqua Jaeger en récupérant son téléphone et ses clés dans le vide-poches en céramique posé sur l'îlot séparant la cuisine du salon.

— Tu en as de la chance, murmura Piper, envieuse.

— L'inauguration de la nouvelle exposition de Latimore aura lieu demain soir, précisa Jaeger en se dirigeant vers la porte et en s'emparant du manteau de Piper.

Elle récupéra sa sacoche contenant son ordinateur portable et jeta un dernier regard au cheval.

— Je sais. Je prévois de m'y rendre dans deux semaines.

— J'ai été invité à l'inauguration. Veux-tu y aller ?

Il lui présenta son manteau ouvert, et Piper glissa ses bras dans les manches avant de se tourner vers lui, très excitée.

— Bien sûr que j'aimerais y aller ! Ce serait formidable !

Puis elle repassa son emploi du temps dans sa tête et fit la moue, déçue.

— Hélas, je ne peux pas. Ceri a prévu quelque chose et Rainn doit étudier. Je n'aurai donc personne pour garder Ty.

Et vraiment, en acceptant l'offre de Jaeger, ne compliquait-elle pas davantage la situation ? Elle et Jaeger ne sortaient pas ensemble !

Mais il s'agissait de Latimore ! lui répliqua sa petite voix. *Latimore !*

Jaeger ouvrit la porte d'entrée et s'effaça pour la laisser passer. Quand il pénétra dans l'ascenseur privé derrière elle, elle exhala un soupir frustré.

— Quelle barbe ! J'aimerais beaucoup t'accompagner. Latimore est toujours tellement innovateur et controversé.

— Oh ! je n'y vais pas.

Piper haussa un sourcil interrogateur. S'il n'y allait pas, pourquoi l'invitait-il ? Il devança sa question.

— Linc m'a forcé la main pour que ce soir-là je garde mon neveu de quatre ans pendant que lui et Beck assisteront au match des Knicks. Ils y vont sans moi, les salauds !

— Tu avais aussi des billets pour le match ?

— Oui, des places d'honneur. J'enrage !

Les portes de l'ascenseur s'ouvrirent, et Piper se rendit compte qu'ils se trouvaient dans le parking. Sauf que ledit parking ne contenait qu'un luxueux SUV et une moto puissante à l'allure inquiétante.

— Tu as un parking privé ?

Jaeger hocha la tête tout en activant le déverrouillage des portières. Il posa une main au creux des reins de Piper, l'invitant à prendre place sur le siège du passager.

— Ma sœur Sage y va. Je suis sûr que vous sympathiserez, toutes les deux. Je ferai modifier le nom sur le carton d'invitation si tu trouves quelqu'un pour garder Ty.

Jaeger ferma la portière et contourna le capot du SUV Quand il prit place derrière le volant, elle se tourna vers lui.

— J'apprécie ton offre, mais…

— Penses-y. Je me rends compte à quel point tu as envie d'y aller. Alors, arrange-toi pour avoir deux heures à toi.

— Merci, mais je ne peux pas, déclara Piper.

Sa décision prise. Elle venait déjà de s'accorder deux heures de détente. Elle verrait l'exposition avec les autres amateurs d'art. Sa place était à la maison auprès de Ty.

Elle devait prendre des décisions, louvoyer entre les monstres marins de la culpabilité et du devoir. En l'espace d'une nuit, Jaeger lui avait avancé trois millions de dollars — une fortune ! —, il avait ébranlé son univers sexuel et lui avait proposé de voir la nouvelle exposition de son artiste préféré. Elle allait devoir trouver un moyen de clarifier une situation très embrouillée.

Garder ses distances et éviter de se retrouver nue avec Jaeger, voilà qui serait un bon début.

Le lendemain soir, Piper jeta un coup d'œil anxieux à son téléphone et se demanda pour la énième fois si elle avait imaginé sa conversation avec Jaeger à propos de l'avance. Il n'en avait pas reparlé quand il l'avait déposée chez elle hier, et il ne l'avait pas contactée aujourd'hui.

Elle devait faire une offre ferme pour la maison, mais elle ne voulait pas appeler Simms avant d'avoir parlé à Jaeger. Elle ne pensait pas qu'il reviendrait sur sa parole, mais tant qu'elle n'avait pas quelque chose de tangible — idéalement, l'argent sur son compte bancaire —, elle avait les mains liées.

Devait-elle appeler Jaeger et lui poser la question ? Piper posa son front sur la porte du réfrigérateur et regretta d'avoir couché avec lui. Ce genre d'intimité rendait les conversations à propos d'argent tellement embarrassantes…

Merci pour le méga orgasme, mais pourrions-nous parler d'argent ? Ce fut une soirée fantastique, mais pourrais-tu transférer les millions sur mon compte ?

Être avec Jaeger faisait dévier son monde de son axe. Être dans ses bras, embrassée et touchée par lui, bouleversait son univers interne. Tout ce qui lui importait, c'était d'être nue avec Jaeger. Et dans ces moments-là, toute pensée rationnelle désertait son cerveau.

Comme c'était stupide de sa part de risquer le bien-être affectif de Ty et son propre cœur meurtri !

Elle cogna son front contre la porte du réfrigérateur et ferma les yeux. On ne mélangeait pas le sexe et les affaires. Elle devrait le savoir, pourtant. Si elle n'avait pas de nouvelles de Jaeger lundi matin, elle serait obligée de rediscuter des saphirs. Mais pour l'instant, elle avait un bébé à nourrir, une lessive à faire, des comptes rendus à rédiger. La fièvre du vendredi soir, songea-t-elle avec ironie.

Tandis qu'elle versait les légumes et les morceaux de poulet dans le mixeur pour le dîner de Ty, elle repensa à l'invitation de Jaeger pour l'exposition de Latimore. Si leur relation à Milan s'était terminée différemment, elle serait maintenant dans sa chambre en train d'enfiler sa culotte la plus sexy et un soutien-gorge sans bretelles. Elle sentirait le regard torride de Jaeger suivre ses moindres mouvements. Quand elle s'assiérait en sous-vêtements devant sa coiffeuse pour se maquiller, elle l'observerait à son tour dans le miroir pendant qu'il boutonnerait sa chemise.

Elle l'imaginait dans un costume gris, avec une chemise gris clair et une cravate noire. Elle revêtirait sa petite robe noire moulante avec des bretelles minuscules et elle apprécierait la façon dont le corsage en pointe mettait ses seins en valeur. Elle se pencherait lentement, sensuellement, pour enfiler ses jolies sandales argentées, et Jaeger glisserait les mains entre ses cuisses. Son doigt s'insinuerait sous sa culotte, il caresserait son point sensible et, oh, oui, elle sentait déjà un flot de chaleur se répandre dans son ventre…

La sonnerie de la porte d'entrée interrompit son fantasme classé X, et elle sursauta, appuyant par mégarde sur le bouton du mixeur sans avoir mis le couvercle au préalable. Aussitôt, les légumes giclèrent à travers la cuisine, éclaboussant son T-shirt blanc, le comptoir et le sol.

Elle essuya son menton dégoulinant de purée avec un torchon et secoua la tête, consternée devant un tel désastre. Derrière elle, dans son parc, Ty babillait avec ses peluches.

Elle regarda l'écran du visiophone et vit Jaeger à la porte d'entrée, les mains dans les poches de son blouson en cuir, l'air suffisamment torride pour faire fondre une tonne de glace. En revanche, elle ressemblait à un épouvantail.

Certes, elle avait besoin de parler à Jaeger, mais pas dans cette tenue !

La sonnerie retentit à nouveau, et Piper appuya sur le bouton pour déverrouiller la porte principale. Elle voulait nettoyer et se changer mais, avant qu'elle en ait le temps, elle entendit un coup frappé à la porte de son appartement.

Elle alla ouvrir à contrecœur.

— Bonsoir. Je ne m'attendais pas à te voir ce soir.

Jaeger contempla les traînées sur son T-shirt et souleva une boucle de cheveux dont la pointe était enduite de purée.

— Bonsoir. On dirait que tu t'es bagarrée avec Ty et que tu as perdu.

— Presque.

Elle referma la porte derrière lui et reluqua son superbe postérieur moulé dans son jean. Outre son T-shirt taché, elle portait un pantalon de yoga tombant bas sur ses hanches et était pieds nus.

— Un autre vendredi soir excitant, marmonna-t-elle, le suivant dans le salon.

— C'est précisément la raison pour laquelle je suis ici, expliqua Jaeger, debout à côté du parc de Ty.

Il effleura sa tête brune, et l'enfant lui sourit. Comment faisait-il pour ne pas voir la ressemblance entre eux ? se demanda Piper. Ils avaient les mêmes yeux, les mêmes cheveux et le même sourire.

— J'ai été dispensé de ma mission de baby-sitter. Shaw a une angine, et Linc reste à la maison pour le soigner, expliqua Jaeger. J'ai donc pensé que tu aimerais voir l'exposition de Latimore.

Piper détailla sa tenue, perplexe. Un jean, une chemise à manches longues bleu cobalt et un blouson en cuir usé. Ce n'était pas la tenue qu'elle se serait attendue à le voir porter à l'occasion d'une soirée inaugurale de cette importance.

— Avec toi ?

— Non, avec ma sœur, Sage.

Jaeger retira une invitation de la poche intérieure de son blouson et la lui tendit. Puis il ôta son blouson et le posa sur le dossier d'une chaise.

— Elle m'a dit qu'elle te retrouverait là-bas. Elle est une fervente amatrice d'art, comme toi, et je pense que vous vous entendrez très bien.

— Mais Ty…

Jaeger se pencha au-dessus du parc, et elle ne put s'empêcher d'admirer une nouvelle fois ses fesses fermes tandis qu'il soulevait Ty et le calait sur sa hanche.

— Ce petit bonhomme et moi boirons de la bière en regardant la chaîne sportive ESPN.

— Mais…

— Piper, il me semble que tu as peu de personnes sur qui compter. Je comprends que Ty soit ta priorité, mais tu mérites aussi de te distraire. Laisse-moi te rendre heureuse.

Non, c'était trop ! Outre l'avance financière et le sexe fabuleux, elle ne pourrait pas supporter qu'il se montre aussi prévenant. Comment était-elle censée lui résister ?

— Écoute, je reconnais que je n'ai guère d'expérience avec les bébés, mais je sais maintenant changer une couche. Je suis sûr de pouvoir préparer un biberon si tu m'expliques comment faire. Par ailleurs, j'ai appelé Ceri, et elle m'a dit que Rainn serait en bas en train d'étudier. Donc, si Ty se met à hurler, je l'appellerai pour qu'il me donne un coup de main.

Piper se mordilla la lèvre, indécise.

— Je ne peux pas, Jaeger. Je n'ai pas encore donné à manger à Ty. Il faudrait que je me douche, que je me maquille et m'habille. Que je me rende sur place.

La menotte de Ty se saisit de l'oreille de Jaeger, puis d'une mèche de cheveux. Jaeger lui adressa un sourire, l'autorisant à poursuivre son exploration.

— Sage t'attendra plus tard. Je savais que tu aurais besoin de temps pour t'occuper de Ty et me faire un long exposé sur ce que je dois faire et ne pas faire.

Ty cria quelque chose, et Jaeger suivit son regard vers le parc. Il fronça les sourcils, perplexe, devant la quantité de jouets disséminés par terre.

— Tu vas devoir être plus précis, bonhomme.

— Le canard jaune, indiqua Piper. C'est son jouet préféré.

Jaeger récupéra la peluche et la tendit à Ty, tout heureux.

— Fais une pause, Piper. Fais connaissance avec ma sœur, discute d'art avec elle, savoure un verre de vin.

— J'ai fait une pause hier soir, remarqua Piper, fixant le sol.

— Y a-t-il une loi spécifiant que les mères célibataires ne peuvent pas sortir deux nuits d'affilée ?

— Mais… Tu pourrais assister au match de basket-ball !

— Je pourrais aussi participer à un cocktail party, dîner au restaurant, voir un spectacle à Broadway. Si j'en avais eu envie, je l'aurais fait. Mais j'ai choisi d'être ici.

— Mais pourquoi ?

Jaeger haussa les épaules, et Ty apprécia le mouvement.

— Parce que j'ai la possibilité de me divertir un autre soir alors que, pour toi, cette invitation inaugurale est une aubaine. Par ailleurs, j'apprécie l'art de Latimore, mais tu l'apprécies encore plus que moi. Voilà pourquoi j'aimerais que tu te rendes à cette exposition… même si tu as eu une pause hier soir, ajouta-t-il en esquissant un sourire.

Piper contempla tour à tour Jaeger et Ty. Pouvait-elle laisser l'enfant avec lui ? Pouvait-elle lui faire confiance ?

D'un autre côté, elle n'avait aucune raison de ne *pas* lui faire confiance. Il était le père de Ty, même s'il l'ignorait. Et s'il en venait à aimer un peu Ty, peut-être surmonterait-il mieux le choc de la surprise quand viendrait le moment de lui dire la vérité.

Si ce moment arrivait, corrigea-t-elle en silence.

— Rassure-toi, je maîtrise la situation, Piper.

Ty paraissait heureux avec Jaeger, songea-t-elle. C'était un enfant facile et sociable. Dès l'instant où il était nourri, propre et avec de la compagnie, il ne s'agitait pas. Elle ne s'absenterait que deux heures, trois au maximum. Durant presque tout ce temps, Ty dormirait. Rainn était à l'étage en dessous si Jaeger était dépassé par les événements.

En se dépêchant, elle serait de retour vers 22 h 30. Jaeger avait raison. C'était une occasion inespérée de rencontrer son artiste préféré qui se faisait très rare dans les médias, et d'être une des premières à voir ses nouvelles œuvres. Elle était aussi très curieuse de faire la connaissance de la sœur de Jaeger…

Si leurs existences n'avaient pas fait une telle volte-face, s'ils s'étaient rencontrés dans d'autres circonstances, était-ce à cela que ressemblerait son existence avec Jaeger ? Pleine de spontanéité et de joie de vivre ? De plaisir partagé, au lit ou dans la vie quotidienne ?

— Je perçois la capitulation dans ton regard, remarqua Jaeger en souriant. Va vite te préparer.

— Je dois d'abord nettoyer la cuisine, dit-elle, contemplant le désastre alentour.

— Je m'en occuperai. Tu as besoin de prendre une douche.

Il souleva les pointes de ses cheveux avec son doigt. Puis il enroula une boucle autour de son poignet et lui releva le menton avec ses phalanges repliées.

— Mais d'abord… ceci.

Tenant toujours Ty, il se pencha et posa ses lèvres fraîches et résolues sur les siennes tout en réussissant à contrôler la passion qui commençait à bouillonner entre eux. Piper entendit le rire de Ty, amusé par ce nouveau jeu, et sentit sa petite main rebondir sur sa tête tandis qu'elle savourait ce moment, les yeux clos.

Hélas, il se termina trop vite. Elle rouvrit les yeux au moment où Jaeger s'écartait d'elle et regardait son fils, leur fils.

— J'aime beaucoup embrasser ta maman, même quand elle sent le poulet.

Ty inclina la tête de côté et sourit à Jaeger. Jaeger lui rendit son sourire, et le cœur de Piper manqua un battement tant leur ressemblance était frappante.

Seigneur, pendant combien de temps encore pourrait-elle lui cacher sa paternité ? Un de ces jours, il contemplerait Ty et penserait : *Ce gamin me ressemble.* Et ce serait le début des ennuis.

Dès demain, elle limiterait les contacts entre l'enfant et l'adulte. Jaeger avait fait irruption dans sa vie, mais dans une ou deux semaines, il en sortirait aussi vite qu'il y était entré. Une fois qu'il lui aurait acheté les saphirs, il passerait à autre chose et les oublierait, elle et Ty.

Elle ne pouvait pas, *ne devait pas*, tomber dans le piège de la famille heureuse. C'était tellement commode de s'appuyer sur Jaeger, de faire partie de quelque chose de plus grand et de plus attrayant que juste elle et Ty. Mais Jaeger n'était pas le genre d'homme à se fixer et fonder une famille. Et si elle se figurait qu'il pouvait changer, elle se faisait des illusions.

Sa mère avait passé le restant de sa vie à espérer que Mick changerait, qu'il prendrait des engagements envers elle, qu'il s'intéresserait à leur fille…

Jaeger lui désigna l'escalier.

— Dépêche-toi, tu vas être en retard. Oh ! et rappelle-moi de te donner ton chèque avant que je parte.

Piper réprima un soupir de soulagement. Leur accord était donc toujours d'actualité.

— Merci. J'apprécie beaucoup tout ce que tu fais pour moi.

— De rien, répondit Jaeger d'un ton dégagé.

Il se dirigea vers la cuisine et s'arrêta sur le seuil pour contempler le sinistre.

— C'était ton dîner, Ty ? Bon. On ferait mieux de commander des pizzas. Pepperoni, anchois, olives ? Quel est ton poison préféré ?

— Il y a des petits pots pour bébé dans le réfrigérateur. Il est trop jeune pour manger de la pizza, intervint Piper, s'attardant au bas des marches.

Jaeger fit un clin d'œil complice à Ty.

— Ta maman pense que je suis idiot. Bien sûr que je sais que les bébés ne mangent pas de pizza. En revanche, la nourriture chinoise… Tu peux en manger, pas vrai ?

Les mains moites et le souffle oppressé, Jaeger s'était promis de garder les yeux sur Ty durant chaque seconde que durerait sa garde. Ainsi, il n'arriverait rien de fâcheux à l'enfant.

Quand Ty s'endormirait, il le veillerait pour s'assurer qu'il respirait.

Avant de venir, il s'était longuement demandé s'il était prêt à s'acquitter de cette tâche — s'il serait capable de rester concentré tout ce temps, seul avec le bébé. Mais l'excitation qu'il avait vue sur le visage de Piper valait bien une petite sueur froide.

Il aimait faire plaisir à Piper, au lit et autrement, et cette constatation l'inquiétait. En fait, entre son attachement grandissant pour Piper et la crainte de mal faire avec Ty, Jaeger était littéralement terrifié.

Chaque chose en son temps, Ballantyne. Veille sur Ty durant les deux prochaines heures.

Il pouvait y arriver s'il ne paniquait pas. Rainn était son filet de sécurité, comme il était celui de Piper. Si Rainn n'avait pas été présent dans la maison, jamais Jaeger n'aurait accepté de rester seul avec Ty.

Il *devait* y arriver. Le risque que ce charmant bambin, en excellente santé, soit victime de la mort subite du nourrisson était quasiment nul. Son esprit le savait ; mais son cœur était encore en mode de lutte ou de fuite.

Calme-toi, Ballantyne. Tu vas réussir.

Jaeger regarda par la fenêtre du salon et vit Piper monter dans un taxi, ses longues jambes attirant le regard appréciateur d'un passant.

Il avait donné à manger à Ty et fait du café. Il s'apprêtait à nettoyer la cuisine quand Piper était descendue le rejoindre, et sa vue l'avait subjugué. Sa robe noire arrivant à mi-cuisses mettait en valeur son corps élancé. Il l'avait contemplée, fasciné, pendant qu'elle enfilait son manteau et s'était demandé s'il ne pourrait pas laisser Ty jouer dans son parc pendant qu'il emmènerait Piper à l'étage. Sa robe était suffisamment affriolante pour provoquer un infarctus chez un mâle au sang chaud. Et à l'instar des bottes qu'elle portait l'autre soir, ses escarpins argentés aux talons vertigineux le faisaient fantasmer. Il l'imaginait nue, l'air mutin, pivotant sur elle-même, perchée sur ses échasses…

Il devait sérieusement s'inquiéter de savoir s'il était un fétichiste de la chaussure. Non. Il devait sérieusement s'inquiéter, un point, c'est tout. Il exhala un long soupir en regardant Piper s'éloigner.

— Ta maman me rend fou, bonhomme, déclara-t-il, assis dans le fauteuil à oreilles près de la fenêtre, le bébé à califourchon sur sa cuisse.

Il fit sauter l'enfant qui se mit à rire en agitant son canard jaune.

— Il suffit que je la regarde, et je perds vingt points de QI.

Ty fit des bruits avec sa bouche, et Jaeger balança à nouveau son genou.

— Je suis censé avoir une aversion au risque, et pourtant je fais des choses insensées. Je veux dire, quel idiot accepterait d'accorder un prêt à une femme qu'il connaît à peine contre la vente de ses gemmes ? Sur sa propre fortune, de surcroît ! Elle me fait faire des choses que je ne ferais jamais en temps normal, rien que pour la voir sourire. Je chancelle au bord d'une falaise abrupte et je pourrais me rompre le cou.

Ty inclina la tête et adressa un regard indéchiffrable à Jaeger. Devait-il continuer à lui parler ou à le faire sauter sur son genou ? Dans le doute, il fit les deux.

— Les saphirs valent à coup sûr trois millions, et si ce sont les Pierres bleues du Cachemire, elles vaudront le double. Mais il faut que je lui fasse confiance pour me rembourser. Je peux me fier à elle, n'est-ce pas ?

Jaeger hocha la tête, et Ty l'imita, appréciant ce nouveau jeu. Jaeger décida de croire que le bambin savait exactement de quoi il était question.

— Et chaque fois qu'elle pénètre dans une pièce, j'ai envie de la déshabiller et de m'enfouir en elle.

Jaeger fit la grimace en prenant conscience qu'il venait de tenir des propos déplacés à un bébé, qui plus est concernant sa *mère*.

— J'espère que mes paroles au sujet de ta maman ne vont pas te traumatiser à vie et t'obliger à suivre une thérapie.

Ty inclina la tête de côté et agita les mains en direction d'une balle en tissu, au pied du fauteuil. Jaeger posa le bébé par terre sur le tapis et plaça la balle entre ses jambes dodues. Puis il s'accroupit à côté de lui.

Grâce aux grandes fenêtres, il pouvait voir la rue en contrebas. Finalement, il aimait bien Brooklyn. Du point de vue stylistique, cette maison était à l'opposé de son penthouse luxueux mais froid. Ici, il y avait des arbres, des familles et des écoles. Tout paraissait plus réel, plus normal.

— Mais la normalité ne me convient pas, expliqua Jaeger.

Tout en parlant, il observait un couple et leurs trois jeunes enfants en train de marcher dans la rue. Un labrador beige bondissait à côté d'un des gamins.

— Je suis un vagabond parfaitement satisfait de son appartement décoré par un designer d'intérieur et des agréments qu'offre New York. Dieu sait que je mérite un peu de luxe après avoir visité des endroits misérables et dormi dans des chambres miteuses.

Ty repoussa la balle, Jaeger la lui renvoya, et Ty cria son approbation. Cet enfant était tellement adorable. Tout le faisait rire.

Dehors, le chien enroula sa laisse autour des jambes de l'enfant, et toute la famille se mit à rire en entreprenant de libérer le gamin. Le père reprit le contrôle de la situation et échangea un baiser passionné avec la maman. Jaeger sourit en voyant le gamin bouder dans son coin.

— En fait, cette maison et ce quartier sont parfaits pour une famille. Or, je ne suis pas le genre d'homme à fonder une famille, poursuivit Jaeger, appuyant sa tête contre l'assise du fauteuil.

Il observa encore la rue, appréciant la lumière changeante.

— J'avais commencé à en fonder une, puis le malheur a frappé à ma porte. La perte de ma petite Jess a failli me tuer. Désormais, j'ai renoncé à la vie de famille. Certes, ta maman est terriblement sexy, et je l'apprécie beaucoup, mais c'est une histoire sans lendemain. Alors, ne te fais pas d'illusion, je ne ferai pas partie de votre existence.

Tout en lançant cet avertissement à Ty, Jaeger tourna la tête pour le regarder.

Sauf que Ty n'était plus là où il l'avait laissé.

Le cœur de Jaeger manqua un battement. Il surveillait Ty depuis une dizaine de minutes et il l'avait déjà perdu ? Il se releva d'un bond, affolé, et fouilla la pièce du regard. Son cerveau lui disait que le bambin n'était pas aussi rapide, mais son cœur paniquait. Jaeger jeta un coup d'œil à la porte d'entrée — verrouillée, Dieu merci. Ty était forcément quelque part dans l'appartement. Les bébés ne s'évaporaient pas ! Puis il surprit le mouvement d'un pied recouvert d'une chaussette en direction de la cuisine.

Dieu soit loué ! Jaeger posa les mains sur ses cuisses et inspira calmement et profondément. *Détends-toi, sinon tu vas avoir un infarctus.*

Au bout d'un moment, quand son rythme cardiaque se fut un peu ralenti, Jaeger se dirigea vers la cuisine et découvrit Ty assis au milieu des éclaboussures de nourriture — qu'il avait promis à Piper de nettoyer. Le bambin trempait ses petits doigts dans la substance visqueuse avant de les porter à sa bouche. Visiblement satisfait, il réitéra l'opération, étalant ladite substance sur son visage, ses cheveux et ses vêtements. Ce bambin avait le don de causer des ravages en un minimum de temps, songea Jaeger, plutôt admiratif.

Debout sur le seuil de la cuisine, il sortit son téléphone de la poche arrière de son jean, les yeux fixés sur le petit trublion, et porta l'appareil à son oreille.

— Linc ? Comment donnes-tu un bain à un bébé ?

— Avec de l'eau et du savon, crétin !

8

Piper pénétra dans le hall d'entrée sombre de son appartement et jeta un coup d'œil coupable à sa montre. Il était minuit passé ; elle avait prévu de rentrer beaucoup plus tôt, mais les nouvelles œuvres de Latimore étaient tellement spectaculaires, fascinantes et innovantes qu'elle n'avait pas vu le temps passer.

Quelle soirée ! songea Piper en ôtant ses chaussures. Vers 22 heures, le séduisant sculpteur était enfin sorti de l'arrière-salle, puis il s'était dirigé tout droit vers Sage sans saluer personne et l'avait embrassée à pleine bouche. Sage lui avait répondu par une gifle retentissante, et ils étaient sortis en hâte de la galerie. Aucun des deux n'était revenu, à la grande consternation du galeriste et des invités. Et durant tout le reste de la soirée, les langues étaient allées bon train.

Piper, qui avait aussitôt sympathisé avec Sage, jeune femme douce et spirituelle, avait été agacée par la fascination de la foule pour un incident qui ne les regardait pas. Elle avait fait barrage aux bribes de ragots parvenant à ses oreilles et s'était immergée dans l'œuvre de Latimore. Il continuait de travailler le métal et le bois, mais ses sculptures étaient moins puissantes, moins viriles qu'avant. Elle avait remarqué une fluidité et une féminité inattendue, absente de ses œuvres précédentes.

Latimore était peut-être un salaud — il avait dû faire autre chose qu'embrasser Sage en public pour qu'elle le gifle de cette façon —, mais quel brillant artiste !

Piper déposa sa pochette sur le meuble de l'entrée et

sursauta quand elle tomba par terre. Quelle barbe ! Elle n'arrivait pas à s'habituer à l'absence de la table basse en marbre bleu qu'elle avait toujours vue à cet endroit. Elle fixa l'espace vide et leva lentement les yeux vers un autre espace vide sur le mur. Le tableau favori de sa mère, un Frida Kahlo de la première époque, était également parti. De même que le secrétaire à cylindre du XVIIIe siècle et la ballerine en bronze qu'elle chérissait. Ces objets avaient quitté son appartement quelques jours auparavant pour être vendus afin de combler très modestement les dettes astronomiques de son père.

Les larmes lui brûlèrent les yeux, et elle posa une main sur son sternum, luttant contre la vague de chagrin qui la submergeait. C'était injuste. Ces objets appartenaient à sa mère ; ils constituaient pour Piper la seule preuve que son père avait aimé sa mère, qu'il avait eu des sentiments assez forts envers elle pour lui offrir à l'occasion des présents très onéreux.

Mais était-ce de l'amour ? Piper enroula ses bras autour d'elle et contempla les espaces vides au sol, sur les murs et dans son cœur. Ces cadeaux pouvaient-ils être considérés comme une marque d'amour quand ils n'étaient pas donnés gratuitement ? À l'instar de son affection, ils étaient prêtés à sa mère, susceptibles d'être repris et utilisés à d'autres fins.

C'était typique de Mick, songea Piper. Il avait toujours un plan B pour couvrir ses arrières. Même dans la mort, il passait en premier. Quel sale égoïste !

Elle se remettrait de la perte des tableaux et des meubles, mais elle ne supporterait pas de perdre sa maison. Par chance, grâce à Jaeger, cela n'arriverait pas. Déterminée à poursuivre les recherches au grenier et à contacter les rares parents qui lui restaient du côté de sa mère pour vérifier s'ils détenaient des documents familiaux faisant référence à son arrière-grand-oncle et aux saphirs, Piper pénétra dans le salon plongé dans la pénombre.

Grâce à la lumière provenant du hall, elle aperçut Jaeger étendu sur le canapé, un pied posé par terre et l'autre jambe repliée sur les coussins. Son fils — leur fils — était vautré sur son large torse, sa bouche minuscule frôlant le cou robuste de Jaeger. Sa grande main reposait sur le dos de Ty tandis que son autre bras encerclait le derrière du bébé.

Piper s'assit sur le rebord de la table près du canapé et contempla le fils et le père. Ils se ressemblaient comme deux gouttes d'eau, songea-t-elle.

Si elle était plus courageuse, elle partagerait le miracle de son fils avec Jaeger. Il avait le droit de savoir.

Mais… Il y avait tellement de *mais*.

Si elle disait à Jaeger qu'il était le père de Ty, elle devrait lui expliquer pourquoi elle avait éprouvé le besoin de garder le secret durant tout ce temps. Elle devrait lui avouer que sa mère avait été la maîtresse cachée de Mick et que Piper était sa fille illégitime — une fille dont il s'était désintéressé.

S'il devenait de notoriété publique qu'elle était la fille de Mick, sa réputation d'escroc entacherait la sienne et compromettrait sa carrière. Ses clients hésiteraient à lui faire confiance. Ne disait-on pas tel père telle fille ?

Si elle parlait de Ty à Jaeger, elle devrait lui faire confiance à tous les niveaux : pour qu'il n'ébruite pas l'identité de son père et pour qu'il comprenne pourquoi elle tenait tant à ce que Ty ait un père qui s'implique dans sa vie, ou pas de père du tout.

Pour qu'il soit ce genre de père pour Ty.

Elle appréciait beaucoup Jaeger — elle était même sur le point de tomber amoureuse de lui ! Il était tellement amusant, intelligent, généreux et séduisant. Peut-être n'attacherait-il pas d'importance au fait qu'elle était la fille de Michael Shuttle. Peut-être comprendrait-il ses raisons. Et peut-être même éprouverait-il de l'affection pour Ty. Mais rien de tout cela ne changerait le fait qu'il ne voulait pas d'enfant.

Une fois que Jaeger se serait remis du choc causé par ces révélations, quelle sorte de père serait-il ? Ignorerait-il Ty pour le restant de sa vie ? Serait-il un père par intermittence, venant voir Ty quand l'envie lui prendrait ? Lui achèterait-il des cadeaux onéreux au lieu de passer du temps avec lui ?

Ty avait besoin d'un père qui soit totalement impliqué et

qui l'aime de tout son cœur. Ty devait être la personne la plus importante dans la vie de Jaeger. Il méritait tout ce qu'un père était capable de donner, et elle ne transigerait pas là-dessus. Il était hors de question que Ty passe sa vie à douter de l'amour de son père, à culpabiliser, à se demander pourquoi il lui préférait sa carrière et sa liberté.

Certes, Jaeger ne voulait ni famille, ni enfant, mais… ne méritait-il pas de connaître la vérité ?

Seigneur, tout était si compliqué ! Son cœur et son cerveau étaient en désaccord, et elle ne savait pas quoi faire.

Il est de retour dans ta vie depuis une semaine seulement. Tu n'es pas obligée de prendre une décision maintenant.

Cette pensée la réconforta. Ce soir, elle se sentait stressée et trop émotive. Par ailleurs, il était tard. Elle verrait demain.

À cet instant, Jaeger ouvrit les yeux. Il bâilla, tourna la tête et l'aperçut. Aussitôt, la flamme du désir brûla entre eux, et Piper sentit sa bouche se dessécher. L'endroit si sensible entre ses cuisses se mit à la picoter, et elle éprouva l'envie folle qu'il lui prodigue des caresses expertes avec ses mains et sa bouche jusqu'à ce que la jouissance déferle en elle. Il serait nu, elle serait nue, elle le chevaucherait…

— Alors ? Cette exposition t'a plu ? demanda Jaeger d'une voix sexy et ensommeillée.

Quelle exposition ? Encore perdue dans son fantasme, Piper le contempla, le regard vide.

Jaeger haussa un sourcil amusé.

— Tu es bien allée voir les nouvelles œuvres de Latimore, n'est-ce pas ?

Oh ! bien sûr. Latimore. Ses sculptures. La gifle de Sage. Pourquoi fallait-il qu'elle soit aussi ridiculement attirée par le père de son bébé ? Un peu plus tôt, elle avait admiré une œuvre de Latimore pendant plus de vingt minutes parce qu'elle lui rappelait Jaeger !

— Ah, oui. L'exposition était… intéressante.

Jaeger déplaça sa main pour soutenir la tête de Ty. Profondément endormi, le bébé ne réagit pas.

— Dans un sens positif ou négatif ?

— Son œuvre est dynamique, brillante. Super sexy.

Jaeger haussa à nouveau un sourcil amusé et intéressé.

— Vraiment ?

— Mmm. Une sculpture a particulièrement attiré mon attention. Elle m'a fait penser à toi… nu.

Jaeger lui décocha un sourire ravageur.

— Avez-vous eu des pensées coquines à mon sujet, madame Mills ?

— Oui, je l'avoue.

— J'en suis très flatté.

— Je n'en doute pas. Oh ! Latimore a embrassé Sage, et elle l'a giflé, admit-elle à contrecœur.

À sa grande surprise, Jaeger se mit à rire.

— Cela ne te dérange pas ? L'incident va être relaté dans les médias.

Jaeger haussa les épaules avec insouciance.

— C'est le prix à payer quand on est un Ballantyne.

Il esquissa un sourire amusé.

— Je parie que tu meurs d'envie de connaître leur histoire.

Elle aurait préféré le nier, mais… Il avait raison.

— Ce fut un sacré baiser et une sacrée gifle, admit-elle. Tous les invités ne parlaient que de cela, mais… Si c'est un secret, je peux continuer à vivre sans savoir de quoi il s'agit.

Après tout, Sage avait le droit de protéger son intimité.

— Oh ! il n'y a pas grand-chose à dire, expliqua Jaeger. Ils ont eu une histoire ensemble, et cela s'est mal terminé.

Piper regarda Jaeger, attendant qu'il poursuive. Que s'était-il passé ? Pourquoi avaient-ils rompu ?

— C'est tout ? Tu ne veux pas m'en dire davantage ?

— Je n'en sais pas plus. C'est tout ce qu'elle nous a dit.

— Et tu n'as pas cherché à en savoir davantage ?

— Non. Elle a pleuré, nous avons menacé de le tuer, elle a menacé de nous tuer si nous nous mêlions de ses affaires. Puis Connor nous a demandé de ne pas intervenir, et nous avons obtempéré.

Elle ne saurait rien de plus que les ragots qu'elle avait entendus. Dommage ! Tous ces Ballantyne étaient tellement fascinants et contradictoires.

À propos de contradiction…

— Pourquoi Ty dort-il sur ta poitrine au lieu d'être dans son berceau ?

Jaeger contempla l'enfant, et sa bouche s'incurva en un sourire.

— Figure-toi que nous buvions de la bière et fumions des cigares en regardant un film porno…

— Tu plaisantes, j'espère ! l'interrompit Piper, incapable de dissimuler l'amusement dans sa voix.

— OK. Nous regardions le match. J'étais en train de lui expliquer ce qu'était une faute technique quand il s'est écroulé de fatigue. Boum ! Plus personne !

— Il fait toujours cela, admit Piper. Il joue avec enthousiasme, plus il tombe comme une masse.

— Ah, je comprends mieux. Il devait être épuisé à force de foncer à quatre pattes comme un bolide.

— De quoi parles-tu ? s'étonna Piper.

— Il n'a pas cessé de ramper partout.

— Non, tu te trompes. Il ne rampe pas encore.

— Je t'assure qu'il n'a pas arrêté les allers-retours depuis le salon jusqu'à la cuisine, insista Jaeger, ses deux mains sur Ty, pendant qu'il se redressait en un mouvement fluide.

— Quelle poisse, marmonna Piper en se levant.

— Je n'aurais pas dû le laisser ramper ? Cela pose un problème ?

Piper perçut l'inquiétude dans la voix de Jaeger, et son ressentiment disparut aussitôt.

— Non, bien sûr que non. Simplement, j'aurais aimé le voir ramper pour la première fois. C'est une étape importante de son évolution, et j'aurais voulu être là pour y assister.

— Je suis désolé, dit-il, serrant toujours Ty — leur fils — dans ses bras musclés.

— Cela ne fait rien.

Après tout, Jaeger avait manqué tellement de choses ; elle pouvait bien lui accorder ce moment privilégié avec Ty. Et si elle ne lui révélait pas sa paternité, bientôt il manquerait ses premiers pas, ses premiers mots, son premier jour d'école…

Bon. Tout dépendrait s'il était prêt à faire ou non partie de la vie de Ty.

Mince ! Tu ne devais plus penser à cela ce soir, tu t'en souviens ?

Elle s'avança pour prendre Ty, mais Jaeger secoua la tête.

— Je le mettrai dans son berceau, si tu veux bien.

— Entendu.

Tandis que Jaeger sortait du salon, elle le vit qui déposait un baiser sur le crâne du bébé. Ce geste d'affection l'émut et conforta son envie de lui dire qu'il était le père de Ty.

Ce n'est qu'un simple bisou. Tu ne vas quand même pas lui révéler la vérité à cause d'un geste spontané fait au milieu de la nuit !

Ty avait l'air d'un angelot. N'importe quelle personne ayant un cœur aurait fondu de tendresse pour lui. Cela ne signifiait pas que Jaeger ferait un bon père et qu'il serait tout le temps présent pour Ty.

Il était facile d'embrasser un enfant endormi à minuit ; il était plus difficile de l'embrasser après une journée éreintante.

Mais qu'importait ? Jaeger ne resterait pas suffisamment longtemps pour lui prouver quoi que ce soit. D'ici deux semaines, cet intermède serait terminé. Les saphirs seraient vendus, elle serait propriétaire de sa maison et Jaeger aurait repris ses pérégrinations à la recherche de bijoux fabuleux. L'ordre des choses serait restauré.

Si c'était vraiment ce qu'elle voulait, alors pourquoi la perspective d'une vie sans Jaeger la désespérait-elle autant ?

9

Jaeger déposa un baiser au creux des reins de Piper et jeta un coup d'œil au faible rayon de soleil qui filtrait à travers un interstice des rideaux. Comme Piper ne bougeait pas, Jaeger s'écarta d'elle et posa sa tête sur une main, son autre main effleurant la peau crémeuse du dos et des fesses de Piper.

Il n'allait pas tarder à partir. Il savait qu'il devrait laisser dormir Piper, mais une part de lui avait envie de la réveiller pour lui refaire l'amour. Après avoir mis Ty au lit hier soir, il l'avait tenue éveillée jusqu'à l'aube. Alors, oui, il ferait mieux de la laisser dormir.

Il exhala un soupir frustré et jeta un regard circulaire dans la chambre. Elle était pleine de couleurs éclatantes, depuis le mur bleu-vert derrière lui jusqu'au fauteuil rouge écarlate dans un angle en passant par les coussins multicolores qu'il avait retirés du lit avant de déposer le corps nu de Piper sur l'édredon tout aussi coloré. Son amour de l'art se révélait avec la série de dessins sur le mur du fond et le tableau abstrait au-dessus de leurs têtes. Il était extravagant, lumineux et intense, des qualificatifs qui s'appliquaient parfaitement à son amante.

Son amante du moment, rectifia Jaeger. Cette histoire ne les mènerait nulle part. Il était à New York jusqu'à l'achat des Pierres bleues du Cachemire. Pour que la transaction aboutisse, il avait besoin de trouver des documents prouvant la provenance des pierres et expliquant le lien de Piper avec elles. Une fois la transaction conclue, il quitterait le pays. Il y avait une multitude de gemmes à découvrir de par le monde :

des émeraudes en Colombie, des tanzanites au Kenya, des alexandrites en Sibérie. Il devait rendre visite à des confrères, leur acheter des bijoux.

Piper et son bambin adorable ne constituaient pas des raisons suffisantes pour l'inciter à changer son mode de vie. Il appréciait beaucoup Piper et il adorait son corps superbe — en fait, il n'en était jamais rassasié — mais, mis à part sa phobie des engagements, il y avait quelque chose chez elle qui l'intriguait et l'invitait à la prudence.

Piper était comme une très belle zultanite. Cette gemme rare présentait des changements de couleurs impressionnants ; elle pouvait passer du vert kiwi au soleil à un rose framboise à la lumière d'une bougie. Ou bien passer d'un vert terne à un vert cendré avant de prendre une teinte ambrée. À l'instar de Piper, la zultanite possédait un million de nuances et une douzaine de secrets.

Il avait besoin de connaître les secrets de Piper, de savoir ce qu'elle cachait. Oh ! elle lui en avait dévoilé un peu — suffisamment, pensait-elle, pour satisfaire sa curiosité. Ses yeux reflétaient son âme. Il en voyait toutes les nuances, et comme pour la zultanite, chaque nuance était une révélation.

À cause de ce trou de mémoire de deux mois — et de son expérience avec Jess et Andrea —, il ne pouvait pas se contenter de demi-vérités et de dérobades. Certes, il savait en partie ce qui s'était passé avant son accident, mais il n'arrivait pas à avoir une vue d'ensemble des événements, et c'était terriblement frustrant.

Les informations manquantes le torturaient. Comment lui et Piper s'étaient-ils rencontrés ? De quoi avaient-ils parlé ? C'était comme contempler une photo floue.

Il avait besoin de détails et…

Il avait besoin de connaître la vérité. Toute la vérité.

La nuit dernière, après un rapport sexuel fabuleux, il avait questionné à nouveau Piper à propos de Milan, mais elle avait changé de sujet en se juchant sur lui et en égrenant des baisers le long de son torse, de son ventre…

Quand elle avait promené sa langue sur son sexe érigé, toute conversation lui avait paru superflue. Ce matin, il distinguait plus clairement sa stratégie ; elle avait cherché à faire diversion. Et quel meilleur moyen que le sexe pour détourner une conversation ? Piper l'excluait. Elle l'empêchait d'avoir une vue d'ensemble de la situation.

Pourquoi ne lui faisait-elle pas confiance ? Il avait envie qu'elle se fie à lui.

Mais que ferait-il de cette confiance ? Ce n'était pas comme s'il voulait que leur relation se transforme en un engagement durable. Il n'était pas prêt à mettre son cœur en péril auprès d'une femme qui risquait de le quitter et de briser ses rêves. Cela ne faisait pas partie de son programme.

Bon, d'accord. La présence de Ty le guérissait de sa phobie des bébés, et il aimait bien le bambin. Mais il y avait une grande différence entre garder un bébé une nuit et faire partie de sa vie de façon permanente et régulière. Piper et son fils formaient un tout indissociable. S'il voulait Piper, il devrait aussi prendre Ty. Et… Non, il n'avait pas envie d'être un père à temps partiel.

Quand ses parents étaient morts, Connor avaient accepté avec enthousiasme de l'élever ainsi que ses frères et sa sœur. Jaeger n'avait jamais douté de l'amour de Connor ni de son engagement envers eux. À l'instar de son oncle, il n'était pas disposé à prendre en charge un enfant à moins de s'y consacrer pleinement. D'abord, parce que quand il faisait quelque chose, il le faisait bien, et ensuite parce que s'il bâclait son rôle de père, il insulterait la mémoire de Connor.

S'il tombait amoureux de Piper, il devrait aussi tomber amoureux de Ty — c'était si facile ! —, et cela signifiait qu'il perdrait non pas une mais deux personnes qu'il aimait si les choses tournaient mal.

Parce qu'en amour les choses tournaient toujours mal pour lui.

Piper soupira, roula sur le dos et écarquilla les yeux en le voyant. Visiblement, elle n'avait pas l'habitude de se réveiller avec un homme dans son lit, et l'idée qu'elle ne traitait pas le sexe à la légère lui plut. Bon. Il ne pouvait pas en dire autant de lui. Du moins, avant son accident. Mais au risque de paraître macho, il était content de savoir qu'aucun autre homme ne dormait entre les draps de Piper.

— Eh, tu es encore là, constata-t-elle, sa voix rauque et sexy.

Du bout de son index, il repoussa une boucle du coin de sa bouche.

— Tu croyais que j'allais partir sans te dire au revoir ?

— Je… Euh…

Piper jeta un coup d'œil à la porte tout en se redressant. Puis, se rendant compte qu'elle était nue, elle remonta l'édredon sur sa poitrine sublime.

Jaeger le rabattit dans la foulée.

— Tu es trop belle pour être timide.

Piper s'en couvrit à nouveau, et il la laissa faire, regrettant qu'elle ne se voie pas à travers son regard. Cheveux ébouriffés, prunelles lumineuses, peau parfaite. Si séduisante que c'en était douloureux.

— Il faut que je m'occupe de Ty, dit-elle, visiblement nerveuse.

— Il dort comme un loir, Piper. Détends-toi.

— Mais s'il te voit dans mon lit, que va-t-il penser ?

Jaeger eut un grand sourire.

— Il me tapera dans la main et me dira que j'ai marqué un point ?

Voyant que Piper ne souriait pas à sa plaisanterie, il soupira.

— Chérie, c'est encore un bébé. Il ne se souviendra de rien.

Une rougeur colora la poitrine de Piper et remonta le long de sa gorge.

— Désolée. Je ne suis pas très douée pour la conversation après l'amour.

Jaeger se redressa et lui pressa le genou.

— Détends-toi, d'accord ? Tout va bien.

Il se leva, alla se poster à la fenêtre et écarta le rideau, prenant soin de rester sur le côté pour ne pas montrer aux braves résidents de Brooklyn tout ce qu'il avait à offrir. Et comme il sortait du lit de Piper et qu'elle était très désirable, son érection était impressionnante.

Il entrouvrit la fenêtre et soupira d'aise quand une bouffée d'air chargée d'humidité pénétra dans la pièce. Piper enroula l'édredon autour de ses épaules et lui jeta un regard signifiant : tu es cinglé !

— J'ai passé tellement de temps dans des grottes et des tunnels froids, humides et oppressants que l'air frais est comme un parfum délectable pour moi.

— Pourtant, l'air de la ville n'est pas particulièrement pur.

Jaeger sourit et prit une autre inspiration profonde avant de refermer la fenêtre. Il se glissa à nouveau dans le lit tout près d'elle, épaule contre épaule, cuisse contre cuisse. Il la sentit trembler, un de ces petits frémissements qui parcourent les femmes quand elles sont excitées, et il neutralisa son sourire. Il savait ce qu'elle ressentait. Car il ressentait la même chose. Le désir de se perdre l'un dans l'autre.

— Dis-moi, qu'as-tu prévu de faire, aujourd'hui ? demanda Jaeger, sa main sur la cuisse svelte de Piper.

Il perçut sa respiration haletante et sourit. Oui, bénis soient les bébés endormis, il la posséderait encore une fois.

— Hum, pas grand-chose. J'emmènerai Ty courir s'il ne pleut pas.

— Il commence simplement à ramper. Tu ne lui en demandes pas trop ?

— C'est moi qui cours. Lui est dans sa poussette… Oh ! tu plaisantais, dit-elle, secouant la tête. Désolée, c'est un peu tôt, et j'ai besoin de café pour me réveiller.

Ou tu as besoin d'un homme qui te taquine et te fasse sourire davantage.

Non qu'il puisse être cet homme-là, mais l'idée qu'un autre homme fasse cela pour elle, le rendait… *Oh ! assez !*

— Il faut aussi que je contacte des membres de la famille de ma mère. Peut-être ont-ils des informations susceptibles de nous aider à comprendre comment mon arrière-grand-oncle est entré en possession des pierres.

— C'est une bonne idée.

— Hum, pourrais-tu revenir plus tard pour m'aider à trier d'autres cartons ?

Il aurait volontiers accepté la proposition, mais ce soir avait lieu le bal donné par les Moreau, un événement mondain à ne pas manquer. Certes, les Moreau étaient les concurrents directs des Ballantyne, mais les deux familles entretenaient des relations cordiales. Chacun des Ballantyne avait reçu l'invitation très convoitée, et ne pas assister au bal serait très discourtois, selon la formule de Connor. Jaeger aurait aimé s'y rendre avec Piper ; hormis le fait qu'il se plaisait en sa compagnie, il savait qu'elle apprécierait le bal, les décorations soignées et le côté spectaculaire que Morgan et James Moreau insufflaient à la réception.

Mais c'était impossible. Piper ne fréquentait pas ce milieu des gens riches et célèbres, et sa présence à ses côtés susciterait beaucoup de conjectures. Les médias voudraient savoir qui elle était et à quel titre elle l'accompagnait et, s'il ne leur fournissait pas les réponses, ils iraient les chercher eux-mêmes. Il ne voulait pas courir le risque qu'on apprenne l'existence des pierres avant qu'elles soient vendues et que les journalistes fouillent dans la vie de Piper. Ils découvriraient qu'elle était mère célibataire, et cela soulèverait d'autres questions, la principale étant pourquoi il fréquentait une maman célibataire alors qu'il ne cessait de proclamer que le mariage et la paternité n'étaient pas programmés dans ses gènes.

Ce serait un cauchemar et un casse-tête dont il n'avait vraiment pas besoin. Non, il valait mieux qu'il maintienne le plus longtemps possible le secret autour de leur « relation » — faute d'un terme plus approprié.

— Désolé, Piper, mais j'ai d'autres projets. Je ne pourrai venir que demain après-midi. Le dimanche matin, j'ai l'habitude de prendre le petit déjeuner avec mes frères et ma sœur.

— Oh.

Il perçut son soupir et pressentit qu'elle avait envie de lui demander quels étaient ses projets pour ce soir, s'il voyait quelqu'un d'autre. Il s'arma de courage, attendant ses questions.

Mais à sa grande surprise, elle posa la tête sur son épaule en déclarant :

— Pas de problème. Viens quand tu seras disponible.

Pourquoi acceptait-elle si facilement qu'il entre et sorte de sa vie ? Ne comprenait-elle pas qu'elle méritait qu'on s'intéresse davantage à elle ? Qu'elle avait le droit de poser des exigences ? À moins que cet arrangement informel ne lui convienne... Pourquoi cette pensée l'irritait-elle autant ?

Voilà qu'il déraisonnait ! Il déposa un baiser sur le front de Piper et s'efforça de conjurer sa frustration.

— Vous êtes très accommodante, madame Mills, murmura-t-il dans ses cheveux, si bas qu'il n'était pas sûr qu'elle l'ait entendu. Et je suis libre ce matin.

Piper étira le cou pour embrasser sa mâchoire, peignant des traînées de feu sur sa peau. Il ferma les yeux, grisé par sa caresse, puis exhala un grognement de dépit quand elle s'écarta de lui. Il rouvrit tout grand les yeux en sentant que la couverture glissait de sa poitrine et de ses cuisses, aussitôt remplacée par un corps svelte et sexy dont la douce fragrance titillait ses sens.

Piper se jucha sur ses cuisses, les genoux contre ses hanches et les mains sur son torse, son intimité à quelques centimètres de son pénis. Il le sentit gonfler sous elle, et il caressa les flancs de Piper, titillant ses mamelons avec les pouces. Ses prunelles vertes s'assombrirent et sa bouche s'entrouvrit sous l'effet du désir, mais elle ne détourna pas le regard.

Elle abaissa ses hanches, et la chaleur de son intimité rencontra la rigidité de son sexe. Jaeger émit un grognement guttural, songeant que c'était le type de torture le plus raffiné, l'enfer le plus délicieux. Elle pouvait passer la journée du lendemain — l'année ou la décennie prochaine — à le chevaucher fièrement, il serait heureux de river son regard au sien, se demandant ce qu'il y avait chez cette femme qui le fascinait autant.

Oh ! les arguments ne manquaient pas. Son corps élancé était excitant, elle était aussi belle avec ou sans maquillage et ses cheveux étaient doux comme la soie. Il s'empara de la boucle frôlant le haut de sa poitrine et l'enroula autour de son doigt, s'amusant à titiller son téton avec la mèche de cheveux. Piper frissonna de volupté, et il tenta désespérément d'ignorer sa chaleur lisse et moite qui glissait le long de sa verge.

Il voulait ralentir, retarder l'inéluctable, l'observer pendant qu'elle tirait son plaisir de lui. Il voulait comprendre ce qui rendait cette femme si différente des autres.

Peut-être était-ce les émotions fugaces qui traversaient ses prunelles, du même vert que le fabuleux grenat tsavorite. Mais ces émotions avaient disparu avant qu'il les ait identifiées. La luxure et la passion étaient faciles à reconnaître ; elle le désirait autant qu'il la désirait. Mais derrière ces sentiments, il devinait son besoin d'établir une relation d'amitié avec son partenaire, de chasser sa solitude, de se sentir appréciée pour ses qualités intrinsèques.

Il la comprenait.

Il posa une main sur sa joue et la contempla tandis qu'elle fermait les yeux et s'appuyait contre sa paume, recherchant autre chose qu'une simple satisfaction sexuelle. Oui, Piper, avait besoin de tendresse, d'affection, de liens durables…

Mais il ne pouvait pas lui donner ce qu'elle voulait.

Elle ne réclamait pas qu'il s'engage pour la vie, argua son moi intérieur cynique. Tout ce qu'elle voulait, sans le demander, c'était passer un petit moment avec lui et faire comme s'il y avait davantage entre eux que du plaisir physique partagé, qu'un big-bang érotique un samedi matin.

À moins que tu ne veuilles une vraie relation avec elle ?

Souhaitait-il une expérience différente, qui n'ait rien à voir avec le sexe et tout à voir avec des émotions comme le partage, la connivence, l'acceptation, la tendresse ?

Jaeger effleura la lèvre inférieure de Piper avec son pouce. Quand elle riva son regard au sien, il perçut — pour la première fois — le reflet de sa propre aspiration à davantage qu'un échange de plaisir physique dans les profondeurs vertes de ses prunelles. Bouleversé, il la fit basculer sous lui et se jucha au-dessus d'elle, mais sans la toucher. Il éprouvait le besoin de la contempler, de graver dans son cerveau le souvenir d'elle, si douce, si féminine et si ouverte.

— J'ai besoin de t'aimer.

Bon sang, qu'est-ce qui lui avait pris de dire ces mots à voix haute ?

Piper lui coula un regard indéchiffrable. Puis elle noua les bras autour de son cou et l'attira vers elle pour qu'ils reposent hanches contre hanches, poitrine contre poitrine. Il exhala un grognement quand elle écarta les jambes et cambra les reins, impatiente de le sentir en elle.

Il voulait retarder l'instant ultime, explorer ces émotions nouvelles, mais Piper souleva ses hanches et glissa son intimité moite le long de son sexe dur et palpitant. Quand il tenta de s'écarter, elle enroula ses jambes autour de lui pour le maintenir en place. Elle cambra à nouveau les reins, et il se retrouva enfoui si profondément en elle que son cerveau disjoncta et que son instinct primaire reprit le dessus.

Il n'avait pas besoin de bouger. Piper se soulevait et s'abaissait sous lui, établissant la cadence. Tout ce qu'il avait à faire, c'était rester en selle pour cette chevauchée inhabituelle. Quelle expérience étrange et terriblement érotique, celle qui consistait à lui laisser la maîtrise des événements. À mesure qu'elle ondulait du bassin en un rythme lascif, ses muscles se resserraient autour de son pénis, créant une délicieuse friction. La pression montait inexorablement en lui, et il serra les dents, s'obligeant à laisser l'initiative à Piper, car il devinait que l'orgasme qu'elle lui procurerait serait un des plus intenses de sa vie.

Il perçut le halètement de Piper quand ses muscles internes se contractèrent, prélude à sa jouissance. Et quand un flot de chaleur le submergea, il donna un coup de reins, puis un deuxième, avant de la rejoindre dans le paroxysme du plaisir, un paradis qu'il n'aurait voulu quitter pour rien au monde.

À l'entrée de Prospect Park, sur la 9e Rue, Piper attendit à côté de la poussette de Ty tandis que Jaeger se dirigeait vers un stand de hot-dogs et en commandait un, bien garni. Seigneur, il avait déjà ingurgité chez elle deux bols de céréales, deux tasses de café et trois biscuits pour bébé ! Elle avait oublié la quantité de nourriture que les hommes engloutissaient, surtout les hommes musclés et dynamiques, qui brûlaient autant de calories qu'une fusée au décollage.

Piper se pencha pour examiner Ty. Comme elle s'en doutait, il avait retiré son bonnet, ses deux chaussures et une chaussette. Elle le rechaussa et tenta de lui remettre son bonnet. Mais cinq secondes après, il l'avait encore ôté et porté à sa bouche. OK, décida Piper, c'était une bataille qu'elle ne gagnerait pas. Tant pis pour le bonnet, mais les chaussures et chaussettes devaient rester en place.

Elle observa Jaeger tandis qu'il portait le hot-dog à sa bouche et en prenait une énorme bouchée. Elle avait cru qu'il partirait tout de suite après lui avoir fait l'amour, mais après un détour par la salle de bains, il l'avait rejointe dans le lit et avait noué ses bras autour d'elle. Puis il s'était endormi.

Quand elle s'était réveillée vers 8 heures, la place à côté d'elle était vide, mais sa cuisine ne l'était pas. Jaeger avait installé Ty dans sa chaise haute et imitait des bruits de moteur tout en dirigeant une cuillerée de yaourt vers sa bouche ouverte. Comme l'enfant refusait de manger si sa couche était sale, cela signifiait que Jaeger l'avait changé pendant qu'elle dormait.

Un autre homme l'aurait réveillée, supposait-elle, en lui disant que Ty la réclamait à grands cris. Un autre homme aurait enfoui sa tête sous l'oreiller et l'aurait laissée s'occuper de son fils. Mais pas Jaeger Ballantyne ; il avait entendu Ty, il était allé le changer et il lui donnait son petit déjeuner, accordant à Piper une précieuse heure de sommeil supplémentaire.

Si un jour il avait besoin d'un don de rein ou de sang, elle était partante. Elle soupçonnait même son cœur de lui appartenir déjà. Elle n'était plus à un organe près !

Chaque minute passée en sa compagnie approfondissait

le lien qu'elle tissait avec lui ; comme elle avait été stupide de penser qu'elle pourrait s'empêcher de tomber amoureuse de lui ! Peut-être était-ce pour cette raison qu'à Milan elle avait insisté pour qu'ils ne renouent pas leur relation sexuelle. Inconsciemment, elle avait su qu'ils ne pourraient jamais entretenir une simple amitié amoureuse.

Jaeger était quelqu'un de bien. Peut-être le plus estimable des hommes de sa connaissance.

Il méritait de connaître la vérité à propos de Ty, d'être pour l'enfant le père que Mick n'avait jamais été pour elle.

Ty méritait de le connaître. Elle se comportait de façon injuste vis-à-vis d'eux en gardant son secret.

Dans ce cas, quand et comment le dire à Jaeger ?

Il s'approcha d'elle et lui tendit son hot-dog à moitié mangé.

— Tu en veux une bouchée ?

— Grands dieux, non ! Les aliments transformés, bourrés de glucides et de conservateurs, très peu pour moi.

Jaeger regarda tour à tour son hot-dog puis elle avant d'engloutir une énorme bouchée, le regard pétillant de malice.

— Mmm, c'est délicieux !

— Il sent bon, admit-elle à contrecœur.

Jaeger enfourna le dernier morceau de son troisième petit déjeuner dans sa bouche, et ils s'avancèrent dans le parc. Elle aimait cet espace verdoyant. C'était son endroit favori pour marcher ou courir, avec ou sans Ty. Tous deux appréciaient le grand air, et cet été elle avait passé beaucoup de temps allongée sur une couverture avec Ty dans Long Meadow. Elle tourna la tête et vit que Jaeger regardait alentour avec curiosité.

— Es-tu déjà venu ici ? demanda-t-elle.

— À ma grande honte, je dois admettre que non. C'est splendide.

— En été, toutes les nuances de vert sont présentes. À l'automne, la palette de couleurs s'enrichit, allant du jaune au marron en passant par l'orangé. En hiver, la nature demeure belle. Un peu plus austère, plus dégagée, mais…

Piper haussa les épaules, soudain embarrassée.

— Je viens ici depuis que je suis enfant et je considère un peu ce parc comme mon terrain de jeu personnel.

Ty se mit à crier, et Jaeger sursauta, l'air inquiet. Piper se mit à rire.

— Rassure-toi, il va bien. C'est sa manière à lui d'exprimer sa joie d'être dehors.

— En attendant, il a un pied dénudé, remarqua-t-il.

Piper s'arrêta et exhala un soupir. Jaeger se baissa et ramassa une chaussette minuscule.

— Voici la chaussette. Mais la chaussure manque à l'appel.

Piper scruta l'allée derrière elle. Par chance, la chaussure se trouvait à une vingtaine de mètres plus loin. Jaeger l'aperçut aussi et courut la récupérer. Quand il revint, elle fourra le petit soulier dans son sac.

— Tu ne peux pas savoir le nombre de chaussures que j'ai perdues dans ce parc ! expliqua-t-elle, remettant la chaussette en place et enroulant la couverture autour des pieds de Ty pour qu'il ne prenne pas froid.

L'enfant leva les bras et lui adressa son sourire craquant signifiant : « Prends-moi dans tes bras. » Sans rien demander, Jaeger se pencha pour détacher les sangles qui maintenaient Ty, puis il le prit dans ses bras. Le bébé adressa alors un autre sourire satisfait à Piper, signifiant : « Vois comme je suis irrésistible ! » Jaeger récupéra la couverture et la drapa autour de Ty. Fier comme Artaban dans son cocon perché, le bébé tapota la joue de Jaeger.

— Alors, heureux ? demanda Jaeger en lui rendant son sourire.

En réponse, Ty fit des bulles avec sa bouche puis cria en gesticulant après un pigeon qui volait près d'eux.

— Oui, il est heureux, remarqua Piper, pince-sans-rire. Et il te mène par le bout du nez.

— Il est adorable, commenta Jaeger tandis qu'ils reprenaient leur promenade.

— C'est aussi mon avis ! répondit doucement Piper.

Jaeger lui caressa les cheveux de sa main libre.

— Je te trouve formidable, tu sais. Tu élèves seule un enfant tout en travaillant et tu sembles parfaitement maîtriser la situation.

— Je n'ai pas le choix. Je fais de mon mieux avec ce que la vie me donne.

— Et le père de Ty ? Reste-t-il en contact avec vous deux ?

Elle avait éludé la question la nuit dernière, et voici qu'elle revenait sur le tapis. Après que Jaeger se fut endormi, elle avait soigneusement préparé des réponses au cas où il lui reposerait la question. Mais tandis qu'elle fixait l'allée devant elle, elle les écarta de son esprit. Elle avait envie de lui dire la vérité, mais ne savait pas comment la formuler.

— Je ne lui ai jamais rien dit, admit-elle.

Jaeger s'arrêta net, les sourcils froncés.

— Pourquoi ?

Mal à l'aise, Piper se balança d'un pied sur l'autre, incapable de le regarder en face.

— C'est compliqué.

Jaeger transféra Ty sur son autre bras, lui offrant un nouveau point de vue sur le parc. Le bébé manifesta bruyamment son approbation, et Jaeger frotta son menton sur le crâne duveteux de Ty.

Comment réagirait-il si elle lui avouait qu'il tenait son fils dans ses bras ? Qu'il avait transmis à Ty la moitié de ses gènes ? Elle n'en revenait pas que personne n'ait remarqué leur ressemblance.

Mais si elle lui disait la vérité, rien ne serait plus pareil entre eux. Elle n'avait plus qu'une semaine, peut-être deux, avant la vente des saphirs. Quel mal y avait-il à ce qu'elle retarde l'inévitable pour profiter de lui encore un peu ?

Les souvenirs qu'elle se forgeait maintenant devraient durer tout le reste de sa vie. Il ne la verrait jamais de la même façon quand il apprendrait la vérité.

Elle la lui dirait. Il le fallait. Bientôt. Mais… Pas aujourd'hui.

— Quand ma compagne m'a prévenu qu'elle était enceinte, j'étais furieux. Et surtout, terrifié.

Ce fut au tour de Piper de s'arrêter net.

— Tu as un enfant ? demanda-t-elle, stupéfaite.

Jaeger passa sa main libre dans ses cheveux avant de remonter ses lunettes de soleil sur sa tête. Ses yeux avaient une teinte de bleu qu'elle n'avait encore jamais vue — plus froide, plus dure, douloureuse.

— J'avais vingt et un an. Elle en avait vingt. Je n'étais pas aussi prudent en matière de protection qu'aujourd'hui…

Piper se mordit la langue pour s'empêcher de parler.

— Nous étions à l'université. Par chance, étant majeur depuis quelques mois, je disposais de l'argent provenant d'un fonds fiduciaire souscrit par mes parents. J'ai donc pu subvenir à nos besoins tout en continuant à suivre les cours.

— Quelles matières étudiais-tu ?

— La géologie, la gemmologie, le commerce, expliqua Jaeger. Andrea a abandonné ses études pour s'installer avec moi, et nous nous sommes fiancés. C'était… difficile.

Intriguée, Piper nota que la crispation de sa bouche et de sa mâchoire s'accentuait. Ty dut aussi ressentir la tension qui se dégageait de Jaeger car il tourna la tête vers lui. Jaeger le changea de position, et Ty posa aussitôt son front contre le cou de Jaeger avant de fermer les yeux.

Dix secondes s'étaient à peine écoulées qu'il dormait déjà.

— Je n'en reviens pas ! s'exclama Jaeger. Comment fait-il pour s'endormir ainsi ?

Piper sourit.

— Mon… (elle faillit dire *notre*) fils est un gros dormeur. Veux-tu que je le remette dans la poussette ?

— Non, il est bien installé.

Ils se remirent à marcher, et Piper lui coula un regard oblique.

— Tu me parlais d'Andrea, fit-elle.

— Oui, soupira Jaeger. Un instant, nous étions étudiants et l'instant d'après, nous étions de futurs parents qui n'avaient aucune idée de ce qui les attendait. Andy a décidé de devenir une maman au foyer. Elle a tout préparé pour la venue du bébé. Il occupait toutes ses pensées.

— Elle était heureuse à l'idée de devenir maman ?

— Oh ! oui. Elle était folle de joie. Ce bébé à naître était devenu le centre de son univers. Il était mon rival dans son cœur, et j'étais distancé.

— Tu aimais Andrea, constata Piper.

— Oui. Elle était tout pour moi. Puis Jess est arrivée, et nous avons formé une famille. Je travaillais à mi-temps pour la société familiale tout en poursuivant mes études, mais la vie était belle. Andy était une maman heureuse, Jess était adorable, et les difficultés s'aplanissaient peu à peu.

Une bouffée de jalousie envahit Piper. Quelle chance avait cette Andrea d'être la première et sans doute la seule femme à être aimée par cet homme merveilleux !

— Qu'est-il arrivé ?

Jaeger posa sa main libre sur le dos de Ty et effleura la tête du bébé avec sa joue.

— C'était un dimanche matin. Andy avait allaité Jess et l'avait remise dans son berceau. Une quinzaine de minutes plus tard, je suis allé voir comment elle allait... Elle était partie dans son sommeil. Comme ça...

Horrifiée, Piper posa une main sur sa bouche.

— Oh ! Seigneur ! La mort subite du nourrisson ?

— Oui. J'ai essayé de la ranimer. En vain, hélas.

Piper cilla pour refouler ses larmes.

— Je suis vraiment désolée, Jaeger.

— Le choc a été affreux. Andy était anéantie. Notre couple s'est défait. Tout s'est brisé, constata tristement Jaeger. Ce fut une période très douloureuse.

— Vous n'êtes pas restés ensemble ? demanda Piper.

En percevant le chagrin dans sa voix, elle regrettait de ne pas pouvoir se glisser en lui pour réparer son cœur brisé.

— Durant six mois, nous avons tenté de reprendre le cours de notre vie, mais Andy n'arrivait pas à surmonter son chagrin. Tout lui rappelait Jess. Finalement, nous nous sommes séparés. Elle est retournée vivre chez ses parents, et il lui a fallu longtemps pour sortir de la dépression.

Il ne lui disait pas tout, devina Piper.

— L'as-tu revue ?

— Oui. Quatre ans plus tard, je l'ai appelée pour voir comment elle allait, et nous nous sommes rencontrés. Elle m'a dit que je lui manquais et qu'elle m'aimait toujours.

— Et toi, tu l'aimais toujours ?

— Oui. Je voulais qu'elle s'installe avec moi et que nous reprenions les choses là où nous les avions laissées, mais elle a refusé. Selon elle, nous devions réapprendre à nous connaître. Je détestais l'idée d'attendre. Je voulais vivre avec elle, l'avoir à mes côtés. Mais j'étais heureux qu'elle revienne à New York. Pour moi.

Pressentant la suite, Piper ressentit un pincement au cœur.

— Et qu'est-il arrivé ?

— Sans crier gare, elle a épousé un homme qu'elle fréquentait depuis qu'elle était retournée chez ses parents. Elle m'a envoyé un texto dix minutes avant la cérémonie, disant qu'elle m'aimait mais que, chaque fois qu'elle me regardait, elle se souvenait de Jess, et que c'était trop douloureux. Qu'elle ne pouvait pas vivre ainsi.

— Oh ! Jaeger…

Faute de trouver les mots appropriés, elle glissa une main sous son blouson de cuir et la posa sur son cœur. Très émue, elle resta là, son regard rivé au sien, la main sur sa poitrine.

Elle comprenait maintenant sa position contre le mariage et les enfants. Il avait été un homme comblé, puis ses rêves d'amour et d'une famille heureuse s'étaient brisés. Ce n'était pas un homme égoïste. Il cherchait simplement à se protéger. Qui pourrait le lui reprocher ?

Son refus de s'engager ou de vouloir des enfants n'avait rien à voir avec un besoin de liberté. Jaeger n'était pas un être frivole et insouciant, et elle regrettait d'avoir pris pour argent comptant ce qu'il racontait dans les médias.

Il lui avait dit la vérité. Ne devait-elle pas en faire autant ? Il avait fallu du courage à Jaeger pour se confier à elle et lui ouvrir son cœur meurtri. Aurait-elle le même courage ? N'était-il pas temps pour elle de passer aux aveux ?

— Je n'arrive pas à croire que je ressasse encore le passé ! maugréa-t-il. J'espère que tu garderas tout cela pour toi. Je n'ai jamais parlé de notre tentative de réconciliation à qui que ce soit, même pas à mes frères et à ma sœur.

— Pourquoi ?

Jaeger haussa les épaules, et un mince sourire étira ses lèvres.

— Ces deux mois avec Andy et Jess avaient été… magiques. Je voulais conserver pour moi seul le souvenir de nos brèves retrouvailles.

Piper hocha la tête. Elle comprenait son besoin de garder intacte la magie de ses souvenirs. Elle ressentait la même chose à propos des heures merveilleuses qu'ils avaient passées ensemble à Milan, ce fameux printemps. Peu importait qu'il ne se souvienne pas d'elle ni de ces moments de partage.

Il suffisait qu'elle s'en souvienne.

Elle devait lui dire la vérité. Elle allait le faire. Il fallait simplement qu'elle trouve les mots justes.

— Jay, je…

Seigneur, comme c'était difficile ! Les larmes lui brouillaient la vue, et elle fixait le sol, tâchant de contrôler sa respiration.

— Je… je veux dire…

Jaeger se baissa pour remettre Ty endormi dans la poussette et rattacher les sangles. Puis il se redressa et croisa le regard de Piper.

— Pouvons-nous parler en marchant ? Je dois retourner à Manhattan. J'ai une revanche à prendre sur Beck au racquetball.

— Oh ! Je pensais… Entendu.

Une explication au sujet de Ty prendrait du temps. Et quelle que soit sa réaction, il aurait, pour le moins, des questions à poser.

— Je t'ai interrompue, déclara-t-il en lui prenant la main. Qu'allais-tu me dire ?

— Oh ! rien d'urgent.

Ce n'était pas le genre de nouvelle à lui annoncer juste

après ses confidences sur la mort de Jess. Elle ne voulait pas qu'il pense qu'elle lui présentait Ty en remplacement de sa fillette. Elle ne cherchait pas à diminuer la perte qu'il avait subie. Jess était irremplaçable.

Mais elle savait maintenant qu'elle devait lui dire la vérité.

Et vite.

10

À force de ramper dans le salon et la cuisine, Ty était tombé d'épuisement. Piper venait de le coucher une demi-heure plus tôt que prévu, et cela l'arrangeait. Le suivre à la trace l'avait épuisée, elle aussi, et sa nuit torride avec Jaeger n'arrangeait pas les choses. Elle avait fini son travail, et tout ce qu'elle voulait, c'était s'allonger sur le canapé, regarder un programme télévisé délassant et s'assoupir. Jaeger n'avait pas dit s'il reviendrait, et une petite part d'elle espérait qu'il ne reviendrait pas. Elle avait vraiment besoin d'une bonne nuit de sommeil !

Elle avait aussi besoin de mettre de la distance émotionnelle entre Jaeger et elle afin de réfléchir à la meilleure façon de lui annoncer sa paternité. Elle devait lui expliquer de manière logique et cohérente pourquoi elle avait gardé le secret à propos de Ty. S'ils parvenaient à avoir une discussion rationnelle à ce sujet, elle lui dirait qu'elle était la fille de Mick et que leur absence de relation l'avait profondément marquée au point d'influencer sa décision.

Peut-être lui dirait-elle aussi qu'elle l'aimait. Elle lui expliquerait qu'elle était tombée amoureuse de lui au premier regard à Milan et qu'elle n'avait pas cessé de l'aimer depuis lors. Pour elle, l'amour signifiait tout donner et tout risquer. L'amour avait besoin de la lumière de la vérité pour s'épanouir. Et si elle aimait Jaeger, elle devait lui confier ses secrets, son passé, ses pensées et ses incertitudes.

Certes, elle appréhendait de lui dire la vérité, mais elle n'avait pas le choix.

Piper sirota une gorgée de vin et s'efforça de ne pas s'inquiéter de la réaction de Jaeger. À aucun moment il n'avait suggéré qu'il y avait entre eux autre chose qu'une relation sexuelle et une tendre amitié. Se préparait-elle mentalement à être déçue ? Et si jamais il éprouvait un sentiment pour elle, leur relation ô combien fragile survivrait-elle à la vérité ?

Mais l'amour n'était pas l'amour quand il demeurait dans l'ombre.

Seigneur, réfléchir était épuisant ! Et la semaine qui s'achevait avait été une des plus folles de sa vie. Elle s'emparait de la télécommande pour démarrer son moment de détente quand son portable vibra. Elle le retira de la poche arrière de son jean et contempla, intriguée, le numéro inconnu qui s'affichait sur son écran avant de répondre.

— Êtes-vous Piper Mills ?

— Hum, oui. Qui est à l'appareil ?

Elle écouta l'explication confuse de Maeve Cummings, Mills de son nom de jeune fille. C'était la cousine la plus âgée de la mère de Piper. Reposant la télécommande, elle se pencha en avant, ravie de recevoir enfin une réponse aux innombrables messages qu'elle avait envoyés aux différentes adresses mail trouvées dans le répertoire de sa mère.

— Vous et moi sommes les plus proches parentes encore en vie de John Carter Mills. D'après votre mail, vous avez besoin de renseignements à son sujet ?

— Oui. Auriez-vous quelque chose le concernant ?

— J'ai des pierres précieuses, son journal et quelques documents.

— Vous avez… Désolée… Pourriez-vous répéter ? demanda Piper, le cœur battant à tout rompre.

— Je possède trois pierres bleues qui sont censées valoir quelque chose, précisa Maeve.

Pourrait-il s'agir des Pierres bleues du Cachemire manquantes ?

— Et vous ne les avez jamais fait évaluer ? demanda Piper, s'efforçant de reprendre ses esprits.

— Je n'en ai jamais eu besoin. Je suis aussi vieille que Mathusalem et aussi riche que Crésus.

Eh bien, sa cousine était un sacré personnage ! Pourquoi sa mère n'était-elle pas restée en contact avec cette femme si pétulante ? Elle ne risquait rien à poser la question à Maeve.

La vieille dame émit un grognement de mécontentement.

— Je n'aimais pas votre père, et j'ai dit à votre mère qu'il ne lui attirerait que des ennuis. Gail n'a pas apprécié mon franc-parler et a rompu le contact. Comment supporte-t-elle sa disparition ? Elle adorait cette fripouille.

— Elle est morte avant lui. Je ne sais pas si elle aurait survécu à sa disparition. Peut-être vaut-il mieux qu'elle soit partie la première, admit Piper.

— Je suis désolée de l'apprendre. Ainsi, vous êtes *sa* fille ?

— Oui.

— Le fait que vous vous appeliez Mills me dit tout ce que j'ai besoin de savoir sur son manque d'intérêt envers vous.

Maeve renifla de mépris et fut prise d'une quinte de toux sèche. Piper attendit que la vieille dame reprenne son souffle.

— J'habite à Sag Harbor. Venez les récupérer quand vous aurez le temps.

— Récupérer quoi ? demanda Piper, perplexe.

— Le journal de John Carter et le reste des pierres. Autant qu'elles vous reviennent plutôt qu'à une œuvre caritative.

— Oh ! merci, mais non ! Je vous emprunterai le journal. C'est tout.

— Entendu. Cela m'évitera de modifier mon testament. Ces formalités administratives sont un vrai casse-tête.

Cette Maeve était vraiment excentrique !

— Avez-vous lu le journal ?

— Oui, il y a soixante ans.

— Vous rappelez-vous comment John Carter a acquis les pierres ? demanda Piper, retenant son souffle.

— Je suis vieille mais pas sénile ! riposta Maeve. Un

glissement de terrain s'est produit dans un village au nord de Srinagar. John Carter a dégagé des villageois coincés dans des amas de rochers. En remerciement, ils lui ont donné les saphirs. Si je me souviens bien, il consacre de longues pages au glissement de terrain et au sauvetage. Puis il fait une description détaillée des pierres.

Le cœur de Piper palpitait d'excitation. À l'évidence, c'était la preuve dont elle avait besoin.

— Venez me voir. Vous récupérerez le journal et les pierres. Je suis chez moi tout le temps. Si je n'y suis pas, c'est que je serai morte.

— Je ne veux pas de vos pierres, cousine Maeve. C'est le journal qui m'intéresse.

— Ne discutez pas, chérie. Mes pierres et les vôtres forment un tout. Et je n'en ai pas l'utilité.

— Jaeger Ballantyne vous les rachètera, expliqua Piper.

— Venez me voir et apportez de la vodka, russe de préférence. Je vous enverrai mon adresse. Ne tardez pas trop, je vais mourir bientôt, répliqua Maeve avant de raccrocher.

Piper fixa son portable en poussant un petit cri d'excitation. Si elle et Jaeger pouvaient se rendre demain dans les Hamptons, ils auraient la preuve qu'ils cherchaient et pourraient conclure la vente. Par la même occasion, elle dirait la vérité à Jaeger au sujet de Ty. Si elle avait beaucoup de chance, peut-être pourraient-ils commencer un nouveau chapitre de leur vie sans aucun secret entre eux.

Elle tomba directement sur la boîte vocale de Jaeger et exhala un grognement de frustration avant de lui laisser un message.

> Jaeger, peux-tu m'appeler dès que possible ? Je pense avoir trouvé la provenance des pierres grâce à une vieille cousine habitant dans les Hamptons. Elle est excentrique mais elle détient un journal et sans doute d'autres Pierres bleues du Cachemire. Nous devons nous rendre là-bas, disons, demain ! Sérieusement, il faut que tu m'appelles ! Maintenant ! Merci.

Piper jeta son portable sur les coussins de son canapé.

Incapable de demeurer assise, elle fit les cent pas devant le poste de télévision éteint, son verre à la main, attendant avec impatience l'appel de Jaeger. Elle était surexcitée, et il n'y avait personne d'autre avec qui partager cette nouvelle fabuleuse… Personne d'autre avec qui elle avait *envie* de la partager.

Bouleversée par cette révélation, Piper posa une main sur son sternum et se força à respirer calmement. Jaeger serait toujours la première personne avec qui elle voudrait partager une nouvelle ou une émotion : à propos de Ty, d'une œuvre d'art qui la ravissait ou d'un souvenir qui la faisait pleurer ou rire.

Il était le seul homme avec qui elle avait envie d'aller au lit. C'était sa voix qu'elle avait envie d'entendre pour le reste de sa vie. Elle voulait le voir jouer avec Ty, elle voulait un autre enfant de lui. Elle voulait vieillir avec lui, rire avec lui, l'aimer.

Seigneur, *elle l'aimait* !

Soudain, son portable vibra. Voyant qu'elle avait un message, elle sentit son cœur bondir dans sa poitrine. Jaeger ! *Yes !* Les doigts tremblants, elle ouvrit le message et fut déçue en voyant qu'il émanait de Ceri. Celle-ci demandait à Piper de regarder une chaîne de télévision locale. Les dix points d'exclamation indiquaient que c'était d'une importance vitale, aussi Piper s'exécuta-t-elle aussitôt.

Une scène filmée en direct montrait des badauds maintenus à distance par des cordons de velours tandis que des personnalités en tenue de soirée foulaient un tapis rouge. Piper déchiffra le titre au bas de l'écran et apprit qu'il s'agissait de l'arrivée des invités triés sur le volet au bal organisé par les Moreau, la manifestation mondaine la plus glamour de New York.

— Comme promis, déclarait la présentatrice, je vais interviewer Jaeger Ballantyne. Il sort à l'instant de la limousine avec les autres membres du clan Ballantyne. Seigneur, quelle belle famille ! Jaeger, s'il vous plaît !

Fascinée, Piper contempla Jaeger qui boutonnait la veste de son smoking sur mesure et lissait son nœud papillon impeccable. Sage se tenait derrière lui, vêtue d'une robe longue en lamé doré et chaussée d'escarpins assortis. Elle paraissait menue à côté de ses frères à la carrure de sportifs. Tous s'avancèrent le long du tapis sous les crépitements des appareils photo des paparazzis.

Jaeger rejoignit la présentatrice qui lui caressa le bras. Ce geste intime eut le don d'exaspérer Piper.

— Quelle joie de vous voir, Jaeger.

— Annette, comment allez-vous ?

— Eh bien, merveilleusement. Merci de votre prévenance.

Quelle minaudière ! songea Piper, ulcérée.

Après plusieurs questions ineptes, Annette en vint au fait :

— Ce bal est la plus importante manifestation mondaine de la ville. Je m'attendais à vous voir arriver en compagnie d'une ravissante cavalière. Pourquoi venez-vous seul ?

Jaeger soupira et haussa les épaules.

— Il s'agit d'un événement spécial et, comme d'habitude, je n'ai personne de spécial dans ma vie. Voilà pourquoi je viens seul.

Il n'a personne de spécial dans sa vie…

Voyons, réfléchis ! Tu es suffisamment intelligente pour savoir à quel point les médias sont dangereux, et qu'on ne leur dit pas toujours le fond de sa pensée. Jaeger n'est peut-être pas amoureux de toi, mais il est merveilleux.

Alors, avant de le pendre, de l'écarteler et de le découper en morceaux, accorde-lui le bénéfice du doute. C'est ce que font les adultes sensés.

Mais pourquoi utiliser ces mots ?

Parmi les milliards de mots qu'il aurait pu trouver, pourquoi avoir choisi la seule formule capable de la désespérer ?

Piper fixa l'image de Jaeger sur l'écran tandis qu'il envoyait un baiser aérien à Annette avant de fouler le tapis rouge et de disparaître à l'intérieur du bâtiment. La mort dans l'âme, Piper humecta ses lèvres sèches. La présentatrice agaçante parlait, mais tout ce que Piper entendait, c'était les mots de Jaeger qui tournaient en boucle dans sa tête.

Il n'a personne de spécial dans sa vie…

Piper savait qu'elle perdait pied et devenait irrationnelle, mais c'était plus fort qu'elle. Les émotions destructrices la submergeaient et la panique s'emparait d'elle.

Elle n'était rien pour lui. Cette amitié amoureuse qui, croyait-elle, les unissait n'était rien pour lui. Il voulait bien coucher avec elle, mais il refusait d'être vu en public en sa compagnie. Des souvenirs douloureux remontèrent d'un coup à sa mémoire. Elle se revoyait, enfant, quand elle demandait à son père de l'emmener au parc et qu'il refusait.

Quand elle lui demandait si elle pouvait prendre son patronyme et qu'il refusait.

Quand elle lui demandait de l'emmener au restaurant, chez lui, au cirque, au bal ; quand elle lui demandait d'assister à la cérémonie de remise des diplômes…

Mick répondait toujours non.

Mick ne la tolérait que dans cette maison. En dehors de ces quatre murs, elle n'existait pas pour lui. Ni pour Jaeger, apparemment.

Piper avait l'impression que la pointe d'un couteau chauffé à blanc lui transperçait le cœur. La douleur était tellement insoutenable qu'elle en pleurait. La vibration de son portable lui parvint, étouffée, mais elle l'ignora. Glissant ses mains tremblantes sous ses aisselles, elle maudit son père et Jaeger, les deux hommes qu'elle avait aimés mais qui n'avaient pas pu ou voulu l'aimer en retour.

> Eh, c'est moi. J'ai essayé de t'appeler à deux reprises, mais je tombe toujours sur ta boîte vocale. Je suis très excité d'avoir confirmation de la provenance des pierres. Je ne serai pas en mesure de te parler pendant un moment, mais envoie-moi un texto, d'accord ?

Perplexe, Jaeger éteignit son portable. Piper avait paru très excitée et lui avait demandé de le rappeler aussitôt. Alors, pourquoi ne répondait-elle pas ?

Seigneur, il espérait que tout allait bien, qu'il n'était rien arrivé de grave à elle et à Ty. Jaeger se rassit à la table ronde et adressa un sourire distrait à ses frères et à sa sœur.

Sage, assise en face de lui, se pencha par-dessus la table.

— Quelque chose ne va pas ?

Jaeger s'empara de son verre de whisky et haussa les épaules.

— Piper a découvert la provenance des pierres.

Linc se redressa aussitôt, vivement intéressé.

— Vraiment ? De quelle façon ?

— Une cousine à elle détient un journal, et Piper pense qu'il y aurait d'autres Pierres bleues, expliqua Jaeger à voix basse.

— Combien ? demanda Beckett.

— Trois. Piper veut que nous allions dans les Hamptons demain pour vérifier ces informations.

Linc pointa un doigt vers lui.

— Tu nous tiendras tout de suite au courant, n'est-ce pas ?

Jaeger acquiesça d'un signe de tête, inquiet de n'avoir pas pu joindre Piper. Il examina la salle de bal richement décorée et aperçut Annette, la journaliste, qui l'observait d'une table voisine.

Il lui avait menti tout à l'heure. Il y *avait* quelqu'un de spécial dans sa vie. Il aurait préféré que Piper ne compte pas autant pour lui, mais c'était le cas. Il en voulait pour preuve le sentiment de malaise qui l'habitait depuis qu'il essayait en vain de la joindre.

Il avait beau nier ses sentiments pour elle, il n'en demeurait pas moins vrai que c'était la première fois qu'il éprouvait une pareille attirance pour une femme depuis Andy, et elle ne cessait de grandir.

Pourtant, il ne connaissait Piper que depuis une semaine !

En même temps, il savait qu'il lui devait son récent sentiment de bonheur. Quand il s'autorisait à rêver, il se voyait avec elle dans sa maison de Brooklyn, le babyphone sur la table près d'eux, écoutant les gazouillements de Ty et tendant l'oreille pour savoir s'ils se transformaient en gémissements ou en cris. Il s'allongeait sur le canapé et regardait un match, une bière à la main, la tête de Piper sur ses genoux pendant qu'elle lisait un livre sur l'art. Ou bien il l'écoutait parler de cubisme et de Picasso. Il l'emmenait en Europe et contemplait l'expression de son visage pendant qu'elle explorait les musées du Vieux Continent.

Ils mangeaient des croissants chauds à Paris.

Il prenait place avec Ty dans un siège en forme de tasse dans un manège rotatif à Disneyland.

Il lisait une histoire à Ty pour l'endormir.

Il racontait une autre sorte d'histoire à Piper avec sa bouche et ses mains.

Elle aurait dû être ici avec lui. Sa place était à ses côtés. Au diable ses propres craintes, les secrets de Piper, les pierres et les médias ! Tous les deux ensemble, c'était ainsi que cela devrait être.

Jaeger sentit une main large se poser sur son épaule. Il releva la tête et sourit à son ami et rival, James Moreau.

— Désolé d'avoir manqué la partie de poker de l'autre nuit, déclara James à Beckett après avoir salué les frères Ballantyne et embrassé Sage sur la joue.

— Tu avais la frousse, c'est compréhensible, railla Beckett.

— Va au diable ! répliqua cordialement James.

— J'ai entendu dire que tu avais déposé une réclamation auprès du cabinet d'avocats chargé de la succession de Mick Shuttle pour récupérer l'argent qu'il te devait, intervint Linc pendant que James s'installait sur une chaise vide.

— Shuttle nous a acheté de nombreux bijoux au fil des ans. Je n'aurais jamais cru que son dernier chèque serait rejeté, maugréa James.

— Je suis content qu'il ait été ton client et non le nôtre, commenta gaiement Beckett.

— Je n'en doute pas, ironisa James. La jeune épouse colombienne de Shuttle s'est enfuie dans son pays la veille de son arrestation. En emportant mon collier en diamant.

— À en juger par la longue liste de ses créanciers, tu auras de la chance si tu rentres dans tes fonds, remarqua Jaeger.

— C'est ce que je n'arrive pas à comprendre, répondit James en tapotant la nappe rouge sang du bout du doigt. Il y a trente ans, mon père a acheté deux pierres exceptionnelles à Shuttle et il lui en a offert un prix très élevé. Shuttle s'est vanté d'en avoir plusieurs autres de la même qualité. Elles seraient son plan B en cas de problème.

Jaeger sentit son cœur s'arrêter, redémarrer et s'emballer.

« Ma mère a vendu deux pierres il y a trente ans pour permettre à mon père de créer sa société. »

La maison de Piper, se rappela-t-il, était détenue par son père via une société. Et si elle vendait ses pierres, c'était parce que la maison faisait partie de la succession. L'argent récolté servirait à apurer les dettes de son père.

Piper Mills était la fille de Mick Shuttle.

Pour un secret, il était de taille !

D'où la question cruciale : pourquoi ne lui avait-elle rien dit ?

Et que lui cachait-elle encore ?

11

Piper ne fut pas surprise quand Jaeger appuya sur le bouton du visiophone un peu après minuit. Le message qu'elle lui avait laissé était prometteur. Il voudrait en savoir davantage.

Elle se leva et posa la main sur son sternum, se forçant à respirer calmement. Qu'elle avait été sotte de penser qu'ils auraient encore un peu de temps avant que le moment de vérité arrive. Avec Jaeger, tout se passait à la vitesse de l'éclair. À Milan, ils s'étaient retrouvés au lit en un temps record et cette fois, en l'espace d'une semaine, elle avait renoué avec lui, couché avec lui et était tombée amoureuse de lui !

Piper alla dans la cuisine pour déclencher l'ouverture de la porte d'entrée. Seigneur ! Elle était fatiguée, énervée et tellement amoureuse de lui que cela en était douloureux.

Parle-lui de l'interview et dis-lui la vérité à propos de Ty. Abats tes cartes et cesse d'anticiper ce qui se passera.

L'honnêteté est toujours préférable aux mensonges.

Même aux mensonges par omission, dont elle s'était rendue coupable en taisant la vérité à Jaeger à propos de Ty et de Mick.

Mais à son tour, il devrait se montrer honnête envers elle, et elle devrait l'accepter. Peut-être pensait-il chaque mot qu'il avait dit à la journaliste ; peut-être n'y avait-il entre eux rien d'autre qu'une relation sexuelle fabuleuse ; peut-être n'était-il pas disposé à s'occuper de Ty. Si tel était le cas, elle devrait se faire une raison.

Il fallait qu'elle soit forte si elle voulait survivre aux pires conséquences de leur prochaine discussion. Elle avait survécu à l'indifférence de son père ; elle survivrait aussi à celle de Jaeger.

Redressant les épaules, elle s'avança dans le hall d'entrée, ouvrit la porte et se retrouva face à Jaeger. Il passa devant elle en lui décochant un regard froid. Sans mot dire, il posa son manteau qu'il jeta sur la chaise la plus proche. Puis il ôta sa veste de smoking et son nœud papillon, et défit le premier bouton de sa chemise.

Piper croisa les bras pendant qu'il roulait les manchettes sur ses avant-bras avec des gestes nerveux et précis. Ses prunelles étaient d'un bleu glacier, ses épaules crispées et sa mâchoire verrouillée.

Il paraissait aussi furieux qu'elle. Mais elle ignorait la raison de sa colère.

— Pourquoi n'as-tu pas répondu à mon appel ? demanda Jaeger, les mains campées sur ses hanches.

Piper inclina la tête sur le côté. Son pull extra large lui arrivait à mi-cuisse. Des chaussettes en laine couvraient ses pieds. Elle avait l'air ridicule dans cette tenue, et cela contribuait à la déstabiliser un peu plus.

— J'avais besoin de rester seule un moment.

— Pourquoi ? demanda Jaeger, comme si le fait de lui parler devait constituer la raison d'être de son existence.

C'était le cas, mais il n'avait pas besoin de le savoir.

— Je venais de t'entendre dire devant les caméras que tu n'avais personne de suffisamment spécial dans ta vie pour l'emmener au bal des Moreau. Étant donné que tu as passé la nuit dernière à me faire l'amour, je me suis sentie minable et sans importance en t'écoutant.

Elle se percha sur le bras d'un fauteuil et croisa les jambes, son regard impassible rivé au sien.

— J'essayais de maîtriser ma douleur et ma colère afin que nous ayons une conversation rationnelle.

— Tu as écouté l'interview ? demanda-t-il, passant une main nerveuse sur sa mâchoire.

— Oui.

Son juron résonna entre les murs du salon.

— Je n'aurais jamais imaginé que tu regarderais cette émission. Tu n'allumes jamais la télévision !

— Et cela justifie tes propos ?

En entendant sa voix grimper dans les aigus, elle s'efforça de se maîtriser. Elle prit une profonde inspiration et noua ses mains tremblantes autour de ses genoux. Il ne lui avait pas échappé qu'il n'avait apporté aucun démenti à ses propos.

Elle ne put retenir une réplique sarcastique :

— Et moi qui commençais à croire que j'étais autre chose qu'un corps accueillant et qu'une pourvoyeuse de pierres intéressantes. Faut-il que je sois sotte !

— Tu es injuste ! Je ne t'ai jamais traitée de cette manière.

Il fourra les mains dans ses poches et lui décocha un regard noir.

— Je ne sais pas ce que tu veux m'entendre dire, Piper. Je n'ai jamais parlé de ma vie amoureuse dans les médias.

Ce n'était toujours pas un démenti, songea-t-elle douloureusement.

— Que sommes-nous en train de faire, Jaeger ?

— En ce moment ? Nous avons une conversation stérile.

Malgré ses questions, rien de ce qu'il venait de dire ne lui permettait de croire qu'il y avait quelque chose de sérieux entre eux. Elle n'allait pas le supplier de se mettre en couple avec elle. Et elle ne pourrait pas rester avec lui, hésitant entre l'amour et l'espoir, et se réveillant chaque matin en se demandant combien de temps ils resteraient ensemble avant qu'il ne se lasse d'elle.

Elle préférait vivre sans lui que de vivre dans l'incertitude et l'angoisse. Elle valait mieux que cela. Elle était assez forte pour survivre à une rupture.

Elle n'était pas sa mère.

Elle se leva, sortit le chèque de Jaeger de son sac et le lui tendit, ignorant son expression ulcérée.

— Je n'en ai plus besoin. Le journal de mon arrière-grand-oncle prouvera que les pierres proviennent du Cachemire et qu'elles ont été extraites à la fin du XIXe siècle. Je récupérerai le journal demain et le déposerai à ton bureau lundi matin. Ballantyne & Company sera alors en mesure de m'établir un chèque pour la valeur des pierres.

Elle prit une profonde inspiration avant de poursuivre :

— J'aimerais que tu contactes le cabinet d'avocats chargé de régler la succession de mon père. Si tu leur confirmes que je vais recevoir d'ici peu une importante somme d'argent, peut-être ne vendront-ils pas la maison aux enchères.

Elle s'apprêtait à lui parler de Ty quand il la devança :

— Qui est ton père ?

Cette question la prit de court. Pourquoi lui demandait-il cela ? Et pourquoi maintenant ?

— En quoi est-ce important ?

— Est-ce Michael Shuttle ?

Elle tressaillit, mal à l'aise. Comment l'avait-il découvert ?

Il pointa un doigt accusateur vers elle.

— N'essaie pas de me mentir ! Je sais qu'il est ton père.

— Comment l'as-tu appris ?

— Il y a trente ans, Shuttle a vendu deux saphirs du Cachemire à Moreau pour financer sa société et il s'est vanté d'en détenir d'autres. Or, ta mère a vendu deux saphirs pour permettre à ton père de créer sa société. Et la succession de ton père, débiteur insolvable, fait l'objet d'une administration judiciaire. Donc, ton père est Shuttle.

— En effet, c'est mon père.

Jaeger s'arrêta de faire les cent pas et vrilla un regard accusateur sur Piper.

— Pourquoi as-tu entouré cette information d'un tel secret ?

— Tu plaisantes ? répliqua Piper, peinant à contrôler la virulence de sa voix. Compte tenu du scandale financier qu'il a déclenché, pourquoi voudrais-je attirer l'attention sur moi ?

— Il ne s'agissait pas de le dire au monde entier, mais de me le dire à moi !

Jaeger jeta un coup d'œil vers l'escalier et poursuivit, modérant le ton de sa voix :

— Qu'est-ce que tu me caches encore ? Quel autre mensonge m'as-tu servi ?

Jaeger franchit l'espace qui les séparait et saisit Piper par le bras.

— Alors, quoi d'autre, Piper ?

Mortifiée, elle se libéra de son emprise et noua les bras autour de sa taille.

— Toi et moi nous sommes rencontrés à Milan et oui, nous sommes sortis ensemble à trois reprises. Ce que j'ai omis de te dire, c'est que nous avons couché ensemble.

Elle risqua un coup d'œil en direction de Jaeger. Comme elle s'y attendait, il parut perplexe.

— Soit. Pourquoi ne me l'as-tu pas dit ? Cela ne tire pas à conséquence.

Piper laissa échapper un petit rire sans joie.

— Justement si.

Rassemblant tout son courage, elle riva son regard au sien.

— Ty en est la conséquence.

Piper observa Jaeger tandis que ces mots s'imprimaient dans son cerveau et que son visage blêmissait.

— J'utilise toujours des préservatifs, répliqua-t-il d'une voix blanche.

— En effet, tu en as utilisé cette nuit-là, admit Piper. Je ne peux pas expliquer comment c'est arrivé, mais Ty est ton fils.

— C'est impossible !

— Oh ! je t'en prie ! Il a tes yeux, ton menton, ton visage, ton ossature. Il a une fossette sur les fesses, comme toi. Il a tes mains, ton sourire. C'est ton portrait craché ! cria Piper.

— Non, ce n'est pas mon fils ! C'est impossible.

Puisqu'il ne voulait rien entendre, elle n'allait pas s'escrimer à le convaincre.

— Soit. Ce n'est pas ton fils. Crois ce que tu veux, Jaeger.

Il agrippa le dossier du canapé et la contempla, le visage décomposé.

— Pourquoi ne m'as-tu rien dit ?

— À mon retour de Milan, j'ai essayé de te dire que

j'étais enceinte, Jaeger, mais je n'ai pas réussi à te joindre ! J'ai été mise à la porte de Ballantyne & Company et inscrite sur la liste des importuns et des cinglés ! Cela fait seulement une semaine que nous avons repris contact. À quel moment, exactement, étais-je censée te l'annoncer ? Pendant que nous discutions des pierres, après le sexe, avant le sexe ?

— Oui !

— J'ai essayé de te le dire aujourd'hui, dans le parc, mais tu venais de me parler de ta fille, puis tu devais aller jouer avec ton frère et assister à un bal, répliqua Piper avec amertume. Il me fallait du temps pour tout t'expliquer, mais tu avais mieux à faire.

— J'aurais tout annulé si tu m'avais dit que c'était important, contra Jaeger.

— Je ne voulais pas que tu rejettes Ty.

Voilà. Elle l'avait dit.

— J'admets que je n'ai aucune expérience des bébés, mais je ne t'ai jamais donné la moindre raison de penser que je le rejetterais !

— Jaeger, pendant des années, tu as clamé haut et fort que tu n'étais pas du bois dont on fait les maris et les pères. Et je n'avais aucune raison de ne pas le croire !

— Il n'empêche que tu aurais dû me le dire, s'entêta Jaeger.

— Bien sûr, j'aurais dû. Mais j'avais peur.

— *De quoi ?*

— Que tu rejettes Ty. Que tu me rejettes.

Sans se soucier des larmes qui coulaient sur son visage, elle se força à soutenir son regard furieux et hostile.

Courage, Piper. Demande-lui la vérité. Encaisse le coup. Tu survivras. Peut-être.

— C'est ce que tu vas faire ? demanda-t-elle.

Jaeger accueillit sa question sans broncher. Puis, le regard toujours rivé au sien, il secoua la tête.

— Je ne peux pas vivre avec quelqu'un en qui je n'ai pas confiance. C'est une expérience que je ne veux pas réitérer.

Ces mots lui firent l'effet d'une gifle. La gorge nouée par la détresse, elle se força à demander :

— Et Ty ?

— Je ne sais pas. Il faut que je réfléchisse.

Ulcérée, Piper releva le menton et lança un regard noir à Jaeger.

— Le fait que tu doives réfléchir avant de décider si tu vas l'aimer et l'accepter me dit tout ce que j'ai besoin de savoir.

La voix de Piper se brisa, et elle essuya les larmes qui roulaient sur ses joues.

— Il est temps que tu partes.

— Entendu.

Elle sentit le frôlement de son manteau sur ses jambes nues tandis qu'il passait à côté d'elle. Puis elle entendit la porte se refermer derrière lui. Elle se laissa tomber par terre, posa sa tête entre ses genoux et sentit son cœur se briser en mille morceaux.

En ce lundi matin, Jaeger posa les pieds sur le coin de son bureau et contempla la pluie qui ruisselait le long des vitres. Thanksgiving était passé depuis une semaine, et quelques magasins arboraient déjà leurs décorations de Noël. Le designer attitré de Ballantyne & Company décorerait la devanture de la joaillerie à la fin du mois, puis la folle saison débuterait. Mais une seule chose occupait l'esprit de Jaeger…

Il avait un fils.

Il avait un fils avec une femme belle, intelligente et spirituelle, qui l'avait privé des premiers mois de sa vie.

Elle aurait dû faire davantage d'efforts pour le contacter…

Mais, bien que cela lui coûte de l'admettre, elle ne pouvait pas faire grand-chose d'autre. Il se souvint vaguement qu'on lui avait présenté une liste de personnes qui avaient essayé de le joindre alors qu'il était hospitalisé, mais il avait jeté le document, se disant que si c'était important, les personnes le recontacteraient plus tard.

Piper ne l'avait jamais fait.

Jaeger reposa ses pieds par terre et appuya ses avant-bras sur ses genoux, fixant le tapis onéreux. Si Piper et lui ne s'étaient pas disputés, lui aurait-elle dit la vérité ? Ty était son fils, un Ballantyne, sa chair et son sang. Elle n'avait pas le droit de le priver de son enfant.

Il aurait voulu remonter le temps. Se souvenir de ce qu'il avait ressenti la première fois qu'il avait fait l'amour à Piper, se souvenir du moment où Ty avait été conçu. Il aurait voulu voir Piper s'arrondir au fil des mois, observer Ty sur l'écran de visualisation lors des échographies, le prendre dans ses bras lors de sa venue au monde.

Peut-être se montrait-il injuste, mais qu'importait… Piper lui avait volé ces moments magiques. Il ne le lui pardonnerait jamais.

Il avait perdu des mois précieux, impossibles à rattraper et, cette fois, son amnésie n'était pas en cause. Piper lui avait délibérément dissimulé l'existence de Ty, elle l'avait laissé dans l'ignorance — un état qu'il ne supportait pas —, et la colère de Jaeger était une entité vivante qui le rongeait.

Mais il devait trouver un moyen de s'arranger avec elle car il avait la ferme intention de faire partie intégrante de la vie de son fils. Il n'était pas question qu'il le voie une heure par-ci ou un week-end par-là. Ayant les idées plus claires que samedi, il savait désormais qu'il voulait le voir tous les jours.

Bien sûr, il avait conscience qu'être un père présent aurait une incidence sur sa carrière. Il ne pourrait plus parcourir le monde comme il le faisait. Devrait-il choisir entre sa carrière et son fils ? Pourrait-il renoncer à cet aspect de son métier qu'il adorait pour passer davantage de temps avec Ty ?

Oui. Il le ferait s'il le fallait. Il avait passé peu de temps avec ses parents avant leur décès, mais il se souvenait très bien qu'il avait été un enfant choyé. Tout comme son frère et sa sœur. C'était ce genre de famille qu'il voulait offrir à Ty. Il voulait que son fils sache qu'il comptait plus que tout aux yeux de Jaeger.

Il avait cru que Piper pourrait occuper une place prépondérante dans sa vie, mais cela prouvait à quel point il manquait de jugement s'agissant des femmes. Dire qu'il commençait à tomber amoureux d'elle ! Dieu merci, il avait réussi à s'éloigner à temps du bord du précipice.

Oh ! à qui voulait-il faire croire cela ? Il était tombé dans le précipice la tête la première le jour où elle était entrée dans son bureau, il y avait un peu moins de deux semaines. Il était sans doute tombé amoureux d'elle à Milan quand ils avaient fait l'amour la première fois. Et depuis leurs retrouvailles, elle s'était insinuée sous sa peau, dans son esprit et elle avait fait une OPA sur son cœur.

Il l'aimait mais ne lui faisait pas confiance.

D'abord Andy, maintenant Piper. Pourquoi ne parvenait-il pas à rencontrer une femme qu'il aimerait *et* en qui il aurait confiance ?

Jaeger se leva et fourra ses mains dans les poches de sa veste. Piper serait là dans dix minutes pour conclure l'achat de ses pierres, et il devait à tout prix se ressaisir.

Il ne fallait pas qu'elle sache à quel point elle l'avait rendu vulnérable. Elle avait mis son cœur et sa vie sens dessus dessous, et il devait retrouver un semblant de normalité.

La normalité, railla-t-il. Comme si tout pouvait redevenir normal !

Piper pénétra dans l'imposante salle de conférences de Ballantyne & Company, serrant le journal de son arrière-grand-oncle contre sa poitrine. Elle le déposa avec son sac sur la table de conférence et refusa la tasse de café que lui proposait Linc. Beckett, le jeune frère de Jaeger, lui serra la main, et Sage lui donna une rapide accolade. Jaeger, debout à l'autre extrémité de la pièce, releva le menton en guise de salut et reporta son attention sur son téléphone.

Ainsi, ses sentiments n'avaient pas changé entre samedi soir et aujourd'hui. C'était le prix à payer pour avoir voulu protéger son fils. Elle avait menti à Jaeger, et il ne le lui pardonnait pas.

Piper s'assit à la table et dut convenir que Jaeger avait le droit d'être furieux. Bien qu'elle ait essayé de le contacter à plusieurs reprises, elle l'avait privé de son fils et, à ses yeux, c'était impardonnable. Il l'avait interrogée brièvement sur ses motivations mais n'avait pas insisté pour obtenir une explication plus poussée. S'il l'avait un tant soit peu aimée, n'aurait-il pas essayé de comprendre ses choix ?

Piper jeta un autre coup d'œil au visage fermé de Jaeger et soupira. Tout de noir vêtu — chemise, cravate et pantalon — il semblait aussi accessible qu'un trou noir. Et aussi accueillant. Soudain, elle découvrit l'homme d'affaires redoutable et sûr de lui qui s'aventurait dans des endroits risqués pour acquérir des pierres précieuses. Qu'il soit en costume sur mesure ou en tenue décontractée, si elle devait lui vendre quelque chose et qu'elle soit face à ce visage de granit, elle se garderait bien de le duper. Cet homme était dur, silencieux, dangereux. Mais tellement séduisant !

Linc s'éclaircit la gorge, ramenant Piper à l'instant présent. Jaeger s'assit aussi loin d'elle que possible, et Piper le perçut comme un autre camouflet.

Oui, Ballantyne, je comprends. Tout est consommé entre nous.

Linc tapota son stylo sur la table, attirant l'attention de tous, et Piper se força à se concentrer. La discussion qui allait suivre aurait une incidence sur son avenir pour une très longue période, et elle devait garder les idées claires.

— Piper, au nom de tous, je vous remercie de nous avoir adressé une copie des pages du journal ayant trait aux pierres que vous nous avez confiées, déclara Linc, sa voix profonde résonnant dans la salle. Je constate avec une grande satisfaction que vous êtes la propriétaire légitime de ces pierres. Nous avons comparé la description des saphirs avec celle des pierres mentionnées dans le journal et nous avons constaté qu'il en manquait cinq sur les quinze d'origine.

— Je sais ce qu'il est advenu de ces cinq saphirs, déclara Piper. Mais avant de poursuivre, puis-je avoir l'assurance que tout ce qui sera dit ici restera confidentiel ?

— Je vous le promets.

Piper hocha la tête en signe de remerciement.

— Jaeger le sait déjà, mais je suis la fille de Michael Shuttle. Il y a trente ans, ma mère a vendu deux saphirs pour lui donner les capitaux nécessaires à la création de sa société.

Linc échangea un long regard avec Jaeger, tandis que Beckett paraissait surpris et Sage compatissante.

— Oh ! chérie. Personne n'est au courant ? demanda-t-elle.

Piper haussa une épaule avec détachement.

— Il ne m'a jamais reconnue comme sa fille.

Sage fronça les sourcils.

— D'une certaine façon, je comprends pourquoi il ne voulait pas que votre lien de parenté soit rendu public. Tu aurais grandi avec un million de caméras braquées sur toi.

Ah, Sage, tu es tellement loin du compte !

Piper s'abstint de la détromper ; elle n'avait pas besoin de platitudes ni de fausse compassion. La voix mesurée de Beckett la ramena à l'affaire en cours.

— Cela fait douze pierres. Où sont les trois manquantes ?

— C'est ma cousine Maeve qui les possède.

Aussitôt une lueur d'excitation brilla dans les yeux de ses interlocuteurs, remarqua-t-elle. Même le roc trônant en bout de table réagit à sa déclaration. L'air crépitait d'anticipation tandis qu'ils échangeaient de longs regards.

Piper se força à se concentrer sur Jaeger. Après tout, c'était lui qu'elle était allée voir en premier.

— Elle a proposé de me les donner, mais j'ai refusé.

Mick n'aurait pas eu autant de scrupules, mais elle estimait n'avoir aucun droit sur eux. Cousine ou non, elle n'avait passé qu'une matinée avec Maeve, et cela ne l'autorisait pas à accepter un pareil cadeau.

— Je lui ai parlé de toi, Jaeger. Elle te vendra sans doute ses saphirs. Par la même occasion, tu pourrais lui demander si elle a d'autres bijoux à vendre. Quand je l'ai rencontrée, elle portait un pendentif en diamant d'une dizaine de carats. Elle n'a pas d'héritier et envisage de léguer sa fortune à diverses fondations.

— Elle ne vous les léguera pas ? demanda Beckett alors que Jaeger ignorait sa suggestion.

— Non. Je l'ai rencontrée hier pour la première fois. Je ne me sens pas le droit d'accepter son argent. Je ne le mérite pas.

À ce titre, elle n'était *pas* la fille de son père.

— Piper, cet argent te permettrait de payer les études de Ty. Il te rendrait la vie beaucoup plus facile, intervint Sage.

— J'ai simplement besoin de la somme nécessaire pour racheter ma maison. Mon travail me permettra de subvenir aux autres dépenses, dit-elle, percevant la note d'obstination dans sa voix. Justement, à propos de votre offre…

Elle ne pourrait pas rester assise là plus longtemps avec Jaeger qui lui décochait des regards accusateurs.

Linc opina de la tête.

— Nous sommes disposés à vous offrir sept millions.

Sept millions ? songea-t-elle, abasourdie. C'était plus que la somme dont elle avait besoin et beaucoup plus que ce qu'elle espérait. Émue aux larmes, elle fixa la table.

— Merci.

— Si notre offre vous convient, je ferai préparer le versement en votre faveur, déclara Linc.

— Votre offre est très généreuse. Je vous remercie beaucoup.

Grâce à ces sept millions, elle deviendrait propriétaire de sa maison, paierait les études de Ty et bénéficierait d'une grande sécurité financière.

Voilà, c'était fait. Désormais, tout ce qu'il restait entre Jaeger et elle, c'était leur fils.

Sage se leva, rejoignit Piper et lui glissa à l'oreille :

— Retrouvons-nous autour d'un verre, un de ces jours, d'accord ?

Hélas, cela ne risquait pas d'arriver. Plus maintenant. Linc se leva à son tour et lui serra la main.

— J'ai été heureux de conclure cette transaction avec vous, Piper. Votre argent sera disponible en fin de journée.

Il lui pressa l'épaule et sortit derrière Beckett. Jaeger demeura assis, une cheville posée sur son genou, l'expression orageuse.

Quand ils furent seuls, elle se leva et mit son sac en bandoulière. Elle se sentait soudain épuisée, physiquement et moralement. Espérant que Jaeger dirait quelque chose, puis espérant le contraire, elle repoussa sa chaise sous la table et se dirigea vers la porte.

— Mes avocats te contacteront au sujet de la garde de Ty, dit-il.

Piper se raidit. Cette fois, c'en était trop ! Jamais il ne lui prendrait son fils. Il voulait la garde ? Sûrement pas !

Folle de rage et de désespoir, elle revint sur ses pas et plaqua ses deux mains sur la table de conférence.

— Écoute-moi bien, Jaeger Ballantyne. J'ai beau t'aimer et vouloir que tu partages ma vie, si jamais tu redis une seule fois que tu veux m'enlever mon fils, je récupère le moindre centime de tous ces millions et je m'évanouis dans la nature avec Ty ! Nous nous cacherons tellement bien que tu ne réussiras jamais à nous retrouver. Personne, pas même toi, ne se mettra entre mon fils et moi !

Jaeger se redressa, les sourcils froncés.

— Holà, doucement…

— Ma mère m'aimait, mais elle aimait davantage mon père. Quant à lui, il ne m'aimait pas du tout. Ty est ma seule famille, il représente tout pour moi. Je t'aime, mais je jure devant Dieu que je me battrais comme une lionne si jamais tu essaies de me prendre Ty.

Piper tendit un doigt tremblant vers lui tandis que des larmes brûlantes traçaient des sillons sur ses joues.

— J'aurais dû te dire la vérité à son sujet la première fois que je t'ai revu. Je le comprends maintenant. Je sais que tu me détestes, mais si tu m'enlèves Ty, j'en mourrai. Je t'en prie, ne m'oblige pas à prendre des mesures radicales pour le garder. Je le partagerai avec toi — il mérite de te connaître —, mais ne réclame pas sa garde exclusive. Sinon, tu m'obligeras à prendre des mesures irréversibles.

— Piper, je…

Le cœur en lambeaux, elle ne put en supporter davantage. Elle essuya ses joues et se dirigea vers la porte, la vue brouillée par les larmes qui ne tarissaient pas. Dans sa hâte de fuir, elle ignora Jaeger qui lui ordonnait de rester.

Tout à l'heure, en entrant dans cette salle, elle ne pensait pas que la situation entre elle et Jaeger pourrait empirer. Hélas, elle venait de toucher le fond du désespoir.

Sois forte, Piper. Ton amour n'a pas suffi à amadouer cet homme.

Il ne servait à rien de penser à ce qui aurait pu être ; d'avoir la nostalgie d'un avenir aux côtés de Jaeger et de regretter la famille qu'ils auraient pu former avec Ty. Il ne voulait pas d'elle. Tout était donc fini. En menaçant de lui enlever son enfant, il avait anéanti le dernier fragment d'espoir auquel elle s'était raccrochée.

Ce qu'ils avaient eu, ce qu'ils auraient pu avoir était impossible. Un rêve brisé.

Piper sortit de chez Ballantyne & Company pour la dernière fois et pria pour que ses espoirs, ses rêves et son amour pour Jaeger demeurent derrière elle afin qu'elle puisse définitivement tourner cette page ô combien douloureuse.

12

Jaeger glissa la main sous la veste de son costume et palpa les pierres qu'il venait d'acheter et qu'il avait glissées dans sa poche intérieure. Il détenait une autre fortune en bijoux dans sa mallette, mais il éprouvait le besoin de garder sur lui les trois cabochons de saphirs, soit vingt-cinq carats de corindon. Avec ces trois pierres achetées une heure plus tôt à Maeve, la cousine de Piper, la collection des Pierres bleues du Cachemire était aussi complète que la fratrie pouvait l'espérer.

Linc était excité, Beckett enchanté et Sage extatique.

Quant à lui, il avait l'impression que sa tête allait exploser.

Il engagea son SUV dans la voie rapide pour dépasser une berline trop lente et fixa avec humeur l'asphalte de la Route 27 à travers ses lunettes de soleil. La migraine pulsait derrière son œil droit et sa poitrine était comprimée comme dans un étau. Il avait demandé à son ordinateur de bord de trouver une station de radio passant du hard rock dans l'espoir que la musique stridente le distrairait de ses pensées, mais après le premier couplet, il lui avait ordonné d'éteindre la radio.

Voilà qu'il s'énervait après la technologie ! Cela en disait long sur son état d'esprit.

Il ralentit et passa sa main libre dans ses cheveux. Il ne dormait plus, il se shootait au café et il ne se rappelait pas à quand remontait son dernier repas. Son bureau le rendait claustrophobe et son appartement lui faisait l'effet d'une cellule de prison. Le soleil perdait son éclat, l'air se raréfiait et…

Son fils lui manquait.

Oui, Ty lui manquait, et il se languissait de Piper.

Il se languissait ? Seigneur ! Quelle que soit l'étiquette qu'il apposait sur ses émotions — désir ardent, nostalgie, manque —, il se sentait terriblement malheureux. Sa tête et son cœur étaient douloureux. Il brûlait d'envie de retourner à Park Slope, dans cette maison victorienne en briques, et de sonner à la porte jusqu'à ce que Piper le laisse entrer.

Parce qu'il était un homme, dans son fantasme, il écartait toute discussion et emmenait directement Piper au lit. Après qu'il eût refait connaissance avec chaque parcelle de son corps et qu'il l'eût comblée de plaisir, elle comprendrait, sans le secours d'explication, qu'ils étaient faits l'un pour l'autre, qu'elle était sienne, que Ty était sien et qu'ils formaient une famille heureuse pour l'éternité.

Sauf que son fantasme n'était pas près de se transformer en réalité.

Il devait trouver un moyen d'arranger les choses, car il aimait Piper.

Il l'aimait parce qu'elle était spirituelle et intelligente, et qu'elle avait des jambes de rêve. Parce qu'elle était une maman formidable, une amante merveilleuse et une amie loyale. Il l'aimait parce qu'il la comprenait mieux après le sermon cinglant que la cousine acerbe de Piper venait de lui infliger.

Il s'avérait que Michael Shuttle était non seulement un escroc mais aussi un père détestable. Selon Maeve, il s'était comporté de façon ignoble envers Piper et sa mère, à commencer par le marché qu'il avait imposé à Gail quand elle lui avait annoncé qu'elle était enceinte.

Ivre de rage, il l'avait mise à la porte de son appartement. Il avait ensuite attendu deux mois avant de la retrouver chez Maeve où elle s'était réfugiée. Ce salaud lui avait imposé ses conditions : elle aurait la garde exclusive de son bébé si elle vendait deux de ses saphirs et lui donnait l'argent pour créer sa société. Elle resterait la maîtresse de Mick, il la logerait et subviendrait à ses besoins aussi longtemps qu'elle vivrait, mais il ne voulait pas entendre parler de Piper. Jamais. Depuis lors, il n'avait pas dévié de sa position.

Maintenant que Jaeger savait cela, et compte tenu de ses propres déclarations maintes fois réitérées selon lesquelles il ne voulait ni épouse ni enfant, il comprenait mieux pourquoi Piper lui avait caché sa paternité. Elle avait voulu protéger Ty d'un père qui admettait ouvertement qu'il se désintéressait des enfants. Elle avait pensé qu'il était comme Mick — cette seule idée l'écœurait — et elle n'avait pas voulu que Ty subisse ce qu'elle avait vécu. Certes, il n'était pas comme Mick, mais comment aurait-elle pu le savoir ?

Selon Maeve, Piper était une Mills, et les femmes de cette famille accordaient leur amour de façon inconditionnelle. Leurs hommes ne le mettaient jamais en doute. Il existait, tout simplement, véritable entité vivante et tangible.

Jaeger voulait que Piper l'aime de cette façon. Mais il avait été trop effrayé ou trop occupé à se protéger pour se rendre compte que le destin lui offrait une seconde chance d'être heureux. S'il ne se réconciliait pas avec Piper, il ne connaîtrait jamais le bonheur d'être aimé par elle.

Il avait perdu sa fille, Andy et ses parents. Il avait perdu Connor ainsi que deux mois de souvenirs. Chaque perte ébranlait son univers, mais la seule pensée de ne plus avoir Piper et Ty dans sa vie le remplissait de désespoir.

Il avait rampé à travers des jungles, bravé le blizzard, échappé aux voleurs et négocié avec des seigneurs de la guerre pour acquérir les pierres précieuses qu'il voulait, mais Piper et Ty étaient ses plus grands trésors, sa plus belle découverte. Il ferait n'importe quoi pour faire partie intégrante de leurs vies.

Il fit rouler ses épaules pour évacuer un peu de la tension qui crispait chacun de ses muscles.

Tout avait commencé parce que Piper voulait vendre ses saphirs pour conserver sa maison. Et soudain, Jaeger sut ce qu'il devait faire pour regagner l'amour de Piper.

Il sourit.

Oh ! oui, cela promettait d'être *réjouissant*.

Une main sur la poignée de la poussette de Ty, Piper, ulcérée, tapa de son poing libre sur le comptoir qui la séparait de l'employé-robot en costume noir. Elle déchiffra le badge dudit robot : Johnson, chef de la sécurité, Ballantyne & Company.

— Monsieur Johnson…

— Johnson tout court, madame.

— Je suis certaine que si vous appelez Jaeger et que vous le prévenez de ma présence et de la raison de ma visite…

— Pourquoi êtes-vous ici, madame ?

Parce que Simms m'a dit de venir !

Parce que, pour une raison inexpliquée, l'avocat chargé de régler la succession de Mick ne l'avait pas autorisée à racheter sa maison bien qu'elle dispose de la somme nécessaire. Il lui avait dit de contacter Jaeger Ballantyne.

Finalement, pourquoi attachait-elle autant d'importance au rachat de sa maison ? Deux semaines auparavant, cette maison était son refuge, le lien avec sa mère et son enfance, un endroit où elle se sentait en sécurité. Mais maintenant que Jaeger était parti, ce n'était plus qu'une coquille vide. Sa maison, c'était les bras de Jaeger ; il était son point d'ancrage ; elle se sentait dynamisée quand il l'embrassait ; connectée à l'univers quand il l'aimait.

Où qu'il soit, c'était là qu'elle voulait être.

Hélas, il ne partageait pas ses sentiments.

Piper posa une main sur son sternum et respira par la bouche, s'efforçant de repousser les émotions douloureuses. Elle ne pleurerait pas. Pas maintenant. Mais elle savait qu'elle ne pourrait pas vivre comme cela plus longtemps. Elle allait craquer. Le chagrin la rongeait de l'intérieur. Ce n'était pas bon, ni pour elle ni pour Ty.

Elle n'avait pas fermé l'œil durant ces quatre dernières nuits. Elle s'efforçait de se comporter normalement avec Ty, Ceri et Rainn, mais elle s'effondrait dès qu'elle était seule. Elle ne trompait personne, elle le savait. Ty avait perçu son stress. Il s'accrochait davantage à elle et était plus grognon. Tout à l'heure, elle avait voulu le confier à Ceri, mais il avait pleuré, refusant de laisser partir Piper, et elle n'avait pas eu le courage de le laisser. On aurait dit que Jaeger lui manquait aussi.

— Madame, je vous ai posé une question. Pour quelle raison souhaitez-vous voir M. Ballantyne ?

Je l'aime, mais il ne nous aime pas, mon fils et moi. Les mots lui brûlaient les lèvres, mais elle les ravala.

— C'est personnel.

Johnson semblait dubitatif.

— C'est vrai. Je suis…

Seigneur, qu'était-elle pour Jaeger ? Son ex-amante ? La mère de son fils ? Une distraction passagère ?

Il était le seul homme qu'elle voulait dans sa vie. Elle passa une main nerveuse dans ses boucles emmêlées et exhala un soupir. Même si elle disait cela à Johnson, il aurait du mal à la croire.

De fait, elle avait l'air de ce qu'elle était — une maman célibataire épuisée, sur le point de craquer. Vêtue d'un vieux jean, de baskets usées et d'un trench-coat beige. Sans maquillage, les yeux rougis par les larmes et l'insomnie.

— Madame, puis-je voir votre pièce d'identité ? demanda Johnson d'un ton égal.

— Le ciel me vienne en aide ! gémit Piper, désespérée.

Elle lâcha la poussette et posa son sac sur le comptoir. Elle en sortit son permis de conduire qu'elle tendit à Johnson en lui décochant un regard meurtrier. Ses doigts tambourinaient impatiemment sur le comptoir pendant que Johnson tapait son nom dans la base de données.

Voyant qu'il contemplait l'écran, les sourcils froncés, elle demanda, sarcastique :

— Y a-t-il un problème ?

Johnson se frotta la nuque en lui rendant son permis.

— Eh bien, quoi ? Je suis toujours sur la liste des importuns et des cinglés ?

C'était du déjà-vu, songea Piper, sentant les murs de la réception se resserrer autour d'elle. Jaeger l'empêchait à nouveau d'accéder à lui ! La fois précédente, elle avait renoncé et pris la fuite — une habitude qu'elle avait contractée dans son enfance. Au lieu de s'opposer à son père, de l'obliger à la remarquer, elle battait toujours en retraite, lui permettant ainsi de contrôler la situation.

Mais elle n'était plus une enfant.

Elle en avait assez de battre en retraite, de s'effacer, de ne pas faire d'histoire. Elle voulait savoir ce que Jaeger manigançait : s'il avait l'intention de l'attaquer en justice pour obtenir la garde de Ty ; pourquoi il avait parlé à Simms. De quel droit discutait-il de sa maison avec l'avocat chargé de régler la succession de Mick ? Et pourquoi diable ne l'avait-il pas rayé de la liste des importuns et des cinglés ?

Elle en avait assez d'être gentille. Elle regarda alentour et remarqua la présence de caméras dans les angles de la salle, plus une autre au-dessus de la porte. Toutes enregistraient sa présence au comptoir. Elle était prête à parier un saphir qu'un micro captait chaque mot qu'elle prononçait.

— Johnson, je souhaite laisser un message à Jaeger.

Il lui tendit un bloc-notes, mais elle secoua la tête.

— Je ne suis pas idiote. Je sais que le moindre mouvement que je fais est enregistré.

Les mains campées sur les hanches, elle se plaça dans le champ de la caméra située au-dessus de la réception. Elle ouvrait la bouche pour interpeller vertement Jaeger quand une voix profonde résonna derrière elle.

— Il paraît que tu me cherches ?

Piper se retourna.

— Eh, salut, bonhomme !

Jaeger s'accroupit devant Ty, et l'expression d'amour qui se peignit sur son visage bouleversa Piper.

Ressaisis-toi, voyons ! Aussitôt, Ty se pencha en avant, laissant tomber son canard, et marqua son approbation d'un cri strident. Sa personne favorite était de retour, et tout rentrait dans l'ordre pour lui.

Jaeger libéra Ty des sangles qui le maintenaient et le souleva dans ses bras, inhalant sa senteur de bébé. Puis il fit la grimace et tint Ty à bout de bras en secouant la tête.

— Une couche pleine. En voilà une façon de m'accueillir ! Est-ce pour me punir d'être resté loin de toi ? demanda Jaeger en souriant. C'est une réprimande très efficace. Respect, bonhomme.

Calant Ty sur son avant-bras, il attrapa la poussette et enfin, enfin, il se tourna vers elle, l'air circonspect.

— Bonjour.

Piper porta la main à sa gorge, peinant à respirer devant la puissance de ses émotions. Il portait un pantalon bleu marine, une ceinture marron assortie à ses chaussures et une chemise blanche. Il avait l'air terriblement sexy. Comme d'habitude.

Cependant, en l'observant mieux, elle remarqua son air épuisé. Sa barbe était moins soignée, ses traits tirés, sa chevelure ébouriffée et ses yeux injectés de sang. Qu'est-ce que cela signifiait ?

Jaeger fit signe à Johnson.

— Tout va bien. Merci de m'avoir prévenu de sa présence.

Il lui fallut un moment pour que les paroles de Jaeger s'impriment dans son cerveau, et quand elle réalisa leur portée, elle se tourna vers Johnson et lui lança un regard noir.

— Vous l'avez prévenu que j'étais ici ? Pourquoi m'avez-vous laissé croire que j'étais sur la liste des importuns et des cinglés ?

— Arrête de harceler mon personnel, Piper.

Elle n'en décocha pas moins un autre regard incendiaire à Johnson, visiblement amusé, pendant que Jaeger sortait le sac de couches de sous le siège de la poussette avant de la laisser aux bons soins dudit Johnson. Piper suivit Jaeger et Ty vers la rangée d'ascenseurs. Jaeger s'arrêta devant un ascenseur plus petit, qu'elle n'avait pas remarqué lors de sa dernière visite, et elle le regarda poser son pouce sur un scanner biométrique. Quelques secondes plus tard, la porte s'ouvrait, et Jaeger s'effaça pour la laisser passer.

Tandis que l'ascenseur montait, elle se tourna vers Jaeger.

— Qu'est-ce que tu as manigancé avec ma maison ?

Jaeger esquissa un sourire.

— Nous en parlerons plus tard.

Elle s'apprêtait à protester quand la porte de l'ascenseur s'ouvrit, et elle se retrouva face au clan Ballantyne. Les trois paires d'yeux se posèrent tour à tour sur Jaeger et Ty, et ils firent aussitôt le rapprochement. Oh ! flûte ! Piper recula jusqu'à ce qu'elle heurte la paroi de l'ascenseur.

— Linc, Beck, Sage, je vous présente Ty, votre neveu.

Sage poussa un cri d'excitation, Linc se mit à rire et Beck arbora un grand sourire. Trois paires de mains se tendirent pour prendre Ty, nullement intimidé. Il leur adressa des risettes et fit des bruits avec sa bouche en guise de salut.

— Celui qui le prend devra le changer. Attention, il ne sent pas la rose, prévint Jaeger.

Les mains impatientes se retirèrent, et il leva les yeux au ciel.

— C'est ce que je pensais.

De sa main libre, Jaeger agrippa Piper par le poignet et l'entraîna dans la pièce.

— Nous serons mieux dans mon bureau. Mon bureau *fermé à clé*. Ne vous avisez pas de nous déranger, lança Jaeger par-dessus son épaule.

Piper tourna la tête et, devant leurs expressions perplexes, elle haussa les épaules en signe d'impuissance. Du moins, Jaeger avait reconnu publiquement Ty. C'était un premier pas encourageant.

Après avoir verrouillé la porte, il lui indiqua le canapé.

— Assieds-toi pendant que je le change.

— Je peux le faire, protesta-t-elle.

À l'aide de sa main libre, il fit de la place sur son bureau, sortit la couverture du sac et l'étendit sur l'espace libéré. Puis il allongea Ty sur le dos et le changea avec rapidité et efficacité. Debout près de la porte, elle l'écoutait parler à son fils, mais sa voix était trop faible pour qu'elle comprenne les paroles. À en juger par le rire de Ty, celui-ci appréciait cette conversation entre hommes. En l'espace de quelques minutes, la couche était changée, Ty était de nouveau sur son perchoir favori, et Jaeger frottait sa joue contre son crâne duveteux, les yeux clos, inhalant sa senteur de bébé.

— Si tu savais comme tu m'as manqué, murmura-t-il.

Piper déglutit, tâchant de ravaler la boule d'émotion qui lui obstruait la gorge. À l'évidence, Jaeger adorait Ty. Si seulement il ressentait une fraction de cet amour pour elle !

— Je souhaite partager la garde de Ty, déclara-t-il en rivant son regard au sien.

Il y avait du progrès. Certes, il restait mesuré dans l'expression de ses sentiments, mais à l'évidence il aimait Ty et voulait être un père pour lui.

Piper s'avança vers lui.

— J'apprécie ton attitude, mais il est trop jeune pour passer certaines nuits avec toi et d'autres avec moi. Cela le perturberait. Peut-être quand il sera plus grand.

— Je n'ai pas l'intention d'attendre aussi longtemps, déclara fermement Jaeger. C'est valable pour lui et pour toi.

Piper n'en croyait pas ses oreilles. Oh ! Seigneur, pourvu qu'elle ne se méprenne pas !

— Que veux-tu dire ? demanda-t-elle d'une voix tremblante d'émotion.

Esquissant un sourire, il s'avança vers elle et lui prit la main, qu'elle retira aussitôt. S'il la touchait, elle tomberait à genoux et le supplierait de l'aimer, toute dignité oubliée.

Elle s'écarta de lui, s'intimant l'ordre de réfléchir.

— Explique-toi ! Tout de suite !

Ty tapota la joue de Jaeger. Il s'empara de la menotte du bébé et fit semblant de la mordre, à la grande joie de Ty dont le rire résonna dans la pièce.

— Jaeger !

Il lui adressa un demi-sourire.

— Je veux partager la garde de Ty avec toi, mais de la seule façon qui ait du sens : toi et moi, ensemble. Je veux Ty, mais j'ai aussi besoin de toi. J'ai besoin de toi dans mon lit, dans mes bras et dans ma vie. J'ai besoin de m'endormir et de me réveiller à tes côtés, de faire d'autres bébés avec toi. J'ai besoin de toi. Je t'aime, Piper. Ma vie est un enfer sans toi.

Piper sentit la flamme de l'amour, brûlante et puissante, enfler en elle, mais elle se força à la maîtriser de peur qu'elle n'obscurcisse son jugement.

— Mais tu as dit que tu ne me faisais pas confiance.

Jaeger l'entraîna vers le canapé, et elle s'assit sur le bord, soulagée, car ses jambes flageolantes étaient sur le point de la trahir. Jaeger l'aimait, il la voulait dans sa vie ainsi que Ty !

Seigneur, était-elle en train de rêver ? Dans le doute, elle toucha la cuisse robuste de Jaeger assis à côté d'elle, Ty sur son genou.

— Je suis allé voir ta cousine à Sag Harbor. Je lui ai acheté ses saphirs.

Elle se moquait bien des saphirs ! Elle voulait l'entendre lui redire à quel point il l'aimait et savoir s'il y avait une chance qu'ils puissent avoir un avenir en commun.

— C'est une vieille dame caustique qui ne mâche pas ses mots ! Et elle a une collection de bijoux fabuleuse.

Au diable les bijoux !

— Tu as dû avoir une conversation à cœur ouvert avec Maeve car elle a tout de suite deviné que j'étais le père de Ty et l'homme qui te créait des problèmes. Quand je lui ai dit que je ne souhaitais pas parler de toi, elle m'a répliqué qu'elle ne me vendrait pas les saphirs si je m'entêtais à garder le silence.

— Et que lui as-tu dit ? demanda Piper dont la curiosité était piquée.

— Que j'étais désemparé. Que je t'aimais mais que je ne comprenais pas pourquoi tu avais tenu Ty éloigné de moi. Maeve m'a alors parlé de ta non-relation avec ton père, et j'ai mieux compris tes motivations. Peut-être pourrions-nous en discuter à nouveau ?

— Avec le recul, je me rends compte que je n'aurais pas dû laisser mes problèmes avec Mick influer sur ma décision.

Elle posa sa main sur la joue de Jaeger.

— Je n'avais pas l'intention de te blesser, Jaeger, et je voulais vraiment t'en parler. À mon retour de Milan, j'ai essayé de te contacter à plusieurs reprises, sans résultat. J'en ai conclu que tu ne voulais plus jamais me revoir. Puis j'ai lu des articles où tu exprimais ton manque d'intérêt pour les enfants, et je l'ai pris pour argent comptant. Plus tard, inconsciemment, je me suis servi de cet argument pour justifier ma décision de ne pas te parler de Ty.

— Je ne suis pas comme ton père, Piper.

Oh ! oui, elle le savait !

— Jaeger, tu es le meilleur homme que je connaisse et tu n'as rien en commun avec Mick. Tu as vécu un drame atroce, et cela t'a rendu plus fort et meilleur. Tu es quelqu'un de bien, et Dieu sait si j'ai besoin de personnes estimables dans ma vie. J'ai besoin de toi, Jaeger. Si je ne t'ai pas parlé de Ty, c'est aussi parce que j'avais peur de te perdre.

Sa voix se brisa.

— Je ne voulais pas te perdre, Jay.

— Je suis là, maintenant, Piper. Et je souhaite de tout mon cœur que nous tournions la page et que nous allions de l'avant ensemble.

La voix de Jaeger était profonde et vibrante d'émotion.

— J'ai confiance en toi, Piper. Je mets mon cœur entre tes mains. Je t'en prie, dis-moi que tu m'aimes et que tu acceptes de partager ma vie.

Des larmes de joie roulèrent sur les joues de Piper.

— Oh ! oui, je t'aime et j'accepte de partager ta vie.

Jaeger lui caressa la joue, les yeux embués par l'émotion.

— Je t'aime tant, ma chérie.

— Moi aussi, murmura Piper contre ses lèvres.

Le baiser de Jaeger était doux, léger et tellement sexy. Il l'interrompit trop vite à son goût et dit :

— J'ai quelque chose pour toi.

— Tu m'as donné un fils merveilleux. Lui et toi êtes les seuls cadeaux dont j'aie besoin.

À ces mots, le visage de Jaeger s'illumina de bonheur.

— Eh bien, j'en ai deux de plus, dit-il d'une voix enrouée par l'émotion tandis qu'il lui passait Ty.

— Va avec ta maman une seconde, bonhomme.

Ty manifesta bruyamment son désaccord, les mains tendues vers son père. Comme elle, il était tombé amoureux de Jaeger, songea Piper.

Il se dirigea vers son bureau et récupéra quelques documents qu'il tendit à Piper. Après y avoir jeté un coup d'œil, elle leva les yeux vers lui, perplexe.

— Il s'agit d'un contrat par lequel tu rachètes ma maison ?

— Oui. J'ai l'intention de l'acheter pour toi. Enfin, pour nous. Je la mettrai à ton nom, mais j'espère que tu voudras bien la partager avec moi, expliqua Jaeger en reprenant Ty. Je veux vivre avec toi et Ty. Je continuerai à voyager, mais j'abrégerai mes séjours autant que possible. Et si je vis avec toi, je m'occuperai de Ty quand tu devras voyager pour ton travail. Parfois, nous t'accompagnerons. D'autres fois, ce sera toi et Ty qui m'accompagnerez. Avec un peu de bonne volonté et beaucoup d'amour, nous pourrons y arriver.

— Oui, nous y arriverons, assura-t-elle, pleine d'espoir.

— Alors, tu acceptes de m'épouser ? demanda Jaeger.

Piper se mit à rire.

— Je ne me souviens pas que tu me l'aies demandé. Mais puisque c'est le cas, ma réponse est oui.

Jaeger sourit, le bonheur adoucissant son visage énergique. Il plongea la main dans la poche droite de son pantalon et en sortit un saphir d'un superbe bleu velouté.

— C'est une des Pierres bleues du Cachemire que j'ai rachetées. Il vaut chaque dollar que Linc m'a extorqué. Il est pratiquement sans défaut, extrêmement rare et infiniment précieux. Comme toi. L'acceptes-tu en gage de mon amour ?

— Oh ! oui, avec joie, répondit-elle, émue aux larmes.

Ty posa sa tête sur l'épaule de son père, et Piper contempla les deux hommes de sa vie, le cœur inondé de bonheur. Elle tendit les lèvres pour qu'il l'embrasse.

— Je t'aime, Jaeger. Je t'ai aimé dès que je t'ai surpris à reluquer mes jambes à Milan.

Les lèvres de Jaeger effleurèrent les siennes.

— Tu ne peux pas me le reprocher, elles sont fabuleuses.

Une lueur de tristesse traversa son regard.

— Comme je regrette de ne pas me souvenir de notre première rencontre ! J'ai beau essayer, mais…

Il haussa les épaules, fataliste.

Piper posa sa tête sur son autre épaule.

— Et si tu m'emmenais à Milan ? Je te montrerai ce que nous avons fait, où nous avons mangé, comment nous nous sommes aimés. Nous pouvons reconstruire ce laps de temps.

— Excellente idée !

Jaeger l'embrassa sur le front et contempla leur fils.

— Et cette fois, nous tâcherons de faire une fille, qu'en dis-tu ?

Piper lui décocha un long regard langoureux qui disait : « J'ai hâte de te voir nu. »

Un sourire radieux aux lèvres, Jaeger se leva, Ty calé sur son bras, et se dirigea vers la porte. Il l'ouvrit en grand et lança à la cantonade :

— Ohé ! Linc, Sage, Beck ! J'ai besoin de l'un de vous pour s'occuper de votre neveu afin que je puisse embrasser sa maman. Il est propre et heureux. Y a-t-il des volontaires ?

Il fallut dix longues minutes frustrantes pour arbitrer la dispute qui s'ensuivit, chacun voulant être le premier à tenir le tout nouveau neveu Ballantyne, avant que Piper puisse accaparer le tout nouveau papa Ballantyne.

JOSS WOOD

Surprise à New York

INTÉGRALE

DEUX HÉRITIERS POUR UN EMPIRE

Traduction française de
FRANCINE SIRVEN

SAGAS

HARLEQUIN

Titre original :
REUNITED...AND PREGNANT

Ce roman a déjà été publié en 2018

Prologue

Aéroport international de Bangkok.

À moitié étendu sur la banquette, les pieds sur son sac à dos, Beckett Ballantyne sourit tout en observant Cady, juste en face de lui, en train de fredonner. Elle ne quittait quasiment plus ses écouteurs achetés la veille au Pantip Plaza.

Un bandeau vert pomme autour de ses longs cheveux auburn accentuait l'éclat de ses yeux d'un gris profond. Vêtue d'un short en jean et d'un débardeur blanc, avec ses bracelets de perles au poignet, elle était l'incarnation parfaite de la globe-trotteuse — une globe-trotteuse sexy.

Lorsqu'elle affichait ce petit sourire, qui creusait une adorable fossette sur la joue, quiconque la regardant ne pouvait qu'envier sa liberté, sa jeunesse et sa beauté. Personne n'irait se douter du fardeau qui était le sien, de son immense tristesse.

Un chagrin qui n'avait rien à voir avec Beck. Pour un couple qui s'était envolé en Asie du Sud-Est un mois à peine après leur première rencontre, lors d'une fête sur leur campus new-yorkais, les choses se passaient même plutôt bien. Beck ayant prévu de longue date ce voyage, Cady avait décidé sur un coup de tête de se joindre à lui pour des vacances bien méritées, après sa première année de fac.

Sauf que ses parents, très conservateurs, de vrais bigots, avaient très mal pris cette initiative.

Beck regarda le téléphone dans la main de Cady. Combien de

mails, combien de messages lui avaient-ils laissés, la suppliant de revenir à la maison ? Et combien de larmes verserait-elle, la prochaine fois ? Combien de temps avant qu'elle puisse en finir avec ce cafard dans lequel la jetaient immanquablement leurs perpétuelles récriminations ?

Pour Beck, il ne s'agissait ni plus ni moins de torture psychologique, ses parents s'évertuant à la maintenir sous pression à grand renfort d'amabilités comme « Tu es en train de gâcher ta vie », « fille ingrate » ou encore « Tu vis dans le péché avec ce garçon ».

Il comprenait néanmoins que, son père souffrant d'un ulcère et sa mère de dépression, il leur était difficile d'apprécier leur voyage dans ces conditions. De plus, ils s'inquiétaient pour elle. Et si elle venait à être kidnappée et vendue comme esclave sexuelle ? Ayant eu connaissance d'un attentat en Thaïlande, ils craignaient maintenant qu'elle ne soit victime d'une explosion.

Beck lui avait conseillé d'ignorer tout bonnement ses parents, de ne prendre de leurs nouvelles qu'une fois par semaine, mais en vain. Harcelée, Cady était incapable de réagir, partagée entre son envie de rester avec lui et sa culpabilité vis-à-vis de son père et de sa mère.

En fait, elle était piégée par ses parents, des gens bornés, qui le considéraient, lui, comme un enfant gâté par une famille richissime, une espèce de suppôt de Satan qui avait charmé leur pauvre petite fille innocente dans le seul but de la corrompre et d'abuser de son corps…

À cette idée, Beck ressentit une certaine fébrilité au niveau de l'entrejambe et laissa échapper un soupir. Il n'avait aucun mal à le reconnaître, il avait envie d'elle tout le temps. À vingt-trois ans pourtant, des copines, il en avait eu. D'où son incompréhension quand il repensait au fait qu'être avec Cady, faire l'amour avec elle était comme une drogue.

S'il avait été naïf, il aurait pu se croire amoureux, mais Beck ne croyait pas en l'amour — hors de question pour lui de nourrir un jour ce type de sentiments pour une femme.

Résultat, pour couper court à toute dérive, il s'appliquait à faire ce qu'il faisait toujours en pareil cas : refouler cette idée dans un coin de son esprit, tout au fond et sous clé.

Une chose était sûre, Cady aurait eu plus de facilité à gérer la désapprobation de ses parents si elle avait vraiment aimé les voyages, la découverte de nouvelles cultures, l'aventure. Mais ayant toujours été surprotégée, cocoonée, elle avait éclaté en sanglots devant la misère et les bidonvilles de l'Inde, puis avait été choquée par le commerce sexuel de Phuket. La foule, les bruits comme la nourriture, tout la désorientait, y compris le fait de ne pas entendre parler sa langue natale. Oh ! elle avait bien essayé — d'ailleurs, elle ne se plaignait jamais. Mais cela ne l'avait pas empêchée de se faire dérober son portefeuille ni de se faire toucher les fesses ou encore de passer toute une nuit dans une salle de bains suspecte, à genoux devant la cuvette des WC.

Il pensait qu'elle serait enchantée par les eaux bleutées et les plages de sable blanc de Phi Phi, dont ils rentraient à peine, mais une fois de plus Cady avait le cafard. Conséquence, il l'avait aussi. Ce besoin éperdu qu'ils avaient l'un de l'autre, il y croyait tellement, pourtant, il était même persuadé qu'à eux deux ils franchiraient tous les obstacles, ils déplaceraient des montagnes…

Mais bon, apparemment, il se trompait.

Et avec son QI de prix Nobel, se tromper n'était pas un concept auquel il était habitué.

Les quinze jours à venir promettaient d'être une vraie torture. Chaque fois qu'il pensait à son départ, il en avait la boule au ventre. Car dès le début, ils s'étaient mis d'accord : après trois mois à arpenter l'Asie ensemble, elle retournerait à la fac et lui poursuivrait son voyage.

Sauf qu'après dix semaines, il n'en pouvait plus de ce désir, de ces sentiments que Cady éveillait en lui. Il avait l'impression de perdre le contrôle. Et s'il appréhendait déjà son départ, il savait aussi que le moment était venu de prendre ses distances avec elle. Il avait besoin de se retrouver seul pour réfléchir à la situation — une situation de crise, car il suspectait que Cady pourrait vite devenir sa raison de vivre.

Oui, il devait la quitter, car s'il n'y prenait garde il avait de fortes chances de tomber amoureux d'elle, passionnément et pour toujours. Autant dire un sacré bond dans l'inconnu, voire un risque majeur. Il en était conscient et, du coup, se sentait un peu trop exposé et trop vulnérable, deux sentiments qu'il prenait grand soin d'éviter, depuis l'âge de huit ans. Amour = Souffrance. Telle était la seule, la vraie équation. Et il était trop intelligent pour se mettre en danger.

Bien sûr, on disait aussi que l'amour était source de bonheur et de sérénité, mais Beck ne méritait pas d'être heureux et ne s'était jamais senti serein. Comment le pourrait-il quand, par sa faute, ses parents avaient perdu la vie et avec eux l'enfant que sa mère portait, lors du crash de leur avion ?

Sentant son téléphone vibrer dans la poche arrière de son jean, Beck s'en empara, souriant aussitôt en voyant le nom de son frère aîné s'afficher à l'écran. En fait, il avait deux grands frères, Linc, par adoption, et Jaeger, frère de sang, qu'il aimait sans distinction.

Bon, il leur arrivait bien à tous deux de le contrarier, comme si, à son âge, Beck avait encore besoin d'être recadré. Le fait qu'il les dépasse d'une tête tous les deux ne les empêchait pas de le couver, lui et Sage, leur petite sœur.

— Hello, Jaeger ! Quoi de neuf ?

— Rien, répondit Jay, à l'autre bout du fil. Je voulais juste prendre de tes nouvelles. Pas de problèmes ?

Beck leva les yeux au ciel en souriant.

— Justement, j'allais t'appeler… Nous sommes enfermés dans une prison pourrie de Thaïlande. On a trouvé de la coke sur nous…

Un long silence s'ensuivit, puis Jaeger marmonna un juron dans le combiné.

— Et tu trouves ça drôle, Beck !

— En fait, oui, plutôt.

— Espèce d'abruti.

Beck tapota le genou de Cady en lui faisant signe de bien

vouloir surveiller son sac à dos. Lorsqu'elle acquiesça d'un hochement de tête, il alla se planter devant l'immense baie vitrée donnant sur le tarmac.

— Où es-tu ? À Bangkok ? demanda Jaeger. Tu as toujours l'intention de te rendre au Vietnam ?

— C'est le plan, oui, pourquoi ?

— J'y serai aussi, après-demain. J'ai eu une info sur un nouveau gisement de rubis, dans la province de Yen Bai. Tu pourrais m'y accompagner et voir ce qu'il en est ?

Beck sentit aussitôt l'effet de l'adrénaline à la perspective d'aller à la chasse au trésor avec Jaeger, responsable qualité de l'enseigne Ballantyne.

— Bien sûr ! s'exclama-t-il, tout excité, avant de se rappeler qu'il ne voyageait pas en solo. Je peux emmener Cady ?

Son frère demeura muet quelques instants.

— C'est-à-dire que la région n'est pas très sûre, Beck, finit-il par répondre. Je préfère éviter. Ne peut-elle pas rester à Hanoï seule, deux ou trois jours ?

Beck se passa la main dans les cheveux. Ils avaient fait la connaissance de routards comme eux sur les îles Phi Phi, et ils logeaient tous dans la même auberge de jeunesse là-bas. Peut-être pourraient-ils — en particulier leur nouvelle copine Amy — veiller sur Cady quelques jours ? Elle devrait être d'accord.

Mais à cet instant, la moue réprobatrice des parents de Cady vint s'afficher devant ses yeux et un sentiment de culpabilité l'envahit. Il était responsable de Cady, lui, pas Amy.

— Je vais y réfléchir, répondit-il à Jaeger, sachant déjà qu'il ne pouvait pas laisser Cady seule à Hanoï.

— Entendu. Tu sais, je me réjouis que tu aies repris goût au voyage. Connor craignait que ce ne soit pas le cas. Mais je savais, moi, que l'esprit d'aventure de nos parents vibrait en toi, enfoui peut-être, mais bien là.

— Je n'ai pas vraiment eu le choix, soupira Beck. Connor et Linc, et toi dans la foulée, vous m'avez carrément posé un ultimatum.

Car si oui, il trouvait infiniment de plaisir au voyage, il en voulait encore à son oncle et à ses frères d'avoir refusé de l'accueillir au sein de la société avant qu'il ne se soit octroyé une année sabbatique ou deux.

— Tu sais pourquoi, Beck, grommela Jay. Tu mènes un train d'enfer, depuis que tu es enfant. Tu es sorti de l'école avec deux ans d'avance, certes parce que tu es brillant, mais aussi parce que tu as travaillé dur. Et si tu as participé aux championnats nationaux de natation, c'est uniquement parce que les seuls moments où tu n'étudiais pas, tu les passais dans la piscine ou dans les starting-blocks. Quand tu as renoncé à la compétition, nous avons été soulagés en pensant que, enfin, tu allais songer à vivre un peu. À sortir avec des filles, à t'amuser, et même à faire des bêtises. Mais non. Tu t'es inscrit tout de suite à la fac et tu as obtenu ton master en commerce international en un temps record. Tu as vingt-trois ans et tu as passé les dix dernières années à travailler comme un forçat. Et si tu entrais maintenant dans la société, tu ferais pareil. Alors, peu importe que tu te prélasses sur une plage pendant les huit prochains mois ou que tu ailles méditer dans un ashram, mais non, pas question que tu te mettes de nouveau au boulot sans passer par la case *farniente*.

Beck se massa le front. Ces paroles, il les avait entendues au moins une centaine de fois.

— Bref, le principal, c'est que tu trouves du plaisir à découvrir le monde.

Rien n'était plus vrai. Il adorait ce sentiment de liberté, cet anonymat. Avec son sac à dos, il était juste Beck, pas un Ballantyne. Pour la première fois en quinze ans, il se sentait en paix, détendu.

— Dis-moi, reprit Jaeger, tu crois que c'est une bonne idée d'avoir entrepris ce voyage avec Cady ?

— Où veux-tu en venir ?

Beck croisa à ce moment le regard de Cady, qui lui adressa ce sourire lumineux dont elle avait le secret et qui, à chaque fois, lui donnait un coup au cœur.

— D'après certains posts en ligne, elle aurait décidé d'abandonner les études pour passer l'année prochaine à arpenter la planète avec toi…

Tiens donc ? Première nouvelle !

— Mais non, voyons. Elle doit rentrer pour reprendre les cours d'ici quelques semaines, répondit Beck, en mode alerte.

— Hum. Pas d'après Sage, qui vous suit sur les réseaux sociaux. C'était un fil de discussion entre nanas, elle y disait t'aimer suffisamment pour poursuivre le voyage avec toi.

Beck sentit une goutte de sueur rouler sur sa tempe et se perdre dans sa barbe de trois jours. Les cloches retentirent dans sa tête et son estomac exécuta une série de pirouettes.

Ce n'était pas le plan. Or, ils devaient respecter le plan.

— C'est hors de question, parvint-il à articuler, malgré la panique.

— Bon, répliqua Jaeger avec impatience. J'ai autre chose à faire que de parler de ta vie amoureuse. Tiens-moi au courant, pour Yen Bai.

Après avoir raccroché, Beck alla consulter avec son téléphone la page de Cady sur le Net. Et effectivement, elle avait laissé un message sur lequel elle prétendait avoir l'intention de renoncer à la fac pour continuer le voyage avec lui.

Il glissa son appareil dans sa poche et agrippa la rambarde le séparant de la baie vitrée, sous le choc. Il pouvait sentir la peur en lui se refermer tel un étau autour de son cœur, la terreur qui se frayait un chemin dans ses veines, brûlante, toxique.

Elle était censée rester sa petite amie pour trois mois. Leur… amitié n'aurait jamais dû évoluer de la sorte, avec cette tournure quasi passionnelle. Dans la tête de Beck, après ce délai, Cady devait rentrer au pays, reprendre les cours, et ce départ annoncé faisait office pour lui de filet de sécurité, une façon d'éviter de tomber définitivement, totalement amoureux d'elle. Mais si elle restait avec lui, il doutait de pouvoir lui résister et, alors, ça en serait fini de lui. Il serait dans de beaux draps. Il n'était pas prêt pour s'aventurer dans ces eaux-là. S'il l'aimait, pour la perdre ensuite… Non, pas question !

Pourquoi ne s'était-elle pas confiée à lui, avant d'ouvrir son cœur sur les réseaux sociaux ? Il comprenait que cette façon de le préférer, lui, à ses parents était une manière pour elle de s'affirmer, mais elle n'était pas la seule concernée, dans l'histoire ; il avait lui aussi son mot à dire et le droit de décider s'il voulait poursuivre le voyage avec elle. Il ne supportait pas l'idée de la quitter, mais il ne pouvait pas non plus risquer de perdre son cœur, si elle restait.

Bref, il avait le choix entre la peste et le choléra.

Une seule solution pour échapper à ça, écouter son instinct. Un instinct qui le pressait, le suppliait de s'en tenir au plan décidé à New York. Cady devait rentrer chez elle, retourner à la fac et il la verrait pour Noël, comme convenu. La renvoyer, oui, mais plus tôt que prévu, ce serait l'unique incartade à laquelle il consentirait dans ce plan. Et le hasard faisant bien les choses, puisqu'ils étaient en ce moment même dans l'aéroport, pourquoi attendre ?

Parce qu'il en était sûr, s'il ne le faisait pas ici et maintenant, il ne le ferait jamais. Sa décision prise, Beck retourna auprès d'elle, attrapa son sac à dos d'une main et saisit la sienne de l'autre.

— Que se passe-t-il ? s'exclama Cady en se levant, écouteurs autour du cou, sac à l'épaule.

Lorsque Beck désigna le logo d'une compagnie américaine à une porte d'embarquement voisine, elle se mit à sauter sur place, toute joyeuse.

— Oh mon Dieu ! Nous rentrons à la maison ?

Il se contenta de la regarder dans les yeux, espérant qu'elle comprendrait sans qu'il ait à répondre. Un court silence s'ensuivit, puis elle blêmit.

— Tu ne viens pas avec moi, c'est ça ?

Beck acquiesça d'un signe de tête, déposa son sac à dos à ses pieds et, mains sur les hanches, déclara :

— Jaeger m'a demandé d'aller le retrouver au Vietnam pour aller examiner des rubis produits par un gisement, là-bas. Tu ne peux pas m'accompagner et je ne veux pas te laisser seule.

Cady vacilla sur ses pieds, un peu comme s'il l'avait giflée, mais il poursuivit, implacable :

— C'est juste deux semaines plus tôt que prévu, Cady. Et puis, ne dis pas le contraire, tu n'apprécies pas vraiment ce voyage…

— Ce que j'apprécie par-dessus tout, c'est d'être avec toi, répliqua-t-elle avec détermination. Et en fait, je venais de décider de rester, d'ignorer les injonctions de mes parents. Je ne veux pas te…

— Tu dois reprendre tes études, l'interrompit Beck. Le plan a toujours été celui-là. Je te renvoie juste chez toi deux semaines plus tôt.

Cady recula d'un pas, les yeux emplis de larmes.

— Tu me renvoies chez moi…, répéta-t-elle, la voix tremblante.

— Je serai à la maison pour Noël. Nous ferons le point à ce moment-là.

— Tu me renvoies à la maison ? balbutia Cady une nouvelle fois en s'arrêtant sur chaque mot.

— Noël n'est que dans trois mois…

Les bras croisés, Cady le dévisagea un moment, lèvres pincées, avant de demander :

— Est-ce que tu m'aimes, Beck ?

Ah non, pas cette question. Car il le savait, ça lui serait tellement facile de l'aimer, raison pour laquelle précisément elle devait rentrer aux États-Unis de toute urgence. Tomber amoureux de Cady, il n'y était pas prêt.

Comme il tardait à répondre, elle l'attrapa par le bras, toutes griffes dehors, et l'obligea à la regarder. Quelle erreur. Il aurait préféré ne pas voir ses yeux à ce moment-là parce que, aussi longtemps qu'il vivrait, il se souviendrait de cet éclat dans ses prunelles, une lueur où se mêlaient douleur et trahison.

— Ne fais pas ça, Beck, dit-elle alors, poing serré autour de son T-shirt, à l'endroit du cœur. Ne gâche pas ce qu'il y a entre nous. Ne me rejette pas. Je suis sûre qu'il y a une solution.

— C'est justement là où tu te trompes, Cady. Il n'y en a pas.
Beck ne souhaitait à personne de voir un cœur se briser, car c'était une vraie vision de cauchemar — et pire encore quand c'était vous l'auteur du massacre.

1

Presque une décennie plus tard.

Juchée sur un tabouret à l'une des tables du Bonnet, bar à cocktails ultra chic de la Cinquième Avenue, Cady Collins dut prendre sur elle pour ne pas subtiliser la margarita de la table voisine, salivant presque à imaginer le goût de la tequila sur ses papilles.

Car c'était bien le jour à boire de la tequila. La semaine, même, pour ne pas dire l'année.

— Un autre bloody mary sans alcool ? lui demanda la serveuse en désignant son verre vide.

Quel gâchis. Se retrouver un vendredi soir dans l'un des bars les plus exclusifs de la ville à siroter bêtement du jus de tomate…

À cet instant, l'écran de son téléphone s'illumina et Cady poussa un soupir en voyant s'afficher le nom de code sous lequel elle avait inscrit sa chère et tendre mère, « la générale en chef ».

— Allô, maman… ?

— Cady, où es-tu ? l'interpella Edna Collins de sa voix solennelle de femme de pasteur.

Durant une seconde, Cady fut tentée de répondre, « dans un bar à strip-teaseurs, bien sûr, en train de dépenser tout mon argent ! », avant de se raviser. *Tu es une grande fille. Tu as passé l'âge de vouloir choquer tes parents.*

— Un problème, maman ?

Edna avait l'habitude de l'appeler chaque deuxième

dimanche du mois, à 20 heures précises. Tout coup de fil en dehors de cette routine annonçait forcément un grain de sable dans les rouages.

— Tu es peut-être au courant que le pasteur de Wilton va prendre sa retraite et que la paroisse lui cherche un remplaçant… ? s'enquit sa mère.

Au courant, non, Cady ne l'était pas vraiment. La vérité, c'était qu'elle ne s'intéressait que de très loin aux mutations de personnel dans les églises du nord de l'État de New York.

Elle lorgna une nouvelle fois avec envie sur le cocktail juste à côté. Une petite gorgée, une seule…

— Alors, voilà, le Conseil a pensé à ton père.

— Merveilleux, commenta Cady, essentiellement pour dire quelque chose.

— Nous t'attendons donc à la maison dans deux semaines, décréta Edna sur ce ton péremptoire dont elle avait le secret.

— Ah. Et pour quoi faire ?

— Ton père va devoir subir un certain nombre d'entretiens, répondit sa mère. Moi aussi, en tant qu'épouse. Et comme tu es notre seule enfant, le bureau souhaite également avoir une entrevue avec toi.

Cady ouvrit la bouche pour rappeler qu'elle avait un frère et qu'il ne comptait pas pour rien, mais au dernier moment, elle y renonça. Will restait un sujet tabou, dans la famille.

— Enfin, maman, je ne vois pas en quoi je pourrais être utile ; je vis à New York et ne viens que très rarement à la maison.

— Tu ne viens jamais à la maison, rectifia Edna.

Peut-être parce que Cady s'y sentait comme dans un carcan, à l'étroit, jugée en permanence, sans aucun droit à l'erreur. Le foyer familial avait toujours été un lieu de contraintes, avec beaucoup de pression et peu d'amour. Will parti, elle avait vécu dans l'angoisse, redoutant à tout moment de subir le même sort et d'être chassée à son tour de cette maison, tout entière vouée à une pratique stricte de la religion, dédiée à la piété et aux cantiques. Une annexe de l'église en quelque sorte.

— Oui, eh bien, désolée. Mais ça ne va pas être possible…

Sa mère hoqueta sous l'effet de l'indignation.

— Mais il faut pourtant que tu viennes ! Refuser de rencontrer les membres du comité aurait un effet désastreux sur la nomination de ton père. Cela risquerait même de lui coûter sa place. Cette nouvelle paroisse est très influente, Cady. Écoute, ma fille, depuis ce voyage ridicule dans ta jeunesse, nous n'avons eu qu'à nous féliciter de toi. Tu as fait de brillantes études supérieures, tu es à la tête aujourd'hui de ta propre entreprise. Dans cette cité du péché, tu dois être un modèle pour tout le monde…

Cady Collins, la sainte. Oh ! quelle déception ce serait pour sa mère, lorsqu'elle apprendrait la dernière. Quant à ce fameux *voyage ridicule* avec Beck, en Thaïlande, il demeurait le seul moment de sa vie où elle s'était sentie vraiment elle-même, libre et aimée.

— C'est une promotion importante, pour ton père, insista Edna. Et quand ils te rencontreront, ils verront que nous avons su élever notre fille dans le respect de Dieu et que tu restes une jeune femme exemplaire et moderne.

Exemplaire ? Si ce portrait d'elle n'était pas aussi désespérant, Cady en rirait aux larmes.

— Écoute, maman, je t'assure, il n'est pas nécessaire que je vienne, crois-moi. Trouve une excuse et nous nous épargnerons beaucoup d'ennuis…

— Je ne vois pas de quoi tu parles et je n'ai pas de temps à perdre. Nous avons des invités ce soir, pour le dîner. Bien, je compte sur toi, ne nous déçois pas, Cady, conclut Edna avant de raccrocher.

Cady contempla son téléphone en secouant la tête. Dix ans qu'elle avait quitté la maison familiale, mais le besoin de ne pas déplaire à ses parents restait encore vivace. Dans leur petite commune rurale, elle demeurait la fille du pasteur. Excellente élève, pom-pom girl, déléguée de classe, reine des fêtes de fin d'année, elle jouissait d'une grande popularité et représentait la perfection incarnée. Bien élevée, elle disait toujours « s'il vous plaît », « excusez-moi » et « merci », savait se montrer serviable et ne ratait jamais la messe. Elle ne fumait pas, ne buvait pas et ne sortait pas non plus avec des garçons. Oui, elle était exemplaire. Jamais de bêtises, jamais un échec.

Privée en réalité toute son enfance de vivre comme une jeune fille normale.

La pression pour être parfaite était immense et le fait qu'elle le soit presque une obligation. Elle s'était donc appliquée à renvoyer d'elle une image qui n'était en réalité qu'une illusion, personne ne se doutant combien elle était terrorisée à la perspective d'échouer, de dire ou de faire ce qu'il ne fallait pas.

Ou pire encore, d'être bannie de la maison familiale et de la petite communauté comme Will, son frère aîné, l'avait été.

Alors forcément, il n'y avait rien d'étonnant à ce que son désir de satisfaire ses parents persiste toujours aujourd'hui, quelque part en elle. Quel choc s'ils la voyaient à présent ! La voyaient, oui, car elle portait sur elle la preuve de ses fautes.

Mais bon, elle en mettrait sa main au feu, Edna et Bill Collins ne seraient pas vraiment surpris, ayant été plutôt échaudés par sa fugue en Asie du Sud-Est, avec Beck Ballantyne, plus de neuf ans auparavant. Elle avait pris la décision alors de le suivre et tant pis si cela ne plaisait pas à ses parents. Le drame !

Et aujourd'hui, une nouvelle bombe allait s'abattre sur son père et sa mère. Avec les amitiés de leur petite fille modèle !

Cady se massa doucement le front en laissant échapper un soupir, préférant nc pas penser à ce moment où il faudrait bien aussi leur parler de son entreprise, victime de la crise comme des milliers d'autres. Même si elle n'avait pas dit son dernier mot et continuait de se battre pour éviter la faillite.

— Cady ?

Elle sursauta et leva la tête. Une petite blonde accompagnée d'une grande brune se tenait devant sa table. Si la première lui évoquait un souvenir flou, elle reconnut en revanche tout de suite sa compagne, Julia Parker, d'une élégance toujours très classique, presque austère. Profession : consultante auprès des entreprises les plus influentes de ce pays, avec ses entrées dans la haute société new-yorkaise.

Cady devait la majeure partie de ses malheurs à Julia, qui avait récemment convaincu Trott — une enseigne d'articles de sport prestigieuse qui versait chaque mois à Cady de confortables honoraires — de ne pas renouveler son contrat avec Collins Consulting…

Grâce au ciel, Cady avait toujours Énergie Naturelle, la boîte de Tom, une chaîne d'aliments bios, dont elle assurait la promotion et les campagnes publicitaires. Sans ce contrat, elle aurait déjà mis la clé sous la porte ! La perte de Trott, son plus gros client, avait creusé un déficit désastreux dans ses comptes. Cady avait donc des raisons d'être amère, elle prit néanmoins sur elle pour ne pas jeter son jus de tomate à la figure de Julia, toute vêtue de blanc, et échangea avec cette peste une poignée de main toute mondaine.

Mon Dieu, comme il était pénible parfois, d'être adulte.

— Cady Collins, de Collins Consulting.

Julia fit tout de suite le rapprochement.

— Trott, oui, hum… Ils ne pouvaient pas se permettre de renouveler leur contrat, dit-elle, avant d'ajouter en fronçant son petit nez bien droit : désolée.

Cady haussa les épaules.

— Mais comment allez-vous ?

La question de Julia la prit de court. Elle ne s'attendait pas à ce que cette dernière puisse se soucier de son moral. Cady leva les mains au ciel, préférant s'abstenir de commenter.

— Je tiens en tout cas à vous dire une chose, j'apprécie beaucoup votre travail, déclara Julia en la regardant dans les yeux.

— Merci, répondit Cady, touchée.

— Tu ne me reconnais pas, n'est-ce pas ? intervint à ce moment la petite blonde, avec un sourire lumineux.

Cady secoua la tête, perplexe.

— Amy Cook. Nous nous sommes rencontrées sur les îles

Phi Phi. Oh ! ça remonte à plusieurs années. Tu voyageais avec Beck, à l'époque…

Beck. Que la vie était donc étrange ! Elle qui pensait justement à lui. *Tu parles d'une coïncidence*, se moqua-t-elle en son for intérieur. *Tu n'as pratiquement pas arrêté de penser à lui ces dix dernières années.*

Cady l'observait avec attention quand la mémoire lui revint par les flashs d'une jeune fille aux longs cheveux blonds, toujours en bikini.

— Oui, je me souviens. Tu draguais Beck de manière éhontée.

— Ne le prenez pas mal, elle drague tout le monde, remarqua Julia en riant.

— Tu habites Manhattan ? demanda Amy. Que fais-tu ? Tu es mariée ? Tu as des enfants ?

Cady hésita, ne sachant à quelle question répondre en premier. Bon, la profession, rien de plus facile, mais pour le reste, l'histoire était un peu plus compliquée.

— Hum… Je vis à Brooklyn et je suis à la tête de ma propre agence de com.

— Vraiment ? s'exclama Amy, les yeux ronds. C'est sérieux ?

Des millions de femmes travaillaient dans la com et beaucoup avaient fondé leur société, Cady n'avait rien d'un phénomène ! Pourquoi une telle surprise, de la part d'Amy ?

Mais puisqu'il était question de business… Elle avait un besoin urgent de se dénicher de nouveaux clients. Or, ce n'était pas tous les jours qu'elle tombait sur l'une des consultantes en affaires les plus en vue de la ville. Cady attrapa donc son sac et en ressortit avec fébrilité une carte de visite qu'elle tendit aussitôt à Julia.

— Je vous serais extrêmement reconnaissante si vous pouviez me recommander auprès de vos contacts. Je suis très efficace et pratique des tarifs tout à fait raisonnables.

— Vous pouvez compter sur moi, dit Julia en prenant le bristol.

Amy une fois de plus s'interposa et revint à la charge.

— Tu es mariée, tu as des enfants ? Tu ne m'as pas répondu.

Bien. Cady n'allait quand même pas discuter de ces sujets épineux avec une vulgaire bimbo croisée dix ans plus tôt sur une île au bout du monde !

— Ah, la personne que j'attendais est arrivée ! mentit-elle en regardant du côté de la porte. Ravie de t'avoir revue, Amy. Heureuse d'avoir fait votre connaissance, Julia.

— Mais…, voulut protester Amy.

— Viens, l'interrompit Julia en entraînant son amie par le coude. Allons chercher quelqu'un d'humeur à se soumettre à tes interrogatoires…

Cady les suivit des yeux alors qu'elles s'éloignaient. Amy était bien la dernière personne qu'elle aurait imaginé revoir un jour — la dernière aussi qu'elle aurait pu avoir envie de revoir. En fait, Amy apparaissait même tout en haut de la liste de ses « Indésirables ».

Près d'une décennie plus tôt, en Thaïlande, Cady croyait filer le parfait amour avec Beck, quand celui-ci l'avait subitement renvoyée à la maison, tout ça évidemment pour pouvoir exercer librement ses talents de séducteur à travers l'Asie. Une fois Cady dans l'avion, il avait sûrement aussitôt attiré Amy dans son lit, dans son sac de couchage plus exactement, avant de poursuivre la route avec elle.

À l'époque, et aujourd'hui encore apparemment, Beck avait toutes les femmes à ses pieds. Cady se rappelait très bien les regards qu'il échangeait avec Amy, leurs rires. Très vite, elle avait senti qu'elle n'était pas de taille à rivaliser — pas assez avertie, pas assez pulpeuse.

Il est vrai que Cady, sur le plan physique, était plutôt du genre grande gigue, pas vraiment servie, comme avait coutume de se lamenter Tom, son petit ami, catégorie « lolos ». Mais il y avait pire. Beck, Amy et les autres routards croisés en Thaïlande affichaient tous une telle spontanéité, une telle confiance en eux. Bien sûr, dans le lot, il y avait les camés, les excentriques, les égarés, mais la plupart savaient déjà de quoi leur avenir serait fait. Débrouillards, aventureux, ceux-là arpentaient le monde sans peur, prêts à en découdre avec la vie, une fois rentrés au pays.

Du fait de son enfance ultra protégée et solitaire, Cady, elle, aurait été complètement perdue sans Beck pour prendre les décisions à sa place. Était-ce pour cela qu'il l'avait plaquée ? Parce qu'elle manquait de confiance en elle ? Parce qu'elle était à la longue devenue plus un fardeau pour lui qu'une petite amie ?

Comment savoir ? Il ne lui avait donné aucune raison, et pas vraiment d'explications. Il lui avait juste tendu un billet d'avion avant de l'accompagner à la porte d'embarquement. Une fois le contrôle passé, elle l'avait aperçu, de l'autre côté de la baie vitrée, en train de s'éloigner à grandes enjambées en direction de la sortie du terminal, emportant avec lui son cœur en mille morceaux.

— Cady…

Elle offrit sa joue au baiser express de Tom, qui s'assit face à elle et regarda immédiatement sa montre.

— J'ai une demi-heure, pas plus, avant de devoir retourner au bureau. Ça serait bien si on pouvait régler ça vite fait…

Oui, moi aussi je suis ravie de te voir, Tom…

— Mais… Ne devait-on pas dîner ensemble à l'origine ?

— Impossible. J'ai des soucis au travail. On m'attend là-bas.

Elle couchait avec son client, ce qui allait aujourd'hui encore à l'encontre de tous ses principes. Chaque fois qu'elle lui faisait part de ses scrupules, Tom les balayait en lui rappelant que tous deux étaient célibataires et majeurs, et qu'ils ne faisaient rien de mal. Elle avait essayé, vraiment essayé, d'adopter son point de vue, avant de se décider à la rupture. Mais les choses n'étaient jamais aussi simples, la vie étant toujours pleine de surprises.

— Tu as une sale tête, Cady. Un problème ?

Tom n'avait jamais été doué pour les compliments, surtout en période de stress. Cela n'avait rien de personnel, mais il y avait des moments où ses réflexions étaient blessantes. Beck lui avait fait du mal en la renvoyant sans ménagement chez elle, mais jamais, jamais il ne lui avait parlé comme ça. Mais bon, Tom Steel n'était pas Beck Ballantyne. Aucun homme ne le serait jamais.

Car Beck cumulait tous les atouts : une beauté à couper le souffle, une intelligence supérieure… Oui, il avait placé la barre très haut. Trop haut pour le commun de ces messieurs.

Tu as la mémoire courte, Collins. Beck t'a effacée de sa vie, il t'a rejetée. Ce n'est pas de tes parents que le coup est venu, comme tu le croyais, mais de celui que tu aimais à la folie. De celui dont tu pensais qu'il t'aimait en retour.

Grossière erreur !

Soudain, le poing de Tom s'abattit sur la table, la faisant sursauter.

— Cady ! Alors ? Que veux-tu me dire de si important ?

Impossible de battre en retraite.

— J'attends un bébé.

Tom laissa échapper un juron.

— Débarrasse-t'en !

— Certainement pas, répondit-elle avec calme, cette réaction en réalité ne la surprenant pas.

Ses parents ne s'étaient-ils pas débarrassés de Will en l'expédiant dans un centre pour handicapés, à l'âge de treize ans ? Et Beck, ne l'avait-il pas rayée du jour au lendemain de son existence ? Il était pourtant hors de question qu'elle fasse la même chose à son enfant. Bien sûr, cette grossesse arrivait au mauvais moment. Mais n'était-ce pas le propre de l'existence de vous mettre un jour devant le fait accompli ? À vous de vous adapter alors, comme pour l'autisme de Will ou comme quand elle avait pris conscience de son amour pour Beck.

Face à elle, Tom se décomposa.

— Il faut que je boive quelque chose, dit-il entre ses dents.

Cady le suivit du regard jusqu'au comptoir, priant en silence pour que son petit bébé n'hérite pas de cette démarche en canard — ou de sa taille, très moyenne, ou de cet épi, juste au-dessus de son oreille droite.

Bref, un homme médiocre, aux antipodes de Beck…

Beck, tellement sexy. Blond aux yeux bleus, genre couverture de magazine de surf, avec un physique irréprochable qui lui valait d'être irrésistible aussi bien en smoking qu'en short de bain. Et puis, à la différence de Beck, Tom ne lui avait jamais fait tourner la tête. Ce qui était très bien ainsi. Ils étaient tous deux dans une relation adulte, rien à voir avec les explosions d'hormones et les élans irrationnels des amours entre adolescents. Rien à voir avec la passion. Une chose était sûre, Tom ne lui avait jamais inspiré ce désir qu'elle éprouvait face à Beck.

Elle avait procédé avec vigilance, prudence même, vis-à-vis de Tom, prenant bien garde à ne pas lui ouvrir son cœur. À Beck en revanche, elle avait tout donné, y compris sa virginité, ce qui ne l'avait pas empêché de la rejeter, lorsqu'il en avait eu assez d'elle.

Non, jamais Tom ne l'avait enflammée corps et âme, et arrêter là leur relation ne lui posait pas de problèmes. Sauf qu'elle aurait juste préféré dans l'histoire ne pas tomber enceinte. Enceinte et célibataire, donc. Ah oui, ses parents seraient fiers d'elle.

Cady plaqua une main sur son ventre. S'il y avait une chose dont elle était certaine à ce stade, c'était qu'elle garderait le bébé.

Tom posa avec hargne son whisky sur la table et se rassit face à elle. Puis il vida à moitié de son verre et la dévisagea longuement d'un œil intrusif et froid.

— C'est le mien, tu es sûre ?

— Pardon ? s'exclama-t-elle, effarée, avant de baisser d'un ton. Bien sûr que c'est le tien. Je n'ai couché avec personne d'autre, depuis que nous sortons ensemble.

Tom haussa les épaules et regarda du côté du comptoir une jeune femme qui venait d'arriver, avant de reporter son attention sur Cady, avec un air de suprême indifférence.

— Ce bébé est bien le tien, Tom, répéta Cady, en insistant sur chaque mot.

— Si tu le dis, marmonna-t-il.

— Tom, nous ne nous sommes quasiment pas quittés de toute l'année…

— Oui, mais dans ma tête, nous étions libres l'un comme l'autre d'aller voir ailleurs de temps en temps.

Cady écarquilla les yeux, sous le choc. Qu'est-ce que cela signifiait ?

Oh. Si Tom considérait que leur relation n'était pas exclusive, elle devait en conclure qu'il ne s'était pas privé d'aller butiner ici et là durant tous ces mois.

— Tu m'as trompée, Tom ?

— Ce n'est pas tromper, puisque je pensais que nous étions libres.

— Espèce de salaud ! rugit Cady, poings serrés. Avec qui ?

— Quelle importance ? dit Tom avec une désinvolture sidérante.

Puis il baissa les yeux sur son ventre, avant de prononcer des mots qui déplacèrent cette conversation du stade de mauvais rêve à celui de cauchemar.

— Débarrasse-toi de cet enfant ou tu es virée.

— Virée ? Tu ne peux pas me virer. Nous avons un contrat ! rétorqua-t-elle, ne reconnaissant plus cet homme froid et sans cœur, devant elle.

Mon Dieu, si maintenant elle perdait la société de Tom…

— Dans ce cas, fais-moi un procès, dit-il avec dédain. Je gagnerai. Écoute, Cady, je me fiche de ce bébé. Et si tu as l'intention d'exiger de moi une pension pour l'élever, eh bien, là encore, tu devras me poursuivre devant les tribunaux…, cracha-t-il avant de s'interrompre pour vider son verre, puis d'ajouter : Mais je te préviens, tu auras face à toi les meilleurs avocats de la ville. Les miens et ceux de ma femme.

Pardon ? Les avocats de sa femme ? Il était divorcé, non ? Depuis un peu plus d'un an, même. Il avait divorcé parce que Cady refusait de sortir avec lui tant qu'il ne serait pas dégagé de ses liens et… Oh non.

— Mais Gretchen et toi n'êtes plus mariés, que je sache ?

lâcha-t-elle, la gorge nouée. Est-ce que tu m'aurais trompée avec ta femme, c'est ça ?

Le regard de Tom à ce moment lui glaça le sang.

— Cady, il n'y a jamais eu de divorce…

Après avoir envoyé un texto groupé à la famille pour dire qu'il allait bien et profitait pleinement de ce voyage, Beck s'installa au bureau de sa chambre d'hôtel pour parler à Amy, via Skype.

Il alluma son ordinateur et, après quelques secondes, le visage pixélisé d'Amy s'afficha sur son écran.

— Enfin, tu appelles ! soupira-t-elle, l'air renfrogné.

— Bonjour à toi aussi, répondit Beck avec un sourire crispé en se demandant pour la énième fois qui était le patron entre eux deux.

Il avait beau être l'un des directeurs de Ballantyne, en réalité c'était Amy, l'assistante qu'il partageait avec Linc, dépositaire d'informations ultra confidentielles, qui détenait le pouvoir et tirait les ficelles.

— Alors, quoi de neuf ?

— Beaucoup de choses, s'amusa Amy avant de pointer son index sur lui. Ne bouge pas, je vais chercher mon verre.

Beck éclata de rire quand apparut, à l'envers sur l'écran, le visage de Julia lui envoyant un baiser. Partenaire de longue date et future épouse d'Amy, Julia était une rigolote qui, dans le privé, ne se comportait jamais comme la professionnelle implacable tant redoutée par le monde de la finance internationale qu'elle était.

Ordinateur sous le bras, Beck se dirigea vers le lit et installa l'appareil sur la table de chevet, puis il s'étendit, oreillers derrière la tête, et s'étira en soupirant. Il trouvait rarement lit à sa taille, pas loin de deux mètres.

Ordinateur sur les genoux, il attrapa sa bière et en avala une gorgée tout en regardant le chat gris et blanc d'Amy, Lazy Joe, se hisser mollement sur l'un des fauteuils du salon. Soudain,

Amy réapparut à l'écran et prit la place de Lazy Joe qui se lova sur ses cuisses.

— Mon Dieu, tu t'es vu, Beck ? Qu'est-ce que c'est que ces cheveux en pétard ? Et tu n'es même pas rasé ! Et en pantalon de jogging, en plus ! Vraiment très sexy… remarqua-t-elle, narquoise, avant de lancer derrière elle : Tu sais quoi, Julia, je crois que je vais virer de bord…

— Arrête de fantasmer sur Beckett, espèce de perverse. Je te rappelle que c'est ton patron ! répondit Julia de la cuisine, sur un ton parfaitement détendu.

— Elle a raison, et puis, tu n'es pas du tout mon genre. Et même si tu virais de bord, il n'y a pas la moindre étincelle entre nous, marmonna Beck.

— Exact. Mais pas facile d'ignorer ces épaules d'athlète et ces tablettes de chocolat, ricana Amy.

— Trop aimable, grommela Beck.

— Pourquoi cet air de chien battu ? enchaîna Amy, toujours aussi délicate. Tu n'apprécies pas ces quelques jours de vacances ?

Après sa première année au sein de Ballantyne International, Connor l'avait convoqué. Véritable bourreau de travail, au bureau souvent près de seize heures par jour, Beck s'était alors vu imposer de prendre une semaine de congé tous les quatre mois. Au début, il avait eu le sentiment que Connor cherchait à le punir, puis il avait compris que c'était la seule façon que son oncle avait trouvée pour préserver sa santé. Connor étant son supérieur dans l'organigramme, Beck n'avait eu d'autre choix que d'obtempérer.

Tout ça aujourd'hui était loin. Après le décès de Connor, la hiérarchie au sein de la compagnie avait été revue et désormais Beck était sur un pied d'égalité avec ses frères. Il ne recevait plus d'ordres de personne depuis longtemps. Linc et Jaeger ne comprenaient pas — il faut dire que lui-même n'avait jamais tenté de s'expliquer sur le sujet — pourquoi il travaillait ainsi jusqu'à des heures indues. En fait, son engagement dans Ballantyne International était sa façon à lui de prouver qu'il était essentiel à la bonne marche de la société, sa manière de mériter et de conserver sa place dans sa famille.

— *C'est la faute du gamin. Il leur a demandé de rentrer à la maison. Il venait de se fracturer le poignet et devait aller à l'hôpital pour se faire plâtrer, mais il voulait absolument que ses parents reviennent au plus vite pour l'accompagner.*

— *De quel gamin s'agit-il ?*

— *Je ne le vois pas, là. Mais c'est le cadet, celui qui a fait une crise d'angoisse, à l'église.*

— *Deux morts, trois avec le bébé… C'est sacrément cher payé pour un poignet cassé. Je me demande si le gosse réalisera un jour la tragédie que son caprice a causée…*

Sous la table, dissimulé par la longue nappe, Beck avait surpris cet échange entre deux adultes, des amis de la famille invités à la maison après les obsèques. Et il avait parfaitement compris la conversation qu'il venait d'écouter : ses parents étaient morts à cause de lui.

Une conclusion à laquelle il était d'ailleurs déjà arrivé tout seul. L'entendre exprimée à voix haute avait juste confirmé la terrible vérité et, à partir de ce jour-là, tout avait changé. Il avait pris ses distances avec les siens et, franchement, c'était mieux ainsi. La distance permettait de moins souffrir ; la distance l'avait empêché de sombrer — c'était même devenu à la longue un trait de caractère.

Un trait de caractère mis à mal, plus tard, car il avait bien failli alors perdre le contrôle, à une certaine époque, sur un autre continent, à l'autre bout du monde. En deux petits mois seulement, Cady avait pris possession de son cœur, de son corps. Il en était devenu fou.

Un fantasme, rien de plus, songea Beck pour la millième fois peut-être. Tous les hommes avaient ce genre de femme qu'ils idolâtraient, dans leur tête. Cela ne signifiait rien.

Bientôt dix ans qu'il essayait de s'en convaincre.

— Alors, où es-tu, cette fois ? demanda Amy, l'arrachant

à ses pensées. Pitié, dis-moi que tu es sur une plage de sable blanc à bouquiner au bord d'une mer turquoise…

Ce n'était pas vraiment son style. L'essentiel de ses vacances, il les passait à se défouler à travers toutes sortes d'activités physiques. Mais au moins son cerveau, lui, ralentissait un peu en comparaison du rythme d'enfer auquel il était soumis en temps normal.

— Saariselka, Finlande.

— Ça ne m'étonne pas de toi. Héliski au programme, j'imagine ? soupira-t-elle

Beck s'amusa de l'inquiétude d'Amy qui détestait sa passion pour les sports extrêmes.

— Non, pas cette fois. Ski nordique.

— Et c'est dangereux, ça ?

— Absolument pas, se défendit Beck avec une mauvaise foi totale.

Ce matin, il s'était bien retrouvé à quelques reprises en difficulté, mais bon, il était rentré entier.

— Menteur…

Beck sourit et avala une nouvelle gorgée de bière. Son amitié avec Amy remontait à leur rencontre, en Thaïlande. Or, du fait de sa réserve légendaire, même s'il était d'un caractère sociable, il comptait peu d'amis proches. Amy ne s'était pas arrêtée à son air renfrogné et s'était invitée dans sa vie. Après avoir fait ses adieux à Cady, à Bangkok, elle avait tout de suite pris conscience de sa souffrance et s'était alors autoproclamée son ange gardien, décidant de le suivre dans son périple.

Bref, Amy le connaissait par cœur, et il avait un mal de chien à lui faire avaler ses sornettes. Depuis bientôt dix ans, elle était là, présente dans les moments de désarroi, n'hésitant pas à le houspiller si nécessaire — une vraie amie. Et du fait de son orientation sexuelle, leur amitié était restée intacte, sans toutes ces complications qui venaient souvent gâcher une relation entre homme et femme.

Ils avaient quitté l'Asie ensemble, Beck pour rejoindre

Ballantyne International et se mettre enfin au travail. De son côté, Amy étant en recherche d'emploi, il s'était arrangé pour lui confier des missions de secrétariat dans la compagnie. En moins de trois mois, elle avait fait ses preuves, se révélant indispensable non seulement à lui, mais également à son oncle et tuteur, Connor Ballantyne. Avec son franc-parler et sa redoutable efficacité, Amy était vite devenue le bras droit de Connor — Beck se souvenait de son chagrin quand on avait découvert qu'il souffrait de la maladie d'Alzheimer.

C'était elle aussi qui avait fait rapatrier Jaeger, après son accident en Italie. Elle encore qui avait tenu la main de Beck, au chevet de son frère, à l'hôpital, et aux funérailles de son oncle.

— Alors, quoi de neuf au boulot ? l'interrogea-t-il.

— La routine. J'ai expédié un dossier à plusieurs agences de pub, aujourd'hui, pour leur demander de réfléchir à une nouvelle stratégie de communication.

Aussitôt, une ride se creusa entre les sourcils de Beck.

— Et lesquelles as-tu choisies ?

— Linc m'a demandé de solliciter des agences plus confidentielles, répondit Amy après lui en avoir cité quelques-unes, les plus célèbres. Capables de sortir du lot.

— Ça ne va pas être évident, commenta Beck, sceptique.

— Julia m'en a conseillé une ou deux.

— Lesquelles ?

— Tu ne les connais pas, marmonna Amy avec un haussement d'épaules.

Beck nota quelque chose de suspect dans les yeux de son amie. Une espèce de regard fuyant. Par ailleurs, sa réticence à lui répondre l'intrigua.

— Bien, on verra ce que ça donne, dit-il. Envoie-moi par mail leurs propositions, que je les étudie.

— Hum, en fait, Linc souhaite s'en occuper et faire le tri. Il en choisira quatre, qu'il mettra ensuite en concurrence. Mais tu seras rentré à ce moment-là et tu pourras juger par toi-même, conclut Amy avec son petit air buté.

Comprenant qu'il avait perdu la partie, Beck n'insista pas.

D'autant que ce genre de travail ne l'inspirait pas, trop fastidieux. Puisque Linc voulait s'y coller, grand bien lui fasse !

— Écoute, Beck…

Lorsque Amy se mordilla la lèvre, Beck sut qu'elle était sur le point de dire quelque chose qu'il n'allait pas aimer. Pire, elle prit ce même air penaud avec lequel, au moins une fois par an, elle lui suggérait d'essayer de retrouver la trace de Cady, pour voir ce qu'elle était devenue, ce qu'elle faisait de sa vie. Et pourquoi pas, de renouer le contact, afin d'avoir quelqu'un dans sa vie avec qui il se sente vraiment en phase, comme ce que Julia et elle partageaient.

Et systématiquement, il lui répondait que cela ne l'intéressait pas. Qu'il était parfaitement heureux comme ça. Enfin, peut-être pas heureux, mais satisfait en tout cas de son sort.

— Sais-tu qui j'ai croisé, aujourd'hui ? demanda Amy, sans lui laisser le temps de réagir.

Beck retint son souffle, convaincu d'avoir deviné.

— Où ça ?

— Chez Bonnet, un bar à cocktail dans la…

— Je connais…, l'interrompit Beck, envahi par un froid glacial, juste avant d'être pris de suées. Bien, il faut que je te quitte, maintenant.

— Non, pas tout de suite. Tu ne cherches qu'à éviter de parler de Cady. Ce que je veux te dire…

— Salut, Amy, à la prochaine, répliqua Beck en refermant son ordinateur, coupant ainsi le sifflet à Amy.

Il se passa la main dans ses mèches en bataille et rouvrit son ordi pour accéder à un fichier perso dans lequel se trouvait la seule photo qu'il gardait de Cady. Elle était étendue sur la plage de Maya Bay, sur les îles Phi Phi, dans son bikini rose, toute bronzée. Elle regardait l'objectif, ses longs cheveux soyeux effleurant le sable, les yeux rieurs et pleins d'amour.

Bientôt dix ans qu'ils ne s'étaient pas vus et sans doute ne se reverraient-ils jamais, du moins pas dans cette vie. C'était comme ça, il n'y pouvait rien. Raison pour laquelle il s'appliquait à ne surtout jamais penser à elle ni à prononcer son nom. Tout ça était loin désormais, oublié, terminé.

Dans ce cas, que faisait-il là, à regarder cette photo, le cœur serré, regrettant que les choses n'aient pu se passer autrement. Oh ! quelle plaie, ces vacances ! N'ayant rien à faire, il avait tout le temps de penser. De se souvenir. Une seule certitude, en dépit de son QI exceptionnel, il n'était qu'un sombre idiot.

2

Beck sortit de l'ascenseur privé pour s'engager dans le couloir de Ballantyne International. Le siège de la compagnie se trouvait au-dessus de la joaillerie historique de la famille, sur la Cinquième Avenue, mais à la différence de la déco de la boutique, classique et désormais vintage, les bureaux, eux, affichaient un style résolument contemporain. Apercevant un intérimaire se dirigeant vers la salle des photocopies, Beck lui fit signe, échouant néanmoins à se rappeler son nom.

— Bonjour… Cole. Non, Cody… ?

— Charles, monsieur, le corrigea le jeunot avec un sourire timide.

Beck retira son blouson en cuir et s'avança vers lui avec sa valise.

— Emportez tout ça dans le bureau d'Amy et merci de me rapporter une tasse de café. Je serai dans le bureau de Linc…

— Excusez-moi, mais M. Ballantyne, Linc, se trouve en ce moment même dans la salle de réunion avec les autres MM. Ballantyne ainsi que Mme Ballantyne.

— Oh ! très bien. Merci, répondit Beck en retenant un sourire à cette litanie de Ballantyne.

Il fit demi-tour et emprunta la direction opposée, sans croiser grand monde en chemin. Normal, à cette heure. Son vol ayant été détourné sur Newark à cause d'une urgence à La Guardia et le trajet en taxi depuis le New Jersey ayant pris une éternité, embouteillages du lundi matin obligent, il était en retard. Or, si Beck détestait une chose, c'était bien être en retard.

Il ouvrit la porte de la salle de réunion et retroussa ses manches. Comme Charles l'avait dit, tout le monde était là, sauf Amy.

— Revoilà le fou furieux ! ricana Jaeger en s'enfonçant dans son siège.

Jaeger l'avait baptisé ainsi peu après son treizième anniversaire, lorsque Beck non seulement avait terminé l'année scolaire comme premier de sa classe, mais qu'en plus il avait été sélectionné à la fois pour le championnat national de natation et d'athlétisme. Pour tous, il était un petit génie, le surdoué excellant aussi bien dans les études que dans le sport. Personne n'avait jamais suspecté la vérité, derrière ce besoin effréné de s'affirmer : le désir quasi pathologique de prouver qu'il méritait le nom de Ballantyne.

— Alors, comment c'était, la Finlande ? lança Linc, de deux ans son aîné, en venant le serrer dans ses bras.

Beck alla embrasser Sage. Comme lui et ses frères, sa sœur était grande et sportive — et c'était également une vraie beauté, avec ses longs cheveux noirs et sa grâce de danseuse étoile.

— Bien, dit Beck en saluant Jaeger d'une claque virile entre les épaules. Comment va Ty ? Cette grippe ?

— Il est en pleine forme, répondit Jaeger. Mais dis-moi, quand vas-tu te décider toi aussi à te caser et à nous faire un petit ? Tu attends quoi, le déluge ?

Oh non, pas ça. Beck nota une lueur de malice dans les yeux de son frère. Depuis qu'il avait renoué avec Piper, Jaeger s'était mis en tête de faire trouver l'amour avec un grand « A » à toute la famille. En matière de femmes, si Beck n'était pas abstinent, en revanche il refusait de mêler plaisir et sentiments. Après Cady, il lui avait bien fallu six mois pour retrouver un certain équilibre et six mois de plus pour se sentir à peu près remis.

Pour résumer, il ne voulait plus penser à elle, ni aujourd'hui, ni jamais. Et encore moins parler d'elle. Le seul fait d'entendre son prénom lui était insupportable, raison pour laquelle il avait abrégé l'autre jour sa conversation avec Amy.

— La journée a mal commencé, alors évite d'en rajouter, marmonna-t-il.

À ce moment, on frappa deux petits coups à la porte. Beck alla ouvrir, prit son café et remercia Charles.

— Bien, poursuivit-il après une gorgée du breuvage noir brûlant. Si je comprends bien, il s'agit d'une réunion. Quel est l'ordre du jour ?

— Comme d'habitude, depuis une semaine, répondit Linc.

— C'est-à-dire ?

— Savoir qui va se charger de notre nouvelle stratégie de communication.

Linc alla se rasseoir en bout de table et Beck s'installa à sa droite.

— Beaucoup de choses se sont passées, récemment. En début de semaine dernière, j'ai rencontré huit agences de pub, y compris Jenkins & Pale qui s'occupent de notre image depuis toujours.

Au titre de directeur financier et commercial, c'était là un sujet qui concernait Beck au premier chef. Si Jaeger était responsable des achats des pierres précieuses et Sage, la chef du service création, Beck et Linc géraient les cordons de la bourse de la compagnie.

— Nous parlons de renouveler notre image de marque depuis trop longtemps, nous devons à présent le faire, poursuivit Linc. Connor incarnait Ballantyne. Il disposait de tout un réseau et, avec son charisme, il n'avait pas son pareil pour entretenir le prestige de notre nom. Sans lui, Ballantyne aurait plongé depuis belle lurette…

— Le jour de ton départ, enchaîna Linc en se tournant vers Beck, le cheikh Abdul Ameen a acquis un bracelet de diamants pour sa mère chez Moreau, au lieu de venir nous voir. J'ai demandé aussitôt un audit et il semblerait que certains de nos clients, parmi les plus anciens et les plus riches, se soient adressés ailleurs depuis peu.

Apparemment, Connor avait aussi été symbole de fidélité…

Mais pas la nouvelle génération de Ballantyne, réalisa Beck en faisant la moue.

— Nous proposons pourtant la même qualité de pierres, protesta Sage.

— Bien sûr, mais Connor n'est plus là pour les vendre, fit remarquer Linc. Connor avait une relation amicale avec chacun de nos clients et c'était leur seul interlocuteur. Ils ne juraient que par lui.

— Et nos clients les plus jeunes et les plus riches ont aujourd'hui envie de quelque chose de plus branché, de plus sexy, renchérit Beck, tout en sirotant son café.

Linc était un manager efficace en tant que DRH, comme dans ses rapports avec leurs actionnaires. Beckett, lui, était plutôt le stratège de l'équipe, capable de se projeter pour accroître la rentabilité de la compagnie. Son frère et lui étaient complémentaires.

— Donc tu as sollicité l'intervention de nouvelles agences de com ? demanda-t-il à Linc, impatient d'en savoir plus.

— Oui, et j'en ai sélectionné quatre qui me semblent avoir des propositions intéressantes. Ce n'est pas parfait, mais encourageant. Pour l'une d'elles, notamment.

— Laquelle ? s'enquit aussitôt Sage.

— Écoutez plutôt leurs argumentaires et vous vous ferez votre idée, déclara Linc.

— À quelle heure commence le casting ? interrogea Beck en consultant sa montre.

— Dans une quinzaine de minutes, répondit Jaeger.

— Parfait. J'ai le temps d'aller me changer. Mais où est Amy ? lança-t-il à la cantonade tout en se levant, sa tasse à la main.

— Elle doit être à la réception pour accueillir les représentants des agences convoquées, expliqua Linc.

— Bien. Je vais aller lui dire un petit bonjour et je vous retrouve dans un quart d'heure.

— Beckett ! l'interpella Linc.

Déjà à la porte, Beck s'arrêta net, troublé par une certaine nervosité dans la voix de son aîné.

— Oui ?

— N'oublie pas que notre objectif reste de faire le meilleur choix pour la compagnie. Pas forcément le meilleur pour toi…

Beck se renfrogna, perplexe, et surprit les regards gênés de Sage ainsi que de Jaeger.

— Tu veux dire quoi, là ?

— Tu verras bien.

Aux paroles de son frère, Beck tressaillit. Puis il fixa au bout du couloir la rangée d'ascenseurs, avec une furieuse et subite envie de prendre ses jambes à son cou.

Mais que faisait-elle ici, par tous les saints ? soupira Cady intérieurement. La réponse était pourtant simple : elle était là pour tenter de sauver sa boîte. Assise sur l'un des canapés mandarine de la réception de Ballantyne & Compagny, elle croisa les mains entre ses genoux, leur intimant l'ordre d'arrêter de trembler. Dans la même salle se trouvait Gayle, de Jenkins & Pale, l'agence de pub de Ballantyne depuis des lustres. Et à droite, n'était-ce pas le fameux Matthew, de Anchor & Chain Consulting ? Les deux firmes new-yorkaises au sommet de la chaîne alimentaire de la com ! Et au milieu, il y avait elle, dans le rôle du plancton.

Cady fixa l'immense toile d'un célèbre peintre abstrait, sur le mur de la réception, cherchant désespérément à se détendre. *Oh oui, mon bébé, sacrée semaine, mais je n'avais pas le choix. Si nous voulons manger et avoir un toit au-dessus de notre tête, je dois travailler et certainement pas rester dans mon lit à me lamenter, même si ce n'est pas l'envie qui m'en manque.*

Dix jours plus tôt, après sa rencontre désastreuse avec Tom, elle avait touché le fond. Ayant enfin accepté l'idée que le père de son enfant était un abruti doublé d'un salaud, elle était retournée au boulot ce soir-là, consciente de devoir réfléchir à son avenir. Le samedi, au petit matin, elle avait compris qu'elle n'avait que trois mois devant elle pour relancer son affaire, après quoi, déjà célibataire, elle se retrouverait en plus enceinte et ruinée.

Ne sachant trop comment s'y prendre pour sortir du tunnel, elle s'était assoupie sur le canapé du bureau avant d'être réveillée en sursaut par le « ping » de son ordinateur, l'avisant de l'arrivée d'un mail. La curiosité l'emportant, s'attendant à une énième mauvaise nouvelle, elle avait ouvert sa messagerie et découvert une note expédiée par le service communication de Ballantyne.

> Ballantyne International recherche une agence susceptible de renouveler l'image de marque de notre enseigne, aujourd'hui centenaire. Nous souhaitons avoir pour partenaire une équipe passionnée et créative de manière à développer une série de campagnes et autres activités promotionnelles.
>
> Le dossier en pièce jointe détaille nos besoins et objectifs et comporte toutes les données et informations relatives à notre société nécessaires à la conception de projets. Les firmes présélectionnées recevront une convocation à se présenter au siège à 9 heures, le lundi 3 janvier.

Comment la ou le responsable de la com de Ballantyne avait eu vent de son existence ? Mystère, mais l'essentiel était qu'on avait pensé à l'inviter à la fête.

Bien sûr, elle aurait préféré ne pas avoir à travailler pour la compagnie de Beck, mais elle ne pouvait s'offrir le luxe de faire la fine bouche. Si elle remportait ce marché, Collins Consulting serait sauvé. Évidemment, elle ne pesait pas bien lourd face aux requins de la profession. Ses chances étaient maigres mais, si elle ne faisait rien, elles seraient nulles.

En fait, elle n'avait pas cent options devant elle, mais deux : révéler à ses parents qu'elle était enceinte, célibataire et apte à s'assumer, elle et son bébé, ou qu'elle était enceinte, célibataire et leur demander leur aide jusqu'à ce qu'elle retrouve un job. Et vu comme ça, de manière aussi brutale, le choix était vite fait.

Mais chaque chose en son temps. D'abord trouver la force de faire face à Beck.

À cette pensée, elle dut prendre sur elle pour ne pas s'enfuir, son ordi sous le bras. Pas question. Elle avait son affaire à sauver, un bébé à élever et un besoin pressant d'argent. À la différence de Beck, elle n'avait pas de fortune familiale en guise de plan B.

Bon, c'est vrai, elle exagérait. Beck n'avait jamais utilisé son statut d'héritier Ballantyne pour arriver à ses fins. C'était même tout le contraire, il n'aspirait qu'à une chose, montrer au monde ce qu'il valait, lui, en tant qu'individu, Ballantyne ou pas. D'ailleurs, même si les Ballantyne jouissaient dans ce pays d'une aura quasi princière, les universités prestigieuses des États-Unis ne vous faisaient quand même pas cadeau de votre diplôme, juste parce que vous étiez riche.

Mais bon, si elle avait envie d'exagérer, c'était son droit ! L'attitude de Beck en Thaïlande, la façon qu'il avait eue de se débarrasser d'elle, en se jouant de ses sentiments, de son amour, tout ça l'avait dévastée. Et honnêtement, elle aurait mille fois préféré ne jamais le revoir.

— Cady ?

En entendant son prénom, elle sursauta et eut la surprise de découvrir Amy devant elle. Amy ? L'Amy de Beck ?

— Bonjour. Je suis si heureuse que tu aies franchi avec succès le cap des sélections ! s'exclama Amy avec un grand sourire.

Cady hocha doucement la tête. C'était donc à Amy qu'elle devait d'avoir reçu l'appel d'offres de Ballantyne. Tout s'expliquait à présent. Elle avait donné sa carte à Julia Parker le vendredi soir et, le samedi matin, le mail arrivait dans sa boîte. Sauf que, non, cela n'expliquait pas tout. Restait encore à savoir le pourquoi de la démarche. Question que Cady posa sans détour à Amy.

— Pourquoi m'avoir envoyé ce mail ?

— Tu veux bien venir discuter avec moi, un moment ?

Cady acquiesça d'un bref signe de tête et la suivit dans

un long couloir menant aux bureaux entièrement vitrés de Ballantyne International. Amy s'arrêta un peu plus loin, sous une nouvelle œuvre d'art monumentale.

— Linc m'a demandé de contacter un certain nombre d'agences de com, parmi les plus connues, mais aussi les plus, disons, confidentielles, de manière à les mettre en concurrence pour ce projet. Julia a visiblement été emballée par ton travail pour Trott, j'ai donc décidé de te donner ta chance, comme je l'ai fait avec les autres boîtes. Linc a trouvé tes idées très percutantes, raison pour laquelle tu te retrouves dans le peloton de tête avec trois confrères.

— Hum… Cela n'a donc rien à voir avec une quelconque culpabilité que tu éprouverais pour avoir pris ma place auprès de Beck ?

Les mots à peine sortis de sa bouche, Cady se sentit rougir et l'éclat de rire d'Amy ne fit rien pour soulager son malaise. Cady se sermonna. Franchement, on aurait cru une ado en pleine scène de jalousie.

— Désolée, dit Amy, les larmes aux yeux, c'est la chose la plus drôle que j'ai entendue depuis bien longtemps.

— Hello, Amy…

Oh. Cady se figea. Cette voix, elle la reconnaîtrait entre mille. Elle l'entendait si souvent, dans ses rêves. Une voix riche et profonde, chaude et veloutée comme du chocolat.

Cady regarda derrière Amy et le vit venir vers elles, vêtu d'un jean râpé, de boots et d'un sweat bleu marine, de la même couleur que ses yeux, qui lui collait à la peau et mettait en valeur son torse musclé. Une barbe naissante tapissait ses joues et les cheveux lui retombaient dans le cou. Bref, il était beau, sexy, encore plus craquant que le dieu grec avec lequel elle avait voyagé, une éternité plus tôt.

À l'époque, il portait les cheveux bien plus longs, attachés le plus souvent, ainsi qu'une barbe épaisse, façon hippie. Visiblement, il avait opté pour un look nettement plus civilisé. Son regard avait aussi pris un éclat plus froid. Quant à sa bouche, cette bouche experte qui autrefois savait si bien la couvrir de baisers, elle n'était plus aujourd'hui réduite qu'à une espèce d'entaille dans son visage. Il y avait quelque chose de dur en lui, incarnation parfaite du businessman déterminé et intransigeant. Un vrai guerrier, prêt à abattre tout obstacle se présentant en travers de son chemin.

Elle tressaillit au souvenir de ses bras autour d'elle, de la facilité avec laquelle il la soulevait pour l'embrasser. Elle gardait encore le goût de ses lèvres sur les siennes, pouvait même sentir la chaleur de son corps contre le sien, son odeur, mélange d'agrumes et de cèdre. Projetée soudain en Thaïlande, dans un air moite, sous un ciel bleu azur, elle chancela sous l'effet d'un élan aussi inattendu que puissant, un désir tel qu'elle en oublia de respirer et fut parcourue d'un long frisson qui s'acheva entre ses cuisses. Oh ! pitié !

Beck ne lui accorda pas un regard et attira Amy dans ses bras pour un baiser plein de fougue. Sur la bouche. Puis il la fit tournoyer au-dessus de lui et enfin la reposa sur ses pieds en se plantant devant elle, tout sourires, mains sur les hanches.

— Non, je ne t'ai pas rapporté de cadeau, dit-il d'emblée à Amy, avec ce sourire qui avait le chic autrefois pour bouleverser Cady.

Ce dont elle s'abstint, non sans efforts, se concentrant plutôt sur les mots qu'il venait de prononcer de sa voix chaude de baryton. La même voix qu'il employait avec elle, lorsqu'il l'initiait au plaisir, à l'art d'en donner comme d'en recevoir.

Amy leva les yeux au ciel et le repoussa. Puis elle toussota, avant de se tourner vers elle.

— Beck, tu te souviens de Cady, bien sûr… ?

En un éclair, le visage de Beck se décomposa. Blême, il regarda Cady de haut en bas quand elle crut déceler dans ses prunelles un éclat… Quelque chose comme… Du désir ? Puis le bleu de ses yeux soudain se fit aussi noir et froid que l'océan en hiver.

— Cady ? Que fais-tu ici ? demanda-t-il alors d'une voix glaciale, dénuée de toute émotion.

Elle n'eut pas le temps de répondre, Amy prit les devants :

— Cady travaille dans la com. Julia appréciant beaucoup ce qu'elle fait, elle m'a suggéré de lui donner sa chance dans la refonte de notre stratégie pour renouveler notre image de marque. Julia étant l'une des consultantes les plus respectées de la ville et n'ayant pas l'habitude de faire des recommandations, j'ai décidé de suivre son conseil.

Tout en s'appuyant au mur, Beck continua de regarder Cady. Mon Dieu, comme il était séduisant et sexy et… Stop ! Beck avait beau être à tomber par terre, il était avant tout inaccessible — et totalement indifférent à sa personne.

Enfin, il se tourna vers Amy, l'air renfrogné, pour ne pas dire furieux, manifestement très contrarié par cette rencontre.

Non, réalisa Cady, elle ne pouvait pas se lancer là-dedans et risquer de devoir à tout moment se retrouver face à lui. Il l'avait renvoyée chez elle, éjectée de sa vie. Parce qu'elle n'était pas assez bien pour lui.

Cady fit un pas, prête à prendre congé, quand elle se rappela l'enjeu de sa visite. Son agence était sa seule source de revenus et elle ne pouvait pas vivre de l'air du temps. Si elle n'avait pas été enceinte, elle serait partie sur-le-champ, mais aujourd'hui elle devait penser en priorité à son bébé et éviter de se comporter de manière irresponsable.

Bref, elle avait besoin de ce job.

Aussi respira-t-elle un bon coup, avant de faire face à nouveau à son ex-amant, et client potentiel, ainsi qu'à Amy qui, visiblement, occupait un poste important, au sein de la compagnie.

— Parallèlement aux sociétés prestigieuses qui assurent notre publicité depuis toujours, Linc m'a demandé de solliciter de petites agences de com. Ayant réussi les premières sélections, Cady est venue ce matin présenter plus en détail son projet, expliqua Amy avec calme, très sûre d'elle.

— Tu n'aurais pas dû faire ça. Tu es allée trop loin, Amy, dit Beck entre ses dents.

— Mais pas du tout. Enfin, Beck, nous parlons business, là. Cady est créative, ambitieuse, et Ballantyne a grand besoin de concepts et d'idées nouvelles, répliqua Amy avec aplomb. Tu prends ça trop à cœur. Il n'y a rien de personnel là-dedans.

Vraiment ? Ce que Cady et Beck avaient partagé à une certaine période de leur vie avait été très personnel. Intime, même. Elle avait laissé cet homme lui faire des choses... Des choses qui aujourd'hui encore la faisaient rougir, ne se privant pas en plus, de son côté, de lui rendre la pareille.

Un raz-de-marée de souvenirs la balaya, souvenirs de bouches avides et brûlantes, de mains fébriles, de soupirs et d'orgasmes, au point de devoir prendre appui au mur pour ne pas perdre l'équilibre. Et lorsque Beck plongea ses yeux dans les siens, ce fut comme si un feu ardent se propageait en elle, une explosion de sensations. Elle comprit qu'il savait exactement à quoi elle pensait. Et l'espace d'un instant, il fut là avec elle, au-dessus d'elle, corps à corps avec elle.

Les iris de Beck prirent alors cette teinte sombre qu'ils avaient dans leurs moments d'intimité. La gorge serrée, Cady s'humecta les lèvres du bout de la langue et ce fut plus fort qu'elle, elle baissa le regard sur son entrejambe...

Rien à signaler. Pas la moindre réaction. Mortifiée, elle reporta ses yeux dans les siens et frissonna face à leur éclat bleu glacier maintenant. Apparemment, il ne partageait rien de son émoi, de son trouble. Beck avait tout oublié du passé, du moins ne souhaitait-il pas s'engager sur cette voie-là.

Mais à ce moment, il la regarda à nouveau de haut en bas, d'abord ses escarpins, puis en remontant doucement sur son pantalon noir et pour finir son chemisier rose en soie. Elle avait rassemblé ses cheveux en une tresse austère roulée en chignon sur la nuque et opté pour un maquillage minimaliste, presque sévère. Bref, avec ses lunettes à monture noire, elle avait vraiment l'air de ce qu'elle était, une femme d'affaires new-yorkaise, pas du tout la jeune écervelée qu'il avait connue.

Tandis qu'il l'examinait, comme on le ferait avec une voiture avant de l'acheter, elle fut frappée par ce qu'elle voyait. Beck était plus grand, plus fort, plus sexy, en un mot plus mâle. Même dans cette tenue décontractée, il émettait des ondes à donner froid dans le dos… et chaud ailleurs. Entre les cuisses notamment, ainsi que le constata Cady avec effroi.

Ce fut Amy qui vola bien involontairement à son secours en agitant son index parfaitement manucuré sous le menton de Beck.

— Il faut que tu te changes. Tu ne peux pas assister à la réunion comme ça.

Beck captura son doigt et le retint prisonnier, suffisamment longtemps pour qu'Amy comprenne combien il était fâché.

— Tu sembles oublier qui est le patron, ici.

— Certainement pas, répondit Amy sans se démonter. C'est moi. Allez, tout le monde au travail…

Cady tourna les talons et rejoignit sa place, dans la salle de réception, s'efforçant d'ignorer les regards curieux de ses concurrents. Tout comme Beck, elle ne vit pas le sourire espiègle d'Amy, pas plus qu'elle ne l'entendit chuchoter : « Eh bien, ça promet… »

3

Fébrile après ces quatre-vingt-six minutes consacrées à la présentation de son projet, Cady sortit de la salle de réunion pour ainsi dire sur les genoux et se dirigea aussitôt vers les toilettes afin de se rafraîchir le visage et de corriger son maquillage. Les Ballantyne frères et sœur — excepté Beck qui était resté imperturbable, muet comme une tombe — l'avaient bombardée de questions.

Elle avait fait de son mieux dans le temps qui lui était imparti, exposant sa stratégie pour la compagnie, mais elle ne se faisait guère d'illusions : elle avait contre elle les meilleurs. Si elle remportait l'affaire, elle était sûre d'échapper à la mise en liquidation, mais dans le cas contraire, d'ici un mois ou deux, elle n'aurait plus qu'à retourner chez papa et maman.

Oh ! ils l'accueilleraient sans problème, elle n'en doutait pas, mais elle devrait apprendre à vivre sous les regards désapprobateurs, leçons de morale en prime. L'image de la famille modèle à laquelle sa mère tenait tant volerait en éclats. La fille du pasteur de retour au pays, célibataire et enceinte, cette fille dont on ne tarissait pas d'éloges, ferait l'objet de tous les ragots.

Cady soupira, quand une main puissante se referma autour de son bras. Elle fit demi-tour, se retrouvant presque nez à nez avec Beck, ou plutôt les yeux dans les yeux — des yeux d'un bleu profond, de la même couleur que les pois de sa cravate assortie à une chemise blanche à fines rayures azur. Dernière candidate à se présenter, en pénétrant dans la salle de réunion tout à l'heure, elle avait tout de suite remarqué qu'il s'était changé et s'était fait la réflexion totalement saugrenue, vu les circonstances, comme quoi le bleu lui allait toujours aussi bien. Il avait retroussé les manches de son cardigan jusqu'aux coudes, révélant des bras musclés.

— Si tu n'y vois pas d'inconvénients, Beck, protesta-t-elle quand il l'entraîna dans le couloir, je voudrais me rendre aux toilettes.

— J'ai une salle de bains privée, dans mon bureau, marmonna-t-il sans la lâcher, l'obligeant à trottiner derrière lui.

Beck ignora le regard stupéfait d'Amy quand ils passèrent devant elle, et s'engouffra dans son bureau. L'espace était très lumineux et pour cause : il ne comportait pas de murs, mais des cloisons de verre — un véritable aquarium.

— La salle de bains est par ici, dit Beck en désignant une porte au fond de la pièce. Quand tu auras terminé, nous discuterons.

Aïe, les choses s'annonçaient mal. Cady fit tout son possible pour ne rien trahir de ses émotions, ne voulant surtout pas flancher devant Beck. Elle le remercia d'un bref hochement de tête, puis laissa son ordi sur l'un des fauteuils face à son bureau — une sorte de monstre ridicule — et prit le chemin de la direction qu'il indiquait.

Après s'être soulagée, elle se lava les mains et retoucha son maquillage — tant que son imbécile de cœur continuerait à galoper comme ça, totalement hors de contrôle, Beck devrait patienter.

Appuyée au lavabo, elle se regarda dans la glace. Elle avait le visage austère et blême, des cernes profonds. Sans ces deux petites touches de blush sur les pommettes, elle aurait vraiment sale mine. Enfin, sale mine, non, elle avait tout simplement l'air de ce qu'elle était : une femme stressée essayant de sauver son job. En revanche, impossible de savoir qu'elle était enceinte. Elle secoua la tête en fixant son reflet, avec l'impression de revoir la jeune fille que Beck avait connue, lorsqu'elle avait dix-neuf ans. Car apparemment, rien n'avait changé : elle tremblait, avait les mains moites… et pas que les mains. Il suffisait que Beck la regarde et hop, elle s'embrasait. À son âge, quand même ! Elle avait beau avoir celui de la maturité, pour ce qui était de la sagesse, ce n'était pas gagné.

— Tu as fini, Cady ? Je n'ai pas que ça à faire !

— Mais bien sûr, Votre Seigneurie, marmonna-t-elle.

Elle ressortit de la salle de bains et claqua la porte derrière elle. Beck se tenait face à la baie vitrée, les mains dans les poches, tout son être respirant une tension extrême. Cady le rejoignit devant la fenêtre et se planta à côté de lui, les bras croisés, aussi raide que lui. Elle contempla Manhattan tout en bas, avec la foule des piétons, col de leur manteau relevé, une écharpe autour du nez pour affronter le vent glacial de l'hiver.

— Pourquoi fais-tu ça, Cady ?

Elle lui fit face et le regarda longuement, avant d'ouvrir la bouche :

— Je ne suis là que pour le business, Beck. Comme toi, mais à un niveau beaucoup plus modeste, je dirige une affaire aujourd'hui en mauvaise posture. J'ai un besoin vital de nouveaux clients. De clients dignes de ce nom, comme Ballantyne International, répondit-elle, non sans une certaine agressivité, ce qui n'était pas conseillé, vu sa position.

— Tu resurgis comme ça dans ma vie sans prévenir… Personne ne m'a rien dit, il me semble pourtant que cela aurait été la moindre des choses, marmonna-t-il.

Qu'est-ce que cela aurait changé ? Elle n'était rien, pour lui. N'avait-il pas coupé court à leur relation en la renvoyant chez elle, dix ans plus tôt, sans même daigner lui donner une explication ? Tout ça avant de mettre le cap sur le Vietnam, embarquant Amy avec lui et Dieu sait qui encore. Si quelqu'un avait le droit d'être déstabilisé, c'était bien elle. Mais bon, une chose était sûre : elle avait eu plusieurs jours pour se préparer à ce face-à-face. Lui n'avait disposé que de quelques minutes. Et alors ? Bien fait pour lui.

— Nous étions jeunes, si jeunes, Beck… Tout ça est loin. Et je suis aujourd'hui confrontée à de réels problèmes…

Une grossesse et un compte en banque dans le rouge, notamment.

— Et franchement, poursuivit-elle, je n'ai pas de temps ni d'énergie à gaspiller à repenser à un micro-événement surgi il y a un million d'années.

Elle voulait ce contrat, il était donc essentiel de mettre les choses au clair tout de suite. Elle était ici pour le business, rien d'autre. Un petit sourire cynique se dessina à cet instant sur les lèvres de Beck.

— Essaierais-tu de me faire croire que le courant ne passe plus, entre nous ? Que tu ne te souviens pas de la Thaïlande, de nos corps enlacés lors de ces nuits torrides ? De mes baisers ? dit-il en plongeant ses yeux dans les siens. De tes cris, quand j'allais et venais en toi… ?

Apparemment, elle n'était pas la seule à avoir repensé à leurs ébats. Comme quoi, cette flamme dans son regard, elle ne l'avait pas rêvée. Elle réprima un soupir. Il lui suffirait de faire un pas, de se hisser sur la pointe des pieds pour presser ses lèvres contre les siennes. Oh ! comme elle avait envie de le sentir, de toucher ce corps qu'elle connaissait par cœur, jadis.

Travail. Argent. Bébé.

Les mots finirent par déchirer le voile de désir qui l'enveloppait et elle se souvint des raisons de sa présence ici. Relevant le menton et reprenant à son compte la voix dédaigneuse de sa mère, Cady rétorqua :

— Tu tiens vraiment à t'engager sur ce terrain-là ?

— Oui, j'y tiens.

Beck abaissa un bouton et, comme par miracle, la baie vitrée devint parfaitement opaque. Disparu, leur reflet. Ils étaient à présent seuls au monde, à l'abri des regards indiscrets.

— Impressionnant, dit-elle, narquoise, n'en menant toutefois pas large.

— N'est-ce pas ?

Il fit un pas vers elle, tellement près d'elle soudain que son buste buta contre ses bras croisés. Le cœur lancé à pleine course, l'estomac noué, elle continua de le défier — pas question que Beck sente son trouble.

Il sourit, avança la main et posa le bout de son index juste au-dessus de sa clavicule.

— Ton pouls bat fort…

Maudit pouls. *Arrête de battre*, ordonna-t-elle en silence à son pauvre cœur. Le doigt brûlant de Beck remonta le long de son cou, jusqu'à son menton.

— Seigneur, ces yeux… Je ne me rappelais pas un tel éclat. De vraies émeraudes…

— Beck…, dit-elle, la gorge nouée, tu ne devrais pas faire ça.

— Mais si, au contraire, protesta-t-il et il l'attira contre elle.

Cady fit tout son possible pour garder les bras croisés, aussi ne comprit-elle pas comment ses paumes se retrouvèrent soudain sur son torse ni pourquoi elle ne réagit pas quand ses lèvres descendirent sur les siennes.

Oh ! les lèvres de Beck. De la magie pure, soupira-t-elle en silence, quand sa bouche prit possession de la sienne. Elle sentit sa main sur sa fesse droite puis il se colla à elle. Elle ferma alors les paupières, n'arrivant pas à y croire. Beck l'embrassait ! Et tout se passait comme s'il n'y avait rien de plus évident, de plus naturel, comme si elle était venue au monde pour ça, pour ses baisers, pour lui. Il l'embrassa avec une passion sans réserve, y mettant tout son corps, sa bouche, ses lèvres, sa langue et le reste…

Elle tressaillit à la chaleur de ses doigts sur sa peau, voulant déjà plus. Qu'il lui caresse les seins, par exemple. Mais Beck ne fit rien de tel. Il continua de l'embrasser, d'enrouler sa langue autour de la sienne, perdant finalement toute notion du temps et de l'espace, jusqu'à ce que retentisse la sonnerie stridente de son téléphone.

— Tu veux répondre ? demanda-t-il en s'arrachant à elle.

Incapable de formuler le moindre mot, elle secoua la tête, mains agrippées au col de sa chemise. Encore, elle voulait qu'il l'embrasse encore, elle le voulait, lui… Ça faisait si longtemps. Trop longtemps

— Juste pour le business, c'est bien ça ?

À cette remarque, elle rouvrit les paupières et vit immédiatement la lueur de sarcasme dans ses yeux. Elle le lâcha aussitôt et recula d'un pas.

— C'était un test, c'est ça ? demanda-t-elle, maudissant les tremblements de sa voix.

— Absolument. Et nous l'avons raté, grommela-t-il en croisant les bras, le regard dur, visiblement mécontent.

Malgré ses grands airs, Cady comprit tout de suite combien ce baiser l'avait affecté, lui aussi. Maigre consolation.

— Je ne mélange jamais les affaires avec le plaisir, Cady, ajouta-t-il, d'un ton cassant. Et je ne ferai rien qui soit susceptible de nuire à la compagnie, jamais.

— Mais je… Je veux travailler avec toi, pas contre toi, Beck, rétorqua-t-elle.

— Cette nouvelle stratégie de communication est le projet marketing le plus important de ces vingt dernières années. Pas question de le mettre en péril sous prétexte que nous sommes incapables de nous faire face sans aussitôt avoir les mains baladeuses.

— Toi et moi sommes adultes et responsables, répliqua-t-elle. Si nous décidons de nous en tenir à un rapport strictement professionnel, c'est possible.

Tsst, tu parles, ricana la petite voix dans sa tête. *Comme avec Tom, c'est ça ? Quelle menteuse !*

— Tu ne peux pas le nier, le courant passe toujours, entre toi et moi, argumenta-t-il.

Tout en serrant les poings, Cady laissa échapper un soupir de frustration. *Reste calme, reste calme.*

— Peut-être vas-tu un peu trop vite en besogne, non ? Si ça se trouve, je ne décrocherai pas ce contrat. J'ai de sérieux concurrents, face à moi.

Beck la dévisagea, les yeux presque noirs.

— Écoute, j'ai une proposition à te faire. Vingt mille dollars pour toi, si tu sors d'ici tout de suite pour ne plus jamais revenir.

Cady chancela et s'assit sur la première chaise à sa portée, celle-là même sur laquelle elle avait posé son ordi.

— Pardon… ? Qu'est-ce que tu as dit ?

— Je te donne vingt mille dollars pour que tu refuses ce contrat.

Elle avait bien entendu. Elle le regarda, sans rien pouvoir contre cette douleur, dans son cœur. Ces trois mois en Thaïlande étaient-ils pour lui un si mauvais souvenir, qu'il ne puisse supporter l'idée de travailler avec elle ? Bien sûr, elle n'avait pas particulièrement apprécié ce voyage, essentiellement à cause de ses parents qui y étaient opposés. Elle était partagée alors, déchirée entre eux et Beck. Mais quand même, ils avaient passé de bons moments ensemble, non ?

Ayant à peu près retrouvé ses esprits, elle fut tentée de rembarrer son offre et lui avec, puis elle se ravisa. Il ne s'agissait pas que d'elle, dans l'histoire. Elle attendait un enfant. Si elle refusait sa proposition et qu'elle ne remporte pas ce contrat, elle serait SDF en moins de temps qu'il n'en fallait pour le dire. Avec vingt mille dollars, elle aurait une bonne marge de manœuvre.

— Alors ?

Pourquoi pas ? Sauf que prendre cette somme, c'était se plier à la volonté de Beck. Une fois de plus, il se débarrasserait d'elle, parce qu'elle le gênait. Or, dix ans plus tôt, elle s'était déjà laissé traiter comme ça, comme un vulgaire paquet avec retour à l'envoyeur. Et il lui en avait fallu, du temps, pour recoller son cœur en mille morceaux et retrouver confiance en elle. Mais bon, à présent, dans ces circonstances, vingt mille dollars, c'était inespéré.

Ne l'écoute pas, Cady, suis ton instinct, si tu ne décroches pas ce projet, tu aviseras…

Non, Beck ne lui dirait plus ce qu'elle avait à faire, il ne déciderait pas pour elle. Elle était une femme aujourd'hui, plus une ado.

Elle se leva et le fixa de son regard le plus noir.

— C'est hors de question, Beck. Je remporterai ce contrat

ou pas, nous verrons bien, c'est la vie. Mais si ta compagnie me choisit, tu devras te faire une raison. Si j'échoue, je m'en sortirai. Je me débrouille parfaitement bien toute seule depuis longtemps maintenant. Je n'ai besoin ni de toi ni de ton argent.

Sur ces mots, elle attrapa son sac, sa mallette d'ordinateur et, bandoulière à l'épaule, conclut par un :

— Je crois que nous nous sommes tout dit.

Puis elle se dirigea vers la porte et, au moment de l'ouvrir, se retourna. Il n'avait pas bougé et la regardait.

— Ma fierté et mon amour-propre ne sont pas à vendre, Beckett Ballantyne.

Cady n'ayant pas refermé derrière elle, Beck se dépêcha d'aller pousser le battant, car une chose était sûre, il n'avait envie de voir personne, ni de parler à qui que ce soit pendant au moins, allez, une bonne centaine d'années. Puis il laissa échapper un soupir, le front contre la porte, regrettant de ne pas avoir de punching-ball pour cogner dessus.

Il en avait toujours été ainsi, avec Cady, dès leur première rencontre : elle avait le chic pour semer le chaos dans son existence. Lorsqu'elle aurait ce maudit contrat en poche — car elle le décrocherait, son projet étant le plus créatif, le plus innovant, le plus intéressant —, il allait vivre un enfer.

Et zut. Fini aussi d'avoir le contrôle sur son petit univers. Depuis que Connor n'était plus là pour le secouer, en lui demandant d'arrêter de se lamenter sur son sort, d'essayer plutôt de s'ouvrir aux autres, de communiquer, il avait un peu évolué, se montrant proche de la famille, mais pas trop, pareil pour le reste du monde, sans jamais toutefois commettre l'erreur de s'engager sur le plan affectif.

Il aimait ses frères et Sage pourtant, mais il n'était pas dupe. Il savait bien que, au fond d'eux, tous lui en voulaient encore d'avoir causé la mort de leurs parents. Et s'ils ne lui en voulaient pas, eh bien, ils l'auraient dû.

Oh ! pourquoi avait-il fallu qu'il les supplie de rentrer à la maison… ?

Se sentant responsable, incapable de se pardonner, il avait compris que le seul moyen de se racheter à ses propres yeux était de prouver à tout le monde qu'il méritait d'être un Ballantyne. C'est à huit ans, sous une table, après des funérailles, que sa boulimie de travail et son ambition avaient vu le jour.

La seule fois où il s'était permis d'oublier sa culpabilité, de se libérer de ce sentiment de devoir gagner sa place, c'était avec Cady, en Thaïlande. En dépit de ses propres problèmes familiaux, elle avait su l'apaiser. Oh ! comme elle était grisante, la liberté d'être lui-même. Cady se fichait bien qu'il ait décroché son diplôme en gestion des affaires à vingt ans à peine, qu'il soit champion de natation ou encore un héritier de la fortune Ballantyne. Pour elle, il était Beck et il avait adoré être Beck, juste Beck.

C'était d'ailleurs pour cette raison qu'il l'avait renvoyée chez elle, il le reconnaissait volontiers. Après ça, pendant longtemps, il s'était arrangé avec sa conscience, justifiant son attitude sous le prétexte que Cady était malheureuse, mais la vérité était ailleurs. En réalité, plus il passait de temps avec elle, plus son ambition et son travail lui paraissaient secondaires. Ce que Cady pensait de lui, ou croyait à son sujet, devenait plus important que l'idée qu'il se faisait de lui-même.

Des années plus tard, leur attirance l'un pour l'autre n'avait manifestement rien perdu de son intensité, au contraire. Le seul fait de se trouver dans la même pièce qu'elle allumait en lui un vrai feu d'artifice. Et c'était bien là le problème. S'il était appelé à voir Cady, à travailler avec elle, alors l'histoire se répéterait.

Il avait le devoir envers sa famille, envers la compagnie, d'assister Linc pour préserver la place de Ballantyne sur le marché international. L'entreprise, comme l'ensemble de leurs sous-traitants, y compris les prestigieuses joailleries de la planète, vitrines de leur savoir-faire, telle était sa priorité. Il devait donc veiller à ce que rien ni personne ne se dresse sur son chemin en mettant en péril cette mission qu'il considérait comme sacrée.

Or, Cady représentait une réelle menace et il ne pouvait prendre aucun risque. À ce moment, quelqu'un poussa un peu trop énergiquement le battant qui vint cogner contre son front. Beck ne put réprimer un juron.

— Mais qu'est-ce que tu fabriques derrière la porte ? l'interpella Linc, visiblement de mauvaise humeur.

— Tu ne peux pas frapper, avant d'entrer ? répliqua Beck en se massant l'arcade sourcilière gauche. Qu'est-ce que tu veux ?

— J'ai un problème, marmonna Linc en refermant derrière lui.

— Décidément, c'est la journée, grommela Beck en allant prendre place à son bureau. De quoi s'agit-il ?

Linc se mit à arpenter la pièce tel un fauve en cage. Si la disparition de leurs parents avait eu un effet positif, c'était bien Linc et sa mère, Jo. Incapable de s'occuper seul de trois enfants, Connor avait embauché Jo comme gouvernante et nounou. Elle était venue s'installer avec son fils à la maison. Quelques années plus tard, Connor avait adopté ses neveux et sa nièce, ainsi que Linc, officialisant en quelque sorte leur lien affectif. À cette époque et aujourd'hui encore, Linc avait toujours tenu le rôle de grand frère, un grand frère à part entière, aimant et de bon conseil.

— Voilà, dit celui-ci entre ses dents, mains plaquées sur le bureau. Je viens juste d'avoir Tate Harper au bout du fil.

— Tate ? répéta Beck, surpris, n'ayant pas entendu ce nom depuis une éternité. La sœur de Kari ?

Linc acquiesça d'un signe de tête, les yeux étincelants de colère. Comment le lui reprocher ? Leur fils, Shaw, avait six semaines à peine quand Kari les avait abandonnés tous les deux. Deux mois plus tard, un ami détective privé avait retrouvé sa trace, à Austin. Reame avait rapporté un message de sa part, deux plus exactement : Kari ne reviendrait pas et renonçait à ses droits sur Shaw, confiant à Linc sa garde exclusive. Et Tate, agent de voyages, semblait aussi peu recommandable que sa sœur Kari.

— Que veut-elle ? demanda Beck.

— Discuter de quelque chose d'urgent, apparemment, marmonna Linc avec un haussement d'épaules. J'ignore de quoi il retourne, mais, connaissant les sœurs Harper, je crains le pire.

— Tu l'as déjà rencontrée ?

— Non.

— Si elle ressemble à sa sœur, elle devrait être plutôt agréable à regarder, remarqua Beck, narquois.

— Si elle ressemble à sa sœur, j'ai intérêt à rester sur mes gardes, grommela Linc. Bref, on doit se retrouver à la maison d'ici une heure.

— C'est si important que ça ne puisse pas attendre la fin de la journée ? s'étonna Beck, surpris, son frère comme lui ne se laissant distraire que très rarement de son travail.

— Il faut croire. Selon moi, Kari a dû l'envoyer pour essayer de me soutirer de l'argent, soupira Linc avec amertume.

— Tu n'as qu'à refuser, ce n'est pas plus compliqué que ça, répliqua Beck en pensant à la pile de dossiers, sur son bureau et aux mails qui s'accumulaient dans son ordi.

Prendre des vacances lui faisait sans doute beaucoup de bien mais, face à l'avalanche de travail qui s'entassait en son absence, il perdait rapidement les bénéfices de cette coupure à son retour.

— Bon, j'y vais, dit Linc, avant d'ajouter : Au fait, nous allons devoir nous décider au plus vite, pour notre nouvelle agence de com.

Instantanément, Beck se raidit. Il espérait encore un miracle, que Cady ne serait pas choisie. N'avait-il pas le droit pour une fois, juste une petite fois, de vouloir faire passer ses intérêts personnels avant ceux de la compagnie ?

— Nous avons tous les trois préféré Cady.

Ben voyons…

— Est-ce que ça te pose un problème ? Jaeger est sûr que non. Il dit que ton histoire avec Cady est assez ancienne pour être oubliée. Sage, elle, n'est pas aussi catégorique.

Sage avait toujours fait preuve de finesse, dans ses analyses psychologiques. Mais que pouvait-il répondre ? *Non, pas Cady, elle menace trop le frêle équilibre que j'ai mis tant de temps à me trouver.* Pas question d'avouer quelque chose d'aussi intime.

— Je n'y vois pas d'inconvénients, Cady et moi sommes adultes aujourd'hui, mentit-il. Et puis, c'est à Carol, notre chef du service com, qu'elle aura affaire.

Quand Linc fit la grimace, Beck se sentit pris de nausées.

— Pas vraiment, non, commenta son frère. Carol vient de solliciter un congé sans solde de trois mois. Son père souffre d'un cancer en phase terminale et elle veut rester à son chevet. Et comme tu rentrais de vacances, j'ai pensé que ça ne serait pas un problème, expliqua Linc en tripotant la photo montrant Connor avec ses enfants adoptifs. En fait, j'espérais que tu serais son interlocuteur, au sein de la boîte.

— Pardon ? Tu me fais marcher, répondit Beck, la gorge nouée. Pourquoi moi, justement ?

— Parce que c'est toi, ici, qui, mieux que quiconque, sais exactement ce dont nous avons besoin pour renouveler notre image de marque. C'est toi aussi qui connais le mieux l'histoire de notre famille. Jaeger doit partir en voyage d'affaires en Thaïlande, Sage à Hong Kong pour une exposition rassemblant le gratin de la joaillerie planétaire. Quant à moi, j'ai un tas de dossiers sur le feu…

— Comme quoi, par exemple ? s'enquit Beck, intrigué par le ton employé par son frère.

— Eh bien, une rumeur court en ce moment, répondit Linc, mains dans les poches, à propos d'une OPA hostile. Et j'ai bien l'intention de savoir qui se cache derrière tout ça.

— Tu ne crois pas que c'est mon rôle, en tant que directeur financier, d'éclaircir ce mystère ? Tu me sembles bien plus qualifié pour collaborer avec Cady que moi, non ?

— J'ai de bien meilleures relations avec nos actionnaires que toi, protesta Linc — avec justesse, au grand dam de Beck.

— Pff, si je comprends bien, je n'ai pas le choix. Je vais devoir travailler avec Cady…

— Absolument.

Beck émit un long soupir.

— Un conseil, ne t'approche pas trop près d'elle. Et si vraiment tu ne peux pas faire autrement, s'il te plaît, pas au bureau, conclut son frère avec ironie, avant de sortir de la pièce, laissant Beck désemparé.

4

Deux semaines plus tard, Cady consulta sa boîte mail pour la énième fois de la soirée. Rien. Ces quinze derniers jours, elle avait procédé à une étude de marché approfondie, mais avant d'entamer la phase proprement dite du projet, elle devait absolument discuter avec Beck. Mais face à son absence de réponse, elle supposait qu'elle aurait son week-end de libre — une perspective qui l'angoissait. Au moins, quand elle travaillait, elle n'avait pas le temps de penser à lui. Ni à leur baiser.

Tout en se dirigeant vers la cuisine, elle passa devant le casier à vin, regrettant au passage de ne pouvoir s'accorder un verre ou deux, avant d'aller ouvrir le réfrigérateur pour en sortir le jus de fruits. On était vendredi soir, elle était seule chez elle, enceinte, vêtue de son vieux pantalon de jogging, d'épaisses chaussettes de laine et d'un T-shirt trois fois trop grand pour elle, que Tom avait omis de réclamer.

En revanche, il avait emporté tout le reste, lorsqu'il était venu, la semaine précédente : ses CD, les couteaux en céramique qu'il lui avait offerts pour son dernier anniversaire, ce tableau abstrait qu'elle détestait. Tout en rassemblant ses affaires, il avait laissé entendre être prêt à reprendre leur relation, si elle le souhaitait, dès qu'elle serait libérée de ses « responsabilités », et avait rajouté qu'il pourrait même avoir un contrat à lui confier. Vu qu'elle n'avait aucunement l'intention d'avorter, Cady l'avait quasiment jeté dehors.

Elle s'avança jusqu'à la fenêtre et regarda la rue déserte tout en bas, embrumée par cette pluie fine qui n'en finissait pas de tomber. Un sentiment de profonde solitude l'envahit et elle éprouva soudain l'envie d'attraper son téléphone pour parler à quelqu'un. Mais à qui ? Elle avait consacré tout son temps, toute son énergie, à monter sa petite société, et les rares amis qu'elle comptait s'étaient peu à peu éloignés. Lorsque Tom était apparu dans sa vie, elle avait cru — ou surtout voulu s'en convaincre — qu'avec une entreprise et un amant, elle pouvait dire adieu à son isolement, mais non ; à aucun moment, elle n'avait pu se libérer de ce sentiment.

Comme elle aurait aimé pouvoir appeler une copine pour se confier. *J'ai peur, je me sens seule et je ne suis pas certaine de pouvoir assumer une nouvelle campagne et un bébé.* À cette seconde, le visage d'Amy surgit dans son esprit. Amy, l'assistante de Beck, et sans doute sa maîtresse aussi. En voilà une qui n'avait jamais souffert de la solitude, avec son caractère exubérant et son goût pour la fête.

Le problème en fait, c'était que Cady n'avait envie d'appeler qu'une seule personne : Beck. À une certaine époque, elle parlait beaucoup avec lui. Enfin, de pas mal de choses, excepté de son frère autiste que ses parents avaient envoyé dans un centre spécialisé — cela n'aurait fait que conforter Beck dans son animosité envers eux. Elle ne lui avait jamais avoué non plus avoir craint toute sa vie de subir le même sort que Will, de ne pas avoir sa place à la maison.

Elle avait passé son existence à essayer d'être une enfant modèle, sacrifiant d'innombrables relations dans ses efforts pour remporter la médaille de la perfection. Beck avait été son premier vrai ami et elle avait adoré passer du temps avec lui — l'embrasser, faire l'amour avec lui. Elle s'était épanouie à ses côtés et, pour la première fois depuis le départ de Will, elle avait enfin touché au bonheur de pouvoir être elle-même.

À présent, elle réalisait combien Beck s'était appliqué à demeurer discret sur lui-même, à l'époque. Autant il savait l'écouter, autant il ne s'était jamais ouvert à elle. Au fond, si elle connaissait son corps par cœur, elle n'avait jamais rien su de lui tant il était resté en retrait. En fait, leur relation était à sens unique et… La question était, pourquoi cela faisait-il aussi mal, encore aujourd'hui ?

Elle poussa un soupir plein de mélancolie. Non, se reprit-elle en relevant le menton d'un geste fier, elle ne devait pas se laisser aller. Elle était débarrassée de son ex-petit ami, le roi des salauds, et avec le contrat Ballantyne, elle espérait bien voir le bout du tunnel sur le plan professionnel. Lorsque tout serait rentré dans l'ordre, elle ferait un effort pour se montrer plus sociable, nouer quelques relations. Promis.

Soudain, un coup résonna à sa porte, la faisant sursauter. Elle recevait rarement d'invités dans son appartement de Sunset Park, à Brooklyn. En un peu plus d'une année, Tom était le seul à être venu chez elle. L'Interphone n'ayant pas sonné, elle sentit la peur lui glacer le sang. Qui pouvait bien lui rendre visite à une heure aussi tardive, par cette nuit pluvieuse, et pour quelle raison ?

Elle se rendit dans l'entrée sur la pointe des pieds et jeta un coup d'œil par le judas, avant de se figer. Beck ? Elle regarda aussitôt l'horloge au mur de la cuisine et se renfrogna. Lui ici, à 22 h 20, un vendredi soir ? Quelle surprise ! Il aurait dû être de sortie dans un restaurant gastronomique ou dans un club ou encore à une fête, à faire ce que tout célibataire fortuné faisait un vendredi soir.

— Je vais prendre racine sur ton paillasson, Collins. Ouvre.

À la voix teintée d'irritation de Beck, elle retira les trois verrous puis voulut ouvrir, avant de constater que la chaîne de sécurité était encore mise Elle repoussa donc sa porte pour l'enlever puis la rouvrit. Du calme !

— Que fais-tu à Brooklyn ? Tu t'es perdu ? s'enquit-elle en restant sur le seuil, de manière à l'empêcher de pénétrer dans son tout petit appartement.

Beck l'empoigna par les coudes, la souleva un peu et entra, avant de la reposer sur ses pieds, de refermer derrière lui en remettant les verrous en place.

— Amy m'a dit que tu souhaitais me voir ? demanda-t-il tout en déboutonnant son manteau.

La manœuvre avait duré trois quarts de seconde, aussi Cady n'avait-elle pas eu le temps de réagir. Lorsqu'elle retrouva la parole, et ses esprits, elle répondit :

— En effet, durant les heures de travail, au bureau.

Beck alla prendre place sur son canapé à rayures blanches et noires.

— Je suis là maintenant. Tu m'offres une bière ? demanda-t-il tout en se massant le front, comme s'il souffrait d'une migraine.

Il semblait fatigué, énervé, comme s'il avait vécu une semaine de cauchemar.

— Je n'ai pas de bière, mais je peux te proposer un verre de vin, répondit-elle.

Beck se leva pour inspecter le casier à vin, juste à côté de la kitchenette, et examina l'étiquette de différentes bouteilles, Cady s'attendant à des remarques désobligeantes sur son ignorance en matière de grands crus. Au lieu de ça, il opta pour un cabernet, l'ouvrit, attrapa deux verres sur l'étagère au-dessus et entreprit de les remplir du breuvage rubis.

— Pas pour moi, merci.

— Pourquoi ? s'étonna-t-il.

Ne croyant pas le moment opportun pour lui parler de sa grossesse, elle répondit avec nonchalance.

— Je ne suis pas d'humeur, voilà tout.

S'ensuivit un long silence, durant lequel Beck regarda autour de lui avec curiosité, avant de reprendre sa place sur le canapé, avec son verre et la bouteille.

— Pourquoi es-tu là, au juste, Beck ? l'interrogea-t-elle après quelques instants en s'asseyant dans le fauteuil.

— Pour deux raisons. Pour commencer, je te dois des excuses, dit-il du bout des lèvres en fixant le fond de son verre. J'ai eu tort de te proposer de l'argent pour refuser ce travail. C'était insultant et… (Il plongea ses yeux dans les siens.) En fait, j'ai été désorienté par ce trouble entre nous, si intense, si vivace. J'ai paniqué…

Elle comprenait. Elle aussi s'était sentie désorientée. Et puis, elle avait bien failli accepter son offre.

— Hum, bien… Merci.

Un léger sourire se dessina sur les lèvres de Beck, puis il avala une gorgée de vin, le tout sans détacher son regard du sien.

— La deuxième raison, c'est qu'Amy m'a expliqué que tu n'arrêtais pas de la supplier pour que je t'accorde un peu de temps.

— Supplier est peut-être exagéré, remarqua Cady. Mais oui, il faut absolument que je te parle de la campagne.

— Je comprends. Désolé, j'ai eu une semaine chargée, répondit-il en croisant les jambes. Peut-être pourrions-nous régler ça maintenant ?

Cady regarda son bureau, calé dans un recoin minuscule, avec ses dossiers parfaitement classés, son ordi. Elle avait ramené de l'agence tout ce qui concernait Ballantyne, mais elle s'imaginait mal discuter boulot ici, chez elle, et dans cette tenue négligée. En même temps, puisque Beck était là… Elle acquiesça d'un signe de tête, puis le vit très nettement réprimer un bâillement et essayer de soulager la tension dans sa nuque. Lorsqu'elle remarqua la fatigue dans ses yeux, elle comprit qu'en cette fin de semaine tous deux étaient hors service.

— Tu as l'air épuisé, Beck.

— J'ai beaucoup de travail, en ce moment, répondit-il. Linc a pris quelques semaines pour raisons personnelles, c'est donc à moi d'assurer la permanence.

Cady l'observa, découvrant un Beck différent du play-boy irrésistible qui affolait les réseaux sociaux, à des lieues du Ballantyne arrogant des magazines, toujours tiré à quatre épingles. Face à elle se tenait un homme qui travaillait dur. Trop. Avec des responsabilités immenses. Un homme qui ne dormait sans doute pas assez et qui n'avait pas dû prendre un vrai repas depuis longtemps.

— Tu as mangé ?

— À midi, oui, répondit-il avec un haussement d'épaules. Je pensais passer une pizza au four, une fois rentré.

Cady fit la grimace. Elle n'était pas grande cuisinière, mais une pizza, sur le plan diététique, ce n'était pas le rêve.

— J'ai un reste de sauce tomate maison, je peux te préparer une assiette de linguine avec une salade. C'est quand même mieux qu'une pizza décongelée.

Instantanément, une lueur d'enthousiasme éclaira les yeux de Beck, aussitôt remplacée par une détermination teintée de regret.

— Ne te dérange pas pour moi. Je suis juste venu voir ce dont tu voulais discuter avec moi.

Si elle avait besoin de ses réponses et de son feu vert, lui avait besoin de se nourrir, et correctement. Par ailleurs, elle doutait d'être en mesure de parler de la campagne à cette heure, et Beck ne valait sans doute pas mieux.

— Il est trop tard pour travailler. Alors, linguine ou pas ?

Beck finit par acquiescer d'un hochement de tête. Manifestement, il n'était pas très à l'aise avec les démonstrations d'amabilité et de gratitude, et elle fronça les sourcils devant ce trait de caractère qu'elle ne lui connaissait pas. Mais bon, elle savait si peu de chose, à son sujet. Il ne parlait jamais de lui, ou si peu. À l'entendre, il était passé directement du berceau à Wall Street. Elle-même, de son côté, était tellement occupée à jongler avec la déception de ses parents et ses envies de rébellion que l'idée ne lui était jamais venue qu'il puisse avoir besoin parfois de se confier à elle. Quelle égoïste elle avait été !

Elle se rendit dans la cuisine et mit la sauce tomate à décongeler au micro-ondes, puis elle posa une casserole d'eau sur la gazinière et y versa un peu de sel.

— Où habites-tu ? demanda-t-elle en sortant le sachet de batavia du réfrigérateur.

— Soho.

Évidemment. Où pouvait-il vivre, sinon dans le quartier le plus tendance, le plus chic de Manhattan ?

— Dans un entrepôt transformé en loft ou une résidence neuve ?

— Au dernier étage d'un entrepôt comptant plusieurs appartements, réaménagé dans les années 1990, répondit-il en appuyant sa nuque sur le dossier du canapé. C'est un peu grand, mais j'étoufferais si je devais loger dans un dé à coudre.

— Dans ce cas, tu dois suffoquer, ici, remarqua-t-elle.

— C'est petit, oui, dit-il en regardant autour de lui, mais cet appartement te ressemble. Et ces miroirs au mur donnent une impression d'espace. Même ta kitchenette a du charme.

— C'est le seul charme que je puisse m'offrir.

Les pâtes cuites *al dente*, Cady sortit la sauce du four, égoutta les linguine qu'elle transféra dans une assiette, arrosa d'huile d'olive avant de mélanger le tout à la sauce tomate — dommage, elle était à court de parmesan. Elle se fit la promesse, à la première rentrée d'argent, d'avoir toujours en stock fromages, sauces et herbes de toutes sortes. Elle posa l'assiette devant Beck, sur la table basse, et l'invita à manger avant que ça ne refroidisse. Il ne se fit pas prier et desserra aussitôt sa cravate, puis s'empara de sa fourchette.

— Ça sent rudement bon.

— Ça devrait être meilleur encore…

Elle retrouva sa place dans le fauteuil et le regarda entamer son repas. Il avait toujours manifesté beaucoup de curiosité pour la nourriture, n'hésitant pas à goûter des plats parfois suspects, au gré de leur périple en Asie.

— Hum, délicieux, marmonna-t-il, la bouche pleine.

Cady sourit en s'enfonçant dans son siège. Beck était là, chez elle, en train de manger, tellement sexy qu'elle en frissonnait par moments, rêvant de se blottir contre lui, de ses bras autour d'elle. Elle s'était toujours sentie protégée, avec lui, comme si rien ne pouvait l'atteindre. Mais attention ! Si elle s'avisait d'aller le rejoindre sur le canapé, elle savait comment les choses finiraient. Il promènerait ses mains sur elle, plongerait ses yeux dans les siens et, en moins de trois minutes, il l'embrasserait. Deux secondes plus tard, elle se retrouverait nue. Or, cela était hors de question. Beck était son client et elle avait retenu la leçon avec Tom — dont elle attendait d'ailleurs un enfant ! Alors non, plus jamais elle ne mélangerait les affaires et le plaisir !

Tout en bâillant, elle se cala un coussin derrière la tête et posa une paume sur son ventre encore plat. *Pense au bébé, pas à Beck*, s'ordonna-t-elle, tout en se rappelant de prendre rendez-vous avec le médecin pour un examen de santé complet.

De fil en aiguille, elle en vint à penser à ses parents. Sa mère avait été claire et attendait qu'elle rentre à la maison pour rencontrer les responsables de la paroisse. Tôt ou tard, Cady devrait passer aux aveux et leur apprendre qu'ils seraient bientôt grands-parents… Mais pas tout de suite. Elle ne se sentait pas prête à leur dire. Ni à eux ni à personne, encore moins à Beck. *Tu sais quoi ? Je viens juste de rompre avec mon ex-client, un homme marié, et je porte son enfant…* Non, impossible. Ce n'était pas digne de la professionnelle qu'elle était. En tout cas, qu'elle voulait être.

Et professionnelle, elle était déterminée à le rester avec Beck. Peu importe qu'il soit aussi beau et aussi sexy et aussi tout ça. Entre eux, il ne serait pas question d'autre chose que de business. Elle lui prouverait qu'elle méritait la confiance des Ballantyne. Pas plus tôt que ce soir, elle allait lui exposer les idées qui lui étaient venues pour la campagne. Tout à l'heure, dès qu'il aurait terminé son assiette…

Beck leva la tête et sourit face à Cady assoupie, bouche entrouverte, les yeux clos. Il l'avait trouvée fatiguée, à son arrivée, et à l'évidence il avait vu juste. Elle avait aussi perdu du poids, ses joues étaient plus creuses, sa silhouette plus fine, presque maigre. Bref, une cure de hamburgers et de milk-shakes lui ferait le plus grand bien.

Il prit tout son temps pour l'observer, se souvenant d'elle en Thaïlande, toujours enjouée, toujours avec quelque chose à dire. La Cady d'aujourd'hui était plus posée, plus forte quelque part… et d'une certaine façon, plus séduisante encore. Mais elle était surtout mystérieuse, une énigme qu'il avait envie de déchiffrer. Mais pas que… Il savait aussi, sans l'ombre d'un doute, qu'il la voulait, elle, sous lui, sur lui, de toutes les façons dont il pourrait l'avoir.

En cela, rien n'avait vraiment changé.

Beck repoussa son assiette en soupirant. Comment allait-il pouvoir la côtoyer sans lui retirer tous ses vêtements et la posséder contre le mur, dans le premier couloir venu ? Raison pour laquelle il avait ignoré ses demandes de rendez-vous, cette semaine. Il avait besoin de prendre du recul, d'essayer d'oublier ce baiser qu'ils avaient échangé, de se faire à l'idée qu'elle était de retour dans son existence et qu'il allait probablement en baver.

Il avait besoin de temps pour tenter de juguler ce désir, de garder le contrôle, pour retrouver une vie normale.

Il était chez elle, face à elle, depuis moins d'une heure, et déjà il brûlait d'envie de l'emporter dans sa chambre, dans son lit, d'explorer chaque centimètre carré de son corps, de sentir sa chaleur, de se perdre en elle. Il avait si souvent rêvé d'elle et, aujourd'hui, elle était là.

Résister était une torture. Un vrai supplice. Son désir n'avait pas pris une ride, preuve qu'il avait eu raison de l'effacer de sa vie, dix ans plus tôt.

Lorsqu'il se surprit à avancer la main pour écarter une mèche sur son front, il se figea, puis se leva, déposa son assiette et ses couverts dans l'évier de la cuisine et se mit à faire la vaisselle avec frénésie.

Il était épuisé mais, après cette visite à Cady, il savait qu'il aurait du mal à s'endormir. Comme d'habitude. Il avait tout essayé, méditation, acupuncture, massages, mais rien n'y faisait, c'était comme si son cerveau refusait de se déconnecter. Pour quelques heures de sommeil, il n'avait trouvé qu'un seul remède : travailler jusqu'à épuisement.

À ce jour encore, faire l'amour avec Cady était restée l'unique activité qui le détendait suffisamment pour pouvoir se reposer plusieurs heures d'affilée. Après son départ pour les États-Unis, l'insomnie était vite devenue sa plus fidèle compagne. Il en avait donc déduit que le secret du sommeil résidait dans le sexe. Plutôt beau gosse, trouver une partenaire au gré de ses errances en Thaïlande n'avait jamais été difficile.

Mais après quelques aventures d'un soir, la situation ne s'améliorant pas, force avait été de reconnaître que c'était le sexe avec Cady qui était propice à son sommeil, pas le sexe pour le sexe. Et en parlant de ça, depuis quand n'avait-il pas fait l'amour ? Trois mois, peut-être ?

Il avait envie d'elle. Quant au sommeil, bien sûr, ce serait la cerise sur le gâteau. Beck posa le torchon sur le comptoir et l'observa, lovée dans son fauteuil. Le but n'était pas de raviver le passé. S'il avait envie de faire l'amour avec elle, c'était parce qu'elle restait la femme la plus fascinante qu'il ait jamais croisée. À dix-neuf ans, elle était jeune, avait besoin de sa protection, un rôle qu'il avait volontiers endossé. Mais cette Cady-là, profondément endormie maintenant, était plus femme, plus sûre d'elle. C'était une Cady si captivante qu'il en avait le souffle coupé, chaque fois qu'il la regardait.

Il la voulait. Dans son lit, oui, mais pas dans sa vie.

Car Cady était dangereuse. Elle avait une façon de s'insinuer en lui et de s'y installer, et cela, il ne pouvait se le permettre. Il ne devait pas se laisser déborder. Il l'avait renvoyée chez elle dix ans plus tôt parce qu'elle représentait une menace pour sa vie de loup solitaire, farouchement attaché à son indépendance. Parce qu'avec elle, il se prenait à rêver de choses auxquelles il n'avait pas droit — la compagnie d'une femme, le bonheur, une famille, des enfants. Tous ces trucs qui lui étaient interdits.

Alors non, il ne laisserait pas Cady prendre possession de lui une fois de plus. Il avait grandi, mûri et pris du plomb dans la cervelle. Et le meilleur moyen pour éviter une telle catastrophe, c'était de prendre ses distances. Surtout physiquement. S'il s'avisait de la toucher, de l'embrasser, alors il aurait envie de faire l'amour avec elle. Il lui suffirait donc à l'avenir de ne jamais s'approcher d'elle à moins de deux mètres. Mieux valait être prudent.

Mais bon sang, comme il avait envie d'elle. Et de dormir.

5

Le lundi, ayant rendez-vous avec Beck, Cady s'engagea au pas de course dans le couloir de la compagnie, ses dossiers et sa tablette sous le bras. Elle était presque arrivée quand, par la paroi de verre, elle aperçut Sage Ballantyne, assise sur un coin de table, en pleine discussion avec Amy. Étant en avance de dix bonnes minutes et ne voulant pas les interrompre, elle tourna discrètement les talons pour aller patienter à la réception.

— Cady !

Zut. Elle ne pouvait quand même pas faire la sourde oreille et ignorer Sage, une Ballantyne. Elle rebroussa donc chemin et s'avança sur le seuil du bureau d'Amy, mal à l'aise.

— Je peux revenir dans dix minutes, dit-elle en jetant un bref regard du côté du bureau de Beck, la vitre malheureusement en mode opaque.

— Non, non, entrez, protesta Sage avec chaleur. Amy et moi allions boire un café. Mes frères sont toujours à l'intérieur, ajouta-t-elle en désignant le bureau de Beck. Une réunion impromptue à propos de la sous-traitance.

Sage enfouit les mains dans les poches arrière de son jean savamment déchiré. Vêtue d'une tunique genre bohémienne, ses longs cheveux noirs ramassés en un chignon déstructuré, Sage n'était pas maquillée — non qu'elle en ait besoin, avec des yeux aussi expressifs et cette peau parfaite —, elle n'en demeurait pas moins méconnaissable, à l'opposé de l'élégante jeune femme qui l'avait poliment harcelée de questions, lors de la présentation de son projet, la veille.

— Hier, c'était Sage, chef de service, aujourd'hui voici Sage l'artiste, dit Amy, comme si elle lisait dans ses pensées.

— Pourquoi dis-tu ça ? demanda Cady, troublée, Sage de son côté appelant la réception pour commander des cafés.

— On lit en toi comme dans un livre ouvert, expliqua Amy. Assieds-toi, Sage a une foule de questions à te poser.

Oh ! mon Dieu, encore ! soupira Cady intérieurement.

— Vraiment ? s'enquit-elle en se tournant vers Sage avec appréhension.

— Pas de panique, répondit celle-ci en riant. En fait, ma curiosité n'a rien de professionnel. Bien, première question… C'est avec vous que Beck a sillonné la Thaïlande.

— Ce n'est pas une question, fit remarquer Cady avec un haussement d'épaules. Mais oui.

— Et c'est vous également qui lui avez brisé le cœur, ajouta Sage.

Cady manqua de s'en étouffer. Beck avait donc un cœur ? Première nouvelle !

— J'étais en Thaïlande avec Beck, mais un beau jour, il a décidé de me renvoyer chez moi. C'est donc lui qui m'a brisé le cœur, répondit-elle du tac au tac. Je suppose qu'il n'a eu aucun mal à trouver de la compagnie, dès que j'ai eu le dos tourné.

— En effet, gloussa Amy. Moi.

Évidemment. Beck s'était jeté sur Amy, prouvant en cela combien il se fichait que Cady soit partie.

— Mais tu as dit qu'il était malheureux comme les pierres, après, s'étonna Sage.

— Exact, répondit Amy. Mais figure-toi que Cady est persuadée que je me suis empressée de le consoler.

Sage afficha un air stupéfait avant d'éclater de rire.

— Oh non ! s'exclama-t-elle. C'est trop drôle !

Ne trouvant rien d'amusant à cette conversation, Cady leva les yeux au ciel en marmonnant :

— Pourrions-nous parler d'autre chose ?

— Elle croit que vous avez couché ensemble ? poursuivit

Sage, ignorant totalement Cady. Elle n'est pas au courant, pour toi ?

— Manifestement, non, dit Amy en se tournant vers Cady, tout sourires. Je suis homo, Cady. Je vais bientôt épouser Julia. Nous sommes en couple depuis presque sept ans.

Pardon ? Amy échangea un bref regard avec Sage, puis reporta son attention sur Cady.

— En réalité, en Thaïlande, c'est toi qui m'avais tapé dans l'œil, pas Beck. Et si j'étais libre aujourd'hui, je crois bien que je te ferais du charme…

— Tais-toi donc, Amy, intervint Sage, avant de sourire à Cady. C'est une dragueuse invétérée. La reine des briseuses de couples.

— C'est faux, protesta Amy, une main sur le cœur, avant d'esquisser un petit sourire espiègle. Bon, d'accord, mais un tout petit peu alors.

— Mais… Mais…, balbutia Cady avant de pousser un long soupir, stupéfaite. Je croyais qu'il s'était débarrassé de moi pour aller avec toi.

— Absolument pas. Je n'étais que son amie. Et je le suis toujours.

Eh bien… Cady secoua la tête dans son effort pour assimiler l'information. Si Beck ne l'avait pas renvoyée pour se consacrer à une autre, pourquoi l'avait-il forcée à monter dans cet avion ?

— Pourquoi avoir quitté la Thaïlande aussi brusquement, Cady ? Vous donniez l'impression d'être si bien, ensemble…, demanda Amy, quand un stagiaire apparut avec les cafés. Merci, posez ça là, lui dit-elle et une fois de nouveau seules, elle répéta : Pourquoi ?

— Je ne suis pas partie, il m'a chassée. Il a acheté un billet de retour pour les États-Unis et m'a dit qu'il était temps pour moi de rentrer.

— C'est absurde, marmonna Sage.

— Pas tant que ça, la reprit aussitôt Amy. C'est au contraire tout à fait le genre de Beck, de se rétracter comme ça quand…

Amy se tut et échangea un long regard avec Sage, Cady

attendant que l'une ou l'autre veuille bien finir cette phrase. En vain. Sage s'affaira à servir le café et Amy fixa l'écran de son ordi. Manifestement, elles estimaient en avoir trop dit et que continuer à parler de Beck derrière son dos serait déloyal.

Toutes deux étaient très protectrices à son égard, et Cady ne faisait pas partie de leur cercle. Elle était juste une partenaire embauchée par la compagnie le temps d'un projet.

Ce qui était arrivé dix ans plus tôt entre Beck et elle ne devait pas interférer dans sa mission pour Ballantyne. Elle avait eu tort de se laisser aller à discuter du passé avec la sœur de Beck et Amy, son amie. Que leur attitude manque de professionnalisme, c'était un fait, sauf que Sage était l'un des dirigeants de la firme et Amy une employée de longue date, c'était donc à Cady de présenter des excuses.

— Pardonnez-moi. Je n'aurais jamais dû parler de tout ça.

— Ce n'est pas vous, mais nous les responsables, répliqua Sage. Nous aurions mieux fait de nous taire. Beck nous dépècerait vivantes, s'il était au courant.

Certainement. Beck n'était pas homme à supporter les bavardages au bureau.

— Oublions ça, soupira Cady.

— Bonne idée, renchérit Amy. Tu sais, je me réjouis sincèrement que tu aies eu le job, Cady. Et Sage trouve ton projet fantastique.

— J'en suis ravie, dit Cady en prenant la tasse que Sage lui tendait.

— J'adore votre proposition de dépoussiérer l'image de Ballantyne, de mêler tradition et modernité.

— Merci, répondit Cady avant de regarder Amy dans les yeux. Je te dois beaucoup, j'en suis parfaitement consciente.

— N'en parlons plus, fit Amy. Comme je l'ai dit, si Julia ne m'avait pas vanté tes mérites, je ne t'aurais pas recommandée à la compagnie. Le fait que Beck s'illumine comme un sapin de Noël dès que tu apparais devant lui, c'est juste un bonus.

Cady s'apprêtait à protester quand la voix de l'intéressé résonna dans l'Interphone d'Amy.

— Sage, tu n'as pas de travail à faire ? Amy, je croyais que tu devais me taper un contrat urgent ? Cady, je t'attends.

Cady écarquilla les yeux, manquant de renverser son café tant elle tremblait. Elle regarda en direction de la paroi de verre, toujours opaque.

Amy gloussa et appuya sur le bouton de l'appareil pour répondre :

— À vos ordres, patron !

— Il nous a entendues discuter ? chuchota Cady, Sage la débarrassant de sa tasse.

— J'espère que non, répliqua Amy avec un haussement d'épaules. Bien, je cours aux toilettes, ajouta-t-elle avant de se lever, désignant la porte menant au bureau de Beck. Quand tu te sentiras prête, entre.

Cady acquiesça d'un signe de tête, sans pour autant bouger de son siège, avec une envie irrépressible de s'enfuir. Elle n'imaginait pas faire face à Beck maintenant. Elle avait besoin de temps pour assimiler le fait qu'Amy n'avait jamais été rien d'autre que son amie — et aussi, apparemment, qu'il était malheureux comme les pierres, après son départ.

Si c'était vrai, pourquoi l'avoir renvoyée chez elle ?

Cady secoua la tête. Tout cela n'avait plus aucune importance. Réaliser une campagne de premier ordre pour Ballantyne International, voilà ce qui importait, de manière à s'attirer la confiance de nouveaux clients et de voir ainsi son entreprise ressusciter — et son compte en banque reprendre des couleurs. Pas question de mettre tout ça en péril en s'aventurant dans les méandres du passé. Déterminée, elle se leva, sous le regard amical d'Amy et Sage.

— Tout va bien se passer, Cady, je t'en donne ma parole, dit Amy avec un large sourire. Je suis heureuse de t'avoir ici, avec nous. Bienvenue chez Ballantyne International. Bon, bye, les filles, ça presse…

Lorsque Amy referma la porte derrière elle, Cady se tourna vers Sage.

— Amy est plus Ballantyne que nous tous réunis, commenta

celle-ci. Parfois, je pense qu'elle devrait changer de nom pour prendre le nôtre…

— Et cela ne vous ennuie pas ?

— Être Ballantyne est une affaire de cœur, pas de nom. Nous sommes devenus une vraie famille quand Connor nous a adoptés tous les quatre. Les histoires d'ADN ne comptent pas, pour nous… Je me joins à Amy pour vous souhaiter la bienvenue chez nous, conclut Sage en serrant gentiment la main de Cady.

Cady la regarda s'éloigner tout en se rappelant qu'elle était juste de passage dans ce milieu, le monde des Ballantyne. Ce que Beck et elle avaient vécu était possible en Thaïlande, à des milliers de kilomètres d'ici, quand elle n'était qu'une fille qu'il avait rencontrée à l'occasion d'une fête sur un campus. Mais les choses étaient différentes, à présent. En dépit du courant électrique qui semblait toujours les relier, en dépit de cette ridicule attirance physique et en dépit enfin de leur manque d'enthousiasme à l'idée de travailler ensemble, ils n'avaient pas le choix.

Beck était son client, l'homme qui la payait, son patron. Oubliés les globe-trotteurs et amants d'autrefois, seul comptait aujourd'hui le business. Aujourd'hui, demain et à jamais.

Cady s'avança jusqu'à la porte du bureau de Beck, la main déjà levée pour frapper, avant de se raviser. Elle ne l'avait pas revu et ne lui avait pas parlé non plus, depuis qu'elle s'était endormie, vendredi soir, en sa présence. Elle repensa avec embarras au scénario de cette soirée. À un moment donné, Beck, son patron donc, l'avait emportée dans sa chambre, bordée dans son lit, il avait même fait la vaisselle. Et elle, eh bien, elle n'avait même pas entrouvert un œil. Pire, tout ce temps, elle avait ronflé comme un sapeur. Elle le savait puisqu'il lui avait laissé un mot, quelques lignes sur un post-it rose récupéré sur son bureau.

« Tu ronfles toujours autant. Merci pour les pâtes. Beck. »

Alors oui, mal à l'aise, elle l'était. Mais elle devait prendre sur elle, trouver le courage de lui faire face et franchir cette porte.

Elle frappa doucement et, lorsque Beck l'invita à entrer, elle s'exécuta, saluant Linc et Jaeger d'un sourire. Linc était installé dans le fauteuil en cuir, Jaeger adossé contre le mur, à l'autre bout de la pièce. Puis elle tourna la tête et vit Beck… et elle crut que son cœur allait imploser. Il était près de la fenêtre et le soleil, pourtant pâle, jetait des reflets d'or sur ses cheveux blond cendré. Un tout petit garçon d'environ un an, dans les bras, lui tripotait le visage, riant aux éclats lorsque Beck lui mordillait les doigts.

Cady mit un certain temps à reprendre ses esprits. Elle n'avait pas vu Beck comme ça, avec ce sourire aussi vrai, aussi lumineux, depuis la Thaïlande, un sourire qui le transformait radicalement, lui ôtant dix ans — et le rendant dix fois plus sexy. Face à cette vision, elle ferma brièvement les yeux, comme aveuglée par trop de soleil. Si elle n'arrêtait pas tout de suite de le contempler, elle allait se mettre à pleurer.

Plus facile à dire qu'à faire. Impossible de détacher son regard de Beck, en train de jouer avec un adorable bambin. Cady retint son souffle, c'était trop pour son pauvre cœur. Dix ans plus tôt, elle avait souvent imaginé cette scène. Beck cajolant son bébé, le sien, le leur. Elle était aujourd'hui de retour dans la vie de Beck et elle attendait un enfant… qui n'était pas le sien, mais celui de Tom. Non, s'insurgea-t-elle. Ce bébé était à elle, rien qu'à elle.

Une toux masculine discrète brisa le silence, la ramenant au présent. Elle cligna des yeux, un peu sonnée. Ce petit garçon ne pouvait être que le fils de Jaeger, Ty. Amy l'avait renseignée en détail sur les péripéties de la famille Ballantyne. Jaeger avait récemment renoué avec Piper, avec laquelle il avait eu une aventure à Milan, un an et demi auparavant. Un enfant était né de cette union, un fils que Jaeger avait rencontré pour la première fois à peine quelques mois plus tôt. Aujourd'hui,

Piper était de nouveau enceinte. Linc quant à lui était père célibataire d'un garçon de quatre ans, Shaw, qu'il élevait seul depuis que la maman, Kari, les avait abandonnés tous les deux, quand Shaw n'avait encore que six semaines. Apparemment, Kari avait récidivé et confié sa petite fille à sa sœur, Tate, avant de disparaître de plus belle. Tate vivait actuellement chez Linc, soi-disant comme nounou, mais Amy suspectait quelque chose entre eux.

Ainsi allait la vie des riches et puissants, songea Cady avant de saluer tout le monde.

— Rends-moi mon fils, Beck, lança Jaeger peu après. Nous ne voulons pas t'empêcher de travailler…

— Aucun danger. Cady et moi allons discuter de la campagne et vos remarques sont les bienvenues.

— Désolé, mais j'ai une réunion dans moins de cinq minutes, marmonna Linc en consultant sa montre.

À son tour, Jaeger regarda l'heure, tout en allant récupérer Ty.

— Piper vient de m'envoyer un texto. Elle m'attend en bas pour ramener Ty à la maison.

Cady sourit lorsque le bébé exprima son mécontentement à se voir ainsi arraché aux bras de son oncle. Beck, de son côté, fit la moue.

— Vous vous plaisez, à Park Slope ? demanda Cady au papa.

— C'est super, répondit Jaeger avec un large sourire. Mais je serais prêt à vivre sous une tente, du moment que j'ai Piper et Ty avec moi.

Oh. Quel homme adorable et tellement romantique, se pâma Cady en silence.

— Pathétique, ricana Beck en levant les yeux au ciel, mais avec une note d'amertume dans la voix. Alors, mon petit gars, ajouta-t-il à l'intention de Ty, tu promets de dire ton premier mot à oncle Beck, d'accord ?

— Même pas en rêve, grommela Jaeger.

Linc approcha et murmura au bébé :

— Ne les écoute pas, mon grand. C'est à moi que tu diras ton premier mot, OK ?

— Vous n'êtes que des idiots, marmonna Jaeger avant de sortir de la pièce, son fils dans les bras, suivi de près par Linc qui referma la porte derrière lui en souriant.

Cady se tourna alors vers Beck, qui n'avait pas bougé de la fenêtre, auréolé de soleil.

— Assieds-toi, dit Beck en allant lui-même prendre place derrière son bureau.

Cady s'exécuta, croisa pudiquement les jambes, mains sur le genou, et tenta de rester de marbre sous son regard.

— Tu as toujours l'air aussi fatiguée, constata-t-il.

— Pardon de m'être endormie, l'autre soir comme ça, dit-elle, les joues en feu. Je m'en veux terriblement.

— Ce n'est quand même pas la fin du monde. Il était tard, j'étais chez toi, et voilà…

— Tu aurais dû me réveiller. Tu n'étais pas obligé de me mettre au lit, dit-elle, avant de changer très vite de sujet en remarquant un éclair dans son regard. Et tu n'étais pas non plus forcé de faire la vaisselle. Une grande première, j'imagine, pour toi… ? le taquina-t-elle.

— Et si je te disais que j'étais de corvée de plonge pas plus tard que dimanche dernier, après notre repas de famille, au domaine.

— Les Ballantyne n'ont donc jamais entendu parler de cette invention merveilleuse appelée lave-vaisselle ?

— Oh ! Jo en a bien un, mais elle ne voit pas l'intérêt de gaspiller de l'électricité étant donné qu'elle a à sa disposition toute une armée de sous-fifres, répondit Beck avec un petit sourire.

— J'ai toujours apprécié Jo. Elle travaille encore comme gouvernante du domaine ?

— Non, elle a pris sa retraite après le décès de Connor. Mais elle n'a pas quitté la maison et s'occupe de Shaw, le fils de Linc, quatre ans à peine.

— Je ne le connaissais pas bien, mais j'aimais beaucoup Connor.

— Connor t'adorait, répondit Beck d'un ton bourru, perdu manifestement dans ses souvenirs.

Elle sentit son cœur se serrer en le voyant soudain accablé de tristesse. *Ne te laisse pas piéger !* s'éleva à ce moment une petite voix dans la tête de Cady. Quel que soit ce qu'il y avait eu, entre Beck et elle, c'était de l'histoire ancienne, terminé. Beck était probablement plus inaccessible encore maintenant qu'il ne l'était à vingt-trois ans. Et puis, elle n'était plus seule aujourd'hui, elle devait penser au bébé. Et Beck n'accepterait jamais de recommencer quelque chose avec elle, enceinte de son ex-client.

— Mettons-nous au travail, dit-elle, brisant un silence devenu pesant.

Beck eut comme un sursaut, puis il émit un soupir et la scruta, impassible, le regard froid. Volatilisé l'amant de jadis, avec cette vulnérabilité à fleur de peau. Le directeur financier de Ballantyne était de retour. Tant mieux. Cela l'arrangeait. Cady n'avait aucune envie de se souvenir.

Elle sortit sa tablette de son sac, l'ouvrit sur ses genoux et tenta de se concentrer sur ses notes, en faisant de son mieux pour ne pas se laisser distraire par le torse puissant de Beck et ses bras musclés juste dans son champ de vision. Elle lui décrivit son projet, en évitant soigneusement de trop le regarder dans les yeux. Elle lui parla des résultats de son étude du marché de la joaillerie, de son enquête auprès du public sur la marque Ballantyne et mit également en avant les points faibles selon elle de la compagnie, employa les termes de *croissance* et d'*innovation*. Puis, à la fin de son exposé, elle lui posa une question a priori sans rapport avec le sujet qui les occupait :

— De tous les bijoux que tu as vus passer chez Ballantyne, lequel est ton préféré ?

— Oh. Eh bien, je ne sais pas trop, répondit Beck, songeur. J'ai vu tant de pierres précieuses extraordinaires, de bijoux d'une perfection absolue. Difficile à dire…

— Je me permets d'insister. Quel est celui avec lequel tu

as pu ressentir comme une espèce de connexion. Celui qui a fait battre ton cœur plus vite ?

— Pourquoi me demandes-tu ça ?

— Patience, tu comprendras ensuite.

— Hum, un bijou réel ou imaginaire ? Ou perdu ? s'enquit-il, un peu nerveux subitement.

— Peu importe. Et ne réfléchis pas trop. J'attends une réponse spontanée, de ta part. Une réponse vraie.

Beck changea de position sur son fauteuil, de plus en plus mal à l'aise. Cady nota même une profonde angoisse, dans ses yeux.

— La bague de fiançailles de ma mère, admit-il enfin. Un objet magnifique, un béryl rouge de cinq carats, extrêmement rare.

Face à son désespoir, à peine si Cady l'entendit, n'aspirant plus soudain qu'à le serrer entre ses bras, à le réconforter. Hors de question, elle resterait professionnelle jusqu'au bout.

— Bien. C'est donc pour toi la pierre idéale. Pour Linc, c'est l'alexandrite parce qu'elle peut prendre différentes couleurs, en fonction de la lumière. Sage, elle, a un faible pour les diamants rouges.

— Ils sont si rares. Et d'une beauté stupéfiante, c'est vrai, dit Beck. Mais où veux-tu en venir, au juste, Cady ?

— Eh bien, voilà. J'aimerais faire une série d'affiches mettant en scène chaque Ballantyne avec sa pierre de prédilection. Je propose de commencer avec Jaeger et Piper, en essayant de faire vibrer les cœurs autour de leurs fiançailles. Dans l'idéal, il faudrait que la campagne démarre le jour de la Saint-Valentin.

— Mais c'est dans moins d'un mois !

Cady en était parfaitement consciente, ainsi que des longues heures de travail qu'un délai aussi bref impliquait.

— En plus de la bague de Piper, Linc posséderait également, d'après Amy, une superbe bague avec alexandrite héritée de Connor Ballantyne. Et je voudrais aussi voir cette fameuse bague fleur en platine ornée de ce diamant rouge qui appartient à la collection privée de ton oncle, celle que Sage aime tant…

Cady afficha sur sa tablette les maquettes qu'elle avait réalisées.

— Je vous ai représentés, sur une pseudo-affiche, détendus, accessibles, chemise blanche, jean, pieds nus, chacun avec son bijou idéal. Le public devra se rendre sur le site de la compagnie pour savoir en quoi ces bijoux sont importants, pour vous. Nous illustrerons également ces affiches des dernières créations de Sage. Et dès le début de la campagne, je voudrais aussi organiser une grande réception autour d'une expo mettant en vedette les joyaux fétiches de chaque Ballantyne, ainsi que d'autres pièces de vos différentes collections.

— Impossible, dit Beck entre ses dents.

— Pourquoi ça ?

— D'abord parce que ces pierres valent une fortune et le fait de les montrer au public exigerait des mesures de sécurité exceptionnelles.

— Quand je parle de public, je pense au gratin de la ville, aux riches et célèbres. J'ai d'ailleurs déjà pris contact avec une entreprise spécialisée dans les expos de bijoux et de pierres précieuses. À ce jour, ils n'ont encore jamais eu le moindre problème. Mais dis-moi, cette bague de ta mère, où peut-on se la procurer ?

— Quelque part sur la montagne où leur avion s'est crashé, répondit-il du tac au tac.

Une nouvelle fois, elle fut tentée de le prendre entre ses bras, de le bercer pour apaiser cette douleur en lui. Ne sachant que dire, elle lui sourit avec compassion. Mais la tension de Beck l'instant d'après lui fit l'effet d'une douche froide. Elle décida donc d'en revenir à leurs moutons. En l'occurrence, un autre bijou à associer à Beck.

— Désolée. Y a-t-il une autre pierre avec laquelle tu te sentirais des affinités particulières ?

Il haussa les épaules avec nonchalance, croisa les mains derrière sa nuque.

— Je trouve géniale ton idée de passerelle entre tradition et modernité. Ne pourrait-on pas utiliser une copie de la bague de ma mère ?

— Il en existe une ?

— Chaque fois qu'un bijou sort d'ici, nous en faisons une réplique pour le dépôt.

— Nous devrons préciser qu'il s'agit d'une copie, mais ça peut marcher. Super, dit-elle et, enthousiasmée par sa réaction, elle se leva pour aller admirer une collection de pierres précieuses, dans une vitrine, à l'autre bout de la pièce. Cette campagne va forcément raviver certains souvenirs, chez toi et ta famille, je ne voudrais pas…

— Les souvenirs ne sont jamais bien loin, l'interrompit Beck en la rejoignant, avant d'ajouter en posant les mains sur ses hanches. La passion que tu mets dans ton travail te va bien, Cady…

Elle retint son souffle, troublée par les étincelles dans son regard.

— Je t'en prie, Beck. Ne fais pas ça…

— J'ai envie de toi.

— Oui, eh bien, c'est une mauvaise idée, chuchota-t-elle, tressaillant quand ses doigts effleurèrent ses seins.

Beck prit alors son visage entre ses mains et la scruta avec intensité, son désir ne faisant aucun doute, ainsi qu'elle put le constater quand elle baissa les yeux sur son pantalon, juste au-dessous de la ceinture.

— Beck… Par pitié…

— Oui, Cady, je t'écoute ? Que veux-tu ? Un baiser ? Des caresses ? Sois plus précise.

Mais oui, bon sang, que voulait-elle à la fin ? Lui, bien sûr, comme toujours. Et à cet instant, contre sa propre volonté, elle approcha la main de son visage et lui effleura la joue. Elle ne dirait pas les mots car, si elle le faisait, ça en serait fini, elle ne pourrait pas revenir en arrière ou lui reprocher de lui laisser le choix — si oui ou non elle souhaitait qu'il l'embrasse. Oh ! elle n'en doutait pas, si elle le rabrouait, il n'insisterait pas. À l'inverse, si elle lui demandait de l'embrasser, de la toucher, de nouer sa langue à la sienne, alors elle perdrait la raison, le nord, et plus encore.

Tant d'années étaient passées, tant de choses étaient arrivées et elle restait toujours aussi inexplicablement attirée par lui. Elle en était consciente, la sagesse voudrait qu'elle s'enfuie, tout de suite, mais comment ignorer cette lueur typiquement masculine dans ses yeux, ses frissons quand il posait la main sur elle ? En ce qui concernait Beck, elle n'avait jamais fait preuve de sagesse ni du moindre discernement. Et manifestement, rien n'avait changé.

Ils avaient toujours eu cette capacité à déclencher chez l'autre un vrai feu d'artifice et, elle le savait, s'il l'embrassait, ils s'enflammeraient tous les deux. Oui, à la première étincelle, boum ! Déjà, elle se consumait sous ses doigts.

— Demande-moi de t'embrasser, Cady, murmura Beck, le visage de Cady entre ses mains.

Elle voulut le repousser, mais au lieu de ça, elle gémit, le suppliant presque :

— Embrasse-moi, Beck. Totalement, passionnément, comme tu sais le faire…

Beck la dévisagea avec un regard de braise et, lorsqu'elle entrouvrit les lèvres, il pressa sa bouche contre la sienne. À partir de là, le temps et l'espace, tout se confondit et elle se perdit entre ses bras. À moins qu'elle ne soit en train de se retrouver ?

Elle enfouit les mains dans ses cheveux et se plaqua contre lui. Beck était plus fort aujourd'hui qu'à vingt-trois ans, sa bouche était plus douce, plus gourmande que dans ses souvenirs, son corps plus dur, provoquant en elle des sensations en chaîne.

Comment allait-elle pouvoir s'arracher à ses bras et se remettre au travail, quand son cœur, sa tête et tout son corps voulaient plus ?

Beck gémit, détacha sa bouche de la sienne et appuya son front contre le sien.

— Je n'avais pas du tout prémédité de t'embrasser, murmura-t-il. Vraiment pas.

Cady plaqua les paumes sur son torse pour s'écarter un peu de lui et tenter ainsi de retrouver un semblant de raison.

— Moi non plus, Beck, soupira-t-elle. Mais il ne faut plus, il ne faut pas…

— Tu parles comme si nous avions le choix, grommela-t-il, mains dans ses poches, d'une voix courroucée.

— Nous sommes adultes, Beck. Nous avons toujours le choix…

Tous ses problèmes à ce stade de sa vie, elle les devait à des choix stupides, mais elle était déterminée, elle ne prendrait plus le moindre risque aujourd'hui.

— … et je ne peux pas, je ne veux pas mettre en danger ce projet et ma collaboration avec Ballantyne, simplement à cause de ce désir entre nous.

— Ce sont deux choses totalement différentes…

Elle avait perdu le contrat de Tom parce qu'elle avait couché avec lui, idiote qu'elle était de penser être capable de jongler entre affaires et plaisir.

— C'est ce que tous les hommes prétendent, jusqu'à ce que le plaisir entrave les affaires et que l'un des partenaires — généralement, la femme, qui a souvent le plus besoin de travailler — se voie congédié, remarqua Cady avec un peu trop de cynisme peut-être.

— Ne me juge pas en fonction des comportements des autres, Cady, protesta Beck en lui attrapant le bout du menton pour la forcer à le regarder. Je suis moi et, si je te dis que ce qui se passe entre nous n'aura pas d'impact sur nos relations professionnelles, tu peux me faire confiance.

Oui, eh bien, elle ne le croyait pas une seule seconde. Elle connaissait trop la chanson.

— Mieux vaut ne pas nous lancer dans quelque chose qui pourrait nous exploser en pleine figure, dit-elle, mains sur les hanches, avec toute la détermination dont elle était capable.

Bien, j'ai du travail qui m'attend. Je dois présenter mon projet d'affiches à Jaeger et Linc. Et je crains que l'idée de poser pour des photos ne soit pas vraiment à leur goût.

— Je ne suis pas très fan non plus, remarqua Beck. Mais je trouve l'idée intéressante, oui, ça peut marcher. Viens donc dîner au domaine, dimanche soir, nous pourrons en discuter tous ensemble.

Le dîner du dimanche soir au domaine, le repaire des Ballantyne, était une tradition. L'occasion pour la famille de se reconnecter, d'échanger. Sa présence serait forcément vécue comme une intrusion. Beck pouvait très bien convaincre ses frères d'adhérer à son projet tout seul, il n'avait pas besoin d'elle.

Et puis, se retrouver confrontée aux Ballantyne au complet ne ferait que rouvrir en elle certaines cicatrices, elle qui avait toujours rêvé de complicité, d'affection, bref d'une vraie famille — de celle qu'elle espérait pour son bébé.

— Je ne sais pas…

Beck l'observa avec attention et elle fit de son mieux pour rester impassible. Lorsqu'il la regardait comme ça, avec ces yeux perçants, elle avait envie de tout lui raconter, de lui confier ses peurs les plus enfouies, ses désirs les plus secrets et… Non, mauvaise idée. Personne ne pouvait vous aider quand il s'agissait de votre destin, c'est tout seul que vous deviez porter votre croix. Elle toussota et releva la tête, résolue à ne plus parler que travail.

— Tu as dit qu'il existait des copies de certains bijoux. Pourrais-je les voir, y compris celle de la bague de fiançailles de ta mère ?

— Tu n'as qu'à demander à Amy de s'en occuper. La copie de la bague béryl rouge est en sécurité, chez moi…, répondit-il en consultant sa montre. J'ai un déjeuner d'affaires prévu chez Sam, mais je peux faire une halte à l'appartement avant d'y aller. Viens me retrouver chez Sam disons vers 14 h 30, je te la donnerai directement…

Sam n'était ni plus ni moins le restaurant le plus chic de

New York, le lieu de rendez-vous des riches et célèbres où il fallait réserver six mois à l'avance pour avoir une table. Un autre monde, pour Cady.

— 14 h 30 chez Sam, entendu.

6

Après une demi-heure de longueurs de bassin dans la piscine privée à côté de la salle de sport, au sous-sol de l'entrepôt, Beck remonta directement à l'appartement. Il se déchaussa, posa son sac sur la console et traversa le loft pour aller se chercher une bouteille d'eau dans le réfrigérateur, bouteille qu'il vida à moitié tout en allant admirer la ville à ses pieds, derrière la baie vitrée.

Une nouvelle journée de fou l'attendait, où il lui faudrait assurer non seulement son travail, mais aussi celui de Linc qui, depuis l'arrivée de Tate et de bébé Ellie, ne savait plus où donner de la tête. Normal dans ces conditions que Beck fasse l'effort de le décharger de certaines responsabilités. Et non content de devoir diriger une multinationale, il devrait également tenter d'y voir plus clair en ce qui concernait la réapparition de Cady dans sa vie.

Une chose était sûre : il était encore terriblement attiré par elle. Et il détestait se sentir comme ça, comme embarqué sur un frêle radeau, ballotté par les rapides, sans rien pouvoir contrôler — ce qui n'était pas dans ses habitudes. Les femmes qu'il fréquentait — avec lesquelles il couchait — étaient belles, oui, et intelligentes, mais vite oubliées. Il n'y en avait qu'une qui s'était fait une place dans sa mémoire, une qui n'en était jamais ressortie, une femme qui venait de resurgir. Cady.

Hier comme aujourd'hui, Cady lui avait toujours donné envie d'autre chose, une autre vie. Oh ! non pas qu'il se plaigne de la sienne, il était en bonne santé, réussissait dans ses affaires, mais bon, avec Cady il avait aspiré à plus — d'amitié, de chaleur humaine —, avoir quelqu'un à la maison qui l'attendrait le soir, après le travail, quelqu'un qui comblerait ce vide en lui avec ses rires, sa conversation, ses caresses, quelqu'un pour qui il consentirait à lever le pied, à prendre le temps. Le temps de vivre. D'aimer.

Sauf qu'une relation de ce genre n'était pas du tout pour lui. Ses parents avaient fait un mariage d'amour, ils étaient fous l'un de l'autre, pareil aujourd'hui pour Jaeger et Piper. Et un beau jour, Sage et Linc à leur tour trouveraient l'âme sœur. Mais lui, non, il ne méritait pas un tel bonheur.

Intellectuellement, il avait conscience d'être trop exigeant. Sa quête d'un amour aussi profond que celui de ses parents était somme toute normale, légitime même, mais, s'il venait à avoir besoin de quelqu'un à nouveau, s'il tombait amoureux et qu'il arrive malheur à cette personne, alors il ne pourrait pas le supporter. Il avait survécu à la mort de ses parents en se jetant dans le travail tel un forcené, gagnant ainsi sa place au sein de la famille par son sens aigu des responsabilités.

Tomber amoureux, mettre son cœur à nu en revanche serait totalement déraisonnable et il refusait de se faire piéger de la sorte. Une seule solution, rester à bonne distance de Cady — de manière à la fois physique et surtout, émotionnelle.

Il finit sa bouteille d'eau. Peut-être devrait-il quitter New York ? Fuir ce froid humide et se consacrer aux succursales de la compagnie à Hong Kong ou Tokyo. Pourquoi pas ?

Il pourrait prendre une semaine loin de New York et peut-être même aller faire un tour à leur boutique de Dubaï. Ou à celle de Los Angeles. En fait, des occasions pour rester à l'écart de Cady, il n'en manquait pas.

À cet instant, son Interphone sonna, l'arrachant à ses pensées. Aussitôt, il se renfrogna. Ses frères et sa sœur avaient le code de la porte en bas, mais il était peu probable que ce soit l'un d'eux qui vienne chez lui de si bon matin, à 6 h 45 à peine. Jaeger et Piper devaient encore être au lit, enlacés, quant à Sage, elle détestait se lever tôt, enfin Linc n'était pas en ville.

Beck se traîna jusque dans l'entrée en maugréant et pressa sur le bouton.

— Oui ?

— Beck, c'est moi, Cady. On a un souci.

À en juger par le stress dans sa voix, il comprit tout de suite que le souci en question était sérieux. Il lui ouvrit et l'invita à monter.

Cady chez lui à l'aube. Oui, ce devait être un gros souci.

Lorsque Cady émergea de l'ascenseur, elle faillit en trébucher quand elle le vit, comme sorti tout droit d'une couverture de magazine sur papier glacé dans cette tenue — T-shirt informe et short datant de Mathusalem. Avec son vieux sweat et son jean usé sous son manteau, elle était loin, très loin d'être aussi sexy. En plus, elle ne s'était même pas maquillée, avait juste pris le temps de se faire une vulgaire queue-de-cheval, à peine si elle s'était brossé les dents.

Il faut dire qu'elle avait des excuses puisque au saut du lit, elle avait eu la surprise d'apprendre sur le Net ses fiançailles avec l'un des célibataires les plus courtisés de la ville, rien de moins !

Beck s'écarta et l'invita à entrer. Il accrocha son manteau à un perroquet en bronze — qui devait valoir plus que la petite voiture qu'elle rêvait de s'acheter. Mains dans les poches de son sweat, Cady regarda autour d'elle, tout de suite sous le charme de son loft avec ses grandes fenêtres et ses murs en brique rouge. Le plancher stratifié insufflait à l'ensemble une atmosphère résolument moderne, tout comme l'immense canapé en « L » couleur grège et les fauteuils en cuir sans accoudoirs. Seul bémol, le citronnier au fond de la pièce, manifestement assoiffé.

Bref, si son appartement était beau, répondant à toutes les règles de l'esthétisme en matière de déco, il lui manquait pourtant l'essentiel, une âme. Excepté une photo de Connor entouré des enfants Ballantyne, Cady échoua en effet à y trouver quelque chose de personnel. Une lourde porte en bois tout au fond devait mener à la chambre d'amis, quant à celle du maître des lieux, on y accédait par un escalier métallique en colimaçon planté au milieu du salon. Tout ici respirait l'opulence, la modernité. N'empêche, elle préférait amplement sa cage à lapins de Brooklyn.

Beck se rendit côté cuisine et attrapa une tasse.

— Un café ?

Beurk. Avec ses nausées matinales, cela lui serait sans doute fatal.

— Tu n'as pas de thé plutôt ? Quelque chose de parfumé au gingembre ? demanda-t-elle sans se faire trop d'illusions.

Beck ouvrit aussitôt un placard dans lequel elle aperçut toute une collection de sachets colorés.

— Tu bois du thé, toi ? s'exclama-t-elle, incrédule.

— J'ai passé beaucoup de temps en Extrême-Orient, répondit Beck en tirant de l'eau chaude à sa luxueuse machine à café. J'ai fini par y prendre goût.

C'était la première fois qu'il parlait de voyage, et Cady se demanda s'il lui arrivait de penser à leur périple en Thaïlande. Sans doute gardait-il d'elle un souvenir amer, pour ne pas dire agacé, puisqu'elle était toujours avec son téléphone, pleurant à chaque appel ou SMS de ses parents.

Avec le temps, et la maturité, elle comprenait qu'elle n'avait pas dû être très drôle, comme compagne de route. Et à vrai dire, Beck à cette époque avait fait preuve d'une patience infinie.

S'avançant dans le salon, elle remarqua sur le mur, à gauche de la porte, dans le hall d'entrée, une série d'agrandissements photo en noir et blanc. Elle reconnut tout de suite la baie, cernée de ses hautes falaises. Tout juste à ce moment si elle ne sentit pas le sable sous ses pieds, la caresse de la brise tropicale sur sa peau.

— Je me rappelle, quand tu as pris ces photos. Tu t'étais levé aux aurores, dit-elle, en s'appliquant à cacher son émotion. Plus tard, ce matin-là, j'avais décidé de poursuivre le voyage avec toi et… Et le lendemain, je me retrouvais dans un avion, direction la maison, désespérée.

Mains plaquées sur le comptoir, Beck la dévisagea.

— On était d'accord, Cady, c'était le plan. Je ne t'avais rien promis.

— Tu as raison. À aucun moment, tu ne m'as fait de promesses. Manifestement, je me faisais trop d'idées, dit-elle avec un haussement d'épaules. Tant pis pour moi.

Elle le rejoignit au bar et se percha sur un tabouret, côté salle à manger.

— Nous étions jeunes et tellement passionnés. Cela ne pouvait pas durer, dit-il d'une voix froide, dénuée d'émotion.

Le sexe n'expliquait pas pourquoi, du jour au lendemain, Cady avait vu son monde basculer sur son axe ni pourquoi elle n'avait cessé de pleurer les trois mois suivants et de traîner son âme en peine six mois de plus, après ça. Pendant des années, la peur de faire confiance et de souffrir à nouveau l'avait poussée à fuir la compagnie des hommes. Oh ! oui, il lui arrivait bien de sortir, mais sans jamais s'engager. Tom avait été le seul avec lequel elle avait pris le risque et, à l'évidence, vu les circonstances, elle avait eu tort.

— Je suis désolé si je t'ai fait du mal, dit Beck en lui présentant sa tasse.

— Tu m'as fait du mal, beaucoup de mal.

— J'en suis sincèrement navré, dit-il en posant la main sur la sienne. Mais je n'étais pas prêt pour une relation avec toi, à ce moment-là de ma vie.

À ce moment-là de sa vie ? Que devait-elle comprendre ? Qu'il était prêt, aujourd'hui ?

Beck secoua la tête, comme s'il lisait dans ses pensées.

— Je ne suis pas fait pour l'amour, je ne cherche pas le long terme dans mes… fréquentations.

— Et tu es fait pour quoi, alors ? répliqua-t-elle.

— Le sexe, répondit-il de manière brutale et crue.

Après les mensonges de Tom, une telle franchise avait quelque chose de rafraîchissant.

— Bien.

— Et toi, que cherches-tu ? demanda-t-il, lèvres pincées, avec méfiance.

Cady contempla sa tasse, s'imprégnant du parfum du gingembre. Adolescente, elle rêvait de se marier, de fonder une famille, bref d'une vie de conte de fées. Aujourd'hui, elle avait pris du plomb dans la cervelle et si elle rêvait, c'était de pouvoir réembaucher le personnel dont elle avait dû se séparer, de pouvoir mettre un peu d'argent de côté et, si possible, d'arrêter d'avoir à se battre contre ces maudites nausées.

Avoir une relation, s'engager auprès de quelqu'un — de Beck — était hors de question. Non seulement elle venait de rompre avec son ex, mais en plus elle ne pourrait jamais oublier comment Beck l'avait fait souffrir. Elle tressaillit au souvenir de tous ces mois de cauchemar durant lesquels elle avait touché le fond, à cause de lui. Alors non, plus jamais ça.

— Je ne cherche rien, Beck, n'attends rien ni de toi ni de personne, répliqua-t-elle en le regardant dans les yeux.

Il hocha la tête, puis parut se détendre, comme libéré d'un poids, probablement soulagé par sa réponse. Soulagé de savoir qu'elle n'était pas là pour lui compliquer la vie, comprit-elle, la gorge nouée.

Oh ! mais, il n'allait pas s'en tirer à si bon compte !

— Au fait, félicitations ! lança-t-elle soudain. Apparemment, nous voilà fiancés !

Elle ne put retenir un sourire, face à la panique dans ses yeux.

— Hum, minute, j'ai besoin de ma dose de caféine, dit-il, sourcils froncés. Tu peux m'expliquer ça ? ajouta-t-il en appuyant sur le bouton de la machine à café.

À le regarder faire, elle fut à nouveau prise d'une violente nausée. Pitié. Elle avala une gorgée de thé et s'appliqua à respirer par la bouche.

— Je me suis réveillée à l'aube et, incapable de me rendormir, j'ai voulu me mettre au travail. Quand vous m'avez confié cette campagne, j'ai lancé des alertes pour me tenir au courant de ce qui se racontait sur Internet à propos des Ballantyne. Ce matin, j'avais une cinquantaine de messages me redirigeant vers des sites people…

Elle laissa échapper un soupir avant de poursuivre.

— Tout le monde sait que Sam est le lieu de rencontre privilégié des célébrités, à commencer par les paparazzis. Hier, l'un d'eux nous a photographiés à la seconde précise où tu me tendais la copie de la bague de ta mère et…

— Et que tu la passais à ton doigt pour mieux l'examiner. Le reporter en a déduit que nous étions fiancés, finit Beck pour elle en marmonnant.

— En gros, oui. Car apparemment, ils avaient des infos sur le bijou et son origine, dit-elle, tandis que Beck grommelait une insanité. Il semblerait aussi qu'ils me connaissent. Ils savent que nous avons voyagé ensemble en Asie deux mois durant, il y a dix ans.

— Comment est-ce possible ? s'exclama-t-il.

— Nous étions jeunes, fans des réseaux sociaux et des photos de nous à cette époque circulent probablement encore sur la Toile, expliqua Cady en s'efforçant de rester calme, car il fallait bien que l'un des deux garde la tête froide. Nous devons absolument régler ce problème, ajouta-t-elle sur un ton ultra professionnel.

— Que suggères-tu ? De publier un démenti ? De laisser faire ?

— Et toi, que proposes-tu ? demanda-t-elle, curieuse de découvrir comment il envisageait de gérer cette crise.

Beck prit le temps d'une gorgée de café, avant de répondre.

— Je sais habituellement ce que je veux, mais là, je l'avoue, j'hésite. Si nous nions toute relation, il nous faudra expliquer pourquoi nous nous sommes vus chez Sam. Pourquoi je voulais te montrer la bague de ma mère, à toi précisément, une professionnelle de la communication. Cela risquerait d'alimenter la rumeur sur le recul de la compagnie en matière de parts de marché. La presse aurait vite fait d'en déduire que Ballantyne traverse une mauvaise passe. Et du coup, cela pourrait avoir un contrecoup sur le prix de nos actions. Nous n'avons pas besoin de ça, surtout depuis que nous avons appris que quelqu'un était en train de racheter ces actions à tour de bras…

— Je préférerais que le secret sur la campagne pour le renouvellement de l'image de la compagnie soit gardé jusqu'au dernier moment. Elle n'en aura que plus d'impact, fit remarquer Cady.

— Serais-tu en train de suggérer que nous restions fiancés aux yeux du public, c'est ça ? répondit Beck, l'air horrifié, en la fusillant du regard.

Cady ferma les paupières et inspira longuement.

— En fait, c'est plus compliqué que ça…, soupira-t-elle.

— Ah ? Quoi d'autre, alors ? demanda Beck avant de lever une main pour lui faire signe de patienter. Une minute, j'ai besoin d'un autre café.

Cady se félicita de ce délai et en profita pour se donner du courage. Le moment était venu de parler à Beck de sa grossesse. S'ils faisaient semblant d'être fiancés, tout le monde en déduirait que c'était lui le père. Et peut-être que Beck ne serait pas d'accord pour aller jusque-là.

Il posa sa tasse à côté de la sienne, Cady retenant aussitôt son souffle lorsque l'odeur du café s'insinua dans ses narines, puis ce fut une série de haut-le-cœur. Elle se plaqua la main sur la bouche. Non, pitié, pas maintenant. Puis elle sentit une main puissante sur son dos et quand elle rouvrit les yeux, Beck se tenait devant elle avec une petite poubelle dont elle s'empara avant de vomir, pliée en deux.

Une minute plus tard, elle se redressa sur le tabouret, prit la serviette que Beck lui tendait et s'essuya les lèvres. Mortifiée, poubelle sous le bras, elle le regarda.

— Eh bien, voici une réaction à laquelle je ne m'attendais pas, dit-il avec humour. Je te rassure, Cady, il n'y aura rien de vrai dans ces fiançailles. Je n'ai aucunement l'intention de me marier.

— Je le sais, répondit-elle. C'est juste qu'il y a une petite complication dans l'histoire.

— Oui ?

— Je suis enceinte. Et bien évidemment, ce n'est pas toi le père.

— Oh. Zut.

Beck fixa son reflet dans le miroir de la salle de bains, les yeux creux, le visage blême, tandis qu'il essayait d'assimiler la nouvelle qu'il venait d'apprendre. Plus exactement de prendre en pleine figure.

Cady. Enceinte. Ce qui signifiait, s'il avait bien compris, qu'elle allait avoir un enfant. Bon sang.

Levant une main pour se masser le front, il comprit qu'il tremblait. Bien. Pourquoi cette impression, comme s'il avait reçu un coup sur la tête. Cette impression de tomber des nues, comme ça ? Après une décennie sans nouvelles l'un de l'autre, le fait était qu'ils avaient quand même échangé deux ou trois baisers. Il était donc en droit d'être un peu fâché — voire déçu. Et surtout perplexe.

Ils étaient sortis ensemble, soit, mais près de dix ans s'étaient écoulés depuis, autant dire une éternité. Attiré par elle ou pas, il n'avait pas le droit de ressentir… De ressentir quoi, au juste ? De la jalousie ? Au seul fait de penser à un autre homme lui faisant l'amour, la touchant, caressant sa peau si douce, embrassant sa bouche si sensuelle, il gémit.

Il est vrai que la jalousie n'était pas un sentiment dont il avait l'habitude. En dix ans, il en avait eu, des aventures, il devait donc accepter que Cady de son côté ait pu avoir quelqu'un dans sa vie. L'accepter, oui, peut-être le pourrait-il… Mais il n'était pas obligé de trouver ça à son goût.

Arrête d'écouter ton cœur et fais un peu marcher ta tête, Ballantyne !

Beck soupira. Avant qu'il n'aille prendre sa douche, elle lui avait brièvement expliqué avoir eu une liaison pendant un moment, mais que son ex n'était pas du tout emballé à l'idée de la savoir enceinte et qu'ils avaient rompu. Avoir un enfant n'était pas dans les intentions de Cady, mais c'était arrivé, voilà tout.

Beck entreprit de se brosser les dents, pour la seconde fois ce matin, saisissant toutes les excuses pour rester un peu plus encore dans la salle de bains. Quand le visage de Cady, ses grands yeux, ses lèvres soyeuses surgirent dans son esprit, il ressentit une certaine agitation au-dessous de la ceinture. Ah. Visiblement, le fait qu'elle soit enceinte d'un autre n'affectait en rien son attirance pour elle. Il la désirait tout autant.

Il se rinça la bouche et crachota dans le lavabo. Si n'importe quelle autre femme était venue lui faire ce genre d'aveu, nul doute qu'il aurait pris la tangente et disparu aussitôt de son existence. Il n'imaginait pas une seule seconde sortir ou coucher avec une femme enceinte. C'était courir au désastre. Trop d'hormones en jeu, d'émotions, de changements physiques. Et puis, une femme enceinte avait besoin d'un compagnon pour lui tenir la main, pour la réconforter, pour se sentir au chaud contre lui. Or il n'était pas ce style de type.

Sauf qu'il s'agissait de Cady, qui était différente de toutes les autres femmes qu'il avait pu croiser. Ayant réussi à mettre de côté sa jalousie, il comprit que sa grossesse ne changeait rien à l'opinion qu'il avait d'elle. Il n'avait pas envie de la rayer de sa vie. Il avait envie d'elle.

Il sortit de la salle de bains pour se rendre dans son dressing, s'empara du premier cintre à sa portée. Laissant tomber sa serviette, il s'habilla à la hâte et se recoiffa d'un geste. Une décision s'imposait. Comment gérer la crise ?

En restant lui-même, tout simplement, décréta-t-il. Car en fait, rien ne changeait. Il ne voulait toujours pas entendre parler d'une relation avec Cady ou qui que ce soit, mais sa grossesse ne l'empêchait pas d'avoir envie d'elle. Bien sûr, coucher avec Cady risquait de poser problème. Elle sortait juste d'une histoire d'amour, elle attendait un enfant et il était son client. Mais elle restait une femme et lui un homme, et ils étaient toujours attirés l'un par l'autre.

Le désir avait sa propre loi et se fichait bien que tous les signaux soient au rouge.

Il improviserait, voilà, décida-t-il en quittant sa chambre.

Il aviserait au jour le jour. Après tout, il était adulte et avait suffisamment d'expérience aujourd'hui pour savoir qu'à un moment donné Cady, enceinte ou pas, se retrouverait dans son lit.

7

Durant tout le temps que Beck passa à la salle de bains, Cady resta recroquevillée sur le canapé, sa tasse de thé entre les mains. Soulagée de ce répit, elle repensa à la réaction de Beck, lorsqu'elle lui avait révélé sa grossesse ; il avait été en état de choc.

Comme il le lui avait expliqué, il ne cherchait pas à s'engager dans une relation digne de ce nom, seules l'intéressaient les aventures d'un soir, deux grand maximum, et, elle était prête à le parier, avoir une liaison avec une femme enceinte ne présentait à ses yeux aucun attrait. Peu importait ce qu'ils avaient partagé par le passé et si le désir continuait de crépiter entre eux.

Beck tenait trop à garder le contrôle sur sa vie pour aller se fourvoyer dans une situation aussi incertaine, potentiellement dangereuse. Quant à elle, elle se sentait trop instable pour penser à Beck de cette manière. Elle avait déjà bien assez de problèmes comme ça, financiers, affectifs et physiques, sans en plus y ajouter le fait de coucher avec lui.

Oh ! quel chaos. Pour quelqu'un qui s'était toujours appliqué à se conformer aux règles, à rechercher la perfection, quel échec !

Elle soupira, impatiente maintenant que Beck revienne auprès d'elle. À se retrouver seule comme ça, à essayer de deviner ce qu'il pouvait bien se dire, à espérer qu'il ne la juge pas avec trop de sévérité, elle en avait les mains moites. Elle était pourtant consciente qu'elle aurait dû se moquer de ce qu'il pensait d'elle : en tant qu'adulte, elle n'avait que faire de l'approbation des uns et des autres. Sauf que Beck n'était pas n'importe qui ; loin de là, il représentait même une partie essentielle de sa vie.

Elle éprouvait beaucoup de respect pour lui et, en outre, il était son client. Et puis, désir mis à part, elle continuait à avoir beaucoup d'affection pour lui. Beck était quelqu'un de bien, de bon, il l'avait toujours été.

Elle entendit ses pas dans l'escalier, puis il apparut, rasé de frais, cheveux encore humides après sa douche. Elle l'observa tandis qu'il enfilait un blazer bleu marine, parfaitement en harmonie avec sa chemise blanche sous un pull mauve. Il avait revêtu un pantalon gris foncé et des baskets de couleurs vives. Oubliés les T-shirts et les bermudas de Thaïlande, le Beck d'aujourd'hui avait l'allure d'un citadin dynamique et branché. Elle baissa le regard sur son sweat ample et fané, consciente du contraste entre eux, du fossé qui les séparait, lui le golden boy, et elle la petite fille d'Américains moyens.

— Bien, dit-il en prenant place dans le fauteuil face à elle. Alors comme ça, tu es enceinte… ?

Cady ne nota aucun reproche dans sa voix ni de répugnance dans ses yeux.

— Oui.

— Et tout se passe bien ? Pas de problèmes particuliers ?

— Excepté les nausées et la fatigue, qui sont normales, non, aucun, répondit-elle puis, craignant que, à la voir ainsi, toute recroquevillée sur elle même, il ne la prenne pour une pleurnicheuse, elle redressa la tête. Je suis parfaitement en mesure d'assumer cette campagne.

— Je n'en doute pas une seconde, dit-il d'une voix ferme. Je veux juste être sûr que tu vas bien.

Cady acquiesça, touchée par son inquiétude.

— Tout à fait bien. Je n'ai pas encore consulté de médecin, mais je vais prendre rendez-vous rapidement.

Beck à son tour hocha la tête, puis il se leva pour aller se poster devant la fenêtre.

— Et le père ? Il est hors jeu ?

— Complètement. J'étais décidée à rompre avec lui avant même de découvrir que j'étais enceinte. Le fait qu'il veuille à tout prix me faire avorter a fini de me convaincre.

— Demander ça à la fille d'un pasteur, soupira Beck. Quel abruti.

— Mon choix de garder le bébé tient à autre chose, en réalité, de plus profond, dit-elle, hésitant à lui parler de Will, ignorant s'il comprendrait. J'avais un frère, peut-être t'en souviens-tu ?

— Oui, en effet, répondit Beck, une petite ride entre les yeux. Décédé quand tu avais quinze ans, c'est ça ? De, hum, je ne sais plus de quoi au juste, pardon.

— Ce n'est rien. En fait, Will souffrait du lupus et avait contracté une pneumonie. Le virus a fini par l'emporter.

— Désolé, Cady.

— Ce que je ne t'ai jamais dit, reprit-elle, c'est qu'il était autiste, lourdement handicapé. Je l'adorais, il était mon meilleur ami, en dépit de la maladie. Un jour, je devais avoir une dizaine d'années, en rentrant de l'école, ma grand-mère m'attendait à la maison. Elle m'a expliqué qu'ils avaient dû emmener Will dans un centre spécialisé, que c'était mieux pour lui. Qu'il était devenu « trop difficile à gérer », selon ses termes.

— Qu'entendait-elle par là ?

— Je l'ignore. Will était un garçon si drôle, si gentil.

Beck l'écoutait avec attention, et compassion aussi, tout le contraire de Tom qui avait bâillé d'ennui lorsqu'elle lui avait raconté cette triste anecdote.

— J'ai beaucoup pleuré, je ne comprenais pas pourquoi mes parents s'étaient débarrassés de lui. Mais ça, c'est une autre histoire, dit-elle en posant une main sur son ventre. Quoi qu'il en soit, l'enfant que je porte n'a rien fait de mal et il est hors de question de lui en faire de mon côté, sous prétexte que cela me faciliterait l'existence.

— Tu crois que c'est ce que tes parents ont fait ? De se rendre la vie plus facile en l'envoyant dans ce centre ?

Cady retint son souffle en le fixant, les mots qu'ils venaient de prononcer continuant de résonner dans sa tête. Des mots qu'elle avait été incapable d'énoncer aussi clairement, aussi brutalement, à ce jour. Résultat, elle sentit soudain les larmes rouler sur ses joues. On pouvait se fier à Beck pour mettre le doigt là où ça faisait mal et en parler sans ambiguïté — comme ce jour-là, dans cet aéroport de Thaïlande, lorsqu'il avait décidé de la renvoyer chez elle, pour être libre de vivre comme il l'entendait.

Beck vint s'asseoir à côté d'elle, essuyant avec une infinie douceur les pleurs sur son visage.

— C'est tout à ton honneur de vouloir garder ce bébé, Cady, murmura-t-il. Tu n'as pas choisi la facilité.

— Si tu savais, comme j'ai peur, Beck, gémit-elle.

— Élever un enfant est une chose terriblement angoissante, mais ne l'oublie pas, tu es intelligente, courageuse et capable, bien plus que ce que tu imagines… Il glissa son doigt sous son menton et la força à le regarder. Tu peux le faire, Cady, j'en suis convaincu.

Elle rit doucement, sentant un peu de sa force, de sa confiance, se répandre en elle. Elle pouvait le faire, oui. Et de toute façon, avait-elle le choix ?

— Merci, répondit-elle en serrant ses mains entre les siennes. Comme c'était bon de pouvoir le toucher, à nouveau.

— Tu as parlé du bébé à tes parents ?

Cady lui lança un regard effaré et il comprit aussitôt le message.

— Je vais reformuler ma question, dit-il en souriant. Tu comptes leur en parler bientôt ?

— Ils vont être fous de rage. Papa s'apprête à recevoir une promotion, je doute donc que me savoir enceinte et célibataire leur fasse très plaisir… Donc, pour répondre à ta question, non, je ne pense pas les mettre au courant tout de suite.

— Tu pourrais aussi leur dire que nous sommes fiancés et que tu es enceinte. Ils supposeront qu'il s'agit de mon enfant et nous ne sommes pas obligés de donner de précisions.

— Tu ferais ça pour moi ?

— Écoute, je suis l'une des rares personnes à savoir combien tes parents peuvent être obtus. Qu'est-ce qui peut être pire, d'après eux, être fiancée et enceinte ou célibataire et enceinte ?

Vu comme ça, Cady fut évidemment tentée d'accepter. Mais se servir de Beck comme excuse, ce serait comme accepter les vingt mille dollars qu'il lui avait offerts pour disparaître de Ballantyne International : cela équivaudrait à opter pour la solution de facilité. Si elle était suffisamment mature pour coucher avec un homme et tomber enceinte, elle l'était aussi pour assumer.

— Ne pas annoncer la nouvelle à mes parents dans l'immédiat est une chose, mais je ne peux pas leur mentir de cette façon.

— Comme tu voudras, dit Beck.

— En parlant de mensonge, reprit Cady. Qu'allons-nous faire au sujet de ces fiançailles ?

— Rien, répondit-il, sur un ton sans appel.

— C'est-à-dire ? insista-t-elle.

— Si nous démentons, tout le monde se dira que nous avons quelque chose à cacher. Si nous confirmons, nous aurons l'air de chercher la publicité et cela me dérange. Nous n'avons qu'à laisser les gens penser ce qu'ils veulent…

Cady hésita, cette stratégie allant à l'encontre de tous ses réflexes de professionnelle de la communication. Des histoires comme celle-ci devaient absolument être canalisées, maîtrisées.

— Je ne sais pas, Beck. Il ne faudrait pas que cela nous crée des problèmes…

— Quel que soit le scénario, la situation peut à tout moment nous échapper, rétorqua-t-il. En nous abstenant de commenter, de démentir ou de confirmer, nous garderons une certaine liberté d'action.

Après avoir pris une minute pour réfléchir à ses arguments, elle finit par acquiescer.

— C'est d'accord, dit-elle. Mais je tiens à ce que tu informes au moins ta famille de ce qu'il en est réellement.

— Quel intérêt ? Tant de rumeurs courent sur les Ballantyne

chaque jour dans les médias que rien ne peut les étonner. Mais la nouvelle risque d'arriver aux oreilles de tes parents…

— Mes parents vivent en vase clos et n'ont aucune sympathie pour les réseaux sociaux, la télé ou la presse en général, soupira-t-elle, avant de regarder sa montre. Bien, nous ferons donc à ta manière, en improvisant. À présent, je dois y aller.

Beck posa une main sur son genou pour la retenir.

— Il me semble que nous avons encore un problème à régler…

— Oh. De quoi s'agit-il ?

— Eh bien, chaque fois que nous nous retrouvons face à face, c'est un véritable feu d'artifice. C'est une évidence, nous avons envie l'un de l'autre.

Cady le regarda, bouche bée, troublée, ne sachant quelle attitude adopter.

— Mais, Beck… Je suis enceinte.

— J'ai entendu.

— Et étant enceinte, ce n'est pas possible, tu comprends ? dit-elle, désemparée.

— Désolé, marmonna-t-il, visiblement frustré. Mais je te désire toujours autant. Et sans doute en sera-t-il toujours ainsi.

Elle le dévisagea, un peu désarçonnée par l'honnêteté dont il faisait preuve. La moindre des choses était qu'elle lui rende justice en lui confiant à son tour la vérité sur ses sentiments.

— Je m'en veux de cette attirance qui continue de me pousser vers toi, avoua-t-elle. Je ne devrais pas avoir ce genre d'envie. Je devrais me concentrer sur mon bébé…

— Et ce n'est pas le cas ?

Elle secoua la tête.

— Cette idée que tu devrais mettre ta vie entre parenthèses parce que tu es enceinte, tout ça, c'est la société qui fait peser ses diktats sur toi. La vérité, c'est que tu es une femme très sexy et que le courant entre nous est toujours actif. Et ce désir ne va pas s'éteindre juste parce que tu attends un enfant…

Cady tenta d'argumenter, mais Beck la devança.

— Ne t'inquiète pas, je ne vais pas te sauter dessus, dit-il en souriant. Ce n'est pourtant pas l'envie qui me manque… Voilà ce que j'essaie de t'expliquer, avec le plus de délicatesse possible. Je sais que ta vie doit être actuellement très stressante, que tu as bien assez à penser comme ça, sans qu'en plus tu sois obligée de me supporter, moi qui ne veux qu'une chose, te faire l'amour…

Elle retint son souffle, émue par autant de compréhension de sa part, par autant de générosité, plaçant ses besoins au-dessus des siens.

— … Mais c'est toi et toi seule qui décideras. Lorsque tu sentiras que le moment est venu pour nous, tu n'auras qu'un mot à dire, conclut-il avec un petit sourire.

— Un mot ? répéta-t-elle, souriant à son tour. Quel genre de mot, Beck ?

— Oh ! en fait, dit-il en lui caressant la joue, peu importe ce que tu pourras me dire. Je verrai dans tes yeux quand ce sera l'heure, Cady. J'ai toujours su lire en toi et rien n'a changé.

L'atmosphère soudain se fit électrique. Elle frémit, consciente d'à quel point il serait facile alors de se blottir entre ses bras, de le laisser lui faire l'amour. Mais ce n'était pas une bonne idée, ce serait même une erreur. Ce début de matinée avait été riche en émotions, pas question de perdre la raison. Oui, elle avait envie de Beck, mais céder au désir ne ferait que la mener au séisme, avec une foule de répliques à la clé.

Beck dut comprendre à son regard, car il s'écarta et, si Cady en éprouva d'abord de la déception, la sagesse vint l'instant suivant la conforter dans sa décision.

Lorsque Cady avait suggéré à Jaeger de réaliser les photos le mettant en scène chez lui, à Park Slope, elle avait cru ne retrouver pour le shooting que la styliste et la maquilleuse, José, le photographe, et son assistant, et peut-être Piper et Ty. Elle ne s'attendait certainement pas à ce que toute la tribu ou presque des Ballantyne rapplique à Brooklyn après le travail. Linc et son fils, Shaw, arrivèrent les premiers, suivis de près par Sage et avec elle, Amy. Grâce au ciel, la séance touchait à sa fin, car l'appartement de Piper n'était pas extensible. Linc dénicha une bouteille dans le bar de Jaeger et commença à remplir des verres, Cady et José de leur côté peinant à diriger Jaeger, de plus en plus impatient.

Lorsque Ty échappa à Sage et traversa la pièce en courant, s'invitant dans l'objectif, José leva les mains au ciel dans un aveu d'impuissance, avant d'aller à son tour se servir un verre de vin rouge.

Cady soupira. Elle était épuisée, avait la migraine et tout ce à quoi elle aspirait, c'était rentrer chez elle et s'immerger dans un bon bain chaud.

— Cady, celles-là sont géniales !

Elle se tourna vers Sage en train d'examiner sur l'écran de l'appareil-photo de José les images prises lors de cette journée de folie. À en croire l'enthousiasme de Sage, peut-être y aurait-il un ou deux clichés exploitables pour la campagne.

Les pieds en marmelade, n'en pouvant plus de rester debout, Cady prit place sur le canapé. Elle adorait les Ballantyne, vraiment, mais, Seigneur, qu'ils étaient tous agités et bruyants ! Shaw était en train de poursuivre Ty — qui tenait à peine sur ses jambes — tous deux slalomant entre les adultes en riant aux éclats. Linc n'arrêtait pas de chambrer Jaeger à tout propos, quant aux autres, ils discutaient avec fougue d'une expo.

Pour Cady, élevée dans le silence et la discipline, un tel spectacle était déroutant, voire difficile à supporter. Soudain, elle eut envie de pleurer. La faute aux hormones, se dit-elle, rien d'anormal. À moins que… Si les hormones n'étaient pas étrangères à son état, peut-être devait-elle cette mélancolie à autre chose qu'un peu de bruit et de fatigue. Travailler avec Beck et lutter en permanence contre le désir n'avait rien d'anodin, d'autant plus qu'ils passaient beaucoup de temps ensemble, au bureau ou chez lui, toujours avec cette campagne en guise d'alibi. Et s'ils travaillaient bel et bien, ils en profitaient surtout pour se reconnecter, se rapprivoiser.

Elle adorait passer du temps avec lui. En fait, elle l'adorait, lui, tout court. Depuis ce fameux matin où il lui avait clairement dit que ce serait à elle de décider, quand elle jugerait le moment venu, pas une fois il n'avait tenté de lui voler un baiser. Or, elle le savait, ce n'était pas l'envie qui lui faisait défaut. De son côté, Cady n'était pas en reste. Elle rêvait de ses bras, de sa peau, de son corps, de son odeur aussi. Elle s'imaginait faisant courir ses doigts sur son torse, lui mordillant le cou. Et elle tressaillait, sentant presque ses mains sur elle, son poids sur elle, le sentant presque en elle. Oh oui, elle le désirait de toutes ses forces, mais elle ne pouvait se permettre d'oublier qu'il lui avait brisé le cœur, par le passé, en la chassant de sa vie et qu'il pourrait bien réitérer cet exploit une seconde fois. S'ils couchaient ensemble, elle le savait, ses sentiments pour lui n'en seraient que plus forts. Les siens en revanche… Beck ne voulait pas les mêmes choses qu'elle et finalement, ce serait elle qui souffrirait et se retrouverait le cœur en miettes.

Oh ! bien sûr, il l'aimerait. Physiquement. Mais le jour viendrait où il mettrait un terme à leur relation. Elle devait penser à elle, à se protéger. Elle ne pouvait se permettre de s'éprendre de lui, car il finirait par lui planter un poignard en plein cœur et, cette fois, elle pourrait bien ne jamais en guérir.

— Cady, tu sais où est le fou furieux ? lui lança Linc à ce moment.

— Qui ? demanda Cady, perplexe.

— Beck, expliqua Sage en venant s'asseoir à côté d'elle. Linc et Jaeger l'ont baptisé comme ça lorsqu'il était encore gamin. Parce qu'il travaille trop.

— Ah, je l'ignorais, répondit-elle, trouvant ce surnom somme toute approprié.

— Je vais l'appeler, dit Jaeger qui attrapa aussitôt son téléphone, avant de se rendre dans le hall d'entrée. Salut, on parlait de toi, justement !

— Tu es mignon, comme ça, avec ta barbe de trois jours savamment taillée et cette coupe de cheveux branchée…, marmonna une voix railleuse.

Reconnaissant Beck, Cady sentit sa gorge se nouer. Lorsqu'il pénétra dans le salon, elle lui sourit.

— Hello, ça va ? dit-il, la mine renfrognée, tout en retirant son manteau.

Cady s'apprêtait à répondre quand Shaw se précipita sur son oncle. Beck prit aussitôt le garçonnet dans ses bras et le fit tournoyer dans les airs. À nouveau, le nombre de décibels monta en flèche. Puis le brouhaha continua lorsque José et son staff prirent congé. Après leur départ, Cady se rassit et ferma un moment les yeux, le crâne au bord de l'explosion.

À un moment donné, Beck s'approcha, un verre d'eau dans une main, deux cachets dans l'autre. Elle secoua la tête, se voyant mal expliquer ne pas pouvoir prendre n'importe quoi, à cause du bébé, devant tout le monde.

— Ces comprimés-là sont sans danger, la rassura Beck à mi-voix, de manière à ce que personne ne l'entende. Fais-moi confiance.

Oh ! elle lui faisait confiance, une confiance absolue même, et c'était bien là le problème. Piper à ce moment vint s'asseoir à côté d'elle.

— Les garçons ont commandé des pizzas. Vous restez avec nous bien sûr…

— Je ne sais pas, je devrais peut-être rentrer, répondit-elle, tout en se demandant comment elle en trouverait la force.

— J'insiste, dit Piper. Mangez avec nous et, après, je vous appellerai un taxi…

Cady pensa avec envie à son bain moussant et à son lit douillet, mais bon, elle devait faire un effort et se montrer sociable. Elle remercia donc Piper pour l'invitation, avant de s'extasier sur le saphir, à son annulaire — la bague avec laquelle Jaeger avait posé.

— C'est une pièce sublime…

— C'est moi qui l'ai dessinée, dit Sage à l'autre bout de la salle à manger, avec une fierté non dissimulée. C'est l'une de mes créations préférées.

— J'espère bien, car je m'attends au pire, marmonna

Jaeger. Linc m'a déjà fait payer une somme astronomique pour la pierre et tu vas probablement me ruiner avec ta monture.

— Heureusement que vivre avec moi ne te coûte rien, renchérit Piper en riant. J'ai du mal à t'imaginer SDF et faisant la manche. Oh ! et pour mémoire, je te rappelle que Sage t'a fait cadeau du design, pour nos fiançailles.

— Ah ? Exact, ça m'était sorti de la tête, répondit Jaeger, hilare soudain. Super.

— En fait, c'est ma façon à moi de remercier Piper pour nous avoir enfin débarrassés de toi, ajouta Sage. Mais si tu tiens à me payer, aucun problème.

— Je n'ai pas les moyens de m'offrir tes services, dit Jaeger en riant, avant de se tourner vers Linc. Et toi, pourquoi n'as-tu pas fait cadeau du saphir à Piper ?

— J'aime beaucoup ta future femme, mais il y a des limites, répondit Linc, goguenard.

— Comme vous pouvez le voir, je suis prête à mettre le prix pour me débarrasser de mes idiots de frères, chuchota Sage à Cady. Est-ce que ça vous intéresse ?

Si ça l'intéressait, mon Dieu oui ! Cady ne demandait pas mieux que de s'occuper personnellement de Beck. Intimement, même. Oh ! combien de temps pourrait-elle résister au désir ? Un jour ? Une heure ? Dix minutes ?

Un lourd silence s'abattit et Cady rougit, comme si les autres pouvaient lire dans ses pensées, avant de réagir, sachant que dans de telles situations, le meilleur recours restait encore le trait d'humour.

— Bonne idée, je vais prendre Linc, dit-elle, souriant au regard noir que Beck lui lança à ce moment. On peut négocier ?

— Rien du tout, s'interposa Beck en posant une main possessive sur son épaule.

— Excellent choix, commenta Sage, après avoir jeté un coup d'œil significatif à Cady. Mais rien ne vous empêche de changer d'avis…

Cady sentit ses joues s'embraser à cette remarque. Changer d'avis ? Certainement pas ! Trop risqué !

8

Une heure plus tard, après l'avoir raccompagnée chez elle, Beck débarrassa Cady de son manteau, de ses gants, en parfait gentleman. Gentleman, tu parles !

En fait, s'il s'écoutait, il lui sauterait dessus pour la dévorer toute crue. Il vivait un véritable supplice à essayer de garder sa bouche, ses mains et d'autres parties de son anatomie sous contrôle, mais il commençait à perdre patience. La soirée avait été particulièrement éprouvante, sans doute à force de la voir aussi à l'aise avec la famille, papotant gentiment avec sa sœur, taquinant ses frères. Mais peut-être surtout était-ce à cause de tout ce qu'elle était, si belle, si douce, si féminine. Bref, il devait savoir si elle était aussi divine que dans ses souvenirs, sinon il ne survivrait pas un jour de plus.

— Veux-tu un café, Beck ?

Elle avait retiré ses escarpins qu'elle tenait par la bride. Sur sa bouche, son rouge à lèvres avait pâli, et son chignon battait un peu de l'aile, mais bon sang, comme elle était sexy.

Il continua de la contempler, sachant qu'à son regard et à autre chose aussi, au-dessous de la ceinture, elle ne tarderait pas à comprendre ce qu'il voulait vraiment et par-dessus tout — et qui n'avait aucun rapport avec du café.

Et en effet, Cady soudain se figea face à lui et il la vit très nettement retenir son souffle, puis rosir. Et voilà, ils y étaient. Aucune échappatoire possible, l'issue était inévitable. Sans doute l'était-elle même depuis ce moment où il l'avait aperçue, dans le couloir de la compagnie.

— Je suis enceinte, Beck, dit-elle pour lui rafraîchir la mémoire, comme si cela pouvait changer les choses.

Craignant de les voir se soustraire à son contrôle, Beck enfouit les mains dans les poches.

— Et alors ? Je te regarde et j'en ai le souffle coupé et tout ce à quoi je pense, c'est te faire l'amour, t'écouter gémir et me supplier de venir en toi…

— Beck…

— Dis que tu as envie de moi, Cady, dis-le, murmura-t-il, car il ne ferait rien, ne tenterait rien tant qu'elle ne lui donnerait pas son feu vert.

Cady lâcha alors ses escarpins et s'avança vers lui, aussi gracieuse qu'une diva, puis elle passa les mains sous le revers de sa veste et sous sa chemise. Il serra les dents au contact de ses doigts incandescents sur sa peau.

— J'ai tant pensé à toi, j'ai tant rêvé de toi. De toucher ton visage, ton torse…

À ce moment, elle baissa les yeux sur son entrejambe, avant d'ajouter :

— De te toucher partout…

Quand elle fit glisser sa veste sur ses épaules, il ne lui vint même pas à l'idée de la retenir, il la laissa tomber à ses pieds. C'était un vêtement hors de prix, et alors ? Tout ce qui importait, c'était de sentir les mains de Cady sur lui. Elle dénoua sa cravate, déboutonna son col puis se dressa sur la pointe des pieds pour déposer un tendre, un chaud baiser au creux de sa gorge. Instantanément, Beck tressaillit, comme transpercé par une décharge électrique.

— Dis-le, Cady, je t'en prie…

— J'ai envie de toi, Beck.

Voilà tout ce qu'il avait besoin entendre. Il l'enlaça avec fougue et la serra contre lui, puis il prit sa bouche au moment même où elle la lui offrait pour un baiser enflammé. Leurs langues s'unirent pour une danse sensuelle et, à ce moment-là, souvenirs et réalité se télescopèrent, les sensations dépassant en intensité les souvenirs. Cady gémit entre ses bras et se pressa un peu plus contre lui.

L'embrasser était comme une fête, comme une réconciliation du passé avec le présent. Les yeux clos, il se retrouva enivré par son parfum, effluves de plein été au milieu de l'hiver, de nuits torrides sur les plages de Thaïlande.

Il glissa les mains sous son chemisier, ayant besoin de sentir sa peau sous ses doigts et, quand il se plaqua contre elle, elle poussa un soupir avant de verrouiller les cuisses autour de sa taille. Ce contact l'électrisa, mais le laissa en même temps sur sa faim, attisant le brasier en lui. Leurs baisers se firent plus féroces, plus voraces. Il réalisa alors que la passion entre eux semblait avoir gagné en profondeur, en puissance.

Les jambes de Cady toujours autour des reins, Beck marcha jusqu'à la cuisine et l'assit sur le comptoir, puis il prit son visage entre ses mains et l'embrassa avec une ferveur redoublée. Et lorsqu'elle gémit et s'abandonna à sa bouche, il sentit les dernières gouttes de sang irriguant son cerveau aller se loger au niveau de son bas-ventre.

Elle était brûlante, douce, sexy et il la voulait maintenant. Il la désirait à en perdre la tête. Beaucoup trop, sans doute, mais ce désir était plus fort que lui, semblable à un train fou, impossible à stopper. Il devait ralentir, absolument. Pas question de faire l'amour sur le comptoir. Après si longtemps, il voulait que ça se passe dans un lit, il avait envie de prendre le temps de la redécouvrir, de l'explorer. Alors, au prix d'un effort surhumain, il détacha sa bouche de la sienne.

— Oh ! Cady…

Elle déposa dans son cou une pluie de baisers tout en chuchotant quelque chose d'incompréhensible.

— Je ne veux pas aller trop vite, murmura-t-il. Et pas ici, dans la cuisine, à l'étroit…

— Mon lit n'est guère plus grand que ce comptoir, Beck… Je t'en prie, ne t'arrête pas.

À peine finit-elle sa phrase qu'il l'embrassa à nouveau, délivré par ses paroles qui l'autorisaient à perdre le contrôle, ce contrôle que tout le monde lui enviait. Ce fut comme si son cerveau se déconnectait pour laisser le corps exulter. Sa langue nouée à la sienne, il lui retira son chemisier, réalisant soudain qu'elle ne portait pas de soutien-gorge. Il entreprit alors de lui caresser les seins, tantôt avec douceur, tantôt avec insistance, Cady gémissant, le suppliant pour plus et encore. D'un coup, il sentit sa main sur son ventre, ses doigts exercer une rapide manœuvre au niveau de la ceinture, puis se refermer autour de lui, en pleine érection.

Impossible, il ne pouvait attendre davantage. Il devait absolument la posséder, venir en elle. Beck délaissa sa bouche pour s'attaquer à la fermeture Éclair de son pantalon.

— Lève-toi un peu, ordonna-t-il et Cady s'exécuta de manière à ce qu'il puisse faire glisser son pantalon sur ses jambes.

Il prit le temps de la regarder, de la regarder vraiment, ses seins, ses hanches, sa peau. Sa petite culotte en dentelle. Puis il plongea ses yeux dans les siens.

— Est-ce que tu le veux autant que moi, ici et maintenant, Cady ?

— Oui, Beck, ici et maintenant.

Il ôta sa chemise et sortit avec fébrilité son portefeuille de la poche arrière de son pantalon pour le passer à Cady.

— Il doit y avoir un préservatif, là-dedans…

Profitant de ce que Cady, les mains tremblantes, cherchait dans son portefeuille, il finit de se déshabiller puis il s'empara de la protection qu'elle lui tendait et qu'il positionna avec hâte, avant d'attraper Cady par les genoux et de se presser contre elle. Regrettant à nouveau de ne pas faire ça dans son lit, quelque part où il pourrait vraiment la regarder, la sentir tout en plongeant en elle.

— Cady, nous ne pouvons quand même pas faire ça sur le comptoir…

— Je t'en prie, Beck, soupira-t-elle en lui caressant la joue. J'ai envie, j'ai besoin de toi, prends-moi maintenant…

Et ce fut ce qu'il fit, il la pénétra, un peu, et puis plus

et encore plus, jusqu'à ce qu'il fût en elle de tout son long. Aussitôt, Cady se cambra et gémit, s'ouvrant tout entière à lui.

Oh oui, que ces sensations lui avaient manqué. Qu'elle lui avait manqué.

— Comme c'est bon de te sentir, Beck, soupira-t-elle en s'accrochant à son cou. Fais-moi jouir, comme tu sais si bien le faire. Comme toi seul a jamais su le faire.

Et Beck s'exécuta et commença à bouger en elle, au plus profond d'elle, allant et venant inlassablement, alternant douceur et passion, subjugué par le contact de Cady autour de lui. Il la sentit vibrer et accéléra le rythme, sachant qu'elle était proche de l'orgasme et, quand elle poussa un cri, à son tour, il gémit, tremblant, explosant avec elle.

À chaque jour sa séance photo. À chaque jour sa peine aussi, Cady rencontrant quelques difficultés à se concentrer sur son travail, à cause de ce qui se passait entre Beck et elle. Beck qu'elle avait à peine vu d'ailleurs, depuis cette nuit magique, quatre jours plus tôt. Excepté leurs étreintes fabuleuses, dans l'absolu néanmoins rien n'avait changé. Il était toujours son patron, elle était toujours enceinte et elle avait une mission à accomplir, une affaire à sauver.

Cady observa Emma, l'assistante du photographe, une petite échelle sous le bras, sortir du loft, Beck refermant la porte derrière elle. Une heure plus tôt, une bonne dizaine de personnes se pressait ici, coiffeurs, maquilleurs, directeurs artistiques, et maintenant ne restaient plus que Beck et elle. Assise sur la troisième marche de l'escalier en colimaçon, ordinateur sur les genoux, Cady examina les images du jour.

Sur les clichés, Beck portait la même tenue que ses frères, chemise blanche, col entrouvert, manches retroussées, jean usé jusqu'à la trame… et pour finir, pieds nus. Cady sourit, satisfaite, les photos de José renvoyant des Ballantyne la vision qu'elle recherchait pour la campagne. Jeunes trentenaires riches, dynamiques et sexy au naturel, chez eux ou, dans le cas de Sage, dans son atelier. Ils représentaient la nouvelle génération, ambitieuse mais accessible, et ces affiches ne passeraient probablement pas inaperçues.

Elle s'attarda sur un cliché montrant Beck assis exactement à sa place, jambes écartées, tenant entre les doigts la copie de la bague de sa mère, regard rivé sur l'objectif, avec un air taciturne. Très classe — et très sexy.

Le but de cette campagne était simple : le consommateur était censé avoir envie d'en apprendre plus sur l'histoire de chaque bijou ainsi mis en scène et se rendre sur le site de la compagnie, où l'on pouvait également découvrir la nouvelle collection réalisée par Sage. Les affiches de Jaeger et de Sage étaient déjà sorties, celle de Linc le serait dès le lendemain, celle de Beck fin de semaine. Et jamais le site de Ballantyne n'avait enregistré autant de visiteurs.

Cady sélectionna une photo puis, levant la tête, elle vit Beck s'approcher d'elle, une tasse à la main.

— Puis-je venir boire mon café à côté de toi ou vas-tu te précipiter à la salle de bains ?

Grâce au ciel, ses nausées n'étaient pas permanentes, mais déclenchées par certaines odeurs, celle du poulet par exemple, ou de la vanille. Si parfois le café ne lui faisait aucun effet, par moments c'était un vrai cauchemar. Elle renifla du bout des narines, attendit un peu et, son estomac ne réagissant pas, elle sourit.

— C'est un jour à café.

Beck s'assit tout contre elle et scruta l'écran de son ordi.

— C'est la photo que tu as choisie ?

— Oui. Mais si tu veux, tu peux regarder les autres.

— Oh ! je te fais une confiance abso… Aïe, s'interrompit-il, cette petite chose me rentre dans la chair…

Quand il sortit la bague de sa mère de la poche de son jean pour la placer sur les genoux de Cady, elle posa son portable sur la marche, à côté d'elle, et prit le bijou entre ses doigts pour l'examiner à la pâle lumière de cette fin d'après-midi.

— Elle est vraiment merveilleuse…

— Et encore, c'est un faux. L'original était mille fois plus intense, d'une couleur plus profonde, répondit-il avant d'avaler une gorgée de café. En fait, cette bague fait partie de mes tout premiers souvenirs, au même titre que l'odeur de ma mère…

— Parle-moi d'elle, dit Cady en lui faisant face.

— Je me rappelle aussi le contact de sa main sur la mienne, soupira-t-il, les yeux rivés sur la bague. Je tenais un crayon. J'étais gaucher, comme elle, raison pour laquelle je me souviens avec tant de netteté de cette bague dont la couleur me fascinait.

— Entre rouge et magenta, chuchota Cady. Un rose groseille… J'aurais bien aimé voir la vraie…

— Je te l'aurais montrée volontiers, dit Beck, la voix nostalgique. Mais comme je te l'ai expliqué, elle gît quelque part sur cette montagne du Vermont.

— Je suis tellement triste pour toi, dit Cady en nouant son bras au sien. Vous deviez être si jeunes, toi et les autres, quand le drame a eu lieu…

— Oui, dix, huit et six ans, répondit-il, la tasse tremblant dans ses doigts quand il la porta à ses lèvres. Ils me manquent encore terriblement, aujourd'hui.

— Ils te manqueront probablement jusqu'à la fin de tes jours, dit-elle à voix basse.

C'était la première fois que Beck lui parlait de son passé, de ses parents, et elle ne voulait surtout pas gâcher ce moment en posant trop de questions ou risquer de dire quelque chose qui le pousserait aussitôt à se rétracter dans sa coquille.

— Toute notre vie, l'absence de nos parents s'est fait cruellement ressentir. Ils n'étaient pas là pour encourager Jaeger, pour applaudir Sage sur scène. Mon père n'a pas pu mener ma sœur à l'autel. Ty et Shaw ne l'accompagneront jamais à la chasse aux pierres précieuses, comme nous l'avons fait…

Il se tut et se massa la nuque, Cady respectant son émotion, avant de demander :

— Et toi ? À quel moment tes parents t'ont-ils le plus manqué ?

Un lourd silence s'ensuivit et elle crut qu'il resterait muet, puis elle le vit inspirer profondément et il se tourna vers elle.

— Ce que je pense ou ressens n'a pas la moindre importance, répondit-il, l'air sombre.

Choquée par la froideur et cruauté de ses paroles, Cady se raidit et ouvrit la bouche pour protester, avant de renoncer face à la douleur de son regard.

— Beck, dit-elle en lui serrant tendrement la main, pourquoi dis-tu ça ? Toi aussi, tu as perdu tes parents.

— Oui, mais s'ils sont morts, c'est ma faute.

Cady en tressaillit, stupéfaite, bouleversée, ne sachant en réalité que dire, puis elle comprit que Beck allait s'esquiver et, là, elle décida de ne pas le laisser faire. Il allait demeurer à côté d'elle et lui expliquer, jusqu'au bout. Il avait huit ans, bon sang, et aucun enfant de huit ans ne pouvait être responsable de la disparition de ses parents.

— Je t'interdis de te sauver, dit-elle en le retenant par la ceinture.

— C'est-à-dire que, hum, j'ai un rapport à finir. Une analyse comptable de…

— Tu vas rester assis là et me parler, répliqua-t-elle et, lorsque Beck s'exécuta en bougonnant, elle l'observa un moment, avant d'ajouter : Pourquoi penses-tu une chose pareille, Beck ?

— Parce que c'est exactement ce qui est arrivé, Cady. Et je n'ai pas du tout envie de m'épancher sur le sujet.

— Mais enfin, ce n'est pas vrai, insista-t-elle, ce n'est pas ce qui s'est passé. Tu étais au domaine, je le sais, avec ton oncle et tes frères et sœur. Tu n'as pas pu causer la mort de tes parents, voyons. Que veux-tu dire par là ? Explique-moi, je t'en prie…

Beck marmonna quelque chose d'incompréhensible, puis il fourragea dans ses cheveux et enfin, bien que de très mauvaise grâce, il répondit :

— Je m'étais cassé le poignet en skate et la fracture étant délicate, on avait décidé de m'opérer en urgence et de me poser une broche. J'étais terrorisé. Je venais de voir un film d'horreur qui se passait dans un hôpital et j'étais persuadé que des zombies allaient me dévorer, d'autant plus que Jaeger en rajoutait. Alors j'ai appelé mes parents pour les supplier de rentrer à la maison. Je pleurais au téléphone, complètement hystérique. La météo était mauvaise ce jour-là, mais mon père a décidé de prendre le risque, croyant qu'il pourrait contourner la tempête. Mais il se trompait. La visibilité était nulle au-dessus des montagnes…

Son père avait pris le risque, Beck l'avait dit lui-même, il devait donc l'accepter. Et Cady devait l'y aider. Il n'était qu'un petit enfant apeuré alors, qui avait besoin de ses parents. En aucun cas il n'était responsable de leur disparition !

— Je ne comprends toujours pas pourquoi tu penses que c'est de ta faute, s'ils se sont écrasés. Ton père a tenté le tout pour le tout et, malheureusement, il a fait le mauvais choix.

— Lors de la réception, après les funérailles, j'ai surpris une conversation entre des gens que je connaissais. Ils disaient que, pour un simple poignet cassé, une telle tragédie était cher payée.

— Oh ! Beck…

— Et ils ont rajouté que ma mère était enceinte. En réalité, j'avais tué trois personnes…

Submergée par un sentiment de colère en pensant au désespoir, à l'incompréhension de ce petit garçon, Cady attira Beck entre ses bras. Puis elle l'obligea à la regarder.

— Quels imbéciles, dit-elle entre ses dents, ivre de rage. De tels propos sont ignobles et honteux. Une infamie.

Elle ferma les yeux un moment pour tenter de recouvrer son calme, en vain.

— D'ailleurs, qui sont ces gens ? reprit-elle.

— Pourquoi ? demanda Beck, perplexe.

— Parce que si je les retrouve, je les massacre, voilà pourquoi. Comment ont-ils osé dire ça ? Comment est-ce possible ?

Beck à cet instant chercha à se libérer et c'est là qu'elle réalisa qu'elle le tenait par le col de sa chemise, presque à l'étrangler. Elle le lâcha aussitôt et posa les mains sur ses épaules.

— Ta colère me touche, Cady, vraiment, mais c'était il y a longtemps, tu sais, je…

Elle lui fit signe de se taire, toujours hors d'elle, ce qui lui arrivait rarement. Peu importait que tout cela se soit passé presque vingt-cinq ans plus tôt. Ces gens avaient fait du mal à Beck. Pire, ils avaient instillé au fond de son cœur, de son âme, un poison puissant aux effets dévastateurs.

Elle ferma les yeux, s'appliqua à inspirer, expirer, pour tenter de juguler cette colère en elle et, lorsqu'elle les rouvrit, Beck la regardait, l'air désarçonné.

— Ça va ? demanda-t-il, les sourcils froncés.

— Oui, répondit-elle, le rasseyant de force quand il fit mine à nouveau de s'éclipser. Où crois-tu aller comme ça ?

— Ranger ma tasse dans l'évier de la cuisine, puis me rendre au bureau pour travailler un peu, étant donné que j'ai perdu une bonne partie de la journée à faire l'imbécile devant l'objectif.

— Ah. Eh bien, n'y songe même pas, répliqua-t-elle et, pour lui ôter toute envie de fuir, elle s'installa sur ses genoux, emprisonnant ses jambes entre les siennes.

— On peut aussi aller dans ma chambre, si tu préfères, suggéra-t-il avec un petit sourire espiègle.

— Non, cela non plus, il n'en est pas question, du moins pas dans l'immédiat, répondit-elle. Tu vas rester là et écouter ce que j'ai à te dire.

Beck perdit aussitôt son sourire et elle le sentit se crisper. Oh ! monsieur pouvait la fusiller du regard tout ce qu'il voulait, elle ne se laisserait pas intimider. Tant pis s'il était fâché contre elle. Tant pis pour cette peur aussi, dans ses yeux.

— Beck, tu n'es pas responsable et encore moins coupable de ce qui est arrivé à tes parents, dit-elle. Tu n'étais qu'un enfant et tu avais le droit de leur demander de rentrer pour te tenir la main. Et eux, comme tous bons parents qui se respectent, ont su entendre tes pleurs…

— Mais…

— Ton père a pris un risque et cela s'est mal terminé. Ce n'est en rien ta faute, répéta Cady.

— Mais elle était enceinte, Cady !

— Ils auraient tout aussi bien pu perdre la vie dans un accident de voiture que tu n'en serais pas plus responsable, insista-t-elle. Tu n'avais que huit ans, Beck, tu avais besoin de tes parents. Tu dois arrêter de culpabiliser comme ça, soupira-t-elle, prête à pleurer. Et j'en suis certaine, dans ta tête, tu en es conscient.

— Oui, mais…

— Il n'y a pas de *mais* qui tienne, dit-elle en essuyant une larme sur sa joue. Je t'en prie, cesse de te torturer ainsi.

Beck la dévisagea longuement, avant de murmurer :

— Sage comme mes frères n'ont jamais su qu'elle était enceinte. Selon toi, est-ce que je dois…

— Leur dire ? finit-elle pour lui. Je l'ignore, Beck. Mais peut-être que oui, peut-être que cela marquerait pour toi le début de la guérison. Peut-être que cela te permettrait de briser ce mur que tu as érigé entre toi et les tiens, entre toi et le monde.

— Je ne…, commença-t-il, cherchant à protester, avant de secouer la tête. Oui, tu as raison. Oh ! Cady, tu as toujours eu le chic pour mettre le doigt sur mes points faibles. Mais je voulais te dire, ce qui se passe, entre nous, je…

D'un baiser, elle le réduisit au silence, refusant d'en entendre plus. Parce que porté par l'émotion, Beck risquerait de faire des promesses qu'il ne pourrait pas tenir. Ce moment était trop intense et elle devait absolument l'abréger — pas question de laisser son cœur battre plus vite, de croire en un possible, entre Beck et elle.

Trop de choses étaient arrivées dernièrement, trop de choses étaient en jeu. Pour la deuxième fois, elle couchait avec un client et, même si Beck affirmait pouvoir et vouloir faire la distinction entre les deux, elle s'était déjà brûlé les ailes à ce petit jeu, se retrouvant enceinte d'un bébé dont Beck n'était pas le père. Comment pourraient-ils avoir un quelconque avenir ensemble ?

Alors non, elle ne retomberait pas amoureuse de lui. Et tant pis s'il était l'homme le plus séduisant, le plus attachant qu'elle eût jamais rencontré, tant pis si elle l'adorait. C'était hors de question, elle ne commettrait pas deux fois la même erreur.

— Viens, Cady, allons dans ma chambre, murmura-t-il de sa voix de velours.

Elle secoua la tête et s'arracha à lui pour lui faire face.

— Un problème ? dit-il en se renfrognant.

La gorge nouée, Cady battit le rappel du peu qui lui restait de raison pour ne pas faiblir.

— Faire l'amour après une conversation aussi grave n'est pas une bonne idée, Beck.

— Faire l'amour est toujours une bonne idée, protesta-t-il.

— Non, c'est faux, répondit-elle, bien qu'un peu désarçonnée par sa réflexion, typiquement masculine. Notre émotion pourrait interférer avec le plaisir physique et fausser la donne. Les sentiments pourraient influer sur notre relation, tu comprends. Crois-moi, mieux vaut prendre du recul, toi et moi…

— Je résume, dit-il, vaguement narquois. Laisser s'exprimer nos sentiments serait donc une mauvaise chose, pour toi ?

— Mais bien sûr, voyons ! Beck, tu m'as brisé le cœur par le passé et je ne compte pas te permettre de recommencer. Je travaille pour toi ; or, je suis tout sauf professionnelle, dans l'histoire. Je m'en veux tellement de ne pas avoir été capable de te résister. Et pour arranger le tout, je suis enceinte.

— Le fait que tu sois enceinte ne me pose aucun problème, dit-il avec un calme olympien.

— Eh bien, ça le devrait ! s'exclama-t-elle, exaspérée par son entêtement. Je suis à cran, hyper sensible à tout et surtout à toi et je me connais suffisamment pour savoir que coucher avec toi, là, maintenant, serait tout sauf une bonne idée…

Elle s'interrompit, les larmes à présent coulant sans discontinuer sur ses joues.

— J'ai besoin de prendre du recul, Beck. Par rapport à toi, à nous. Par rapport à ce que je ressens pour toi.

— Pourquoi ?

Cady s'empara de son ordi, le glissa dans sa mallette et regarda autour d'elle pour vérifier qu'elle n'oubliait rien.

— Parce que je refuse de m'habituer à quelque chose qui, forcément, sera temporaire. Parce que, un jour ou l'autre, tu vas prendre peur et fuir, pire me chasser de ta vie et ça, non, je ne peux même pas l'imaginer. Le sexe avec toi, ça oui, je peux gérer, pas de problème. Ou même être amie avec toi, et aussi travailler avec toi. Mais je refuse de m'attacher à toi sur le plan émotionnel, affectif. Tu ne me briseras pas le cœur une seconde fois, Beck.

Sur ce, elle se dirigea vers la porte et l'ouvrit.

— Cady…

Elle se retourna. Il s'était levé et la regardait, les yeux brillants.

— Oui ?

— Moi aussi, j'ai eu le cœur brisé.

Cady hésita, puis elle haussa les épaules avec tristesse.

— C'était ton choix, Beck, pas le mien.

9

— Encore vous ? s'exclama Beck d'un air excédé, en descendant du taxi. Vous n'avez donc personne d'autre à harceler ?

Il venait d'arriver au domaine, la maison de son enfance, pour découvrir que là encore, une horde de paparazzis l'attendait, massée devant le portail. L'un d'eux, en tenue de camouflage, appareil-photo autour du cou, l'interpella :

— Le public veut tout savoir sur vous et Cady. Alors, ces fiançailles, info ou intox ? Quand allez-vous faire une déclaration ?

— Quand il fera moins froid, rétorqua Beck en tendant la main à Cady.

Lorsqu'elle la prit, Beck sentit cette petite décharge le transpercer, comme chaque fois qu'ils entraient en contact. Depuis plus de deux semaines qu'ils couchaient ensemble, l'électricité entre eux semblait monter en puissance. Par consentement mutuel, et tacite, tous deux s'appliquaient à privilégier leurs étreintes au détriment de toute conversation un peu trop sérieuse. Sauf que lui, à certains moments, aurait bien aimé pouvoir parler d'autre chose que du temps ou du travail. Mais bon, en même temps, il en était conscient, c'était mieux ainsi — plus prudent.

Cady à son tour descendit du taxi et tout de suite se cacha le visage derrière son écharpe. Les cheveux dissimulés par un chapeau, elle avait l'air d'une diva, mystérieuse et sexy. En fait, si les médias s'intéressaient autant à elle, ce n'était pas uniquement parce qu'elle était une inconnue, mais aussi à cause d'une certaine ressemblance avec Audrey Hepburn.

— Et le mariage ? C'est pour quand ?

Beck ignora la question et attira une Cady tremblante contre lui avant de gravir les marches du perron.

— Pourquoi Cady ne porte-t-elle pas la bague de votre mère ?

Parce que c'est une vulgaire copie, espèce d'idiot, et je n'irai jamais offrir de la camelote à aucune de mes fiancées…

— Cela ne vous regarde pas ! lança Beck sans même se retourner.

Personne en dehors du cercle familial ne savait ce qu'il était advenu du bijou original, le vrai. Par la suite, Beck avait longtemps cherché, arpentant les gisements aux quatre coins du globe, sans jamais trouver une pierre capable d'égaler le béryl rouge de sa mère. Les pièces de cette qualité étaient extrêmement rares et découvrir une merveille de cinq carats équivalente relevait de l'utopie.

De toute façon, quelle importance ? Il n'aurait jamais l'occasion d'offrir un tel bijou à une femme, que ce soit Cady ou une autre.

Il fit entrer Cady et la suivit, aussitôt submergé par les odeurs familières de fleurs fraîchement coupées et de cire d'abeille. Il retira son manteau, l'accrocha à la patère dans l'antichambre et attendit que Cady déroule son écharpe.

Elle semblait nerveuse et comment aurait-il pu le lui reprocher ? La famille au complet serait là, ce soir, y compris Amy et Tate, qui avait emménagé au domaine avec le bébé de sa sœur, l'ex-fiancée de Linc. D'ailleurs, en parlant de bébés, à quoi rimait une telle invasion ? Encore trois mois plus tôt, il n'y avait que Shaw, le fils de Linc, quatre ans, mais aujourd'hui il en pleuvait de partout. Ty, par exemple, le bébé de Jaeger, et puis Piper qui était enceinte, comme Cady. Une véritable épidémie !

Beck prit le manteau et l'écharpe de Cady. Comme elle était belle, avec son pull à damier bleu et blanc, son jean crème et ses cuissardes. Elle ne s'habillait pas chez les grands couturiers, mais elle n'en avait nul besoin, ayant du style, une classe naturelle. En fait, tout lui allait. Contrairement à lui. C'était Stefan qui s'occupait de ses tenues, qui lui choisissait ses vêtements, Beck en ce domaine n'ayant jamais eu de goût.

Soudain, un éclat de rire en provenance du salon résonna jusqu'à eux, faisant sursauter Cady.

— Tout va bien se passer, dit Beck en lui prenant la main. Tu es en sécurité ici. Sois toi-même, c'est tout.

— Mais pourquoi as-tu tellement insisté pour que je t'accompagne ? soupira-t-elle. Je n'ai rien à faire dans cette maison.

Son manque d'enthousiasme à la perspective de cette soirée en famille n'aurait pas dû le toucher à ce point, pourtant la remarque le blessa. Il s'agissait de ses frères, de sa sœur, de leurs proches, bon sang, et il voulait que Cady les aime et que les autres l'aiment en retour. Pour quelle raison, au juste ? s'interrogea-t-il. Ce n'était pas comme si elle était destinée à faire partie de sa vie pour toujours… Agacé par le tour que prenaient ses réflexions, il marmonna :

— Tu n'as pas eu le temps d'informer Linc, Sage et Jaeger sur l'impact de la campagne d'affichage. Ils ignorent encore que c'est un succès sur toute la ligne. J'ai pensé que tu pourrais profiter de cette soirée pour leur annoncer la bonne nouvelle.

— Mais tu m'as dit que vous n'aviez pas pour habitude de parler affaires, lors de ces dîners, remarqua-t-elle.

— Bien sûr, mais c'est plus fort que nous, il y en a toujours un qui craque. C'est comme ça, quand on est à la tête d'une entreprise familiale, répondit-il avant de prendre ses mains entre les siennes. Mais qu'est-ce qui te tracasse, au juste, Cady ? ajouta-t-il à voix basse.

— Est-ce que…, commença-t-elle avant de détourner les yeux. Savent-ils que je suis enceinte ?

— Je ne leur ai rien dit.

— Pourquoi ?

— Parce que cela ne les concerne pas. Mais si tu éprouves le besoin de leur annoncer la nouvelle, ne te gêne pas.

— Non, non. C'est juste que je pensais que tu avais pu les…

— Absolument pas, l'interrompit Beck et, comme elle continuait de fuir son regard, il murmura : Qu'est-ce qui t'ennuie au juste, Cady ?

— En temps normal, je ne suis pas quelqu'un de timide, mais ta famille… Toi… Tout ça, c'est impressionnant, tu comprends ?

— Pas vraiment, non, mais explique-moi.

— Eh bien, les Ballantyne sont une vieille lignée, l'une des plus riches, des plus influentes aussi de New York. Moi, je viens de la classe moyenne, d'une petite ville de province. Alors, cette maison, ces lustres, cet escalier monumental, ces meubles, enfin, bref, je ne me sens pas à l'aise ici…

— La console, ici, est du XVIIIe siècle. Ma grand-mère l'a dénichée dans une brocante et l'a restaurée elle-même, expliqua Beck. Quant au lustre, là, si tu regardes bien, tu verras des boulettes de papier, coincées entre les pampilles. C'était notre jeu préféré, quand nous étions enfants. Et l'escalier, certes imposant, j'ai dû le descendre cent fois sur la rampe, à m'y échauder les fesses. C'est juste une maison, Cady.

— Super idée ! Je peux le faire, moi aussi, oncle Beck ?

Beck sursauta et découvrit Shaw, petit blond aux yeux bleus, à quelques pas à peine, en train de les observer — et de les écouter, peut-être depuis un bon moment. Aussitôt, il s'empara du garçonnet et le mit debout sur ses épaules, tout en le maintenant fermement par les chevilles — une figure dont tous deux avaient une grande habitude et dont Shaw raffolait.

— Beck, attention ! s'écria Cady, l'air horrifié.

— N'aie pas peur, il sait le faire, répondit Shaw en riant. Tu n'as pas intérêt à me lâcher, oncle Beck, sinon tu auras affaire à mon papa !

— Tu voudrais que ton papa fasse du mal à ton oncle ? demanda Cady, amusée.

— Oh non, jamais, sauf pour rire ! s'exclama Shaw avant de la regarder avec curiosité. Qui tu es, toi ? Moi, je m'appelle Shaw.

— Enchantée, Shaw, mon nom est Cady, se présenta-t-elle tandis que Beck se dirigeait vers le salon, le bambin dans les bras maintenant.

Il s'écarta une fois à la porte pour la laisser entrer. Toute la tribu était là. Jo, la mère de Linc, portait un adorable bébé café au lait et Ty, le fils de Jaeger, était assis entre les pieds de son père, la bouche pleine, des miettes de boudoirs tout autour de lui, sur le tapis persan. Piper bavardait avec Amy, et Linc semblait surveiller Tate, un peu en retrait. Bref, la routine, songea Beck avec un sourire ironique.

Dans ses bras, Shaw le regarda, l'air perplexe.

— Les cigognes doivent avoir beaucoup de travail en ce moment, pas vrai, oncle Beck ?

— Les cigognes ? répéta celui-ci sans comprendre.

— Eh bien oui, répondit le garçonnet, alors que le silence s'était fait dans la pièce. Les cigognes apportent les bébés et il y en a eu plein, ces derniers temps. Il y a Ty et Ellie et puis Piper en a un dans son ventre et Cady a dit qu'elle était enceinte. Ça veut dire qu'elle en a un elle aussi dans son ventre, non ?

— Bon sang de bon sang, marmonna Beck entre ses dents.

Merci, Shaw, soupira-t-il en silence tandis que Cady, blême, se précipitait vers la salle de bains.

Il fit face à sa famille, levant les yeux au ciel devant leurs sourcils froncés, leurs regards inquisiteurs. Pour certains, il nota également une certaine résignation et même aussi de l'espoir chez d'autres, attendant probablement qu'il s'explique. Mais sur quoi ? Il détestait avoir à se justifier et à parler de lui…

Il avait bien réussi à se confier à Cady pourtant, l'autre soir. Cady qui avait beaucoup pleuré, touchée par la détresse du petit garçon qu'il était au moment du drame. Depuis, il avait beaucoup repensé à ce qu'elle lui avait dit. Sa foi en lui, en son innocence, avait même fait fondre un peu cette gangue de glace figée autour de son cœur, fissurant la culpabilité dans laquelle il vivait. Pour la première fois, il avait songé que, peut-être, l'heure avait sonné de pardonner à l'enfant de jadis. Bon, il n'en était pas encore là, mais avec un peu de persévérance, un jour ou l'autre…

Mais chaque chose en son temps. Par exemple, il ressentait aujourd'hui le besoin de renouer vraiment avec les siens, de s'ouvrir à eux et de se libérer ainsi de tous les non-dits, de tous ses secrets en leur disant enfin la vérité, toute la vérité.

— Ce n'est pas le mien, dit-il en préambule, pour que ce soit bien clair.

— Hum, ça, on s'en serait douté, remarqua Linc en lui tendant un verre de whisky.

— Oui, tu as beau être rapide, quand même pas à ce point, ajouta Jaeger.

Piper envoya une claque sur l'épaule de son fiancé tout en le fusillant du regard. Beck la remercia avec un sourire plein de gratitude. Parler lui était déjà bien assez difficile comme ça, si en plus il devait supporter leurs sarcasmes.

— Elle est enceinte de combien, Beck ? l'interrogea Piper.

— En fait, je ne sais pas trop, répondit-il, embarrassé.

— Oh ! Beck ! Tu l'ignores ? s'exclama Jo, sous le choc.

— Est-ce qu'elle prend des vitamines, au moins ? Dort-elle suffisamment ? enchaîna Amy.

Julia, Piper et Tate, toutes le dévisagèrent, l'air horrifié. Oui, bon. À sa décharge, chaque fois qu'il abordait le sujet, Cady trouvait toujours une raison de se dérober. Mais, de son côté, il n'avait jamais vraiment insisté… et sans doute avait-il eu tort. À en juger par la mine de désapprobation de ces dames, il semblerait même qu'il ait commis la faute suprême.

— Sa grossesse te pose un problème ? demanda alors Amy de façon abrupte.

— Que veux-tu dire ?

— Si tu as des sentiments pour elle, est-ce que cette grossesse pourrait représenter un handicap ?

Beck regarda en direction du couloir pour s'assurer que Cady se trouvait encore dans la salle de bains.

— Je n'ai pas de sentiments pour elle, Amy.

À moins que… Il se renfrogna. En avait-il ou pas ?

Cady était la seule à qui il avait raconté son histoire, la seule qui savait, pour la grossesse de sa mère. Elle occupait l'essentiel de ses pensées, s'invitait dans tous ses rêves. Passer du temps avec elle, faire l'amour avec elle était tout ce à quoi il aspirait. Mais peut-être ne s'agissait-il que de sentiments résiduels, simple héritage de leur aventure d'autrefois. Cela ne voulait pas nécessairement dire qu'il l'aimait.

Une telle option n'était d'ailleurs pas envisageable. Ça ne faisait pas partie du plan.

Un plan qu'il avait arrêté à l'âge de huit ans, sous une table. Franchement, réalisa-t-il, était-ce bien raisonnable ?

Perturbé, Beck jugea plus sage d'en revenir à la conversation qu'il souhaitait avoir avec sa famille. Préférant être la cible de leurs reproches et de leurs griefs, plutôt que de devoir admettre qu'il ait pu faire fausse route durant toute son existence.

— Tu n'as pas répondu à la question, insista Sage. Le fait que Cady porte l'enfant d'un autre te pose-t-il un problème ?

Beck haussa les épaules. Honnêtement, il ne pensait pas à ce bébé comme à un problème. Il adorait les enfants et savait parfaitement s'y prendre avec eux. Il lui arrivait même de garder Shaw à l'occasion. Bon, il n'était pas vraiment enchanté à l'idée que Cady soit enceinte d'un autre, mais s'il devait choisir — Cady avec son bébé ou pas de Cady du tout — il n'hésiterait pas : il les voulait tous les deux.

Mais pas de précipitation, un tel choix n'était pas d'actualité.

— Linc n'est pas du même sang que nous, poursuivit-il en levant son verre à l'intention de son frère. Ce n'est pas pour autant que nous ne l'aimons pas. Je crois que je ressentirais la même chose si je devais épouser une femme avec un enfant qui n'est pas le mien.

— Projetterais-tu de l'épouser ? demanda Linc. Parce que, si ce n'est pas ton intention, Beck, tu devrais prendre tes distances avant de la blesser.

— Holà, on se calme ! Je ne suis pas le seul à ne pas vouloir aller trop vite en besogne. Cady aussi reste sur ses gardes. Elle ne souhaite pas plus que moi se lancer dans quelque chose qui pourrait ne pas aboutir.

— Tu l'as déjà fait souffrir, par le passé, Beck. Je t'en prie, ne recommence pas, le supplia Sage.

Beck entendit la porte de la salle de bains. D'un geste, il demanda aux autres de changer de sujet et tout en regardant Cady approcher, il réalisa toute l'ironie de la situation. Sa famille s'inquiétait pour elle, mais qui pensait à lui ? Car son cœur aussi était en jeu. Avait-il fait preuve d'un tel détachement, d'un tel cynisme pour que personne n'imagine que lui aussi puisse souffrir ?

En réalité, ils ne le connaissaient pas. La faute à qui ? La sienne, bien sûr, ses frères comme sa sœur ayant souvent essayé de briser cette carapace qui était devenue comme une seconde peau, pour lui. Il était le seul à blâmer dans l'histoire et cela ne pouvait plus durer.

À son réveil, le lendemain matin, dans le lit de Beck, après ce dîner en famille qu'elle avait apprécié plus qu'elle ne l'aurait sans doute dû, Cady entendit tout de suite la douche, dans la salle de bains attenante. Elle sourit en remettant un peu d'ordre dans ses cheveux. Ils avaient fait l'amour, la veille, puis elle s'était endormie entre ses bras. Ils avaient pris l'habitude de venir plutôt chez lui, son appartement à elle étant un peu trop exigu. En conséquence de quoi, Cady commençait à se sentir chez elle, au loft — tout comme dans la vie de Beck.

Sur le plan professionnel, elle devait encore veiller à l'organisation du cocktail et de l'exposition de la dernière collection Ballantyne. Après ça, sa mission serait terminée. Il lui restait un peu d'argent sur son compte et, mieux encore, elle avait signé un contrat avec une petite équipe de base-ball ainsi qu'un deuxième avec un célèbre chef qui lançait sa marque d'ustensiles de cuisine. Grâce au soutien de Julia et au succès de la campagne Ballantyne, les clients revenaient frapper à sa porte. Bref, entre ce qu'allaient lui rapporter Ballantyne et ses nouveaux projets, elle devrait rapidement pouvoir reprendre ses collaborateurs et envisager l'avenir avec plus de confiance.

Si son travail pour Ballantyne s'achevait la semaine suivante, ni Beck ni elle n'avaient parlé de la suite pour l'instant. Continueraient-ils à se voir ? Elle n'était pas certaine que ce soit une bonne idée. Quoi qu'il en soit, il lui serait impossible de dissimuler sa grossesse plus longtemps. Son ventre s'arrondissant à vitesse grand « V », le moment semblait bien choisi pour couper les ponts avec Beck, car son état susciterait forcément l'intérêt des médias et elle devrait alors expliquer que le bébé n'était pas de Beck, révélation qui, dans le meilleur des cas la ferait passer pour une femme aux mœurs légères, et dans le pire, pour une ambitieuse que rien n'arrêtait, capable de coucher pour réussir.

Une autre raison la pressait de prendre ses distances avec Beck, car elle n'imaginait pas pouvoir se priver de tout ça. Oh ! pas du luxe dans lequel il vivait, non, mais de lui, de sa présence, de la sérénité qu'il lui apportait, de sa tendresse.

De son amour… ? Oh oui, elle aspirait à son amour, ne respirait en réalité que pour cela : qu'il l'aime. Car de son côté, elle l'aimait, plus encore qu'autrefois. À cette époque, l'idée même d'un avenir avec lui avait quelque chose d'illusoire, d'immature, mais aujourd'hui la vie qu'elle menait avec lui, leur café du petit matin, quand il rentrait de la salle de sport, leurs étreintes sous la douche, leurs discussions sur la politique — elle un peu conservatrice, lui trop libéral — leur repas en tête à tête, bref, tout ça faisait qu'avec lui elle se sentait vivante. Elle se sentait elle-même, cette Cady qu'elle avait toujours souhaité être.

Mais elle était enceinte, il était son client et il ne voulait pas la même chose qu'elle. Un jour ou l'autre, il prendrait peur, trouverait que tout ça était allé trop loin et il mettrait un terme à leur relation. Comment pourrait-elle vivre dans l'angoisse que chaque jour soit le dernier ? Car c'était inévitable.

Il ne lui resterait que les larmes pour pleurer. Or, elle avait une boîte à préserver et un enfant à élever. Alors non, elle ne laisserait pas Beck lui briser le cœur à nouveau, peut-être sans espoir de pouvoir en recoller les morceaux, cette fois.

Mieux valait donc prendre du recul et s'éloigner, en douceur, progressivement. Elle passerait désormais moins de temps avec lui et, dans un mois ou deux, ils feraient paraître un encart dans la presse pour annoncer qu'ils se séparaient, mais demeuraient bons amis.

Elle sursauta en entendant la porte de la salle de bains puis Beck apparut, une serviette autour des reins, le buste et les bras humides.

— Hello ! lança-t-il, visiblement ravi de la voir encore au lit. Bien dormi ?

Elle lui sourit tout en le regardant finir de se sécher avec une autre serviette qu'il enroula ensuite autour de son cou. Puis il disparut dans le dressing pour en ressortir une poignée de secondes plus tard, un cintre à la main, sa tenue pour la journée — pantalon fauve, chemise blanche et veste gris foncé. Il jeta le tout sur le lit. Cady reconnut aussitôt le logo, celui de l'une des plus fameuses boutiques de vêtements masculins.

En réalité, réalisa-t-elle avec amusement, dix ans plus tôt Beck affichait déjà un certain mépris pour les convenances, pour les apparences. Il se fichait bien de la mode, se contentant de confier ça à un styliste. Elle décida de le taquiner un peu.

— Je trouve qu'une veste bleu marine serait mieux que du gris, dit-elle, mine de rien.

Beck fit passer son regard de son costume à elle, puis l'inverse, comme pris de panique.

— Euh… Je ne sais pas…

— Ce gris est un peu terne. Tu devrais l'associer à quelque chose de punchy, peut-être un pull rouge. Ou orange ? suggéra-t-elle, avant de pouffer la seconde d'après face à son désarroi.

Il s'empara alors de la serviette autour de son cou pour la lui jeter au visage.

— Espèce de chipie.

— Tu n'es qu'un enfant gâté, répondit-elle en riant avant

de lui relancer le tissu-éponge. Moi qui pensais que tu avais du goût, en fait c'est Stefan qui en a pour toi.

— Ça prouve bien d'une certaine façon que j'ai du goût, dit-il. Au début, sur la dizaine de costumes qu'il me sélectionnait, je n'en portais que deux ou trois. Mais maintenant, il sait ce que j'attends.

— Pourquoi ne pas choisir toi-même tes propres vêtements ?

— Tu me vois faire du shopping ? s'exclama-t-il avec un regard horrifié. Plutôt mourir. Et puis, je serais incapable d'acheter quoi que ce soit. Tu me connais, si je pouvais, j'irais travailler en jean et T-shirt…

Il s'avança pour s'asseoir à côté d'elle, plaçant les mains sur le lit, de chaque côté de son corps, comme pour la retenir prisonnière.

— Il faut que nous ayons une discussion, toi et moi, Cady, dit-il alors d'une voix grave.

Elle acquiesça d'un signe de tête. Le moment tant redouté serait-il arrivé ? Déjà ? Ce moment où il allait lui dire qu'il était grand temps pour eux de se séparer ? Oh ! elle n'en doutait pas, il ferait ça avec délicatesse, pas de manière brutale comme la dernière fois. Il tenterait de lui expliquer pourquoi c'était mieux pour eux et elle, elle lui donnerait raison, entre deux sanglots.

Non, elle ne verserait pas une larme, pas une seule. Du moins s'y efforcerait-elle.

— Nous n'avons vraiment jamais parlé de ta grossesse, dès que j'évoque le sujet, tu t'arranges pour esquiver.

Sa grossesse ? Il voulait lui parler de sa grossesse ? Elle le dévisagea, plutôt surprise.

— Tu veux que nous parlions de mon bébé, c'est ça ? dit-elle, doutant d'avoir bien entendu.

— Oui. Et tu n'iras nulle part, tant que tu n'auras pas répondu à mes questions.

Oh ! mais alors… Il n'envisageait pas de rompre ? Son soulagement fut si grand qu'elle en ressentit un vertige.

— Tu es enceinte de combien, Cady ?

— Eh bien, commença-t-elle, sous le choc de l'émotion. Douze, treize semaines.

— Tu as vu un médecin ?

— C'était mon intention, mais non, pas encore. J'ai eu tellement à faire, tu sais, avec cette campagne…

— Et le père ? Tu veux bien me dire de qui il s'agit ? poursuivit Beck, sans se laisser attendrir par sa nervosité.

— Quel intérêt ? dit-elle, mais face à son regard noir, elle soupira, résignée : Il se moque totalement du bébé, comme de moi d'ailleurs.

— A-t-il l'intention au moins de participer à tes frais médicaux ? De te verser le moment venu une pension pour l'éducation de l'enfant ?

— Non, répliqua-t-elle, sur la défensive maintenant.

— Cady, je ne suis pas ton ennemi et je ne veux aucun mal à ce petit être, dans ton ventre. Alors, s'il te plaît, parle-moi.

— Mais enfin, Beck, gémit-elle, les larmes aux yeux. Quelle importance ? Je serai une maman célibataire, comme des millions de femmes, pourquoi tant d'histoires ?

— Je veux savoir, c'est important pour moi, Cady.

Elle secoua la tête et poussa un profond soupir.

— Il est marié, Beck. Je ne l'ai appris que lorsque je lui ai annoncé ma grossesse. En fait, il me mentait depuis le début en prétendant être divorcé. Il m'a demandé de me faire avorter et n'est pas du tout disposé à payer pour l'enfant.

— Le salaud.

Cady frémit face à sa colère, une fureur qui n'était pas dirigée contre elle, bien au contraire. Derrière cette colère, elle vit en effet de l'empathie et de la compréhension. Elle sut alors qu'elle devait aller jusqu'au bout et tout lui dire, parce qu'elle lui devait la vérité.

— Mais il y a pire…

Beck fronça un sourcil et attendit.

— C'était un de mes clients et, lorsque je lui ai parlé du bébé, il a rompu le contrat qui me liait à sa compagnie.

— Espèce de…, marmonna Beck entre ses dents.

— Mais je peux te l'assurer, il n'est pas du tout dans mes habitudes de coucher avec un client. C'était le premier, depuis toi. Puis tu as resurgi dans ma vie… et j'ai aussi couché avec toi. Oh ! comme j'ai honte, dit-elle en se cachant le visage entre les mains. Je ne suis pas ce genre de fille.

Beck prit ses mains dans les siennes et pressa son front contre le sien.

— Savais-tu qu'il était marié ? As-tu couché avec lui pour décrocher ce contrat ?

— Mais non, enfin ! s'écria-t-elle, indignée.

— Alors, tu n'as rien fait de mal, Cady. Ni avec lui ni avec moi. Arrête avec ça, dit-il avec fermeté. Et maintenant, je veux que tu voies un médecin pour le bébé…

— Oh ! Beck, soupira-t-elle. J'ai tellement peur. Ma mère a fait plusieurs fausses couches entre Will et moi. Et Will était autiste. Je suis terrorisée à l'idée que l'on diagnostique quelque chose de suspect à mon bébé, et je…

Jusque-là, avant de mettre des mots sur le malaise profond qui la tourmentait, elle n'avait pas vraiment pris conscience du pourquoi de cette angoisse. Oh oui, elle avait peur et elle en avait assez de devoir tout affronter seule, encore et toujours.

— J'irai avec toi, Cady.

— Tu n'es pas obligé, répondit-elle, réalisant soudain combien elle avait besoin de sa présence à ses côtés.

— Je demanderai à Amy de nous prendre rendez-vous chez un gynécologue digne de ce nom.

— Oh ! pas cette semaine. Je dois absolument m'occuper des derniers détails pour le cocktail et l'exposition. Et puis, j'ai également un dîner réunissant les agences de com les plus prometteuses de la ville, vendredi soir… Euh, je suppose que tu n'as pas très envie de…

Elle se tut, comprenant qu'il ait mieux à faire que de l'accompagner à ce genre de réception.

— Tu aimerais que j'y aille avec toi ? Comme ton compagnon attitré ?

— Euh, oui, quelque chose comme ça.

— Alors, j'accepte, déclara Beck avant de lui donner un baiser. Et si nous arrivons à décrocher avant ça un rendez-vous chez le médecin, nous irons, que tu sois occupée ou pas. Mais en attendant, j'ai envie de toi…

— Tu vas te mettre en retard pour ta réunion du matin, répondit-elle, sans que cela pourtant l'empêche de promener ses mains sur ses larges épaules, de frémir à la chaleur de son torse sous ses doigts.

— Ils peuvent commencer sans moi, dit-il en la regardant dans les yeux.

Il approcha son visage du sien et, au premier contact de ses lèvres, elle entrouvrit les siennes et lui rendit son baiser tout en faisant courir ses mains sur sa peau brûlante, ayant besoin de le sentir, de le toucher.

Elle s'abandonna à sa bouche, à sa langue, trouvant une saveur étrange à ce baiser, celle de la rédemption, celle du pardon aussi. Comme s'il voulait la rassurer, lui dire qu'elle avait le droit de ne pas être parfaite, de commettre des erreurs.

Beck lui retira son T-shirt, puis il entreprit de lui caresser les seins, Cady lui chuchotant des mots d'encouragement, le suppliant de la toucher encore, longtemps.

— Oh ! Beck, je veux plus, gémit-elle quand il couvrit sa gorge de baisers.

— Pas tout de suite, soupira-t-il. Je veux te regarder, te regarder tout entière…

Soudain, il s'arracha à elle, repoussa la couette et, l'agrippant par les chevilles, la fit s'étendre sur le dos, jambes légèrement écartées. Se sentant vulnérable dans cette position, par réflexe elle plaça une main entre ses cuisses, main que Beck retira aussitôt, avant de la porter à ses lèvres.

— Ne sois pas si farouche, Cady, pas avec moi…

— Je n'ai plus dix-neuf ans, Beck. Je suis enceinte et j'ai pris beaucoup de poitrine.

— Je n'ai aucun problème avec tes seins.

— Beck ! Je suis sérieuse !

— Moi aussi, dit-il tout en promenant un regard de feu sur

son corps, s'attardant sur son ventre, ses jambes. Tu es d'une beauté stupéfiante et je n'ai envie que d'une chose, te toucher, goûter chaque centimètre carré de ta peau.

Cady comprit qu'il était en train de se battre contre lui-même, contre ce désir qui étincelait dans ses yeux. Fascinée, elle sentit peu à peu toutes ses inhibitions se dissiper. Alors, lentement, mais sûrement, elle commença à se caresser le bout des seins, puis elle fit descendre sa main sur son ventre, entre ses cuisses.

— Moi aussi, j'ai envie de te toucher, chuchota-t-elle.

— Oui, plus tard, ne t'en fais pas pour ça, lui promit-il.

Et il continua de la regarder, semblant prendre infiniment de plaisir au spectacle. Mais frustrée par son absence de réaction, Cady soudain s'agenouilla pour lui arracher la serviette autour de sa taille, dévoilant ainsi son sexe en érection, si long et si dur qu'elle en resta un moment sidérée avant d'oublier toute pudeur et de faire courir ses doigts sur lui, Beck aussitôt fermant les yeux.

— Tu es beau, toi aussi, Beck…, dit-elle et elle se pencha pour le prendre dans sa bouche.

À peine réussit-elle à l'effleurer, Beck l'attirant contre lui.

Elle noua les jambes autour de ses reins, son sexe contre le sien, sur lequel elle se laissa glisser avec un soupir d'extase.

— Aime-moi, Beck, dit-elle.

Elle gémit quand il commença à bouger, subjuguée par les sensations que Beck éveillait en elle. Rien n'était aussi beau dans l'univers tout entier. Voulant plus, voulant tout, elle pressa sa bouche contre la sienne et s'abandonna à ce baiser, un baiser qui la fit s'envoler, la langue de Beck l'explorant avec ardeur, en écho avec ses va-et-vient.

Elle ne tarda pas à perdre toute notion du temps et de l'espace, ne faisant bientôt plus la différence entre rêve et réalité. Beck l'emporta, la transporta dans une autre dimension où eux seuls existaient, deux corps déterminés à se donner du plaisir, pas à en recevoir, leur absence totale d'égoïsme ne pouvant à terme que redoubler leur passion.

Beck soudain la souleva et marcha avec elle autour de ses reins jusqu'au mur, près du lit. Elle frémit au contact glacé de la brique dans son dos, contraste parfait avec le corps brûlant de Beck. Tout en la maintenant ainsi plaquée à la cloison, il promena ses mains sur elle, sur sa taille, son ventre, ses seins, s'attardant longuement sur ces derniers pour une série de caresses érotiques, avant de se pencher sur elle pour les lécher l'un après l'autre, les prendre entre ses lèvres.

Il donnait l'impression de la désirer toute à lui, dedans et dehors, usant pour cela de tous les atouts en sa possession, ses doigts, sa bouche et le reste. Cady laissa échapper un soupir et se colla à lui, le voulant plus loin en elle, encore plus loin.

— Oh ! Beck, pitié, viens maintenant !

Il répondit à ses prières par un coup de reins et lorsqu'il glissa sa main entre eux pour la caresser, elle cria encore et encore sous l'effet de la passion, explosant en millions d'étoiles.

Sentant Beck se figer en elle, elle se crispa autour de lui, et il finit par sombrer lui aussi et jouit avec elle pour un moment de perfection absolue.

Beck avait été son premier et il serait son dernier. Il était tout ce à quoi elle avait jamais aspiré, tout ce qu'elle avait jamais espéré. Et sa place était auprès de lui, pour l'éternité.

Soudain, elle tressaillit, terrifiée par les sentiments qui l'agitaient. Peur de le voir partir, la repousser. Mais peur aussi et surtout de rester avec lui…

10

À bout de nerfs, Beck sortit de la salle d'attente et consulta sa montre. Le docteur Bent, gynécologue réputée et grande copine d'Amy et Julia, avait consenti à recevoir Cady en toute fin de journée, après sa dernière patiente — une faveur que Beck appréciait, même s'il déplorait de devoir patienter au préalable.

Il regarda Cady, tranquillement assise, en train de feuilleter un magazine. Il était parti plus tôt du bureau pour l'accompagner, essentiellement parce qu'il craignait que, livrée à elle-même, elle n'oublie ce rendez-vous. Sa peur à l'idée que quelque chose n'aille pas bien avec l'enfant n'était pas fondée, mais faire l'autruche n'avait jamais été une solution pour personne.

Dans la vie, mieux valait affronter les problèmes de front, ainsi pensait Beck. Bon, peut-être avait-il dû faire preuve d'un peu d'autorité pour amener Cady à se rendre chez le docteur Bent, mais il avait besoin de savoir si elle était en bonne santé et si tout se passait normalement pour son bébé.

Il avait un million de choses à faire, des urgences à régler, mais il avait une certitude : il était prêt à tout pour elle. Ses sentiments pour Cady une décennie auparavant ne devaient rien au hasard. Elle était juste aujourd'hui la version adulte de la jeune fille qu'il aimait autrefois, et veiller sur elle, prendre soin d'elle s'imposait à lui comme une évidence. C'était comme ça, aussi naturel que respirer.

Ce qui ne supposait pas forcément la rengaine habituelle « et ils vécurent heureux et eurent beaucoup d'enfants et blablabla ». Non. Méfiante, Cady la première ne semblait pas y tenir, quant à lui, un arrangement permanent n'entrait pas dans ses projets d'avenir.

Pas plus d'ailleurs que de se retrouver dans la salle d'attente d'une gynéco avec une femme enceinte !

— Tu devrais retourner au travail, Beck, fit remarquer Cady à ce moment-là. Tu me rends nerveuse à aller et venir comme ça.

— Pas question. Si je pars tu pourrais bien t'en aller toi aussi, sans voir le médecin.

— Ce ne serait pas correct, après tous les efforts que Julia et Amy ont déployés pour m'obtenir ce rendez-vous.

— Mais ça ne t'empêcherait pas de t'enfuir…

Elle referma son magazine et le posa sur la table basse.

— Tu ne peux pas comprendre, soupira-t-elle. C'est terriblement stressant.

— Et d'avoir envie de vomir toutes les cinq minutes, ce n'est pas stressant ? répondit-il en retournant s'asseoir avec elle. Tout ira bien, j'en suis sûr, Cady.

— Tout le monde sait qu'il existe une part d'hérédité dans l'autisme, Beck.

— Oui, mais c'est une maladie qui se diagnostique de façon précoce, aujourd'hui, dit-il en prenant sa main dans la sienne.

— Comment le sais-tu ? demanda-t-elle en le regardant, l'air soudain suspicieux.

— J'ai lu quelques livres sur le sujet et des articles dans des revues spécialisées…

Il se garda bien de lui expliquer que, lorsqu'elle lui avait annoncé sa grossesse, il avait réalisé être parfaitement ignare dans ce domaine et s'était empressé de commander un certain nombre d'ouvrages sur la question.

Résultat, quelques centaines de pages plus tard, il pouvait affirmer une chose : avoir un bébé n'était pas fait pour les poules mouillées.

À cet instant, un tout petit bout de femme d'origine asiatique apparut dans le couloir et leur sourit.

— Cady Collins ? Je suis le docteur Gisèle Bent. Vous voulez bien me suivre ?

Cady aussitôt blêmit et il sentit ses doigts trembler dans les siens.

— Beck Ballantyne, ravie de vous rencontrer, poursuivit le médecin avec le même sourire amical. J'ai beaucoup entendu parler de vous.

Tout en lui serrant la main, il répondit, avec humour :

— Je préfère ne pas savoir ce qu'Amy et Julia vous ont raconté sur moi…

Le docteur rit de bon cœur, mais n'en dit pas plus et les précéda dans le couloir quand Cady soudain fit la grimace.

— Quoi ? Ça ne va pas ? demanda-t-il avec inquiétude.

— Vous aussi seriez mal à l'aise si vous aviez la vessie aussi pleine que la sienne, commenta le médecin avec flegme.

— Pardonnez mon ignorance, mais, euh…

— On voit mieux le bébé à l'échographie avec une vessie pleine, expliqua le docteur Bent en ouvrant la porte d'une petite salle obscure équipée d'un lit et d'une machine à ultrasons.

Beck hésita sur le seuil, mais le médecin l'invita à entrer et lui demanda d'aller se placer de l'autre côté du lit, auprès de Cady.

— Je vais d'abord procéder à l'échographie, puis nous ferons une prise de sang. Allongez-vous, déboutonnez votre pantalon et remontez votre chemisier.

Cady s'exécuta et mit son ventre à nu — un ventre que Beck avait couvert de baisers, la nuit dernière, caressant aussi son nombril du bout de la langue, lui faisant subir mille choses en réalité en guise de préliminaires, jusqu'à ce qu'elle gémisse et le supplie et…

À cet instant, croisant son regard, Cady haussa un sourcil. Elle dut lire dans ses pensées, car soudain ses joues s'embrasèrent au souvenir de leurs étreintes, de leur passion à se donner du plaisir.

Aujourd'hui, Beck avait envie de plus. Il voulait plus que leurs corps à corps. En même temps, il avait l'impression d'être en équilibre instable tout en haut d'une tour bancale menaçant de s'effondrer à tout instant. Il devait absolument reprendre les commandes. D'abord, contrôler ses émotions et arrêter d'avoir dans la tête des idées saugrenues, ce serait un bon début.

Le docteur Bent étala le gel sur l'abdomen de Cady qui s'exclama :

— C'est froid !

— Désolée, s'excusa le médecin qui fit glisser la sonde sur son ventre, une image s'affichant aussitôt à l'écran. Voilà, dit-elle en désignant une forme de la taille d'un haricot. C'est votre bébé. Et là, ce flash répété, c'est son petit cœur qui bat. Oh ! je ne m'en lasse jamais…

Ni Beck ni Cady ne réagirent, tous deux fixant l'écran, complètement médusés. Cady au bord des larmes, lui-même avec une boule en travers de la gorge. Et lorsqu'elle lui prit la main, il fut submergé d'émotion.

Puis le docteur augmenta le son sur la machine et on entendit *boum, boum, boum.* Comment un tel miracle était-il possible ? Cette vision inspira à Beck des sentiments mitigés, mêlant humilité, fascination et euphorie. Le bébé semblait aller à merveille et suivre son bonhomme de chemin.

Bon, bien sûr, dans un monde idéal, cet enfant serait le sien, Cady sa compagne officielle et permanente, pas simplement sa fiancée, comme le prétendaient les médias. Dans un monde idéal, ses parents seraient encore parmi eux et se réjouiraient à la perspective de voir la famille s'agrandir, de devenir une nouvelle fois grands-parents.

Il ferma les yeux, en proie à des sueurs froides, submergé par toutes sortes d'émotions, émotions bien trop intenses. Soudain, ce fut comme s'il quittait son corps, comme si une sorte d'entité mystérieuse avait placé ses mains autour de sa gorge et serrait, serrait, au point de l'empêcher de respirer. Tous les symptômes de la crise de panique, réalisa-t-il.

Il n'en avait pas eu depuis Bangkok, à l'aéroport, lorsqu'il s'était retrouvé planté au milieu de la foule, à regarder Cady s'éloigner, sortir pour toujours de sa vie. Avant ça, il en avait bien eu une ou deux, qu'il parvenait généralement à enrayer en faisant du sport jusqu'à épuisement ou en se plongeant dans ses bouquins, bref tout ce qui était susceptible de le distraire. Et puis, avec l'âge, les crises s'étaient estompées, avant de disparaître totalement.

Bien sûr, il ne lui avait pas échappé que Cady semblait être l'élément déclencheur de ses attaques de panique. Elle avait le chic pour lui faire perdre le contrôle. Il tenta de reprendre son souffle par petites inspirations, refusant de retomber là-dedans. Cette capacité qu'il avait généralement à toujours rester aux commandes lui était vitale. Cela lui permettait de faire face à autrui, au monde et à tous les problèmes qui allaient avec, sans trop de dommages. Maintenir son existence sous contrôle, c'était la garantie pour lui de ne jamais se voir aspiré vers l'inconnu et ses dangers, les monstres du passé.

Il ne pouvait pas. C'était au-dessus de ses forces. Il avait travaillé si dur pour trouver sa place, pour tenter de conjurer la peur.

Or, Cady le terrifiait. Tout le terrifiait, l'attachement qu'il avait pour elle, et aussi cette petite chose, là, à l'écran. Il suffisait à Cady d'un regard, d'un mot, d'une caresse, pour le mettre à genoux, lui, Beck le magnifique, l'homme d'affaires puissant et respecté.

Il leva doucement les mains, recula de quelques pas tout en secouant la tête. Il devait sortir d'ici, vite.

Maintenant.

Il n'y avait jamais eu qu'une femme dans sa vie et il en serait probablement toujours ainsi. Mais, comme dix ans plus tôt, il ne se sentait pas capable de prendre le risque. Le bonheur, non, c'était trop, il ne pouvait pas.

Cady leva les yeux de l'écran et le scruta bizarrement.

— Comme tu es pâle… Ça ne va pas, Beck ?

— Oh ! mais si, oui, je vais bien, très bien même, répondit-il, sans doute l'un de ses plus gros mensonges. J'ai juste besoin de prendre l'air…

Cady hocha doucement la tête, mais son regard s'assombrit.

— J'en ai encore pour un moment, dit-elle, la voix blanche. Retourne au bureau, si tu veux. Nous nous verrons plus tard, chez toi.

Déjà Beck s'éloignait, mais soudain il s'arrêta et fixa l'écran de plus belle. Il ne pouvait pas. Oui, il avait peur et oui, il n'avait qu'une envie, fuir, mais s'il partait, là, maintenant, s'il la quittait, elle et ce petit être, il le regretterait le restant de ses jours. Oui, l'angoisse était comme un étau autour de son cœur, mais s'il laissait Cady à nouveau, il n'aurait pas de nouvelle chance. La vie ne vous faisait pas si souvent des cadeaux. Et si vous ne saviez pas les accepter, un jour, tout était fini. L'occasion ne se représentait plus.

Il n'était pas dupe. S'il rejetait Cady, c'était à cause de cette peur ancrée en lui comme une tumeur maligne. Sa première réaction, lorsque quelqu'un venait à trop s'approcher, c'était de prendre la fuite. Sauf qu'il tenait suffisamment à Cady pour l'avoir laissée beaucoup plus que l'approcher. Elle avait mis en pièces sa carapace anti-émotion. Résultat, tous les signaux en lui étaient au rouge. Une voix dans sa tête l'enjoignait à grands cris de battre en retraite, à retourner en vitesse dans sa bulle, là où il n'avait besoin de personne, où il ne se souciait de rien d'autre que de travail, avec de temps en temps une liaison, parce que le corps parfois se devait d'exulter.

Non, il ne pouvait pas faire ça.

Il rebroussa donc chemin et, mains à plat sur le lit, fixa à nouveau l'écran. Ce bébé serait le sien, c'était aussi simple que ça. Oh ! bien sûr, le fait qu'il ne soit porteur d'aucun de ses gènes l'agaçait un peu, mais il croyait dur comme fer à la force de l'amour contre la transmission d'ADN.

Il voulait être là pour Cady, là pour son enfant qui deviendrait le sien. Pour sa famille, tout le long du chemin.

Il aimait la mère de cet enfant, à la folie, et il aimerait son bébé comme s'il était le sien à part entière. Il désirait prendre la responsabilité, et la joie, de les aimer, elle et l'enfant. Et il voulait être aimé en retour.

Oh ! peut-être ne méritait-il pas l'amour, une famille. Peut-être que le bonheur n'était pas fait pour lui, ou réciproquement, mais il ne laisserait pas ses angoisses, sa peur l'empêcher de saisir sa chance avec Cady. Non, il ne laisserait pas passer ce cadeau que le ciel lui offrait une deuxième fois. Parce que la vérité de tout ça était simple : ils étaient faits l'un pour l'autre.

Qu'il le mérite ou pas.

— Beck ?

Il sursauta et la regarda, visage impassible, mais il vit nettement dans ses yeux l'ombre du doute. D'une profonde inquiétude. Il voulut alors lui prendre la main, mais elle le repoussa. Pourquoi une telle réaction ?

— Va-t'en maintenant, Beck, dit-elle à voix basse, presque un murmure.

— Pourquoi ?

Elle détourna la tête pour reporter son attention sur l'écran.

— Parce que j'ai envie d'être seule avec mon bébé.

Quoi… ? Elle le rejetait ? Qu'est-ce que cela signifiait ? Blessé, Beck chercha un peu de soutien auprès du docteur, visiblement mal à l'aise.

— Mais…

— Beck, s'il te plaît. Va-t'en.

D'accord. Il ne comprenait rien, mais il n'allait pas faire un scandale. Cady était tendue, à fleur de peau, ce qui était parfaitement légitime, dans son état. Et tant pis si lui-même venait de prendre sa décision, LA décision de sa vie. Peut-être en fin de compte qu'un peu de temps leur serait bénéfique à tous deux, qu'il puisse se ressaisir et mettre de l'ordre dans ses émotions. Plus tard, il lui parlerait, lui ouvrirait son cœur et, ensemble, ils évoqueraient l'avenir. Mais une chose était sûre, il ne renoncerait pas cette fois, il ne laisserait pas sa raison de vivre lui échapper.

— Nous discuterons après, ajouta Cady sur un ton sans appel.

— Je t'attendrai dehors, dit-il.

Et il sortit de la petite salle, referma doucement la porte

derrière lui en se faisant une promesse — échanger oui, mais fuir, non, plus jamais.

Sur le seuil du loft, Cady s'éventa le visage avec fébrilité dans l'espoir de sécher ses larmes. Elle cligna ensuite les yeux, s'appuya sur le sternum et pour finir, s'invectiva en silence :

Allez, courage, Collins !

Elle savait que ce jour viendrait, elle avait essayé de s'y préparer. Elle s'était dit et répété cent fois peut-être qu'elle vivait un conte de fées, que tout ça n'était pas la réalité — que Beck et elle, ce n'était pas pour l'éternité.

Mais elle ne s'attendait pas à ce que cela lui arrive dans une petite salle d'examen, cinq minutes à peine après avoir découvert les premières images de son bébé.

Elle avait compris tout de suite à son regard ce qui se passait en lui. Il ne supportait plus ces émotions entre eux, cette passion. Et le bébé en plus, c'était trop pour Beck. Il était complètement dépassé, paniqué. Résultat, il réagissait en faisant ce qu'il faisait de mieux en pareil cas, il prenait la fuite.

Elle savait ce qui arriverait, une fois la porte du loft franchie. Il la repousserait, lui demanderait de s'en aller, de sortir de chez lui et de sa vie.

Pour connaître l'avenir, rien ne vaut le passé, se rappela-t-elle, le cœur serré. Mais elle ne laisserait pas le passé la rattraper ; elle partirait avant que Beck ne la rejette.

Tout ça était bien beau, mais quelque chose en elle continuait d'espérer malgré tout. D'y croire encore. Qu'il puisse peut-être lui dire ces deux petits mots magiques, *Je t'aime*. Et avec un peu de chance, pourquoi pas, il ajouterait, *Je t'ai toujours aimée, Cady et je t'aimerai toujours*.

Mais non, Beck tenait trop à sa liberté, à son statut de loup solitaire. Elle ne pouvait rien contre ça, pas plus qu'elle ne pouvait changer le fait que les personnes dont elle avait le plus besoin finissaient un jour ou l'autre systématiquement par la décevoir. Mieux valait, pour sa sécurité, sa tranquillité, suivre sa route seule. Elle avait une boîte à préserver et bientôt un bébé à élever, et cela lui donnerait bien assez de travail comme ça — du moins l'espérait-elle.

Elle tressaillit soudain en sentant la main de Beck sur son épaule. Perdue dans ses pensées, elle ne l'avait même pas entendu arriver. Elle retint son souffle quand il ouvrit la porte.

— Entrons, dit-il.

Cady pénétra aussitôt dans l'appartement pour se diriger vers l'escalier. Les mots à ce stade étant superflus, elle se rendit dans la chambre avec une seule idée en tête, rassembler tout ce qu'elle avait accumulé en ce lieu au cours de la semaine passée. Se souvenant d'avoir vu une valise dans le dressing, elle alla la chercher pour la poser sur le lit — ce lit XXL où ils s'étaient aimés, où ils avaient ri, enlacés l'un à l'autre des nuits entières.

Beck apparut à la porte, bras croisés.

— Que fais-tu ?

— Je range mes affaires, répondit-elle en jetant ses vêtements dans le bagage ouvert, sans se soucier de les froisser.

— Pourquoi ?

— Parce que ça ne peut pas marcher entre nous, Beck. Tu le sais parfaitement, comme moi, rétorqua-t-elle.

— Ah. Ce n'est pas du tout ce que je pense, dit-il avec calme.

— Oh ! allez, Beck. J'ai bien vu que tu as des doutes sur nous. Il en a toujours été ainsi ! Et puis, nous étions d'accord, tout ça n'était que provisoire.

— Ça me semble normal d'avoir des doutes, Cady, dit-il en se passant une main tremblante dans les cheveux. Ça fait partie d'une relation.

— Une relation ? Quelle relation ? Il n'y a pas de relation entre nous, juste du sexe. En plus, je porte l'enfant d'un autre.

— Pour moi, dit-il, tendu, ce bébé est le tien, pas le sien. Et je te l'ai dit, le fait que tu attendes un bébé ne me pose aucun problème.

— Bien sûr, tout ce qui t'intéresse, c'est le sexe, répliqua-t-elle avec un haussement d'épaules.

Elle regretta aussitôt ces paroles, une douleur profonde, sincère, traversant à ce moment le regard de Beck.

— Ce n'est pas gentil…

Oh ! mais qu'il était donc exaspérant à rester là devant elle, aussi calme.

Ravalant ses larmes, Cady retourna dans le dressing pour prendre d'autres vêtements qu'elle rapporta dans la chambre, les empilant dans la valise. Et soudain, elle se figea.

— Je t'en supplie, Beck, ne fais pas ça. Ne me fais pas ça. Ne me donne pas d'espoir, comme s'il y avait quelque chose de possible, entre nous.

— Peut-être…

— Oh ! j'ai bien vu cette incertitude sur ton visage, s'écria-t-elle. Ce moment d'hésitation. Tu as failli te sauver, m'abandonner. Tu as résisté cette fois, probablement parce que malgré tout il y a quelque chose entre nous. Mais à tout moment, je le sais, tu pourras décider qu'il est temps pour toi de prendre le large. Que se passera-t-il alors, quand le besoin de partir sera plus fort en toi que celui de rester ? Je ne peux pas, Beck, je ne veux pas vivre comme ça, dans l'angoisse permanente de te voir me repousser, me chasser de ta vie encore une fois.

Beck s'avança vers elle et lui tendit la main, main que Cady regarda un long moment, luttant contre l'envie de la saisir, de se jeter entre ses bras, avant d'y renoncer finalement au prix d'un effort surhumain.

— Je t'aimais autrefois, Beck, de toute mon âme et tu m'as rejetée. Aujourd'hui, il ne s'agit plus de ma seule petite personne. J'attends un enfant. Et je ne peux pas prendre le risque de lui imposer cette épreuve.

— Que pourrais-je dire ou faire qui te convaincrait de rester ?

— Rien, chuchota-t-elle en essuyant une larme. Tu as toujours fait comme ça, Beck, quand quelque chose échappe à ton contrôle, tu t'enfuis.

— Sauf que je suis là et bien là aujourd'hui ! répliqua-t-il en élevant la voix. Et j'essaie, j'essaie vraiment de ne pas répéter la même erreur !

— Jusqu'à la prochaine fois où ce sera plus fort que toi. Tu es un loup solitaire, Beck, rassuré dans les limites de ton territoire. C'est une défaillance majeure dans ton système pare-feu personnel : dès que tu te sens menacé, au lieu de recourir à des modes opératoires conventionnels, tu interromps tout contact et tu prends la fuite. Comme aujourd'hui.

— Je suis pourtant ici, devant toi, à te demander de rester, dit-il entre ses dents.

— Ce jour était censé être un jour de joie, Beck. Nous avons vu pour la première fois cette vie qui palpite en moi, c'était merveilleux, mais toi… toi, tu as pris peur. Et au prochain événement majeur qui se présentera devant nous, comment réagiras-tu, Beck ? Puis-je avoir la certitude que tu seras là, à mes côtés ? Que nous ferons face ensemble ? Où préféreras-tu t'enfuir ?

— Nous ferons face ensemble, toujours, répliqua-t-il avec fermeté.

C'était la réponse qu'elle rêvait d'entendre, mais elle ne pouvait pas se permettre de se laisser aller à le croire. Si elle prenait le risque, pour réaliser au bout du compte qu'elle s'était trompée, elle le paierait cher, très cher.

— Tu dis ça, mais ce ne sont que des mots, dans ta bouche. Tu t'es replié sur toi-même à la mort de tes parents, sans jamais révéler à tes frères et sœur que ta mère était enceinte. Face aux coups bas de l'existence, tu te rétractes dans ta coquille, seul encore et toujours…

Lorsque Beck face à elle blêmit, Cady hésita, hésita vraiment, résistant à la tentation de le toucher, d'envoyer au diable les « si » et les « mais », et de risquer le tout pour le tout, mais la raison finit par l'en dissuader.

— Un jour, quelqu'un a dit à peu près en ces termes que rien n'était pire que de se sentir seul avec l'être aimé. Je préfère être seule avec moi-même, Beck.

Sur ces mots, elle referma son bagage, sans trop savoir si

elle avait tout emporté, mais consciente de devoir sortir d'ici au plus vite avant que Beck ne la persuade de rester.

Elle descendit la valise du lit et la hissa sur ses roulettes.

— Et la campagne ? demanda Beck, le visage dur.

— Nous sommes des professionnels, non ? Nous communiquerons par mail, soupira Cady tout en se massant le front. Tout ira bien, j'en suis sûre. Par ailleurs, nous n'avons jamais confirmé nos fiançailles, aussi, si nous cessons de nous voir, le public finira par se lasser sans que cela entraîne de complications majeures. La nouvelle collection de Sage est un succès, la campagne d'affichage également. Après le cocktail et l'exposition, où Sage dévoilera ses toutes dernières créations, je suis certaine que la clientèle jeune et branchée ne jurera plus que par Ballantyne. Oui, tout se passera bien, Beck.

— Mais tu t'en vas.

— Je m'en vais, oui.

— Non, je t'en prie, Cady…

Elle le dévisagea. Oh ! mon Dieu, comme il allait lui manquer.

— Il le faut. Nous nous sommes déjà séparés une fois et j'ai survécu. Mais aujourd'hui, je ne suis plus aussi sûre de pouvoir endurer une telle souffrance. Je dois penser au bébé en priorité, Beck.

— Si tu passes cette porte, Cady, c'est terminé, dit alors Beck en plongeant ses yeux dans les siens.

Elle inspira, expira puis marcha jusqu'à lui et, se hissant sur la pointe des pieds, l'embrassa sur la joue.

— Je t'aime, Beck, mais l'amour a ses limites. J'ai besoin de savoir, d'être sûre que tu resteras à mes côtés pour toujours. Mais me faire une telle promesse, ce serait aller contre ta nature, j'en suis consciente.

11

Cady, une main à plat sur son ventre, écouta le cliquetis des escarpins de sa mère sur le parquet derrière la porte et frémit, appréhendant la conversation qui s'annonçait. Mais elle en avait assez de mentir, à elle comme à ses parents. La veille, face à Beck, c'était la première fois depuis de nombreuses années qu'elle était allée si loin dans la vérité, portée par une volonté toute nouvelle de refuser à l'avenir toute compromission, toute esquive.

Il l'avait regardée, visiblement sous le choc, avant de la laisser partir. En dépit de la tristesse, des regrets, quelque part dans un endroit de son cœur, elle s'était alors sentie… soulagée. Il y avait une liberté certaine à se montrer honnête, à affronter les choses telles qu'elles étaient.

La porte s'ouvrit et, tout de suite, elle nota l'étonnement dans les yeux de sa mère. Edna lui offrit sa joue droite pour que Cady puisse y déposer un baiser.

— Je ne m'attendais pas à te voir, dit Edna, les lèvres pincées. Quelle surprise…

« Tu aurais quand même pu téléphoner », traduisit Cady en la suivant à l'intérieur. Appeler pour prévenir ses parents de sa venue, ici, dans la maison de son enfance ? Un comble. Très vite, elle-même ferait en sorte que son bébé comprenne que chez elle était aussi chez lui, qu'il trouverait toujours la porte ouverte, quelque chose à grignoter dans le réfrigérateur, un lit chaud où dormir. Sa maison serait toujours la sienne, son refuge pour s'y ressourcer.

— Ton père est dans le bureau. Je vais l'appeler, dit Edna tout en jouant avec son collier de fausses perles.

En cette fin d'après-midi, le maquillage de sa mère ne montrait aucune défaillance et son chemisier blanc pas la moindre tache. Edna avait passé son existence à se soucier du regard d'autrui, en oubliant parfois de vivre.

— Pourquoi ne pas avoir cette conversation dans le bureau de papa, maman ? suggéra Cady en posant son sac sur la console, dans l'entrée.

Elle ne put réprimer un sourire quand Edna s'empara dudit sac pour le suspendre au crochet juste à côté.

— Nous recevons toujours nos hôtes dans le salon, objecta Edna en précédant Cady dans le couloir.

— Sauf que je ne suis pas ton hôte, maman, mais votre fille, répliqua-t-elle en se dirigeant vers le bureau de son père.

Une fois devant la porte pourtant, elle hésita, réalisant pouvoir compter sur les doigts d'une main le nombre de fois où elle avait été autorisée à entrer dans ce sanctuaire. Ses parents n'avaient probablement jamais fait l'amour derrière cette porte, comme Beck et elle l'avaient fait, dans son bureau, un jour. Oh ! comme c'était drôle et excitant…

Beck. Oh ! Beck ! Au bord des larmes soudain, le ventre noué, elle faillit tomber à genoux. Puis elle inspira, expira, déterminée. Elle pleurerait plus tard, quand elle serait seule.

Elle frappa une fois et tourna la poignée tout en lançant sur un ton enjoué légèrement forcé :

— Hello, papa, attention, j'entre dans ton repaire !

Bill Collins la scruta par-dessus ses lunettes, puis il consulta brièvement sa femme des yeux et fronça les sourcils.

— Tu avais prévenu de ta visite, Cady ? demanda-t-il de sa voix austère.

Cady s'avança, déplaça quelques livres et s'assit sur un coin de bureau, les pieds dans le vide.

— Tu vois, papa, ça fait partie de ces choses dont j'avais envie de parler avec vous deux. Pourquoi dois-je toujours prévenir de mes visites ? Vous n'êtes donc pas heureux de me voir ?

Edna échangea un long regard avec son époux, avant de demander, sur ses gardes :

— Où veux-tu en venir, ma fille ?

— À vos espoirs me concernant, répondit Cady du tac au tac. Elle sauta au bas du bureau pour aller se poster devant la baie vitrée dont elle écarta le rideau pour contempler le jardin de sa mère, nu en cette saison. Une légère couche de neige tapissait la petite allée, les anges en pierre et le toit du nichoir.

— Beck et moi avons rompu, dit-elle subitement, sur un ton dénué d'émotion, puis elle attendit la détonation, mais rien ne venant, elle se tourna face à ses parents. Oh ! mais c'est vrai. Vous ignoriez que Beck et moi nous étions retrouvés…

— Pourquoi ne pas nous l'avoir dit ? demanda Bill.

— J'ai pensé que la nouvelle serait loin de vous réjouir, je me trompe ?

— Je suis désolé que ce soit terminé entre vous. Désolé aussi que tu ne nous aies rien dit, répondit Bill en la dévisageant. Je sais que tu l'aimes beaucoup et ça doit te faire mal.

— En effet, marmonna Cady. Qu'est-ce qui te fait dire que je l'aime ?

— Enfin Cady, tu l'as toujours aimé, soupira Edna, assise sur l'un des fauteuils en cuir, les mains croisées. J'ai toujours su que ce garçon te briserait le cœur.

— J'ai acquis une certaine habitude, en ce domaine, rétorqua Cady avec un haussement d'épaules.

— C'est ce qui est arrivé, non, quand tu es rentrée de Thaïlande ? poursuivit Edna.

— Exact, répondit Cady en glissant les mains dans les poches de son sweat. Mais à cette époque, j'avais déjà eu le cœur brisé à plusieurs reprises, maman. En fait, la première fois, c'est quand vous avez chassé Will de la maison, et à sa mort ensuite. Et puis, mon petit cœur a continué de se briser un peu plus, quand vous m'interdisiez par exemple de jouer avec une poupée Barbie ou de lire un magazine de mode ou de regarder la télé…

Cady s'interrompit en voyant le visage de ses parents s'assombrir, mais se taire, ravaler ces mots qui attendaient dans son cœur depuis si longtemps, c'était comme vouloir arrêter un raz-de-marée à l'aide de quelques bouts de bois.

— La vérité, reprit-elle donc, c'est que dans votre quête d'enfant parfait, en chassant Will de la maison, non seulement vous avez fini par le briser, lui, mais par me briser moi également.

— Mon Dieu…

Ce fut comme une prière lancée par un homme au plus profond du désespoir qui sortit à cet instant de la bouche de son père. Face à l'air horrifié de ses parents, Cady ressentit pour eux un réel élan de compassion — elle ne leur voulait pas de mal, mais elle ne baisserait plus la garde devant eux, ne ferait plus semblant. Elle le devait à cet enfant qu'elle portait et qu'elle élèverait seule.

— Je ne suis pas venue pour vous accabler de reproches, mais pour mettre certaines choses au clair, reprit-elle en se tournant vers son père. Félicitations pour ta promotion, papa, mais tu devrais peut-être informer ta hiérarchie que ta fille sera bientôt maman et qu'elle élèvera seule son bébé, l'enfant d'un homme marié.

— Beck est marié ? s'exclama Bill.

— Non, bien sûr que non. Ce n'est pas Beck le père, mais un homme que je croyais divorcé et qui en réalité ne l'était pas.

— Cady !

Cady fit face à sa mère, visiblement sous le choc.

— Oui, maman, je sais, ce n'est pas très malin de ma part. J'ai commis une erreur. Mais tu sais quoi, commettre des erreurs, ça arrive tout le temps aux gens normaux. Et des filles qui tombent amoureuses et suivent leur petit ami en Thaïlande, ça arrive tous les jours aussi ! C'est ce qu'on appelle la vie, tu vois ?

Elle ferma brièvement les yeux, comme si cela devait empêcher les larmes de couler ! Ridicule !

— Je voulais juste vous dire la vérité. Je suis fatiguée des mensonges, fatiguée d'essayer d'être la fille parfaite du bon pasteur. Je ne suis plus une enfant et je suis loin d'être parfaite. Je ne suis qu'un être humain.

Cady s'essuya les joues. Ses parents la regardaient, l'air accablé, littéralement stupéfaits, sa mère ouvrant et refermant la bouche comme un poisson. Son père finit par reprendre ses esprits. Il retira ses lunettes et toussota.

— Bien, je dois y aller, poursuivit Cady devant leur silence. Et la prochaine fois, j'appellerai pour prévenir de ma visite…

Cady attendit, mais après un moment l'atmosphère dans le bureau devenant irrespirable, elle se dirigea vers la porte.

— Nous avons dû nous séparer de Will parce que nous avions peur qu'il te fasse du mal.

Aux paroles de son père, elle s'arrêta net. Ne sachant si elle avait bien entendu, elle se retourna.

— Qu'as-tu dit ?

Bill se leva et croisa les bras avant de répondre :

— À la puberté, son comportement a commencé à changer, il devenait de plus en plus violent, imprévisible. Étrangement, en ta présence, il se contrôlait, mais dès que tu étais à l'école, la situation empirait.

Cady sentit la colère l'envahir.

— Tu mens !

— Te souviens-tu du jour où les pompiers sont venus à la maison ? lui demanda sa mère.

— Oui. Tu m'as dit que tu étais occupée à repasser dans la chambre de Will et que tu avais oublié de débrancher le fer, ce qui avait déclenché l'incendie.

— Will avait trouvé un briquet… et mis le feu au rideau. Il a également commencé à me frapper, jusqu'au jour où il a tenté de me poignarder avec un couteau de cuisine, chuchota Edna, accablée par le chagrin. Tu n'en as jamais été consciente, mais envers toi aussi, il devenait violent…

— C'est faux ! s'insurgea Cady, refusant de croire à ces mensonges.

— Tu as oublié, lorsqu'il te tirait les cheveux, et quand il te pinçait jusqu'au sang ? rétorqua sa mère. Il était en pleine croissance, de plus en plus fort, et je ne pouvais plus le maîtriser durant ses crises. Oh ! Cady, pourquoi es-tu en colère contre nous, contre moi ?

— Nous n'étions plus en mesure de le contrôler, dit son père. Nous avons alors décidé de le placer dans un centre spécialisé, c'était mieux pour lui. Mieux pour toi…

À ce moment, Bill la regarda et, à cette douleur immense dans ses yeux, Cady sut qu'il disait la vérité.

Oh ! mon Dieu. Si elle prenait la peine de regarder le passé, de le regarder vraiment, Cady ne pouvait que donner raison à ses parents. Oui, à un moment donné, Will avait changé, il était devenu plus fort, plus agressif.

— Alors, c'était pour me protéger ?

Lorsque Bill acquiesça d'un signe de tête, Cady s'exclama, exaspérée :

— Mais pourquoi ne m'avez-vous rien dit, enfin ? Et moi qui pensais qu'au moindre écart de conduite je risquais de subir le même sort et d'être chassée de la maison !

— Oh ! mon Dieu, marmonna Bill.

— Pour un pasteur et une femme de pasteur, vous péchez gravement par absence de communication, gémit Cady entre deux sanglots.

Son père s'avança jusqu'à elle puis, après une seconde d'hésitation, il la prit entre ses bras pour un câlin — le premier depuis de longues années.

— Je suis désolé, ma petite fille, dit-il.

— Moi aussi, soupira Cady en s'abandonnant contre lui. Et je te demande pardon, parce que je vais être maman et que je ne suis pas mariée, je sais que cela risque de te poser des problèmes vis-à-vis des responsables de la paroisse, pour ta promotion.

— Qu'ils aillent au diable…

Cady laissa échapper un rire et, à son tour, elle serra son père contre elle. Puis Bill noua son bras au sien et ils sortirent tous les trois du bureau.

— Il est temps à présent d'avoir toi, ta mère et moi une vraie conversation. Sans tabou.

— Je n'ai ni besoin ni envie d'entendre un de tes fameux sermons, papa.

— Je comprends, et ce n'est pas mon intention, répondit Bill. Mais peut-être que parler simplement, du fond du cœur, avec tes parents, te fera du bien…

Installé sur un coin de canapé, Beck regarda ses frères et sa sœur envahir son salon, tous avec leur air des mauvais jours. Sage prit place à côté de lui, posa sa tête sur son épaule et noua son bras au sien. Linc attrapa dans la cuisine une bouteille de vin et la tendit à Jaeger pour qu'il l'ouvre, avant de sortir quatre verres du placard et de revenir s'asseoir.

On remplit ensuite les verres, chacun avala une gorgée de vin, le tout dans le silence le plus parfait et le plus pesant. Tous attendaient que Beck veuille bien s'expliquer — après tout, c'était bien lui qui leur avait demandé de venir.

Beck dénoua un peu sa cravate et déboutonna son col de chemise. Ces derniers temps, il vivait quasiment en apnée, comme s'il manquait d'air en permanence.

Et quand on avait le sentiment d'étouffer, difficile de trouver la force de parler. Il le fallait bien pourtant, il en avait conscience, sauf que c'était plus facile à dire qu'à faire. Ah, si Cady avait été là, à ses côtés, s'il avait pu poser sa main sur sa cuisse, la toucher et sentir son soutien… Mais bon. Il se frotta le visage, voulant effacer de sa mémoire le souvenir de cette tristesse dans ses grands yeux.

Elle était partie. Et ça faisait mal, très mal. Mais c'était la meilleure décision, se répéta-t-il, pour la centième fois peut-être. Parce que ça ne pouvait pas durer. Rien de ce qui était beau ne durait jamais. Ce qu'ils avaient partagé, cette magie entre eux, tout ça n'était qu'un mirage, une illusion. Quelque chose qui n'existait pas, en réalité.

Il avait eu la faiblesse de se laisser aller à croire un moment en ces grandes théories des gens normaux, aimer et être aimé, une amie, une amante, une épouse, un enfant bientôt, bref, résultat, tous les deux aujourd'hui souffraient. Encore une fois.

— Tu commences à m'inquiéter, Beck, dit soudain Jaeger, le faisant sursauter.

— Tu es malade ? l'interrogea Sage avec douceur. Si c'est le cas, nous ferons appel aux médecins les plus réputés de la planète et je…

— Non, Sage, je ne suis pas malade, l'interrompit Beck. Pas sur le plan physique, en tout cas, ajouta-t-il, avant de s'adresser à Jaeger. Excuse-moi pour t'avoir demandé de venir seul, sans Piper, mais je voulais que nous puissions nous réunir tous les quatre, entre frères et sœur.

— Pas de problème, répondit Jaeger.

Beck inspira profondément et se tourna vers Linc.

— Ce que j'ai à dire concerne une époque où tu n'étais pas encore parmi nous, mais tu es notre frère, raison pour laquelle je tenais à ce que tu sois présent.

Linc s'assit en face de lui, son verre à la main.

— Tu es notre frère, tu peux parler avec confiance, nous serons toujours à tes côtés.

Beck verrait bien si cela vaudrait encore, tout à l'heure, quand il leur aurait dit ce qu'il avait à dire. La vérité, ni plus ni moins. Car il ne pouvait plus se taire. Le secret était devenu trop lourd à porter. Cady avait raison.

Beck se redressa et regarda sa sœur et ses frères autour de lui.

— Nos parents ont perdu la vie dans le crash de leur avion après que je leur ai demandé de rentrer pour être à mes côtés, puisque je devais subir une opération à l'hôpital, à cause de mon poignet cassé…

Personne ne broncha, tous demeurèrent impassibles, aussi Beck reprit-il le cours de son récit.

— Ce que vous ignorez, c'est que maman était enceinte

de quatre mois, quand elle est morte. Elle attendait un enfant. Nous aurions pu avoir un autre frère ou une autre sœur…

Beck se raidit en prévision des cris de surprise, des mines effarées et de la colère, mais rien de ce genre ne se produisit. Linc l'observait avec un sourire plein de compassion, Jaeger semblait perdu dans ses pensées, quant à Sage, elle était au bord des larmes.

— Oh ! gémit-elle, quelle tragédie. Pauvres maman et papa. Pauvre petit bébé.

Jaeger contempla son verre un long moment, puis il fixa Beck, le regard noir.

— Comment sais-tu ça, Beck ?

— Après les obsèques, j'étais caché sous une table, dans le salon et… Tu te souviens du docteur Blaine ?

— Vaguement, grommela Jaeger.

— Sans doute est-ce que je me le rappelle mieux, étant donné que c'est lui qui s'est occupé de mon poignet. Il était également le médecin de maman et je l'ai surpris peu après en train de parler avec sa femme de la grossesse de maman.

— Mon Dieu, Beck, chuchota Sage contre lui. Pourquoi ne nous as-tu rien dit ?

Beck haussa les épaules, avant de se lever pour se poster devant la fenêtre, dos tourné à ses frères et à sa sœur.

— Beck ! l'interpella Jaeger à son tour, avec nettement plus de véhémence que Sage. Pourquoi ne nous as-tu rien dit ?

Comment répondre à cette question sans ouvrir grand son cœur et laisser toutes ses peurs, toute cette culpabilité, se déverser ?

— Parce qu'il pensait que vous le tiendriez responsable aussi de ça, dit alors Linc avec calme.

— Qu'est-ce que tu racontes ? s'exclama Jaeger. On ne l'a jamais tenu responsable de rien !

La gorge nouée par l'émotion, Beck tourna la tête pour regarder Linc, son frère d'adoption, pas de sang — Linc qui le comprenait, et ce, sans doute bien plus encore qu'il ne l'imaginait.

— Dis-leur, Beck, il le faut, l'encouragea Linc.

Mains dans les poches, Beck fit alors face aux siens. *Le moment est venu, Beck. Parle, qu'on en finisse !*

— Je me suis toujours senti coupable de la mort de nos parents… Et j'ai toujours pensé que, quelque part, vous deviez m'en vouloir pour ça, autant que moi je m'en veux, depuis toutes ces années.

— Mais pourquoi ? s'écria Sage. Pourquoi imaginer une telle chose, Beck ?

— C'est moi qui leur ai demandé de rentrer à la maison le plus vite possible ! Comme un petit morveux que j'étais et qui avait besoin de sa maman pour lui tenir la main quand il serait à l'hôpital ! C'est à cause de moi si leur avion a percuté cette maudite montagne et les a tués, eux et le bébé !

Un lourd silence s'ensuivit, chargé d'émotion.

— Mais tu es fou à lier ! rugit alors Jaeger en se ruant sur lui.

Prêt à en découdre, Beck serra les poings, mais Jaeger l'attrapa par la nuque et pressa son front contre le sien.

— Tu n'es responsable de rien et encore moins coupable, Beck, dit son frère entre ses dents en le regardant dans les yeux. Ce n'était pas ta faute.

— Mais…

— Ce n'était pas ta faute, répéta Jaeger avec fermeté. Oh ! Beck. Comment as-tu pu croire un seul instant que je t'en voulais pour ce qui était arrivé ? Tu n'étais qu'un enfant !

— Moi non plus, je ne t'en ai jamais voulu…

Beck tourna la tête vers Sage, dans les bras de Linc, en pleurs.

— Tu en es sûre ?

— Voyons, Beck, toi aussi, tu les as perdus, comme nous tous, répondit-elle entre deux sanglots.

— Mais le bébé…

— C'est comme ça, Beck, personne n'y peut rien, grommela Jaeger en le lâchant.

— Oui, c'est triste, oui, ils nous manquent cruellement

encore aujourd'hui, mais bon Dieu, comment as-tu pu te faire de tels reproches, Beck… ?

— Hum. Si on parlait de tout ça devant un bon verre de vin ? suggéra Linc en allant prendre place dans le fauteuil.

Aussitôt, Sage, comme elle avait l'habitude de le faire enfant, alla se blottir sur ses genoux, les bras autour de son cou. Beck se revit des années en arrière, assis à leurs pieds, Jaeger derrière eux… Une équipe, tous ne faisant qu'un.

Il serra les dents, bien décidé à ne pas verser une seule larme. Il avait eu tort de ne pas leur faire confiance et de ne pas leur parler de ces cicatrices qui — certainement en partie à cause de ça — n'avaient jamais pu guérir pleinement.

— Je les ai suppliés de rentrer. Et vous aurez beau dire, à cause de mes jérémiades, leur chemin a croisé celui de cette maudite tempête, soupira Beck après une gorgée de vin.

— Arrête avec ça ! s'exclama Jaeger. Papa était un vrai casse-cou, tout le monde le sait ! Il a pris le risque, pensant sans doute que les conditions météo s'arrangeraient.

Là, son frère marquait un point, réalisa Beck, en sentant la pression sur sa poitrine se relâcher.

— J'ajouterais que c'était leur devoir d'accourir auprès de toi en un tel moment, déclara Linc. C'est ce que font tous les parents. Si un de tes enfants appelle à l'aide, peu importe le temps et tout le reste, tu y vas. J'en ferais autant pour Shaw. Jaeger et Piper aussi, pour Ty.

— Tu saisis ? marmonna Jaeger.

— Je crois que je commence à comprendre, oui, soupira Beck.

— Mais continue, Beck, l'encouragea Linc. Vide ton sac.

Il n'en avait aucune envie, pourtant il en était conscient, il devait percer l'abcès jusqu'au bout. Or, il n'en était qu'à mi-chemin…

— À cause de cette culpabilité, je pensais que je devais vous prouver ce que je valais malgré tout… Que je devais vous montrer que je méritais votre amour, dit-il, en allant chercher chaque mot au fond de son cœur.

— Ce qui explique cet acharnement dans tes études comme dans le sport, à toujours exceller. Mon Dieu, quel idiot, sans blague, dit Jaeger, l'air rieur. Quel enfer tu nous as fait vivre, à nous qui devions rester à la hauteur de notre superhéros de petit frère.

— Oui, un vrai cauchemar, marmonna Linc. Tu étais le meilleur partout, franchement, je t'aurais tordu volontiers le cou…, ajouta-t-il, clin d'œil à l'appui.

Haussant les épaules aux taquineries de ses frères, Sage quitta les genoux de Linc pour s'asseoir avec Beck.

— Connor s'inquiétait beaucoup pour toi, dit-elle en lui prenant la main. Bien plus que pour nous. Il avait l'habitude de répéter que Dieu protège toujours les simples d'esprit, allusion à ces deux phénomènes face à nous, expliqua-t-elle, espiègle. Mais toi, c'était autre chose. Je pense qu'il savait que tu te reprochais la mort de nos parents.

— Combien de fois t'a-t-il dit de ralentir le rythme, renchérit Linc, de ne pas travailler aussi dur. Que tu étais un bon garçon et que tu n'avais pas besoin d'en rajouter.

— Raison pour laquelle il a tenu à ce que tu partes en voyage, après ton diplôme, reprit Sage. Et que tu t'astreignes également à prendre des vacances régulièrement. C'était une façon de te protéger du burn-out. Tu ne vis que pour ton travail, Beck… et trop peu pour l'amour.

Beck croisa le regard turquoise de sa sœur, comprenant à cet instant qu'elle savait qu'entre Cady et lui tout était terminé.

— Tu n'aurais pas dû la laisser partir, Beck, chuchota-t-elle. Elle est la seule à t'avoir jamais compris, la seule sans doute à t'avoir jamais aimé, vraiment aimé.

— C'est elle qui a décidé de me quitter, cette fois, répliqua Beck.

— Bien sûr. Elle a préféré s'en aller avant de souffrir à nouveau, répondit Sage. Mais elle t'aime, Beck. C'est une évidence.

— Je ne…

— Je te préviens, si tu dis que tu ne la mérites pas, je t'en colle une ! s'exclama Jaeger, hors de lui. Tu crois que c'est facile de trouver la femme de ses rêves ? Et monsieur fait la fine bouche ! Mais mon pauvre, quand tu as cette chance, tu te bats, tu fais tout pour ne pas laisser cet amour t'échapper ! Bah, comment peut-on être aussi bête, soupira son frère.

Sage leva les yeux au ciel, avant de remarquer, un brin moqueuse.

— Mon Dieu, est-ce le même Jaeger qui, à cause de ses âneries, a failli perdre sa fiancée et son fils, est-ce lui qui vient de parler ainsi ?

— À mon avis, c'est son alter ego, répondit Linc, avec un sourire ironique.

— C'est malin, grommela Jaeger. La question n'est pas là…

— Je sais où est la question, l'interrompit Beck.

La grande et la seule question, c'était Cady. Cady qu'il aimait de toute son âme et sans laquelle il n'imaginait pas l'avenir. Et la vérité, c'était qu'il en avait toujours été ainsi, depuis leur première rencontre.

— Ah, ça y est, notre frangin a retrouvé la vue, merci petit Jésus, ricana Jaeger.

— Il faut que je la retrouve, dit Beck sans relever. Il faut que je lui parle.

— Cela me semble une excellente idée, dit Sage, tout sourires.

Beck se leva, tapota les poches de son pantalon, devant, derrière.

— Mes clés ! Où sont-elles ? Et mon téléphone ?

Jaeger alla récupérer ses clés de voiture dans le saladier sur le comptoir de la cuisine et les lui lança. Beck les attrapa au vol, puis il s'empara de son téléphone, à moitié caché sous des magazines, sur la table basse.

— Bien, j'y vais, dit-il avant de se tourner vers Sage. Euh, qu'est-ce que je vais lui dire… ?

— Reste simple, sois toi-même. Demande-lui de bien vouloir te pardonner et dis-lui surtout que tu es le roi des idiots…

Beck se renfrogna à l'ironie de sa sœur, mais bon, peut-être n'avait-elle pas totalement tort non plus ?

— Allez, je fonce à Brooklyn. Ça va probablement me prendre des heures pour y arriver, gémit-il, impatient maintenant de retrouver Cady, de la serrer entre ses bras, de commencer sa vie avec elle.

Soudain, une idée lui traversa la tête. Il se précipita dans la cuisine et se mit à ouvrir tous les tiroirs l'un après l'autre, certain que ce qu'il cherchait se trouvait là, dans l'un d'eux. Il finit par les vider tous sur le carrelage et fouilla une bonne minute dans ce bazar, avant de pousser un cri de victoire. Il glissa alors l'objet dans sa poche arrière et retourna dans le salon.

— J'espère que ça va marcher. En tout cas, je vais tout faire pour, dit-il, déterminé.

— Je le trouve un peu pâle, pas vous ? demanda Jaeger, sans cacher son amusement. On dirait un fou en liberté…

— Je n'ose pas imaginer quand Cady accouchera, renchérit Linc, stoïque. Il risque de perdre complètement les pédales, le pauvre. Calme-toi, Beck, tout doux…

— Hum, oui, répondit Beck qui procéda aussitôt à quelques exercices respiratoires. Bien. La mission, ne penser qu'à la mission. Cady, Brooklyn et la supplier de bien vouloir me donner une autre chance.

— Oh ! mais c'est vrai… ! s'exclama Sage. Attends, elle n'est pas à Brooklyn, mais à Chelsea, à cette soirée en l'honneur des entrepreneurs de l'année… Dîner où tu lui avais promis de l'accompagner, avant de lui briser le cœur.

Beck consulta sa montre et vit la date. Vendredi, on était vendredi ! Le jour de la réception consacrée aux entrepreneurs les plus innovants de la ville !

— N'hésite pas à te mettre à genoux, suggéra Jaeger, narquois. Il se pourrait que tu en aies besoin.

— Tu parles par expérience, sans doute, répliqua Linc en ignorant l'air courroucé de Jaeger.

— Bien, c'est parti, décréta Beck en se dirigeant vers la porte.

Il fit signe à ses frères et à Sage de bien vouloir sortir de chez lui.

— Impossible, répondit Linc en regardant son verre. J'adore ton vin et je crois que nous allons plutôt rester ici et vider ta cave…

12

Cady soupira, mal à l'aise. Elle avait l'impression d'être la seule célibataire de cette ville, ou à tout le moins de la soirée. Elle regarda la chaise vide, à côté d'elle. Deux semaines plus tôt, elle se faisait une joie de se présenter à la réception avec *son* « compagnon attitré », selon les propres termes de Beck. Que la vie était donc injuste et cruelle, songea-t-elle, le cœur serré, observant la foule sur la piste de danse, les gens agglutinés au bar, tout le monde semblant être venu avec son âme sœur.

Mais bon, elle préférait encore être assise là, dans son coin, plutôt que de rentrer chez elle, dans son minuscule appartement. Depuis qu'elle avait quitté le loft, quelques jours plus tôt, elle n'avait pas trouvé le courage de se coucher dans son lit une seule fois et avait passé ses rares heures de sommeil en boule dans son fauteuil, près de la fenêtre.

Elle secoua la tête et s'étira un peu le cou, cherchant à dénouer ses épaules. Les bras de Beck lui manquaient, la nuit, quand elle dormait contre lui, ses jambes enroulées aux siennes, la chaleur de son souffle sur sa nuque, la façon qu'il avait aussi de monopoliser la couette…

Oh oui, le sentir en elle lui manquait, lui qui comme aucun autre savait si bien faire vibrer les endroits les plus sensibles, les plus secrets de son corps comme de son cœur.

Cady regarda son verre d'eau, clignant des yeux pour refouler ses larmes. Cette douleur, finirait-elle par s'estomper un jour ? Elle qui croyait avoir donné, côté chagrin d'amour, quand elle était jeune… C'était pire aujourd'hui. Cette fois, la douleur était à l'image de leur passion, absolue, profonde, et elle souffrait comme si Beck lui avait entaillé l'âme et qu'il n'existait aucun remède au mal.

Et elle ne se faisait guère d'illusions : il lui faudrait vivre avec jusqu'à la fin de ses jours.

En dépit de l'amour immense qu'elle portait à Beck, elle avait pris la bonne décision en le quittant tant qu'elle le pouvait. Et si elle se sentait comme amputée dans ce qu'il y avait de plus vrai en elle, elle savait aussi que cela la blesserait moins que de rester, à attendre le jour fatal où Beck en aurait assez et où il partirait. Vivre dans cette incertitude l'aurait tuée à petit feu.

Une âme cabossée valait toujours mieux que pas d'âme du tout, non ?

À ce moment, son téléphone sonna. Elle sourit au message de sa mère.

J'espère que tu prends bien tes vitamines et que tu dors mieux. Avec tout mon amour.

Depuis la dernière visite de Cady à la maison, Edna faisait son possible pour renouer le lien, mais on n'effaçait pas des années de malentendus d'un coup de baguette magique. Alors oui, peut-être un jour parviendraient-elles toutes les deux à restaurer une relation mère-fille digne de ce nom. Ils restaient ses parents, après tout.

De la même façon, Beck restait Beck, et Cady ne pouvait obliger ni les uns ni les autres à lui donner ce dont elle avait besoin.

Attrapant sa pochette sur la table, elle recula sur sa chaise, ne voyant pas l'intérêt de s'attarder à cette soirée. Mieux valait rentrer, se lover dans son bon vieux fauteuil et, tiens, pourquoi pas, finir le pot de glace au chocolat entamé deux jours plus tôt. Probablement prendrait-elle deux kilos après ça, et alors ? Elle était enceinte et devait manger pour deux.

Non. La vérité, si elle se goinfrait de chocolat à s'en rendre malade, c'était la faute au désespoir. Mais cela, personne n'avait besoin de le savoir.

Elle allait se mettre debout quand une main masculine tenant un tube de colle apparut devant elle. Cette main, elle la reconnut instantanément, comme ces doigts, experts en caresses, et aussi ce bras musclé, la manche retroussée de cette chemise…

N'osant pas lever les yeux, elle se contenta de regarder plutôt vers le bas, le ventre plat et ferme, puis les jambes musclées, et ce pantalon noir — pas le plus élégant de son dressing, non, mais celui qu'il affectionnait plus particulièrement.

Elle retint son souffle quand Beck approcha une chaise et, soudain, il se matérialisa tout entier, s'appropriant son oxygène. Elle releva doucement la tête, le dévisagea, notant tout de suite les paupières rougies et la barbe de plusieurs jours.

Beck s'empara de son poing serré sur ses genoux, l'obligea à ouvrir la main pour y glisser le tube de colle.

Cady hésita, l'esprit confus.

— De la colle ?

— Oui, répondit Beck, une colle magique…

— Je ne vois pas ce que je pourrais en faire, dit-elle, sur ses gardes, se méfiant de ces petites bulles d'espoir qui commençaient à crépiter dans son cœur.

— Une colle magique pour ôter à l'idiot que je suis toute envie de fuir, dit-il avec gravité. Je veux que tu saches, Cady, que je resterai auprès de toi, toujours. Même s'il m'arrive d'avoir peur, même si la panique me gagne, jamais je ne te laisserai, je t'en fais le serment.

N'osant pas respirer, à peine si elle trouva la force de chuchoter.

— Pourquoi une telle décision, Beck ?

— Parce que j'ai envie de vivre chaque jour qui passe à tes côtés, d'employer toute ma vie à parler avec toi, à t'aimer. À me flanquer des coups de pied aux fesses, si je venais à perdre de vue que tu es la personne à laquelle je tiens le plus. À me rafraîchir la mémoire aussi, si j'oubliais quelle loque je suis quand tu n'es pas avec moi, seul, déboussolé, à moitié fou…

Elle donnerait n'importe quoi pour le croire, vraiment, mais elle était terrifiée à la perspective de ce bonheur à portée de main.

— Oh ! Beck, je ne sais pas, soupira-t-elle.

Il se rapprocha un peu plus d'elle, emprisonna ses jambes entre les siennes, comme s'il avait besoin de la toucher.

— Je t'aime. Je t'aimais déjà en Thaïlande et je t'aimais aussi lorsque nous étions séparés et je t'aime encore plus depuis que nous nous sommes retrouvés. Il n'y a jamais eu que toi, Cady. Je ne me suis jamais senti comme ça, avec personne d'autre…

Par réflexe, Cady faillit pousser un cri de joie, avant de se l'interdire. L'amour parfois ne suffisait pas…

— Bien sûr que si, l'amour suffit, Cady, dit Beck, et elle réalisa alors avoir parlé à voix haute. En tout cas entre toi et moi, car il y a tellement plus : l'amitié, l'espoir, la confiance. Et j'ai enfin compris que je suis digne d'aimer, d'être aimé, digne de ce bonheur et je veux que tu croies en moi, que tu saches que je ne te laisserai pas. Et puis… Il se tut, plaça sa main sur son ventre, avant de poursuivre. Il y a cet enfant que nous élèverons ensemble et les autres à venir, avec notre cœur, en faisant de notre mieux pour ne pas les traumatiser avec nos histoires d'adultes. Et nous rirons tous ensemble et nous aimerons et vivrons.

Beck s'interrompit pour prendre son visage dans ses paumes.

— Je veux me réveiller chaque matin à tes côtés et t'embrasser quand tu ouvres les yeux. Je veux pouvoir te tenir la main, je veux te faire l'amour, je veux connaître tes pensées, tes envies, tes espoirs, je veux tout savoir sur toi, qu'il n'y ait plus jamais de non-dits ni de secrets, entre nous…

Il essuya une larme sur sa joue.

— Ne pleure pas, Cady, ma Cady.

Elle ne pleurait pas… Oh ! mais si, elle pleurait. Sans doute le trop-plein d'émotion dans son cœur qui se déversait par ses yeux. Elle hésita encore, un tout petit peu, puis s'abandonna entre ses bras.

— Dis-moi que tu veux la même chose, avec moi, Cady, murmura-t-il.

— Oh oui, Beck, je veux tout ce que tu veux. Je te veux toi, avec moi, près de moi pour toujours.

Il soupira, pressa doucement ses lèvres sur les siennes.

— Je t'aime tant. Je t'ai toujours aimée.

— Moi aussi. Oh ! Beck, ne nous faisons plus jamais souffrir comme ça, promets-le-moi.

— Je t'en donne ma parole, chuchota-t-il, puis il s'écarta et regarda autour de lui, puis examina ses vêtements avant de faire la grimace. Tu es sublime. J'adore cette robe, mais je suis impatient de te l'enlever. Pardon, je fais négligé : je ne porte même pas de cravate.

— Si tu savais comme je m'en moque, répondit Cady en riant.

Soudain, Beck s'empara de sa main droite et l'observa un moment.

— Ce doigt, là, dit-il en caressant son annulaire, m'a l'air un peu triste, tout seul. Il lui manque quelque chose, c'est évident…

— Beck…, gémit-elle, la gorge serrée, n'osant croire à ce qu'il sous-entendait.

— Si je le pouvais, Cady, je te donnerais la seule bague que tu mérites à mes yeux, celle de ma mère, la vraie.

Cady retint son souffle, profondément touchée par ses paroles et, si elle avait encore quelques doutes, ils finirent par disparaître totalement.

— Bague ou pas, Beck, je t'appartiens. Depuis le premier jour.

Il l'embrassa cette fois avec plus de ferveur et un immense respect.

— Dans ce cas, je suis le plus heureux des hommes. Je t'aime, Cady. Rentrons à la maison, maintenant.

Elle se leva, légère, comme ivre, lorsqu'il lui prit la main. Puis ils sortirent de cette salle, serrés l'un contre l'autre, prêts pour une nouvelle vie, leur vie.

Beck la regarda avec tant de tendresse dans les yeux qu'elle crut défaillir et, peinant à trouver les mots tant l'émotion était forte, il lui serra la main comme pour l'encourager.

— Merci pour ton amour, dit-elle alors, au bord des larmes à nouveau. Merci aussi de ton amour pour mon bébé…

— Je n'ai aucun mérite, j'ai aimé cet enfant dès le début, c'était comme une évidence, pour moi, répondit-il. C'est notre enfant, Cady. Notre enfant, notre avenir et, j'espère bien… le premier de toute une série…, ajouta-t-il avec un clin d'œil.

Cady lui sourit et elle sentit les derniers tourments de l'angoisse se dissiper, comme par magie. La magie ? Non, cela n'avait rien à voir avec de la magie. Tout ça était au contraire bien réel et cela portait même un nom, la vie. Une vie qu'elle partagerait avec Beck… Et des dizaines d'enfants, si tel était son souhait.

Elle n'était plus seule et ne le serait jamais plus.

Épilogue

Cady regarda autour d'elle la salle de réception somptueusement décorée, la foule des invités, tous plus célèbres les uns que les autres, les agents de sécurité au garde-à-vous. Les pierres précieuses étaient sous cloche, derrière des vitres anti-effraction, et les gens se pressaient pour les admirer, enthousiasmés apparemment par la nouvelle collection de Sage.

Ballantyne International était de retour, plus puissante que jamais. Et à propos de Ballantyne… Elle sourit en apercevant dans un coin de la pièce les trois frères, superbes en smoking, en compagnie de leur sœur, particulièrement en beauté.

Cady porta une main à son ventre, émue presque aux larmes soudain. Les Ballantyne étaient sa famille, désormais, et son bébé serait élevé comme tel. Un peu aussi à la manière Collins, songea-t-elle avec un sourire, mais pas trop.

Croisant à cet instant son regard, Beck lui sourit, un sourire vibrant d'amour qui fit frissonner Cady sous sa robe de soirée. Elle eut une pensée pour la mère de Beck. Cady lui fit aussi le serment de le chérir toute sa vie.

Elle se dirigea ensuite vers le groupe, Beck aussitôt l'attirant contre lui. Tate ne tarda pas à les rejoindre, fabuleuse dans sa robe vintage. Et apparemment, vu les regards que lui lançait Linc, lui aussi était sous le charme.

Blottie entre les bras de Beck, Cady observa Sage en train de fixer un homme très séduisant, voire sexy, à l'autre bout de la salle. Presque aussi grand que Beck, mince et fier, l'inconnu offrait un curieux mélange de types asiatique et européen, avec de grands yeux noirs et un sourire éclatant.

Soudain, il se tourna vers eux et, les surprenant, il leur adressa un sourire ravageur, manifestement conscient de son pouvoir d'attraction avant de lever son verre pour avaler une gorgée de ce qui devait être du whisky, sans cesser de scruter Sage une seconde.

— Seigneur, chuchota Cady en donnant un léger coup de coude à Sage. Il fait chaud, non ? Cet homme-là, c'est un volcan !

— Oui, du feu… Et je m'y suis brûlée, soupira Sage.

Elle fusilla l'inconnu du regard et c'est à ce moment-là que Cady réalisa combien la sœur de Beck était pâle, et fut frappée par la détresse de son expression.

Mais Sage se reprit très vite et, tournant ostensiblement le dos à l'homme, elle saisit les mains de Cady dans les siennes.

— Je suis si heureuse, pour toi et Beck. Bienvenue dans la famille, Cady, dit-elle, avant de baisser les yeux sur son ventre. J'ai tellement hâte de faire connaissance avec votre bébé…

Leur bébé. Cady soupira et s'abandonna contre Beck. Il avait déjà entrepris toutes les démarches pour l'adoption, comptant bien aimer et élever cet enfant comme s'il était la chair de sa chair.

— Merci, chuchota Cady en souriant. Au fait, il me semble me souvenir que tu m'avais offert une prime, si je te débarrassais d'un de tes frères.

— C'est exact ! s'exclama Sage dans un éclat de rire. Et je tiens toujours mes promesses. Jaeger est venu avec…

Elle s'interrompit pour regarder Beck, visiblement intéressé par leur conversation.

— C'est notre cadeau pour Cady et pour toi, ajouta-t-elle, émue.

— De quoi s'agit-il ? demanda-t-il, les mains toujours croisées sur le ventre de Cady.

Jaeger sortit de la poche de son smoking une petite boîte enveloppée d'un papier blanc qu'il tendit à Beck.

— Tu l'as eue ? dit-il, fébrile, avec la même émotion teintée de joie qu'un enfant le matin de Noël.

— Oui, répondit Jaeger. Cela n'a pas été sans mal et j'ai dû mener d'âpres négociations, mais ça a fini par payer…

Linc s'approcha et posa la main sur l'épaule de Beck.

— Je t'enverrai la facture, compte sur moi, dit-il, les yeux rieurs.

— Tu pourrais me faire une ristourne, non ? répondit Beck, narquois.

— Pour quatre carats, une pièce aussi exceptionnelle ? répliqua Linc d'un air désinvolte. Bon, allez, parce que c'est toi, disons cinq pour cent ?

— Hé, c'est que je l'ai payée plein tarif, protesta Jaeger, mais personne ne prêta attention à lui, tout le monde attendant que Beck ouvre le paquet.

Une histoire entre Ballantyne, songea Cady. Elle devrait s'habituer à cette passion des Ballantyne pour les pierres précieuses. Elle sourit à Tate, à côté d'elle, les trois frères et leur sœur en cercle l'empêchant de voir l'objet qui suscitait tant leur intérêt.

Se rappelant soudain être là pour le travail, Cady retroussa la manche de Beck pour regarder sa montre. Le moment était venu de faire entrer l'orchestre. Déjà, elle s'éloignait quand Beck s'empara de sa main pour la retenir.

— Où vas-tu donc comme ça ? demanda-t-il.

— Je dois m'occuper des musiciens et…

— Ne t'inquiète pas pour ça, l'interrompit-il. Tu ne veux pas voir ce que Jaeger a trouvé ?

Cady finit par acquiescer, après tout, une minute ou deux de retard dans le planning de la soirée, quelle importance ? Sauf que l'orchestre était payé à l'heure et qu'elle devait…

À la seconde où elle vit le joyau rose groseille, elle cessa de penser. Il s'agissait d'un béryl rouge de toute beauté, d'une perfection absolue — légèrement plus petite que la pierre de la bague de la mère de Beck, mais tout aussi fascinante.

— Quelle merveille, chuchota-t-elle.

— Superbe, renchérit Beck en lui souriant.

Il prit alors la pierre et la lui glissa dans la main, puis il déplia le papier blanc de manière à ce qu'elle puisse voir le dessin de la bague tracé dessus. La bague de sa mère, en un peu plus moderne. Sage y avait mis tout son talent, tout son savoir-faire.

— C'est pour moi ? chuchota Cady.

— Oui, répondit Beck, visiblement ému.

— Absolument magnifique, dit Cady, au bord des larmes. J'aurais été heureuse et fière de porter la bague de ta mère, ajouta-t-elle en plongeant ses yeux dans les siens. Celle qui est là-bas, dit-elle en désignant la vitrine derrière laquelle était exposée la copie.

— Il est hors de question que ma femme porte un faux, répliqua Beck, avec un petit sourire. Tu veux bien m'épouser, Cady… ?

Elle prit son visage entre ses mains.

— Oh oui, Beck, je le veux. Et si j'adore cette bague, je t'aime toi encore plus.

Beck pressa alors son front contre le sien et lui sourit, avant de murmurer :

— Alors bienvenue, Cady, bienvenue dans notre vie…

Retrouvez prochainement,
dans votre collection

SAGAS

LIÉS MALGRÉ EUX, de Michelle Smart - N°182

Passion à Caballeros

Francesca est déterminée à construire un hôpital à Caballeros. Elle accepte d'être accompagnée par Felipe, un expert en sécurité dont elle supporte mal les ordres. Pourtant, sous l'effet de cette île, Felipe apparaît sous un jour nouveau. Au point que Francesca se demande si elle n'éprouve pas une certaine attirance pour son protecteur…

Un bébé de lui

Il y a sept ans, Natasha a reçu le plus intense des baisers de Matteo Manaserro, dont elle a épousé le meilleur ami. Malgré le mépris qu'il lui a témoigné depuis, elle est restée vulnérable en sa présence. Au point qu'ils ont fait l'amour sitôt qu'elle s'est trouvée libre. Et qu'elle est aujourd'hui enceinte de cet homme qui la hait encore…

Le choix d'Eva

Épouser Daniele Pellegrini ? Pour Eva, c'est impensable. Ce milliardaire trop sûr de lui ne cherche qu'à hériter du castello familial. Pourtant, quand Daniele s'engage à verser une somme astronomique à l'association d'Eva, elle n'a d'autre choix que d'accepter cette alliance…

MILLIARDAIRES INCOGNITO - N°183

L'héritier d'Antonio, de Rachael Thomas

« Épouse-moi. » Les mots résonnent comme une sentence, pour Sadie. Antonio exige qu'elle l'accompagne à Rome… et l'épouse. Quatre ans plus tôt, il avait conquis son cœur avant de l'abandonner. Si Antonio la demande en mariage aujourd'hui, c'est parce qu'il vient de découvrir que de leur aventure est né un enfant…

Promise à Stavros, de Dani Collins

Calli n'a qu'un but : quitter la Grèce pour New York. C'est là-bas qu'elle pourra se réconcilier avec son passé. Aussi, le jour où Stavros Xenakis lui propose de l'accompagner, est-elle folle de joie. Un bonheur terni par ses conditions : il lui faudra d'abord épouser Stavros…

Amoureuse d'Alejandro, de Jennifer Hayward

Cecily est sous le choc. L'homme qui lui a fait goûter le bonheur le temps d'une nuit est un imposteur. Loin d'être un simple garçon d'écurie, son amant est en réalité milliardaire ! Pis, Alejandro est l'héritier de la famille rivale de la sienne. S'il a séjourné chez elle, c'est par vengeance. Et la situation est d'autant plus terrible aujourd'hui qu'elle attend un enfant d'Alejandro...

TROIS VŒUX À EXAUCER, de Merline Lovelace - N°184

Une semaine pour la reconquérir

Elle va passer une semaine en Italie... aux côtés de l'homme qu'elle est sur le point de quitter ? Lorsque Travis lui apprend qu'il l'emmène en Toscane, Kate est folle de rage. Voilà des années qu'elle réclame son attention, et alors qu'elle comptait prendre des vacances seule, il contrecarre ses plans ? Malgré tout, elle accepte, résolue à le mettre à l'épreuve...

Un mariage tant espéré

Tandis que Brian, le séduisant milliardaire qui vient de la demander en mariage, attend sa réponse, Dawn sent la panique la gagner. Après avoir abandonné deux fiancés par peur de l'engagement, il serait temps qu'elle prenne des risques. Mais cette fois, l'homme qu'elle aime n'est pas seul en jeu : il est le père du petit Tommy...

L'homme de toutes ses envies

Joe pourrait bien être l'homme idéal : protecteur, rassurant, sexy en diable... Pourtant, Callie le sait : bien qu'il affirme avoir changé, Joe restera un séducteur. Aussi refuse-t-elle sa demande en mariage, mais s'il accepte de la suivre à Rome pour partager sa vie, peut-être sera-t-elle prête à reconsidérer sa proposition...